文春文庫

オーガ(ニ)ズム

上

阿部和重

文藝春秋

Orga(ni)sm　上

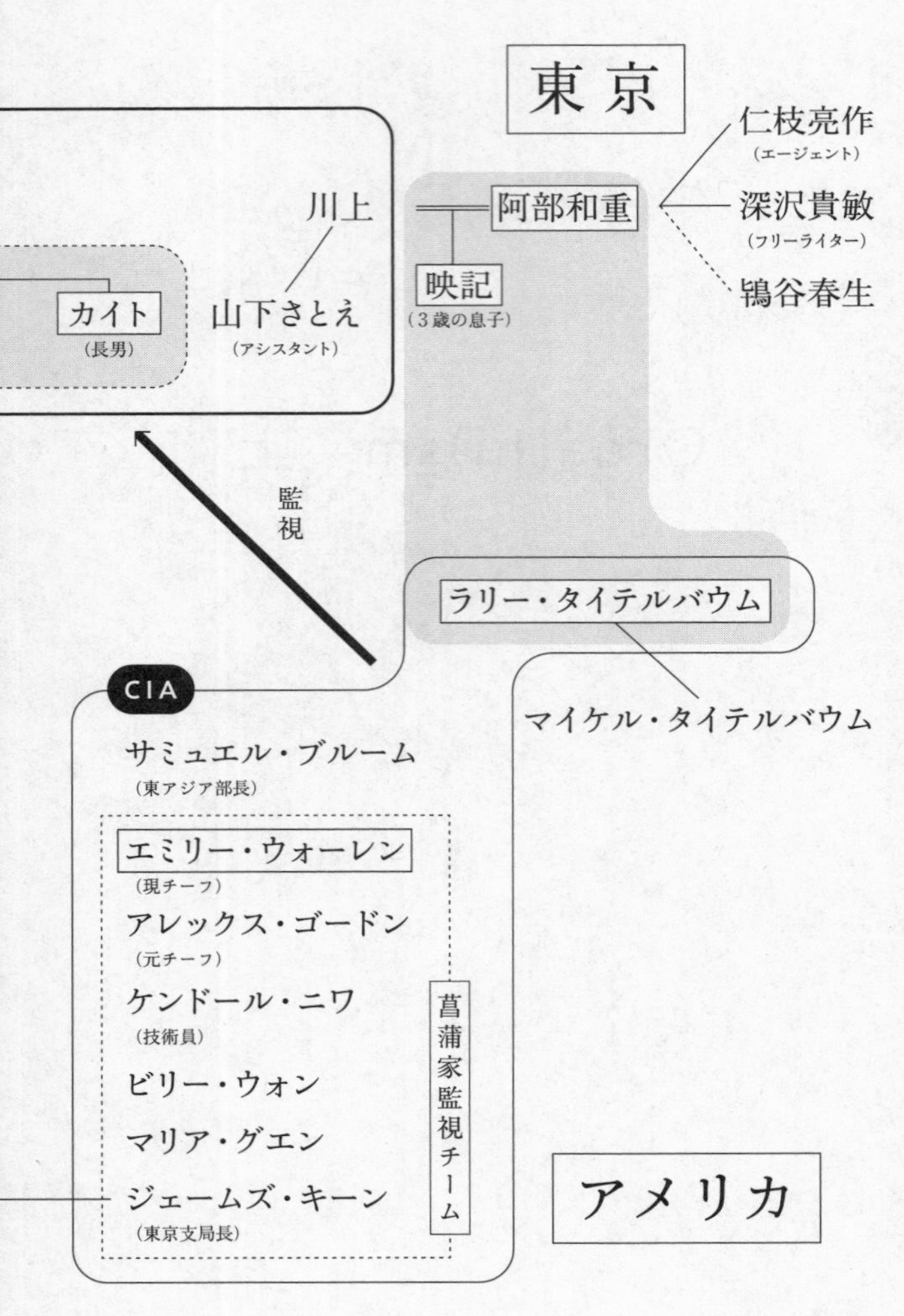
東京
仁枝亮作
（エージェント）
深沢貴敏
（フリーライター）
鴇谷春生
阿部和重
映記
（3歳の息子）
川上
山下さとえ
（アシスタント）
カイト
（長男）
監視
ラリー・タイテルバウム
マイケル・タイテルバウム
CIA
サミュエル・ブルーム
（東アジア部長）
エミリー・ウォーレン
（現チーフ）
アレックス・ゴードン
（元チーフ）
ケンドール・ニワ
（技術員）
ビリー・ウォン
マリア・グエン
ジェームズ・キーン
（東京支局長）
菖蒲家監視チーム
アメリカ

主　な　登　場　人　物

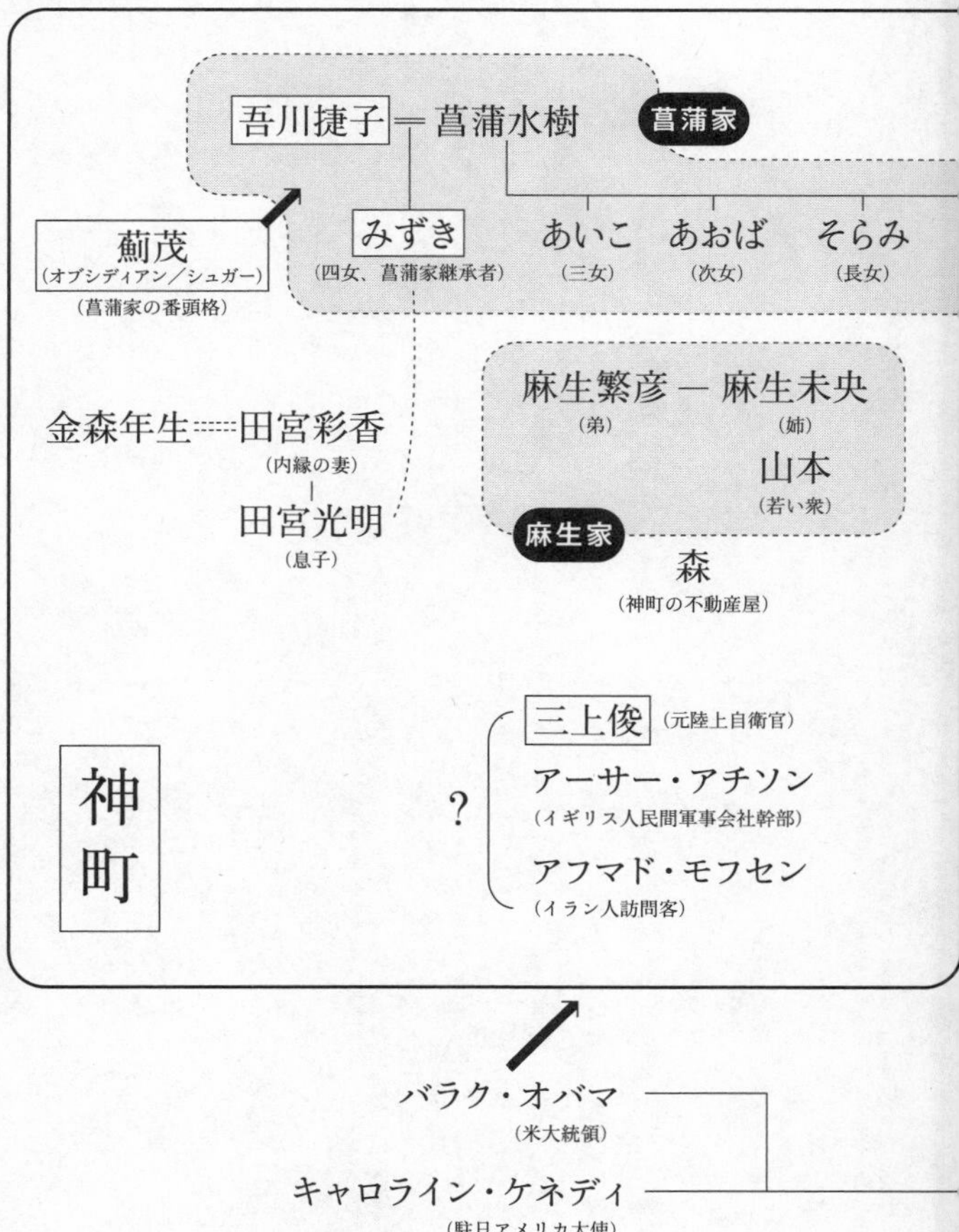

菖蒲家
吾川捷子
菖蒲水樹
薊茂
（オブシディアン／シュガー）
（菖蒲家の番頭格）
みずき
（四女、菖蒲家継承者）
あいこ
（三女）
あおば
（次女）
そらみ
（長女）
麻生繁彦
（弟）
麻生未央
（姉）
山本
（若い衆）
麻生家
森
（神町の不動産屋）
金森年生
田宮彩香
（内縁の妻）
田宮光明
（息子）
三上俊
（元陸上自衛官）
アーサー・アチソン
（イギリス人民間軍事会社幹部）
アフマド・モフセン
（イラン人訪問客）
?
神町
バラク・オバマ
（米大統領）
キャロライン・ケネディ
（駐日アメリカ大使）

I know you're dying, baby
And I know you know it, too
Van Morrison "Slim Slow Slider"

i went to the store to buy some groceries.
i store to buy some groceries.
i were to buy any groceries.
horses are to buy any groceries.
horses are to buy any animal.
horses the favorite any animal.
horses the favorite favorite animal.
horses are my favorite animal.
Google Brain's AI

バラク・オバマの著書『マイ・ドリーム――バラク・オバマ自伝』（白倉三紀子、木内裕也訳）にはこう書かれている。

そしてついに、パンアメリカン航空で世界をぐるりと半周する旅に出発した。私は白い長袖のシャツに、クリップで留めるだけのグレーのネクタイをしていた。客室乗務員はピーナッツの袋を余計にくれたり、パズルをくれたりした。金属で出来た翼の形をしたパイロットのピンバッジを貰うと、シャツの胸ポケットにつけてみた。途中、日本に三日間滞在した。冷たい雨の中、鎌倉の大仏を見に行き、山の中の湖を走るフェリーで抹茶のアイスクリームを食べた。夜になると母は、単語カードを使ってインドネシア語を勉強していた。ジャカルタで飛行機を降りると、誘導路は熱を反射し、太陽の光はかまどのように眩しかった。私は母の手を摑み、何があってもお母さんを守るんだ、と決心した。

「冷たい雨の中、鎌倉の大仏を見に行き、山の中の湖を走るフェリーで抹茶のアイスクリームを食べた」のは、六歳のバラク・オバマだ。

四九歳のバラク・オバマもまた、鎌倉大仏を訪れ、抹茶のアイスを食べている。

オバマ大統領、鎌倉大仏を再訪　抹茶アイスにも舌鼓－朝日新聞デジタル

２０１０年11月14日17時41分

オバマ米大統領（49）は14日午後、６歳のときに訪れた思い出の地、神奈川県鎌倉市の高徳院を訪れ、鎌倉大仏を見学した。好物の抹茶味のアイスキャンディーも振る舞われ、「とてもおいしい」と笑顔を見せた。その後大統領専用機で帰国の途につき、10日間にわたったアジア4カ国歴訪を終えた。

オバマ氏は午後2時すぎ、黒のスーツにノーネクタイのリラックスした姿で参道に姿を見せた。住職の佐藤孝雄さん（47）と住職の母で鎌倉ユネスコ協会長の佐藤美智子さん（75）の説明を聞きながら何度も大仏を見上げ、内部を含めて約20分間見学。境内の売店にも立ち寄り、今回同行しなかった長女マリアさんと次女サーシャさんへのおみやげとして、色違いの数珠二つを日本円で購入した。

大仏内部では「日本文化の至宝を再訪できて素晴らしい。その美しさは長年私とともにあった」と英語で記帳した。佐藤住職は報道陣に「大変気さくな人柄とお見受けしました」と話した。

オバマ氏は昨年11月の初訪日時の東京での演説で、母親と鎌倉の大仏を訪れたエピソードを披露し、「私は抹茶アイスクリームの方に夢中だった」と会場を沸かせた。

（村山祐介）

9 記事の最後にある、「昨年11月の初訪日時の東京での演説」は、Wikisource の項目「バラク・オバマの東京での演説」で確認できる。

日本を再訪できるとは素晴らしいことである。ご存知の方もいるかもしれないが、私が少年だった頃、母は私を鎌倉に連れて行ってくれた。私はそこで、幾世紀も前に造られた平和と平穏の象徴――巨大な阿弥陀如来の銅像――を見上げた。幼かった私は、むしろ抹茶アイスクリームの方に気を取られていた。

そして五二歳のバラク・オバマもまた、日本を訪れて抹茶アイスを食べている。このときは鎌倉大仏を見ていないが、天皇と再会し、富士山のレプリカを目にしている。

富士山アイスに感激　晩さん会でオバマ大統領－MSN産経ニュース

2014.4.24 23:52

皇居・宮殿で24日夜に催された宮中晩さん会を堪能したオバマ大統領は、南車寄で見送られた天皇、皇后両陛下に「特に抹茶アイスをありがとうございました」と満面の笑みで話し掛けた。

晩さん会で提供されるフランス料理のコースでは、デザートの定番として富士山をかたどったアイスクリームが出る。上の部分が雪を模してバニラが使われ、麓の部分が抹茶アイスになっている。大皿に盛り付けられ、出席者に取り分けられる。

抹茶アイスはオバマ大統領が6歳の時に初めて日本を訪れ、神奈川県鎌倉市を観光した時に食べた思い出の味。２００９年に来日した際の演説で「子どもとしては（大仏より）抹茶アイスの方に気を取られていた」と振り返り、翌10年の来日で鎌倉市を再訪し、抹茶アイスを食べている。

皇居豊明殿で富士山の抹茶アイスを味わった翌日、五二歳のバラク・オバマは大統領専用機エアフォースワンに搭乗し、山形空港へと飛んだ。国賓の恒例行事である国会演説をおこなうため、二月に落成式を終えたばかりの新国会議事堂に向かったのだ。

日本の首都機能をひきつぐ再開発中の新都・神町(じんまち)特別自治市に降りたった五二歳のバラク・オバマは、そのときはじめて実物の若木山(おさなぎやま)を目にする――それは「幾世紀も前に造られた平和と平穏の象徴」の起源とされる、霊験あらたかな小山である。もはや抹茶アイスのもてなしはなく、「冷たい雨」に見まわれることもなかった。だがちょうどおなじ頃、六四〇光年の彼方よりはなたれたエックス線やガンマ線といった宇宙線が、地球にいくらか降りそそがれていたのはたしかなことだった。

血まみれのラリー・タイテルバウムが阿部和重の住まいを訪れたのは、二〇一四年三月三日月曜日の、夜のことだ。

「阿部さん、夜分にすみません、わたしはラリーです」

荒い息づかいが、ドアスコープ越しでも伝わってくる。阿部和重はすっかり面食らい、言葉が出ない。

「ラリーです、ラリー・タイテルバウム」

「ラリーさん？」

「そうです、タイテルバウムです」

「ラリーさん、ラリーさん――」

「おととい、メールで」

「メール？　ああ、『ニューズウィーク』のひと？」

「そうそう、それです。いきなり押しかけてごめんなさい」

「どうしました？」訊きながらドアをはんぶんだけ開けてみる。

「はい、ちょっと、バスルームを貸してもらえませんか？」

玄関口に立っている中年男は、メールで数回やりとりしただけのアメリカ人編集者だ。今夜に会う約束をしていたわけではないし、そもそも住所を教えてすらいない。なぜうちなのだと阿部和重は内心いぶかるが、白シャツにおおきな赤黒い染みをつくっていて、両手も血でよごれている。彼自身の血液なのだとすれば、もう駄目なんじゃないかと思わせるほどの出血だ。ここでドアを閉めたらひとでなしの仲間いりだが、それでもいいかという気もしてしまう。不吉な組みあわせのタロットにでもとりかこまれた気分だからだ。

「ありがとうございます、阿部さん。でも、救急車とかは、絶対に呼ばないで」

先に言ってくれよと阿部和重は口に出しかける。やばい事情がひかえているのはまちがいなさそうだ。それこそ、重傷者を門前ばらいにするのさえためらわずに済むようないわくつきなのかもしれない。こうなったら理由は聞かずにおくほうが、おのれの身のためではある。

「パパきてよ、パパー」

息子の映記(えいき)がリビングで泣きさけんでいる。あまりにも歯みがきを拒否するため、躾と称してブラックナイト衛星の恐怖を誇張して教えてやり、ネットに転がっていた画像まで見せてしまったのがまずかったようだ。宇宙人にさらわれてしまうとおびえ、眠れなくなっているのだ。

「パパー、パパー、パパー、パパー」

古今東西の予言者が警告する通り、厄介事というのは重なるらしい。映記はＦ３クラスの絶叫を織りまぜて、父親を呼びよせようとしている。数軒の屋根が吹きとばされていてもおかしくない勢いだ。ここが共同住宅ならば即刻隣人に怒鳴りこまれている。そのうえ眼前には、血まみれのアメリカ人。かつて経験したことのない、たいへんな一夜になりそうだと阿部和重は覚悟する。人生をハッピーにするための試練だと無理矢理に思いこみ、経験の幅をひろげてゆくしかない。

「おお、失礼、ごめんなさいね」

子どもが泣きさけぶ声を耳にし、死にかけのラリー・タイテルバウムが恐縮している。表情をひどくゆがめているのは心の苦しみか体の痛みのせいなのか、あるいはそのどちらもか。

「こっちです、歩ける?」

阿部和重は緊急人道支援にとりかかる。状況が有無を言わさない。ラリーは律義に靴を脱いでついてきた。床のきしむ音が倍増する。浴室が玄関からすぐに位置しているのは双方にとって幸いした。ドアを開け、明かりをつけてやると、ラリーはかかえていたバックパックに右手をつっこみながら脱衣所を通過し、湯のないバスタブに全身を沈めた。このまま死んでしまうんじゃないかという悪い予感がよぎる。バスタブが棺桶に見えたのだ。

阿部和重はいったんリビングへひっこむ。泣きじゃくっている映記がばんざいのポーズをとって抱っこしろと要求してくる。あと一八日で三歳になるが、抱っこ癖がぬけず、いつも母親をこまらせている。今はママが仕事で家にいないから、「パパ、パパ」と妥協して訴えてきている。かわいそうだが、ここは頭をなでるだけにとどめるしかない。あまえて泣きさけぶ幼児と血まみれの中年男を両天秤にかけねばならぬシチュエーションが仮にあるとして、ただちに救いの手を差しのべるべきなのは後者だと判断される社会であってほしい。阿部和重はそう望み、みずからそれを実践したのだ。

救急箱を浴室に持ちはこんではみたが、市販薬や幼児むけの処方薬ばかりといった、心もとない品ぞろえではある。それでもなにかひとつくらいは、怪我人にとって有用な薬剤や医療品がふくまれているかもしれぬと思い、阿部和重は問いかける。

「必要なものは？」

返答はないが、応急手当は血まみれの当人の手により懸命に進められている。ラリー・タイテルバウムは脇腹に裂傷を負っていた。血染めのシャツを脱ぎ、サラシみたいにぐるぐるに巻きつけたダクトテープを腹部から剝がしてゆくと、折りたたまれたタオルがへその右側に貼りつけられている。そうやって傷口をふさいで圧迫し、血止めをしていたわけだ。

赤黒いというよりもどす黒く染まったタオルをとりはずしかけたところで、ラリーはなにやら思いあたったらしく、一連の流れを中断して別の行動に移る。彼の表情はとっくに苦痛しかあらわしていない。てっぺんまで禿げあがった頭からは、汗の雫がゲレンデのスキーヤーみたいに幾筋もすうっと流れおちている。顔の下はんぶんをおおう鬱蒼たる髭が、それらの汗を吸いこんですくすくと生長しているかのようだ。

足もとのバックパックのうえに重ねて置いたオリーブドラブ色のポーチのなかから錠剤のパックをとりだし、そのトローチみたいな一錠をラリーは口にふくむ。それから彼はさらに足もとへと右手を伸ばし、つかみとった空っぽのアクエリアス五〇〇ミリリットルのペットボトルを差しだして、阿部和重に対し軽く振ってみせる。頼みごとがあるようだ。指先から鮮血がぽたぽたとしたたり落ちるさまが、スローモーションで記憶される。

「ORS」

「え、なに？」

「こういうの、ありますか？」

ORSがなんなのかはわからない。だがわざわざ、こういうの、とことわっているということは、ただの飲料水とかジュースの類いではなく、いわゆる水分補給飲料をもとめているのだろう。阿部和重はとっさにそう理解してうなずく。子どもがインフルエンザにかかった先月に買いだめしておいたポカリスエットが、何本か残っていたはずだ。

ダイニングキッチンへ向かいがてらリビングに立ちよると、「パパー、パパー」はF4クラスに昇格した。自分で救急車を呼ばなくとも、隣近所が通報しかねない騒音だからラリーはひやひやしているにちがいない。阿部和重はすかさず映記を抱きあげ、キッチンに入る。

冷蔵庫を開けると、ポカリスエットは見あたらぬものの、Newヤクルトカロリーハーフの五本入りパックを発見する。ストローを自分で挿さないと怒りだす息子にパックごとヤクルトをあたえて時間を稼ぎ、阿部和重はひきつづきポカリスエットを探しまわる。

幸運にも、Ｆ４クラスだった嵐が一気にＦ０にまで勢力を弱めてくれている。ヤクルトの効果はラクトバチルス・カゼイ・シロタ株にかぎるものではないのだ。戸棚の下段に大塚製薬発売のペットボトル飲料が三本ならべられているのを見つけた阿部和重は、その全部を持って浴室へもどろうとする。背後で竜巻がふたたび発生し、今度はＦ５クラスの勢いで「パパはいやだ、ママがいい、ママ帰ってきて、ママー」と声があがるが、聞かなかったことにするしかない。こうしているあいだにも、海の向こうからやってきた血まみれの中年男は息絶えているのかもしれないのだ。

血まみれの中年男が息絶えていなかったことに、阿部和重はとりあえず安堵する。ラリー・タイテルバウムは、さっきのトローチを舌で転がしながら自分自身で外科手術のようなことをおこなっているところだ。オリーブドラブの色からして軍用品を思わせるが、所持品のポーチはどうやらメディカルキットらしく、さしあたっての必需品は間に合っている様子ではある。ハサミみたいな器具でつまんでいるのは、負傷時に切断されてしまった太い血管の切り口なのだろう。血の噴出をとめるべく、ラリーはふくらみきったフグみたいな顔になりながら両手の指をこまやかに動かし、血管の断端部を糸で縛ろうとしているのだ。

むごたらしい光景だが、死にあらがう人間の姿を直視できる機会はそうそうないと思い、阿部和重は目をそらさずに待機した。子どもの頃によく怪我をしていたし、ゾンビ映画を鑑賞しながらモツ煮こみを食べたりもする自分には、かっさばかれたおなかや多量の血を見ることに苦手意識はない。そんな自負を抱いて現場に臨んではみたが、失敗したら彼は死ぬのかと考えた途端、阿部和重は胃が縮みあがるのを感じた。頭のなかでおどろおどろしいナレーションを流し、ゴア・ムービーの予告篇でも観ているのだと思いこみ、気をまぎらわせるしかなかった。

「あ、これ、こういうのでもいいですか？」

ついに結紮を成功させ、天井をあおいでいるラリー・タイテルバウムに阿部和重はポカリスエットを差しだした。口ではぜいぜい息を吐くことしかできないラリーは、必要最小限の手ぶりでみずからの意思を伝えてくる。希望の中身を察しとった即席看護人は、気が利かなかったとかえりみつつペットボトルの蓋を開け、親鳥をむかえる小鳥みたいなラリーの大口にイオンサプライドリンクを注ぎこんでやる。

「まだ、終わりじゃ、ないよ」

ずぶの素人でもそれはわかるが、冷静になるにつれて驚きが増してくる。ジョン・ジェームズ・ランボーが山中で試みる自前の縫合をはじめとして、似たようなシチュエーションには映画でもさんざん触れてきているし、阿部和重自身、病院で傷口を縫われた経験は二、三度あるにはある。ラリー・タイテルバウムも端から自力で処置するつもりでここを訪ねたようだが、問題はそこじゃない。アメリカでは編集者にも医療実習があるのだろうかと思わされるほど、手際がよすぎることが意外なのだ。

患部を洗いながしたいので、軽くシャワーの水を出してほしいとの要求に、即席看護人は即座に応ずる。いまいましいほどの赤い色あいを流水がきれいにとりはらい、生々しく痛々しい肉体の裂け目をあらわにする。五センチくらいの深さだろうか。そのえぐい印象が、かえってゴム製のつくりものみたいに感じとらせる。ラリー・タイテルバウムはそこにイソジンみたいな茶色い液体をじゃんじゃんかけてゆく。消毒をおこなっているのだなと阿部和重は推しはかる。一連の医療行為のなか、手際がよすぎるばかりでなく、不思議なくらいにラリーは痛がらない。こちらがダイニングキッチンに行って目を離しているあいだに麻酔薬を使ったのか、もしくは彼は、なみはずれて忍耐強い人間なのかもしれない。

ジョン・ジェームズ・ランボーとのちがいは、ラリー・タイテルバウムは縫合に縫い針ではなく、スキンステープラーを使ったことだった。左手で閉じるように傷口を寄せると、右手に持った器具をホチキスみたいに皮膚に押しつけて、ばっちんばっちんピンを打ちこんでゆく。銀色の金属が脇腹にずらっと列をなして差しこまれているさまは、ボディ・ピアッシングをたしなまぬ者にとってはなんとも非現実的な情景に映る。それは生傷というよりも、難解なブラックジョークにでも接したときのような心境に阿部和重をいざなう。

やけに静かだ。ふと気づく。さっきまでF5クラスの勢いで泣きさけんでいた映記の声がしない。ぞっとして、阿部和重はあわててキッチンへ向おうと振りかえる。するとその矢先、開けっぱなしにしてあった脱衣所の引き戸のレール上に、ヤクルトの空きボトルが三本、謎のモニュメントみたいにならべられているのが視界に入る。そして当のモニュメントをのぞきこむようにして左のほっぺたを床にくっつけ、力つきた様子で寝入っている息子の姿に父親はほっとする。

しかしいつの間に、と今度はあせりをおぼえる。おさないまなざしが、自宅の浴室でとりおこなわれた外傷手術の模様を目撃していなければいいがと祈りながら、阿部和重はわが子を抱きあげて寝室につれてゆく。ベッドに横たわらせてやると、やわらかいマットレスに移って寝心地が俄然よくなったことを夢のなかで実感しているらしく、はふう、などと映記はやすらいだような溜息をついてみせる。

あどけない寝顔を見るかぎりでは、中年男の鮮血を目のあたりにすることはまぬかれたのではないかと思える。きっとそうに決まっている。映記は血なんか見ていない。運のいいやつだ。裏づける証拠はなにもないにもかかわらず、阿部和重はいいほうの結果が出たと断定する。有史以来脈々と受けつがれてきた親のご都合主義が、ここでも頭をもたげていたのだ。

浴室へもどろうと脱衣所に入った拍子に、からからからとちいさなプラスチック容器が転がる音を立ててしまう。ヤクルトの空きボトル三本の存在をうっかり忘れていたのだ。映記はそれらすべてを飲みきって眠ったのだと、阿部和重はそのときようやく理解する。新たな問題の発覚だ。

一〇〇パーセントに近い確率で息子はおねしょするだろう。こういう場合、どうすればいいんだっけ。夜用の紙おむつはどこかにまだ保管してあるのだろうか。妻が不在の現状では、そんなこともわからない。なにもかも妻にまかせきりにしてきたツケがまわってきたわけだが、これがほんの序の口だということは残念ながら確定的である。子どもが産まれてからはじめて、仕事で長期間、妻が家を留守にするためだ。おそるべきカーニバルの幕開けである。

妻がうちに帰ってこられるのは来月のなかば頃のはずだ。都内にはいるが、東京ではないほうの都内だ。夫の出身地でもある新都・神町が彼女の逗留先である――自分は東京に残り、妻だけが神町へ行くのを阿部和重は奇妙に感じたが、それを言ったらそもそも、かつては果樹王国の一角を占めるただの田舎町にすぎなかった地元が首都機能移転先として生まれ変わっていることじたいが奇怪千万なのだから、ちぐはぐをいちいち言いたてたところできりがない。この二〇一〇年代とは、そういう時代なのだと黙って受けいれるしかないのだ。

浴室からなにやらぼそぼそいう話し声が聞こえてきて、その直後、重くてかたいものが繊維強化プラスチック（FRP）の床板にぶつかる音が響く。見ると、ラリー・タイテルバウムはバスタブのなかで気を失いかけている。だらりと槽外へ投げだされている右手からすべり落ちたらしく、Android系と思しきスマートフォンが床に転がっていた。ひろってやろうとして前かがみになると、尻のポケットに挿してあった自分のiPhone 5が振動するのを阿部和重は感じとる。メールを着信したようだった。

送信者はラリー・タイテルバウムだ。スマホを握ることもやっとの容態だというのに、目の前にいる男へあえて送らねばならなかったメールとはいったいなんなのだろうか。開封してみると、なるほど、という言葉しか浮かばず阿部和重は困惑する。英語と日本語が混在する打ちまちがいだらけの本文は、ほとんど解読不能だったからだ。なにか重要事が書かれているのはたしかだと見うけられるが、伝わってくるのは瀕死の人間がそこにこめた、文字どおり死にものぐるいの意思ばかりだ。スマートフォンの血まみれになったタッチパネルにも、おなじく必死の思いの痕跡がうかがえる。それがダイイング・メッセージになってしまわぬように、なんとか内容を読みとらねばならない。

一分もしないうちに、iPhone 5がふたたびメールの着信を知らせる。送信者はまたもやラリー・タイテルバウム。賢明にも、彼は二通つづけざまに送っていたのだとわかり、阿部和重の目つきに力がもどる。ラリー自身、一通目のゆくすえには不安を感じていたのだろう。二通目は、音声入力にでも切りかえたのか打ちまちがいなどは見あたらず、漢字もひらがなもなく、簡潔な英文のみが記されていた。

Ringer solution or Saline.

Meropenem or piperacillin-tazobactam or Levofloxacin.

至急これらを手に入れてほしいようだ。阿部和重の英語力は中学生なみだが、目下の状況を踏まえれば、ラリー・タイテルバウムがなにをもとめているのかは明らかだった。ためしに〝Levofloxacin〟をネット検索してみると、「レボフロキサシン（Levofloxacin, LVFX）は、ニューキノロン系α合成抗菌薬」だとWikipediaが教えてくれた。

つまり薬剤がいる。風邪薬とか頭痛薬とか店で普通に買えるゆるいものではなく、入院患者らの治療に使われるほうの、効き目が強かったり症状に特化していたりする類いの薬だ。問題は今が夜中であり、わが家の救急箱に備蓄してある処方薬は幼児むけしかないということだ。どう考えても、第三者の助けが必要だ。阿部和重はエージェントに電話をかける。

「阿部さん本気で言ってます？　子どもの世話すんのがお手あげだからって、しょうもない嘘ついてるんじゃないですよね？」

いつもながらずけずけとものを言う男だ。それに疑り深い。おまけに夜おそくだから、えらく迷惑そうだ。こいつはこいつでおさない子どもたちに手を焼き、悲鳴をあげかけているところだったらしい――契約作家にやつあたりしてくる始末だ。だがさしあたり、頼れるのはこの男しかいない。言葉の無力をしみじみ嚙みしめつつ、阿部和重は相手の想像力に訴えかける。

「嘘かどうかは明日にはわかる話だよ。おまえが見すてたせいで『ニューズウィーク』の編集者が死んだって夕刊に出るから。日本の新聞だけじゃない。ニューヨーク・タイムズにも載るしCNNでも放送される。日本のエージェント会社CTBの社長、仁枝亮作が救護の手配をことわったことが間接的な死因だとか、そんな具合に。明日からCTBは非人道的企業として世界中の――」

「そういうこと言ってるからますます信用できないんですよ」

「とにかく薬がないとまずいんだ。どうすりゃいい？　どこに行けば手に入る？」

「三分待っててください」

「一分で――」

電話はすでに切れていた。

ここはやはり、救急車を呼ぶべきなのではなかろうか。阿部和重は、未経験の緊張感に耐えかねて、早く楽になりたいという気持ちに流されそうになる。ラリー・タイテルバウムは絶対に呼ぶなと釘を刺してきたが、死ぬよりは増しだろう。そう思いつつ、横目でラリーの表情をうかがうと、彼は意識をとりもどしている。そして目が合うと、どことなくあきらめに傾いてしまったかのような悟りきった微笑みをかえしてくる。

「ラリーさん、もう救急車、呼びますよ？　いいですね？　救急車、オーケー？」

手おくれにならぬうちにと焦燥にかられ、阿部和重は声を高めて問いかける。それに対し、ラリー・タイテルバウムはたちまち笑みを消してこう応ずる。

「駄目です、絶対に、駄目。救急車、呼んだら、あなたも殺される」

絶句する阿部和重に、ラリー・タイテルバウムはゆっくりと首を横に振ってみせる。

案の定だ。まったくあきれるしかないが、とっくにわかっていたことではある。われわれ人類は、関わるべきでないとわかっていることに関わってしまうのを避けられない。なぜならこちらが進路を選ぶ前に、事態のほうはいつだって先まわりしているためだ。いにしえより言いつたえられてきた教訓のただしさを、阿部和重は骨身に沁みて痛感する。

自然律の無慈悲をさらに深く実感させられるのは、そんなときだ。

不穏な電子音の接近に気づき、阿部和重ははっとなって耳をすます。まさかと思うが、緊急車両のサイレンの音をいまさら聞きまちがえるわけがない。

ラリーが鋭いまなざしを向けてきている。阿部和重はちがうちがうと何度も首を横に振り、無実を主張するが、虫の息であるラリーの反応は薄すぎて読みとれない。こちらをにらんでいるのかと思われたが、今度こそ気を失ってしまったようにも見てとれる。どちらにしても笑えない状況だ。

近づくいっぽうだったサイレンの音が、ほどなくしてやむ。停車したのがこの近所であることはまぎれもない現実だ。玄関側の窓のすりガラスに一瞬、赤色回転灯の光がとどく。赤く光ったり、暗くなったりをくりかえしている。

かたや聴覚は、ラリーの荒い息づかいに占拠されてしまった。はあはあいうばかりの苦しげな声にあおられ、阿部和重もまた追いつめられてゆく。「救急車、呼んだら、あなたも殺される」ってだれにだ？　頭のなかは疑問符だらけになる。だれに殺されるんだ？　救急車を呼んだのはだれだ？　そもそもここで死にかけているアメリカ人は、ほんとうに『ニューズウィーク』の編集者なのか？

体がびくっとなる。電話がかかってきたのだ。そういえば、仁枝亮作から三分待ってろと言われていたのだったと思いだす。このたいへんな窮地に、最適な逃げ道を用意してくれたのかもしれないと期待が高まる。が、iPhone 5の液晶パネルに表示されたのは深沢貴敏（ふかざわたかとし）の名前だ——深沢とじかに連絡をとるのを避けるために、仁枝に電話をかけたのにあのアホが、と阿部和重は舌打ちする。とりつぎ役が面倒だからあいつは深沢に丸投げしやがったのだろう。

「薬の名前コピペして、おれにメールしてください。いくつかあたってみますよ」

「頼むわ。だいたいどれくらいかかりそう？」

「なんですか？　金額ですか？」

「いや、時間」

「うーん、一時間くらいあれば、なんとか。それだと持たない感じですか？　そのひとすぐに死んじゃいそう？」

阿部和重は、バスタブにおさまったままのラリー・タイテルバウムを一瞥する。すぐにどころか、もう死んでいるんじゃないかと思えてくるほどに彼は生気をなくしている。バスタブと棺桶の二重写しがますます色濃くなって見えてくる。

「わからん、なんとも言えないよ。どのみち早いに越したことはないな」

「ですよね、急いでみます」

「悪いな、こんなこといきなり頼んじまって。近いうち埋めあわせするわ」

「つうか、なんでおれにまっさきに電話しないんすか？　そのほうがスムーズなのに」

「ああ、いや、ほら、おれも泡食ってたからさ。履歴にまず仁枝の番号があったんで、それであいつにかけたわけ」

「水くさいな。なんか最近よそよそしいですよね」

「そんなことないだろ」

「でも履歴に、おれの名前は出なかったってことですよね。疎遠だからじゃないですか」

「いやいや、仁枝の名前がたまたまいちばんうえに出てきたってだけで」

「そうかな、避けられてる気がするんだけど」

「避けてないよ、誤解だって」

「そうすか」

「そうだよ」

「なら、それでいいです。じゃ、あとで」

深沢貴敏は顔がひろく、実行力があり、仕事が速い。一年前までアングラカルチャー・マガジンの編集にたずさわり、みずからほうぼうに出かけていって刺激的な取材記事を書いていた深沢は、ＣＴＢの提携ライターに転身した今も裏社会の人脈を保ちつづけており、厚い信頼をあつめてもいる。難題を手っとりばやく解決できる、三拍子も四拍子もという得がたい人材だ。だからこの場合、あの男にひきついだ仁枝亮作の判断はまちがっていない。

だが、阿部和重にとっては厄介の種がひとつ増える選択肢だった。

というのも、阿部和重は深沢貴敏の名を敬遠対象者リストの上位に入れている。いったんつきあいだすとどこまでも深く潜りこもうとしてくる男ゆえ、消耗時に関わっていい相手ではないのだ。興味をそそぐ的には、ファイタータイプのヘビー級ボクサーなみの圧力をかけて距離をつめてくるため、三〇分間のおしゃべりでも三試合分の疲労を味わうことになってしまう。

そんな深沢貴敏に、阿部和重が見こまれてしまっている理由ははっきりしている。佐渡トキ保護センター襲撃事件とその実行犯たる鴇谷春生(とうやはるお)を題材としたノンフィクション・ノベル、『ニッポニアニッポン』の作者だからだ。

深沢貴敏は、彼自身と同年同日生まれの鴇谷春生に心酔していた過去を持っている。三〇代になった今日は、その熱もおちついてきたが、鴇谷が起こした事件にまつわる記事を収集し、研究をつづけていることには変わりない。あの事件に注目する動機を問われると、おまえにはわかるまいというまなざしを向け、テロリストを英雄視するような感覚だと一般論でお茶をにごすことを深沢はだいいちの関門にしていた。それをうまくくぐり抜けてきた者に対しては、なんなりと教えてやろうという彼なりの粋な社交術だ。

深沢貴敏の現在の最たる関心事は、数年前に出所したとされる鴇谷春生の行方だ。阿部和重と会えば、深沢はかならずなにか情報はないのかと訊いてきた。情報はないと答えるまでが毎回セットになっていた。襲撃事件の当事者とそれを一冊にまとめた作者というふたりのあいだは、同郷のよしみもあるのだし、秘密のホットラインでつながっているのではないか。どうやらそう勘ぐっているらしかった。

なんべん否定しても深沢はしつこく追及してきた。そのたびごとに、あいつはいま四国に旅行中だよ、とか、宅建資格の勉強中だよ、などと阿部和重は冗談でかえしたが、鴇谷春生の近況など彼はこれっぽっちも知っちゃいなかった。知りようもなかったし、知りたいとも思っていなかったのだ。

そんなわけで、ここで深沢貴敏なんかに頼ってしまうのは重荷をさらにかかえこむ事態になりかねないが、しかし今はつべこべ言っていられる状況でもない。いろいろと面倒くさい男ではあるが、やつのステロイドみたいな万能性にすがるほかない場面なのはたしかだ。阿部和重はそう考える。これは独力で乗りきれる難局ではない。

夜中に押しかけてきたのは、生きるか死ぬかの瀬戸際にある重傷者だ。そのうえ救急車も呼んではならぬといういわくつき。善意のみで歓迎できる相手ではない。とはいえ血まみれの姿で目の前に登場されてしまっては、ほったらかしにもできない。

当のラリー・タイテルバウムは相変わらずの様子だ。棺桶と見わけがつかぬバスタブにおさまり、荒々しい息吹を放つだけのわびしい存在になり果てている。体が透けて見えるくらいに憔悴しきっているが、少なくとも呼吸はしているわけだからまだ大丈夫なのだろう。彼自身による応急手当の甲斐もあり、生命活動の維持には成功したようだ。だとしても、この息づかいの荒れ模様は尋常ではない。セクシャルな肉体の酷使すら彷彿とさせる熱い吐息の連続。薬剤入手までの所要時間が深沢の言った通りであるならば、ラリー・タイテルバウムはあと一時間もこんなふうに、はあはあ苦しまねばならぬということか。

たちまち気が滅入り、阿部和重はただちに頭をこう切りかえる。顔がひろく、実行力があり、仕事が速い男の時間感覚は常人とは異なる、というのが相対性理論の主張だったはずである。だとすれば、深沢貴敏にとっての一時間くらいとは、ざっくり考えてそのはんぶん、三〇分でじゅうぶんということではないか。すなわち一時間（三〇分）くらいあればきっと貴公の望みはかなえられる。深沢はそう約束したのだ。そしてあいつは約束を守る男だ。

ならばあと三〇分のあいだに、なにかできることはないかと思案しかけて阿部和重はまたはっとなり、耳をすます。聞きとれたのは、遠ざかってゆくサイレンの音だ。玄関側の窓を見てみると、すりガラスはもう、赤く光ったり暗くなったりをくりかえしてはいない。死に神は去ったのだ。救急車の到来はただの偶然にすぎず、近所に急患が出たため駆けつけただけのことだったのだ。阿部和重はほっとするが、ラリー・タイテルバウムに目をやるとその喉もとには大鎌の刃が食いこみ、今にも収穫にかかろうとしている。死に神は消えさるどころかやる気まんまんのようだ。

「なんだこれ、痙攣か――ラリーさん？」

新たな異状だ。顔面蒼白なのは当然としても、ぜんまい仕かけにでもなったみたいにラリーは体をがたがたふるわせている。しまったと思い、浴室暖房のスイッチを入れてから阿部和重はすぐさま部屋を出る。そしてタオルや着がえに使う衣類を持ってきて、凍えそうになっているラリー・タイテルバウムにあらためて話しかける。言葉が伝わっているのかどうかはこの際気にしちゃいられない。

「ラリーさん、ずぶ濡れのままじゃまずい。気づくの遅くなっちゃって申し訳ない」

こちらが衣服を脱がせてやり、体をタオルでふいてやらなければならないところだろう。それは一目瞭然だが、どこから手をつけていいものか見当もつかないと阿部和重はあせる。繊細な飴細工の運搬でもまかされたかのように、指いっぽんの接触にさえためらいをおぼえてしまう。自己縫合をおこなった直後の怪我人を介抱した経験がないためだ。

「ちょっと動かすんで、痛かったらごめんなさいね」

ぐずぐずしていても死に神をよろこばせるだけだ。阿部和重は躊躇を捨て、ラリー・タイテルバウムを裸にひんむくことにする。鎮痛剤を使用しているか、なみはずれて忍耐強い人間のはずだからと勝手に決めつけて、思いきってやることにする。上は白シャツのみなのでらくちんだったが、下はそうはゆかない。腹部に裂傷を負ったばかりの人間の下半身から水びたしのデニムと下着をはぎとる作業の高難度を訴えてゆくことが、おれの今後のライフワークになるのかもしれない。汗だくの頭がそんな結論をくだしていた。

●

深沢貴敏はほんとうに三〇分ほどであらわれた——相対性理論は実証されたのだ。口うるさいおっさんブローカー同伴というささやかなサプライズまで用意しての来訪だった。

「それが酢酸リンゲル液。見りゃわかるな。点滴で入れるやつ。おい深沢ちゃんよ、ぼさっと突っ立ってないで点滴スタンド、そこらへんにセットしといてよ。場所なんかどこだっていいんだから。そっちはレボフロキサシン。内服の抗菌剤な。わからなかったら書いてあるんだから読むといいよ。字、読めんでしょあんた。そう、そのケースにも書いてあるから。レボフロは一日一回一錠の服用でオッケー。それも説明書に書いてあるわ。飲みわすれに注意。一回とばしちゃったんで二個いっぺんに飲むとかは駄目だから。わかった？　わかったんならあんた、パパちゃんさあ、とっとと飲ませちまいなって。鈍くさい野郎だなおい。のろまのせいで怪我人くたばっちまっても知らんぞおれは」

八〇年代のジャンボ尾崎を思わせる風采のブローカーが、シルバーのキセルを指揮棒みたいに振りまわしながらよどみなく指示を出してくる。ありがたいことだと呆気にとられつつも、阿部和重は手わたされたボストンバッグの中身をごそごそやる。ルイ・ヴィトン・キーポルのにせものから出てきたSサイズのジップロックに、かわいた草葉がいっぱいにつまっているためパパちゃんは奇妙に思う。四つ葉のクローバーであれば素敵な贈り物だが、残念ながら似ても似つかない。なんだこれはとジャンボに問いただす。

「これマリファナ？」

「そう。好き？」

「あ、いや、頼んでないから」

「気い利かせたんだけど、いらないの？　痛み止めとか、いろいろ使えるでしょ、最新医療だよ」

「これは？」今度は白い粉入りのちいさなポリ袋だ。

「ケタミン。それも麻酔用な。馬とか眠らせちゃうやつだから効きまくりだろ。夢見がいいっていうし、気に入るんじゃないの彼——あれ、でもパケ入りか。容れ物ちがうな、ちと貸してみ」

ポリ袋のなかに小指を入れ、指先についた少量をぺろりと舐めるという最もポピュラーな鑑定法が試みられる。ジャンボは瞬時に判断をくだす。

「なんだよコークじゃん。これコカインだわ、粉ちがい、まちがって持ってきちゃった。まあいいか、いるでしょ？」

「いやいや、ちょっと待ってよ」

ジャンボ尾崎が強引にポリ袋をポケットにつっこもうとしてくるため、阿部和重はくねくねと身をよじって抵抗する。とんだ押し売りをつれてきやがったなと恨みがましくにらみつけると、深沢貴敏は負けじとにらみかえしてくる。

「なにじゃれあってんのよ。さっさと輸液してやらないとまずいんじゃないの？　血いっぱい出てるんでしょ？　死んじゃったらものすごく面倒くさいんだから早くやろうよ」

もっともな指摘だと思い、浴室へ視線を向ける。ラリー・タイテルバウムは洗い場でおねんねちゅうである。サイズの合わないバスローブいちまいの姿で行きだおれみたいになっている。すっぱだかにして棺桶から出してやり、タオルで全身をふいたあとに一〇年前のお歳暮を着せてやったところで阿部和重は力つきてしまったのだ。中年男どうしによる荒い息づかいの二重奏が、浴室の不快指数を急上昇させたが、スマートフォンの振動機能が間もなくそれを断ちきってくれた。深沢貴敏からの到着通知だった。

阿部和重、深沢貴敏、ジャンボ尾崎の三人で力を合わせ、ラリー・タイテルバウムをリビングに運ぶ。二年前に妻が買った高級巨大革ばりソファーに死にかけの男を寝かせるのはなかなかにスリリングな一瞬だったが、人命救助に使われたとわかれば彼女も納得するだろう。納得をえられそうにないのは二歳一一ヵ月分の人生経験しかない息子であり、瀕死の重傷者が相手であろうと自分の特等席を占拠した者を彼は許すまい。だとすればつまり、明日から映記にこの世の道理を説くことが、朝晩の日課に加わるのだと四五歳五ヵ月の父親は理解する。難題がまたひとつ増えたわけだ。

「ラリーさん、これ飲んじゃって。レボフロキサシン、わかるよね？」

ラリー・タイテルバウムはイマジナリーフレンドとでも会話しているかのように、だれもいない虚空に向かってうなずいてみせる。そのうつろな瞳は淡い恋心のあらわれではなく、どちらかといえば意識の朦朧状態を裏づけるものにちがいない。言語のみではもう彼をひきとめられないところにきているのだ。

ほとんど魂の抜け殻みたいなものだが、それでも服薬の意志だけはしっかりと保っているようだ。差しだされた錠剤を受けとるラリーの手つきは危なげなく、ポカリスエットと一緒に飲みくだす動作もとどこおりない。薬を飲みおえると彼は一度おおきな溜息をつくが、まだ終わりじゃないぞとまなざしで訴えてくる。

阿部和重ら三人が注目するなか、ラリー・タイテルバウムは視線を酢酸リンゲル液のソフトバッグがつるされた点滴スタンドへと移動させる。そのアイコンタクトがクイズのはじまりとなる。まともに発音できず何度も聞きかえされるのを避けるためか、ラリーは口頭で伝えるのではなく、ジェスチャーで注射を打つ真似をする。回答権を行使したのはジャンボ尾崎だ。

「カテーテルな、だから持ってきたって。ほらこれだろ、留置針もあるぞ」

受けとった点滴セット一式をかたわらに置くと、次も無言でラリーは下方を指さす。

床に転がっているオリーブドラブのポーチをもとめているのだ。正解に気づいた阿部和重は、さっそくそれをひろって手わたしてやる。

場数を踏んでいるからなのか、深沢もジャンボも異様なくらいに冷静だ。それは阿部和重にとって好都合だが、ジャンボ尾崎がおかまいなしにキセルで煙草を吹かしているのは我慢ならない。おまけに嗅いだことのないにおいが漂い、違法な銘柄ではないかと疑わせもする。しかしへそを曲げられてもこまるため、しぶしぶながら見のがすしかない。

バスローブの袖から両腕をぬき、半裸になったラリーは、ここでふたたび手なれた医療行為を披露する。左腕上腕のまんなかあたりに駆血帯と呼ばれるゴム紐を巻きつけ、アルコール綿で前腕内側の皮膚消毒をおこない、静脈に留置針を刺し入れて固定するまでを彼は自分ひとりでやり遂げる。チューブの接続や輸液ルートの確認などは深沢貴敏がひきうけたが、それを見まもるラリー・タイテルバウムの顔色はもどかしげだ。他人まかせができない性分かもしれない。

深沢が完了を告げると、ラリーはさらにみずから調節器具を操作し、点滴滴下の速度の最適化をはかる。薬液の雫が次々にチューブを伝ってゆく。どうやらうまくいったらしい。死にかけの男はついに、自身の体内に命の水を流しこむのに成功したというわけだ。

「ＯＫ、ありがとう。わたしは休みます」

意外なほどはっきりとした声で謝意を述べると、レスキュー隊の応答も待たずにラリーは宣言どおり瞼を閉ざした。バスローブを脱いだまま休眠状態に入ったため、二年前に妻が買った高級巨大革ばりソファーに股間まるだしの中年男がだらしなく横たわる図ができあがってしまう。『裸のマハ』が描かれてから二〇〇年いじょうが経ったとはいえ、さすがにこれを妻に見せるのはためらわれる。阿部和重は戦慄をおぼえたが、足もとに落ちていたブランケットをひろいあげ、そっとラリーにかけてやるといった程度のやさしさは失っていなかった。

●

「リンゲル液とレボフロってやつはこれだけ？　たりるの？」

おちついたところで、にせルイ・ヴィトンの中身を再度チェックしてみると、最初に口から出てきたのがその質問だった。抗菌剤はともかく、酢酸リンゲル液の在庫は二五〇ミリリットルのソフトバッグがあと一個しかない。阿部和重の懸念に、ジャンボ尾崎は真顔でこう応ずる。

「そらたりねえよ」

「え？　たりないの？」

「そうだよ」

「ぜんぜんたりないの？」

「量にもよるが、血がどばどば出てたんだろ？　たりねえんじゃねえの」

「残りは車に積んであるってこと？」

「たりなんかねえよ。それしか持ってきてねえんだよ」

深沢貴敏は黙りこみ、渋い顔でジャンボ尾崎の隣に立っている。からかわれているのではないらしい。ふたりの放つ雰囲気がそれを断言している。

「たりないんなら、やばいじゃん」

「そうだな」

「死ぬでしょ」

「血がまわらなくなるからな、死んじまうだろ」

「追加は？　いつ頃なら手に入るの？」

「昼ごろかな」

「なんだ、じゃあ大丈夫か」

「いやいや、あと一個じゃ昼まで持たねえだろ」

「ならどうすんの、まずいじゃん。そもそもなんでこれしか持ってきてないんだよ」

かちんときたのがわかるくらいに、ジャンボ尾崎は語気を強める。

「おいこら、勝手なことぬかすなや。急ぎだっつうから、とりあえずかきあつめてきたんだろうが。あっちこっちの連中がこぞって注文してきやがるから夜は品薄だっつうのによ。短時間でこんだけ持ってきてもらえただけでもありがたいと思えや。赤十字じゃねえんだぞ」

キセルの先端を突きつけてきて小言をならべるブローカーのけわしい顔は、ほんもののジャンボ尾崎にそっくりだ。兄に叱られるジェット尾崎の気分はこんな感じだったのかもしれないという実感が湧いてくる。

正論を畳みかけられ、気圧されてしまった阿部和重は、うなだれて嘆息をもらすことしかできない。頃あいと見たのか、深沢貴敏がここでやっと口を開いた。

「ってことだからさ、アメリカ人の死体かかえて面倒くさいことになりたくなければ、調達に行かなきゃならないわけ」

不吉な夜には何度でも不吉な予感が働く。そしてたいていは、無事には終わらない。その意味で、深沢貴敏の次の提案は凶兆いがいのなにものでもなかった。

「じゃあ行こうか。時間もないからさ、さくさくやっちゃおう」

顔がひろく、実行力があり、仕事が速い男にふさわしいかけ声だ。この誘いをはねつける術は見つかりそうにない。

とうにわかってはいたことだが、と、阿部和重はあらためて思う。たとえひとでなしと呼ばれようとも、今夜は決して玄関を開けてはならなかったのだ。

●

「はい着いた」

深沢貴敏が初代シビックを停めたのは、住宅街を通る抜け道の路肩だ。ここから少し坂道をのぼったところに割とおおきめの病院があり、駐車場も完備してあるが、深沢は道端でエンジンを切ってしまった。

なぜこんなところに、と阿部和重が訊ねようとした矢先、深沢貴敏はだれかに電話をかけはじめた。もれてくる会話を聞けば、すべて段どりの一部らしいから、返事がほしいのなら通話の終了を待つしかない。助手席のジャンボ尾崎が長々とライターを点火させているせいで、妙なにおいの煙が車内に立ちこめている――ひと仕事する前に、きらきらアロマでリラクゼーションとかいうつもりなのだろう。深沢はとげのある言葉を電話相手にぶつけている。そんななか、ひとり後部座席でじっとしている妻子持ちの小説家は不安におののいている。

不安の正体は鮮明に見えている。ベッドで熟睡しているとはいえ、映記を家に置いてきてしまったことがおそろしくてならないのだ。こわい夢にでもおびえ、もしも途中で起きてしまったらどうすればいいのか。深夜に目がさめて、どこにも親の姿がなく、リビングの特等席には見知らぬ外国人が点滴につながれながら裸で眠っているばかり――そんな地獄絵図に直面してしまった二歳一ヵ月の子どもが抱く恐怖心とは、どれほどのものなのか。そのことを考えると、四五歳五ヵ月の父親は悪寒がとまらなくなってしまう。

ここは家からさほど遠くない場所だが、むろんそれはなんの保証にもならない。二、三歳児が使いこなせる電話機やモバイル機器などの類いはわが家にそなわっていない。いくら近距離にいても、連絡がとれなければパパが即応するのは不可能だ。

いたたまれなくなり、なにもしないではいられなくなった阿部和重は、即座にiPhone 5でAmazonにアクセスし、思わず犬笛を購入してしまう。笛を吹く程度ならば二、三歳児にもたやすいし、居場所がへだたっていてもこちらにSOSをとどけられるじゃないか——そんな血まよった思いつきに囚われた四五歳五ヵ月の男は、必死のあまり自身がイヌ科の生物として生を享けたわけではないという事実を失念し、ついぽちってしまったのだ。

「くそ駄目だ、ほかの手かんがえなきゃ」

電話を切った深沢貴敏がそうつぶやいた。あてがはずれたらしい。気がかりがさらに増えそうな現状にいっそうあせりをおぼえ、阿部和重は早口で問いかける。

「どうした？　なにが駄目だった？」

「ことわられたんですよ。なめくさりやがって、あのくそが」

「どういうことだよ、だれに怒ってるんだよ」

「だから、カジノでこさえた借金の肩代わりしてやってる看護師に電話したんだけど、今日は当直じゃないから協力できないとか言ってるんですよ。同僚とシフト替わったんだって。嘘くさいけど、行ってみてほんとに非番だったら洒落にならないし」

なるほどそれは駄目だ。見切りをつけてプランBという局面だ。阿部和重は代案を訊ねるが、プラン**B**の常として、この場合も次善の策は用意されていない。電話相手へのいらだちがまだ残っているらしく、深沢貴敏はなおもかりかりしており、名案のすみやかな浮上は期待できそうにない。そのうえジャンボ尾崎が笑いながら茶々を入れてくるというおまけつきだ。

「ほんならパパちゃんが担ぎこまれるしかねえだろ。仮病でどんだけいけるかな」

しょうもない冗談にかまっていられる余裕は一秒もない。それはこのパパちゃんにかぎらず、深沢貴敏にも共有されている切迫感だと思われたが、見こみちがいだった。深沢はジャンボのおふざけに乗っかり、無益な仮病案をひっぱるつもりなのだ。

「そうね、やっぱり、それしかなさそうだなこれは」

「だろ? それしかねえんだって。やっちまおうぜ」

「そうだな、やっちまうか」

「そうそう、やっちまおう」

「それならまず、準備しなきゃ」

「準備な、やっとこうや」

「もっぺん病院の見とり図チェックしとくわ」

「そら必要だな」

「保管室とナースステーションね」

そんなやりとりにつづき、深沢貴敏がスマホで病院の公式サイトを閲覧しだすと、ジャンボ尾崎はシビックのグローブボックスを開けてごそごそやりはじめる。冗談にしてはふたりの息が合いすぎており、時間も刻々と経過しているため、阿部和重はとうとう無視できなくなる。

「なあ深沢」

「なんすか？」

「時間ないぞ」

「わかってますよ」

「だったらそろそろ別の手かんがえなきゃまずいだろ」

「だからとっくに進めてるじゃないですか」

「なにを？」

「別の手を」

「だからさ、冗談はそれくらいにしとけって言ってるんだよ」

わかっていないのは自分のほうだったのだと阿部和重が思い知るのは、この直後だ。

「阿部さん、これ冗談なんかじゃないですよ」

「は？」

冗談ではないという断定に阿部和重が困惑していると、深沢貴敏とジャンボ尾崎は車外に出て、左右のドアを開けて後部座席に乗りこんでくる。小説家がますます困惑していると、メディカルブローカーがこんな確認をとって困惑を最大級に深めてくれる。

ぎとられると、親指の爪をペンチでひき剝がされてしまったのだ。

やばいと気づいたときには手おくれだった。深沢貴敏に背後からはがい締めにされた阿部和重は、ジャンボ尾崎の拳をみぞおちにいっぱつ食らい、息がとまって体に力が入らなくなる。その隙に、間髪いれず左足に履いたジャーマントレーナーとソックスをは

「足の親指でいいんじゃない？」

「どこいく？」

●

深夜の坂道をのぼりながら、阿部和重が最も強く感じていたのは足の痛みではない。文句ひとつ言えぬまま、いきなり爪をひき剝がした連中に両脇をささえられて歩かねばならぬという屈辱感だ。

痛みじたいは想像していたより少ない。親指と爪がバイバイする瞬間は激痛が走ったが、すぐに耐えがたいほどの苦痛ではなくなった。今はむしろ、わが身の一部が無理矢理ひっぺがされた不意撃ちの衝撃のほうが重く残っている。腹だちもひとしおだが、こみあげる怒りをのみこまねばならぬ切迫した状況であることも理解できるのがつらいところだ。人命救助に手を貸せと深沢に頼んだのは自分自身なのだから仕方がない。それに一刻も早く息子のもとへ帰りたい。だから爪のいちまいくらいでがたがた言ってはいられないと思い、阿部和重はこらえる。

二次救急医療機関の夜間通用口を利用するのははじめてだ。両脇のふたりはリピーターらしく、スタバでなんちゃらフラペチーノでも注文するような口ぶりで守衛室の職員に用件を伝えている。数分前には電話連絡も済ませているので対応にもたつきはなく、ただちに救急診察室へと案内される。途中、ジャンボ尾崎がトイレへ行くと言って離脱したが、不審視された気配はない。

一般診療時間外の院内は暗く静かであり、急患や救急の外来はほかにだれもいない様子だ――そのことが、自分たちの目的にとって好都合なのかといえばそれはわからない。診察室でも平然としている深沢貴敏の横顔を見て、泥棒の片棒をかつぐ阿部和重はおちつきをおぼえるが、年配の女性看護師の問診を受けるうちにしどろもどろになってゆく――負傷の経緯を予想外に根ほり葉ほりせんさくされたため、おれさまはプロのペテン師でございと高をくっていた小説家は、辻褄を合わせるのに苦労してしまったのだ。

当直の医師があらわれたところで深沢貴敏もトイレに立った。これも不審視された気配はないが、別の面であやしまれていたことがたちまち明らかとなる――途端に女性看護師がひそひそ声になり、その怪我はほんとうにあなた自身の不注意のせいなのかと心配そうに訊いてきたのだ。つまり彼女はつきそいにやられたのではないかと疑っているわけだ。

さっきの根ほり葉ほりの意図はそこにあったのかと気づき、なるほど、とつぶやいて阿部和重はにやにやしてしまう――他人の思わくが透けて見えることのやすらぎが顔に出たのだ。われわれが盗賊団だと見ぬかれたわけではないらしい。だとすれば、あとは出まかせをならべてゆき、深沢やジャンボがもどるまで時間かせぎをすればいい。

●

初代シビックのエンジン始動に手間どりながら、深沢貴敏が訊いてくる。

「で、なんて答えたの？」

後部座席の阿部和重は、消毒してガーゼをあててもらっただけの親指に気をとられ、なかなかつづきを話そうとしない。診察した医師によれば、爪が完全に生えかわるのに半年以上はかかるという。一週間から一〇日くらいで患部に薄皮が張るが、それまでは傷口が濡れぬように、左足親指にビニール袋かなにかをかぶせての入浴となる。とはいえ通院の必要はなく、数日かそこらガーゼや絆創膏で対処すればよく、塗り薬なども不要だから大騒ぎするほどの怪我じゃない。痛みがひどいようなら鎮痛剤を処方すると言われたが、阿部和重は首を横に振った。

「阿部さん？　寝てんの？」

「ああ、夢見てたわ」

「つきそいにやられたんじゃないかって疑われて、なんて答えたわけ？」

「借りた金かえせないおれが悪いんだから、やられてもしょうがないんだって設定にしといたよ」

「なんだよ、否定してないんじゃん」

「そのほうが話ひきのばせるからな」

「通報されたら面倒くさいんだけど」

「DVじゃあるまいし、通報なんかいちいちしないだろ」

「のんきだなあ。警察きたらうまくやっといてよね」

「うまくって、どうすんだよ」

「じつはやつあたりで電柱けったら剝がれたんだとか、かっこ悪いから看護師には嘘ついたんだとかなんとか、適当なこと言っとけばいいじゃん」

「でも、おまえらがおれの爪とったのは事実だしな」

「根に持ってんの？」

「示談には応じてやるから、それなりの額用意しとけよ」

「三〇円くらい？」

ようやっとエンジンがかかり、深沢貴敏は四〇年物の愛車を発進させる。走りだした矢先にパトカーとすれちがい、ほんとうに通報されたのかとうろたえて阿部和重はその黒白車両を目で追ってしまう。「設定」の話は冗談だが、薬品泥棒が早くもばれてしまったのだとすれば、あと一時間もしないうちにあれの後部座席に乗せられる羽目になるだろう。だからといって今さらなにもなかったことにはできない。ひきかえせない地点を通りすぎてもうずいぶん経つのだから、ここは思考停止に見て見ぬふりで押しとおすしかない。

助手席のおしゃべりがおとなしくしているのは、玉川警察署だか成城警察署だかの無線警ら車との運命的なめぐり逢いにどきどきしているためではない。にせルイ・ヴィトンに忍ばせてきた盗品のチェックに余念がないからだ。

ひとの目も監視カメラの目も盗み、薬剤保管室への侵入をはかるも施錠されたドアにはばまれる。そこで時間ぎれとなり、ジャンボ尾崎は収穫ゼロとなったが、おなじ頃にたまたま無人のナースステーションにゆきあたった深沢貴敏が目的を果たしていた。

五〇〇ミリリットルの酢酸リンゲル液を三つも手に入れられたのはついていた。にせルイ・ヴィトンにはまだほかにも、あわてる深沢が手あたり次第に窃取してきた数種の医薬品がおさまっているようだ。それらすべては仕事熱心なジャンボ尾崎の仲介のもと、正規の医療を受けられぬ闇世界の傷病者らに渡ってゆくのだろう。

「あ、そうだ」阿部和重がふと思いだす。「ORSってなんだと思う?」

運転中の深沢は、いかにも気のない声でなんのことかと問いかえしてくる。

「アメリカ人が言ってたんだよ、自分で傷口縫う前に。ORS、必要な薬かな?」

持ち前の親切心を発揮させて、ジャンボ尾崎が口だししてくる。

「経口補水液だ。静注の道具がねえから、飲むほうで輸液の代わりにでもするつもりだったんだろ」

「え、どういうこと?」不意に畳みかけられたため、今度は阿部和重が問いかえした。

「ＯＲＳだろ？」

「そうそう」

「だから経口補水液。オーラル・リハイドレーション・ソリューション。熱中症とかのときに飲め飲めって宣伝してんだろ、あれのことだ。ちっとはてめえで調べなパパちゃんよ」

「そういやあのとき、ポカリ飲ませたわ」

「ポカリは別もんだ。経口補水液なんざ普通に薬局で売ってるから、朝いちで買いに行け」

「今ある点滴だけじゃたりないの？」

「たりねえっつうか、傷縫って輸液しておしまいじゃねえからな。抗菌剤なんか飲んでたってどうせ二、三日は熱出して四〇度とかいくわけ。そうなったらなんも食えねえから体力もなくなっちゃう。ほんで水分補給もしとかねえと死んじゃうから、経口補水液でも飲ませとけって話だ。またリンゲル液かきあつめるよりは、薬局で買えるんなら楽でいいだろ」

●

車を降りた阿部和重が、走りさるシビックを見おくりもせず最初にやったことは時刻の確認だ。おそろしいことに、スイス製自動巻きクロノグラフの針は一時四三分を示している。寝ている子どもを置いて一時間も家をあけてしまったようだ。コンマ数秒のあいだにありとあらゆる悲惨なビジョンが思い浮かぶ。左足をひきずりながらの歩行のため余計にあせりが増す。

ふるえる手で鍵をまわし、ばたつく音が立つのもかまわずにドアを開けて靴を脱ぐ。トイレの我慢が限界だとでもいうようなあわただしさだが、片手でかかえていた輸液製剤のソフトバッグを廊下にどさどさ落としたところで阿部和重ははっとなり、忍び足に切りかえる。しじまに響く床のきしむ音はかえって耳ざわりに感じられ、父親の心理をいっそう追いつめてくる。

寝室に直行しかけて、リビングの明かりに足をとめられる。つけっぱなしで出かけてしまったらしい。電灯のスイッチを切るためだけの立ちよりのつもりだったが、意表をつく光景に出くわして阿部和重はしばし立ちつくしてしまう。二年前に妻が買った高級巨大革ばりソファーに横たわり、点滴につながれた状態で生死の境をさまようラリー・タイテルバウムの姿は想定内だが、そのラリーに覆いかぶさるように抱きついて、わが子がすやすや眠っている場面というのは考えてもみないものだった。

きっと寝ぼけて父親と見まちがえたのだろう。それはそれで複雑な気持ちにさせられるが、留守中のハプニングがこの程度で済んだのは幸運いがいのなにものでもないと受けとめるべきだ。ありとあらゆる悲惨なビジョンから解放され、阿部和重はほっとする。

ただしこのままラリー・タイテルバウムのどてっ腹を息子のベッドにしておくのはま

ずい。縫ったばかりの傷が開かぬようにと慎重に、息を殺して映記をかかえあげる。ちいさな飲んだくれがおねしょしていないと気づき、今世紀最大の救済がもたらされた心地につつまれる。緊張が解けてきたせいか、力が入らず、寝室へ向かうのもやっとだ。息子をベッドへ運ぶのは今夜これで何度目なのか。パジャマに着がえもせずに子どもと一緒に横になると、自然と瞼がおりてきて、ぴくりとも動けなくなってしまう。

いや駄目だ、と阿部和重は目を開く。なんのためにおれはさっき、爪いちまいとひきかえに輸液製剤をかっぱらってきたっていうんだ。映記が目をさまさぬようそっと起きあがり、リビングへもどると、空っぽになりかけている二五〇ミリリットルのソフトバッグと新入荷の五〇〇ミリリットルを交換する。おぼつかない手際で初の作業を終えると、阿部和重は壁によりかかって床に座りこみ、おおきな溜息をつく。

次の交換が何時間後になるのか見当もつかない。疲れきって調べる気にもならないが、点滴患者を捨てておいて床に就くわけにもゆかない。死ぬかもしれない人間の面倒をひきうけるということは過酷だなと思いつつ、これは未知の感覚じゃないぞと阿部和重は思いあたる。ほったらかせば死ぬかもしれないという意味では、乳幼児の世話とよく似ている。少しも目が離せず、ものすごく手がかかり、つきそいは責任重大だ。なるほど、と納得がいった中年小説家は、死にかけのアメリカ人をじっと見つめるが、乳幼児とちがってちっともかわいげがない。かわいげがないどころか、すさまじいほどのきな臭さを漂わせるばかりだ。

あんたはいったいなにをやったんだ。阿部和重は、ラリー・タイテルバウムに向かって心で話しかける。

いったいなにをやらかして、ここに逃げてきたんだ。『ニューズウィーク』の編集者だといってメールを送ってきたが、取材相手を怒らせて横っ腹を斬りつけられたとでもいうのか。おれに依頼するつもりの仕事も、そういう種類のやつなのか。どういうわけでこんなことにおれを巻きこむんだ。

話しかけているうちに、瞼がみるみる重たくなってゆく。自分がはんぶん寝かけていることを自覚しているが、もはや睡魔に抵抗もできず、する気も起こらない。阿部和重は意識を失う。

●

バラク・オバマは、二〇一四年四月二五日金曜日の神町初訪問以前から、山形県との縁を持っていた。

「山田工房」製パターで首脳会談ぱっと演出　安倍首相、オバマ氏に「山形の技」手土産－山形新聞

２０１３年02月24日　23:50

米大統領への手土産は「メード・イン・山形」のゴルフパター――。米ワシントンで22日（日本時間23日）に開かれた日米首脳会談で、安倍晋三首相はオバマ大統領に、山形市南栄町2丁目の山田パター工房が製造したパターをプレゼントした。大統領側の〝ご指名〟で同社のパターが選ばれたといい、本県発の優れた製品が、日米トップの絆を強めるアイテムとして大きな役割を果たした。

４年前のオバマ氏の大統領就任式では、寒河江市の紡績糸製造会社のモヘア糸が使われたニットカーディガンをミシェル夫人が着用して話題になっており、本県ものづくりのレベルの高さがあらためて脚光を浴びそうだ。

高精度の製造技術や理論を駆使して仕上げられる山田パター工房のパター。プロ・アマを問わず国内外に愛用者は多い。昨年5月には、ＰＧＡ（米プロゴルフ協会）下部ツアーに参戦しているオーストラリアのライン・ギブソン選手が、同工房の代表的パター「エンペラー」を使い世界最少スコアの55ストロークをマークしたことで、一気に〝山田ブランド〟の名が世界に広まった。

山田透社長（57）によると、外務省の担当者から突然電話が入ったのは今月18日夕。都内で同社のパターを扱うショップを尋ねる内容で、米国への贈り物であることや、先方からの希望である旨も伝えられたという。ただ都内の取次店には、希望する左利き用の在庫がなかったため、山田社長が急きょ、工房にあった商品を送り対応した。

今回の首脳会談では、安倍首相がオバマ氏にパターをプレゼントした上で、祖父の岸信介元首相が1957年に初めて訪米した際、ホワイトハウスでの首脳会談後にアイゼンハワー大統領とゴルフを楽しみ交友を深めたエピソードなどを紹介。和やかな雰囲気で盛り上がった。

米国生活の経験もある山田社長は「自分が手掛けたパターが米大統領に贈られるというのは光栄この上ない。安倍首相との信頼が深まると同時に、日本の価値を認めてもらうことに少しでも役立てばうれしい」と話す。

今回は突然の注文だったため、自慢の「エンペラー」が手元になく、代わりの製品で対応せざるを得なかったという。山田社長は〝メード・イン・ジャパン〟の魂を伝えるため、オバマ氏の名前を刻印した「エンペラー」など2種類を仕上げ、近く外務省を通じて大統領本人に届けてもらう予定だ。

記事のヘッドラインにある「ぱっと演出」は、「派手で目立つさま」の意味の「ぱっと」と、ゴルフ用語の「パット」をかけた駄洒落だと考えられる。

また、この機会にバラク・オバマに贈られたのはゴルフクラブのみではないようだ。

オバマ大統領に贈ったパターは〝代替え品〟だった!?－ゴルフダイジェスト・オン

ライン

2013/03/09 13:10:46

先日の日米首脳会談。オバマ大統領が所望し、安倍首相から贈り物として渡されて話題になったモノは、クラブ職人、山田透さんが造った削り出しのパターだった。

「2月18日の午後、『アメリカへ山田パターを贈りたい。先方のリクエストで』といった電話が外務省から入ったんです。そのリクエストの主がオバマ大統領でした。贈り主は安倍首相。とても光栄でしたが、手元にあった左用（オバマ大統領はレフティ）のパターは〝スティック・オブ・ライフ〟の1本だけ。日程的に間に合わず、まずはそれを届けたんです。でもオバマさんとしては、昨年5月に米国オクラホマでライン・ギブソンというプロが18ホール55ストロークで世界最少ストロークをマークした際に使用していた、『ヤマダ・エンペラー〝55〟』が本命。ですので、まさに今、エンペラーのレフティを製造中で、近々届けることになっています」

山田さんは34年前、米国在学中にゴルフと出会ってパター造りの世界へと入った。今は地元、山形県の工房で、デザイン、金型製造、手削り、精密機械削りのプログラミングまですべて1人で行い、レッスンプロの資格を持つ。「オバマ大統領には、パターと一緒にストローク練習機『DREAM54』も贈りました」

パターを造るだけじゃない、オバマ大統領のカップインまでサポートする職人なのだ。

神町初訪問の一年前、バラク・オバマはヤマダ・エンペラー〝55〟とDREAM54を贈られていた。山形製の「皇帝」と「夢」が、アメリカ合衆国大統領にプレゼントされていたわけだ。

ゴルフ愛好家のバラク・オバマは、無類の音楽好きとしても知られている。

バラク・オバマのipodプレイリストを入手－Nifty Music Network

2008.07.01 09:55

民主党の大統領候補、バラク・オバマ上院議員が、自身のipodに入れているお気に入りの曲のプレイリストを公開した。

これは6月27日に発売された米ローリング・ストーン誌へのインタビューで語ったもので、オバマ氏のipodにはファンとして良く知られているJay-Zに加え、大ファンであるボブ・ディラン、シェリル・クロウ、ローリング・ストーンズらのトラックが入っているという。

幼い頃、70年代にはエルトン・ジョンやアース・ウィンド&ファイアを聴いて育ったこと、最も好きなトラックはストーンズの「ギミー・シェルター」（この曲の有名な「War, children It's just a shot away」＝戦争だ、子供たちよ 目前に迫る のフレーズが好きだとのこと）。

さらに30曲以上をipodに入れているのはボブ・ディランで1975年の『Blood on the Tracks』（邦題：血の轍）。特にディランの曲でお気に入りは「マギーズ・ファーム」で「I try my best/ To be just like I am/ But everybody wants you/ To be just like them.」＝私は最善を尽くす、自分らしく在る為にでも皆が求めてくるのは私が奴らのようになることなんだ」この曲のフレーズがいつも語りかけてくるんだ…と語った。

もう一人オバマ氏が敬愛するのはブルース・スプリングスティーン。ディランもスプリングスティーンの彼（ママ）の支持者として知られ、特にスプリングスティーンとは直接電話で話したこともあるという。

さらにマイルス・デイヴィス、ジョン・コルトレーン、チャーリー・パーカーといったジャズのレコード、ヨーヨー・マのクラシックと幅広い音楽趣味を披露。

ヒップホップに関しては「人種の壁を壊した一方で、女性軽視や物質至上主義の作品も多く、その点は悩むこともある」との懸念点も挙げ、自らの見解を示した。

バラク・オバマは「幅広い音楽趣味」の持ち主にふさわしく、折々のシチュエーションに合わせた「プレイリスト」を作成しているが、DREAM54を使用してパッティングストロークの練習をおこなう際に聴く曲は、ジャッキー・デシャノンの唄う「世界は愛を求めている」と決まっているようだ。iPodを通して聴くこともあれば、みずから口ずさむこともあるという。

ジャッキー・デシャノンの唄う「世界は愛を求めている」がバラク・オバマの「プレイリスト」に加わったのは、二〇一〇年一一月一四日日曜日の鎌倉大仏再訪直後のことだとされている。日本で出会った若い女性に勧められたと、バラク・オバマ本人は語っているようだが、側近や警護隊のなかにその日本人について知っている者はいない。父は鎌倉で幽霊に会ったのだろうと、「今回同行しなかった長女マリアさんと次女サーシャさん」は非公式に述べている。

●

二〇一四年三月四日火曜日の午前七時半、リビングの床で寝ていた阿部和重は子どもの泣き声で起こされた。この目ざましじたいは妻不在時の恒例行事だからなにも驚くことではない。真の厄介事は次の瞬間に発生した。とっさに立ちあがり、息子のもとへ駆けつけようとした矢先、左足親指のつまさきをテーブルの脚に直撃させたのだ。六時間ほど前に爪を失ったばかりの男は絶叫を抑えられない。

二歳一一ヵ月の子どもが泣きわめいても、四五歳五ヵ月の男がそばで悶え苦しんでいても、ラリー・タイテルバウムは寝がえりひとつ打たない。その無反応がなにを物語るのかは医療の素人には判断しようがない。たぬき寝入りであれば結構だが、洒落にならないシリアスな容態だとしても、１１９番を禁じられた一般家庭でこれ以上の対処はさすがに無理だ。輸液製剤の交換は済ませたのであとは運に頼るほかない。

途方に暮れるほどやるべきことが山づみの朝である。超高速で頭を整理した果てに、息子を保育園へ送りとどけるのが最優先だという結論にいたる。泣きながら起きてきた映記は結局おしっこをもらしていた。今シーズンのヤクルト球団全敗を祈願し、逆さづりにしたつば九郎をイメージして阿部和重は心のみだれをおちつける。

濡れてしまったシーツやパジャマや下着などを洗濯機につっこんで浴室を出ると、玄関のほうから床面に点々とつづく血痕が目にとまる。当然のごとく玄関の外にも赤黒いまだら模様ができていて物騒きわまりないが、ふきとり掃除はあとまわしにするしかない。寝室にもどり、マットレスを壁に立てかけて干さなければならないからだ。いやそんなことよりも、裸の息子に服を着せて朝ご飯を食べさせるほうが先だろう。左足親指のつまさきがまだじんじんしている。「ママがいい、ママがいい」という映記の泣き声もやむことがない。

「おにぎりだ、ツナマヨのおにぎりをあたえたよ。ツナとマヨと飯の混ぜる割合まちがえて、ぼろぼろになっちゃったけど」

仁枝亮作は眉間に皺を寄せている。契約作家の苦難をわかちあっているというよりは、昨夜から今朝にかけての一部始終を聞かされて、対応にこまっている様子だ。

「食べてはくれたんですか？」

「駄目だったよ。よくわからんが、海苔のかたちとかも気に入らなかったらしい。そっからまた、ママがいいの嵐だ」

「じゃあなんも食べずに保育園に？」

「バナナ食ってった、出る間際にいっぽんだけな」

「なんだ、それなら——保育園で午前のおやつも出るんですよね？」

「どうだったっけな——」

「でもまあ、バナナ食っとけばじゅうぶんですよ」

「だよな、おれも食っとけばよかったわ」

「今ガーリックステーキ食べてるじゃないですか」

「キャラメルミルクレープも追加な」

有無を言わさぬデザートのリクエストは、昨夜の救援要請を深沢貴敏に丸投げしたことへの腹いせだ。仁枝亮作からご機嫌うかがいの電話を受けたのは、息子を自転車で保育園に送った帰り道だった。朝からなにも食べていなかった阿部和重は、タイミングのいいやつだと思い、ブランチを奢らせるつもりでわがエージェントを近所の不二家レストランに呼びつけたのだ。ついでに経口補水液の購入も仁枝にゆだねた。ラリー・タイテルバウムは依然として夢のなかだから、その隙に空腹を満たし、買い物も済ませておこうという寸法だった。

「川上さん追っかけて神町に行くって話は本気なんですか？　やめといたほうがいいですよ」

「だってパパはいやだ、ママがいいって三秒おきに言ってんだもん、かわいそうじゃん。パパだけじゃ限界あるんだよ」

「だからそれアウトですって、典型的な根性なしの言いわけですよそれ」

「根性論かよ」

「端から逃げ腰なのがよくないって言ってんですよ」

「ならどうすりゃいいんだよ」

「父親なんだからひとりでなんとかしなきゃいかんでしょ。でないと夫失格ですよそれ」

「でもおれは『母をたずねて三千里』に涙した世代だからなあ。マルコにかあちゃんと会うのは我慢しろとか旅に出るなとは言えないんだわ」

仁枝亮作は鼻で笑い、そんなの通るわけないじゃん、とひとことはさんでから真顔になり、そもそも、とつづけてぐっと声を低める——問題の人物が、救急隊員すら信用できぬほどまわりが敵だらけらしいといういわくつきであることを、ちゃんと理解しているようだ。

「例のアメリカ人はどうするんですか？　まだまだ押っぽりだせるような状態じゃないんでしょ？」

「それがそうなんだよ。いきなりそんなことになっちゃったから、こまっちゃってさ」

「なら神町なんか行けっこないじゃないですか」

「いや、だからここで御社の出番かなって」

「なに言ってんすか、無理に決まってるじゃないですか」

「人道主義を実践する模範的企業として国際的に羽ばたくチャンスだとは思わないわけ？」

「ええ、まったく」

「あ、そう」

「だいたいそのひと、ほんとに『ニューズウィーク』の編集者なんですか？　いまだにこっちにメールきてないですよ」

「おれだって知らないよ。うちにいるから訊いてみりゃいいじゃん」

「Twitter のダイレクトメッセージでしか連絡とってなかったんでしょ？」

「それは最初のやりとりだけだって。メールでも連絡とりあってるよ」

「でも、全部でせいぜい二、三回ですよね。そんなひと、よく家に入れましたね」

「血まみれで死にかけてる人間だぞ？　追いかえせるか？」

はぐらかすためか、仁枝はひと口コーヒーを飲んでから、質問に質問でかえしてくる。

「もともとの依頼内容ってなんだったんでしたっけ？」

「それ聞く前にこうなったからな。たしかどっかに取材に行かせたいって話だったと思うが、詳細は会ったときにってことで――」

「意識もどったら、なんの取材か訊ねてみればいいじゃないですか」

「依頼、まだ生きてると思うか？」

「そりゃないか」

「ないだろ」

「まいりましたね」

「まいりましたよ」

ラリー・タイテルバウムの謎が、ポップでスイートな不二家の店内を重くるしい色に染めかえてしまう。舌をぺろりと出しているペコちゃんが、心なしか生き血をすったあとの満腹感の表現に見えぬでもない。ポコちゃんの血だろうか、などと浮かんだところで考えるのをやめ、阿部和重はしばし黙って食事に集中する。キャラメルミルクレープにとりかかると、ポップでスイートな世界がよみがえってあたたかい気持ちが湧いてきたが、仁枝亮作の新たな問いかけによってこの世はたちまち暗黒面にひきもどされてしまう。

「それで、今日はどうするんですか?」

「今日?」

「真相究明運動の――」

「行けるわけないじゃん。死にかけと園児かかえてどうやって行くんだよ」

「ですよね」

「つうかさ、おれのこの現状って、フェードアウトするきっかけとしてはばっちりなんじゃないか?」

「頃あいだとは思いますけど、抜ける理由はどうするんですか?」

「家庭の事情ってことでいいんじゃないの」

「どうかな。もっとそれっぽいこと言っといたほうが、あとあと面倒じゃないかもしれませんよ」

「いやいや、『母をたずねて三千里』だからってことでいいじゃん。子どもが母親に会いたいっていうんだから、それをかなえてやるのが父親のつとめだってことでまるくおさまらないか?」

「ためしにその感動的な屁理屈、今すぐツイートしてみてくださいよ。絶対からまれるから。子どもを盾にして真実から逃げんのかって、もっぺん袋だたきに遭いますよ」

「そんなのは毎度のことだからな。どのみちなに言ったって、真実から目をそむけるなとかなんとか、おんなじ話くりかえされるだけじゃん。家庭の事情で東京はなれるから今後の会議には出られないって伝えといてよ。とち狂ってる連中とつきあうのはもうおしまいでいいだろ。これで終わりだと思うとせいせいするわ」

阿部和重はこの日、ラリー・タイテルバウムの看護がなければ「とち狂ってる連中」の催すティーパーティーに出る予定だった。出席者のなかにうさぎや帽子屋の姿はないが、ガイガーカウンターを常に持ちあるく警戒心の強いひとびとがそこでは手を握りあっている。「永田町直下地震」真相究明運動ネットワークというのが、その団体名だ。

●

団体発足の口火となり、日本国に首都機能移転を強いることになるその震災が生じたのは二年半前の夏である。二〇一一年七月一七日日曜日午前一時二二分一一秒（日本標準時）が、気象庁の発表した正確な発生日時だ。マグニチュード4規模の地表の揺れが観測されたことから、「永田町直下地震」と通称されるようになったが、実態は地殻変動による自然地震ではないと見られている。

確実視されているのは当夜、東京都千代田区永田町一丁目の地下でなんらかの爆発事象が起こったということだ。爆発の影響で周辺の地下構造物が破壊され、急激な地盤沈下がひきおこされたことが地震の原因と考えられている。

結果的に、東京メトロ千代田線と丸ノ内線の乗り入れる国会議事堂前駅が壊滅状態となり、敷地内の地盤沈下とその衝撃にともなって国会議事堂それじたいも崩落した。国政の中枢が一夜にして見るも無残な瓦礫と化したことにより、翌朝からいっせいにマスメディアの狂騒がはじまり、週明けには金融市場が投げ売り相場へと突入したが、人的被害が最小限にとどまった事実が国ぜんたいの雰囲気をどん底にまで落ちこむのを食いとめた。

直接的な人的被害は少数の怪我人のみであり、東京地下鉄の社員や議事堂警備にあたる衛視ら国会職員のほかは、衆議院会館前交差点を仕事中に通りかかった職業ドライバーなどが軽傷を負っただけで済んだ。建物被害の状況から見れば、ひとりの死者も行方不明者も出なかったのは奇跡的であるとして、その不幸中の幸いは偶然の重なりの賜物だと報道機関数社は解説していたが、おなじ頃にソーシャルメディア上で鳴りわたっていたのは奇跡をあざけるニヒリズムと陰謀論の調べだった。

できすぎた偶然の重なりには総じて人為的からくりがある――そんな見方を好む陰謀論者たちは、国会議事堂の崩落という文字どおりの象徴的国難からドーパミンの大量分泌をうながされると同時にイマジネーションのエナジーを受けとり、真実の伝道者を僭称するニューチャンスをえてSNSを席巻した。犠牲者ゼロの幸運はたまたまのめぐりあわせなどではあらず、9・11において難を逃れたとされる「四〇〇〇人のユダヤ人」同様に仕くまれた結果にすぎないとする陰謀史観の風物詩的な主張は、当初はほとんど無視されていた。だが、地震の原因が地殻変動ではなく地下爆発だった可能性が報じられるという第二のエナジー投入によって潮目が変わる。新世界秩序や爬虫類人への関心を持たぬごく一般的なひとびとのあいだでもにわかに謀略説が話題にのぼるようになり、「自作自演地震」や「地震兵器」といった特殊専門的なフレーズがTwitterでのトレンド入りを果たしたのである。

地震発生の半月前には、当時の内閣総理大臣・菅直人の資金管理団体が、北朝鮮による日本人拉致事件容疑者とつながる政治団体への巨額献金をおこなっていた問題が報道されていた。当の問題をめぐって国会での追及がつづく最中での議事堂崩落であったことから、首相爆破犯説までもが急浮上したあげく、野党支持者の一部と陰謀論者の共闘も相まって冗談が冗談に聞こえぬ空気が醸成されてゆく。国会は当然ながら臨時休会となり、献金問題の追及もやんだことから、計略成功の悪印象もまた自然と深まっていった。追及回避の秘策として、菅総理は国会議事堂そのものの爆砕という奇手に打ってでたのかとストレートに糾弾するデモ隊すら登場し、「菅ボマー」なる新しい愛称がTwitterでのトレンド入りを果たしたのだった。

悪役視されたのは首相のみではない。災害復旧事業の推進においては国会議事堂の再建と永田町一丁目の都市機能修復が急務となり、公共事業費増額と消費税増税は決定的となったことから、匿名ネット言論人のあいだでは時ならぬゼネコン暗躍説再評価の気運が高まりだしていた。その期待に応えるかのごとく、寝しずまっていた首都機能移転構想への言及が政財界で数日のうちに急増し、一気に現実味を帯びてきたことを受け、土建国家再生派の怨念が高熱化して肉体労働者の汗と接触し水蒸気爆発を起こしたのだとするいっぽう変わった推理もソーシャルメディアをにぎわせるようになる。かくして今度は、「怨念爆弾」なるスピリチュアルな四字熟語が Twitter でのトレンド入りを果たしたのである。

国中が混乱をきたし、さまざまなグループが色とりどりの言い分をぶつけあうなか、国内のだれもが注目し、世界中の安全保障関係者が関心を寄せる重大な問題があった──震源地となった永田町一丁目の地下で爆発したものの正体だ。

地震波の観測データを根拠に、日本の国会議事堂近辺で小型核爆弾級の威力の爆発物による地震が発生したことを最初におおやけにした外国機関は、中国地震局だった。すかさず追随したロシアの国営通信社イタルタス通信はさらに踏みこみ、東京で核爆弾テロの可能性などと扇動的なヘッドラインをつけた速報記事を配信し、あとは西側諸国が混沌に陥るのにまかせて高みの見物を決めこむようでもあった。

他方、ホワイトハウスのジェイ・カーニー報道官はまだ調査中の段階とことわりながらも核爆発やテロ攻撃を裏づける情報はないと明言し、負傷者と日本政府へのみまいの言葉を述べて会見を締めくくった。それを受け、アメリカの各メディアは地震発生と国会議事堂崩落を日本の一大事として伝えつつも、爆弾テロの疑いも出ているが今のところは自然に起こった爆発災害との見方が有力と報ずるにとどめ、中国やロシアにくらべれば抑制的な報道が目だった。

測定された地震波が地下核実験実施の際に見られる特徴的な波形と一致していたのはまぎれもない事実だったが、日本の行政機関が公式発表で核爆弾の爆発を認めることは決してなかった。まずは地震発生当日の記者会見で枝野幸男官房長官が、群馬県高崎市に設置されているCTBT放射性核種探知観測所で検出されたキセノンの濃度は通常の範囲内だと説明し、核爆発の噂を一蹴した。気象庁地震津波監視課による報告会見では、人工的な爆発事象ではないとする推定のもとに調査の継続が告げられ、警視庁のほうでもテロ事件として捜査を開始するつもりはさらさらないといった様子だった。国会の地下で秘密裏に核実験がおこなわれていたのではないかという海外メディアの大胆な問いかけはあったが、内閣官房でも気象庁でも警視庁でもそれは一笑にふされた。

地震兵器も首相爆破犯説も核爆弾テロも核実験も否定されたが、永田町の地下でなにかが爆発したことだけはまちがいなかった。各方面から早急な回答を迫られていた日本政府は、国土交通省や気象庁など関係省庁合同の作業部会をただちに編成したものの、おそるおそる調査を進めているのがうかがえた。すでにわかっている原因が知れわたる悪影響を懸念しているのか、逆にまったく情報がないため事態を見とおせずにうろたえているのか、それら二方向の推測が、Yahoo!知恵袋などの電子掲示板を舞台に虚実入りみだれるかたちで熱心に議論されていった。

爆発物の実態が不明であり、いまだ多くの危険が潜んでいるかもしれないとして、国会議事堂敷地など被災現場周辺は厳戒態勢が敷かれ、関係者いがいの立ち入りがかたく禁じられた。禁止されれば逆らいたくなるのが人情だとばかりに、報道陣のほかにも野次馬やデモ隊がこぞってつめかけたが、張りめぐらされた規制線と屈強な機動隊員がのぞき見程度も許さず、ときおりこぜりあいが生ずるなど、ただでさえ疑りぶかい光の戦士やYahoo!知恵袋のカテゴリマスターたちを疑心暗鬼へと誘った。その不可解な秘匿主義は、政府主導で隠し事をしているのを開きなおって国民にアピールするのがねらいではないのか――そんな皮肉を投げつけてみせる、五七歳男性教員による毎日新聞投書欄への投稿内容に全国から共感があつまったほどだった。

調査結果は地震発生から五日後に公表された。報道発表資料の伝える「永田町直下地震」の原因はガス爆発だった。地下構内にたまっていたメタンガスの大爆発が地表を揺らし、地盤沈下を招いたのだと作業部会は結論づけていた。関東平野南部の広範囲に分布し、埋蔵量は国内最大級とも言われつつ過去数回の死亡事故原因となるなど、かねてより危険性が指摘されてもきた南関東ガス田の天然ガスが永田町一丁目の地下空間にもれだして滞留していたところへ、おそらくは電気機器・配線の絶縁劣化などにより火花放電が生じて引火したことが、爆発にいたる経緯だとされていた。

当の調査結果に対する日本国民の態度はおおむね二種類にわかれた。信ずるか信じないかのいずれかだが、後者の一部は国の嘘を指摘するだけでは飽きたりず、毅然として真実をもとめる行動に取り組むにいたった。

そうして発足したのが、「永田町直下地震」真相究明運動ネットワークという市民団体だった。真相究明運動とはいっても、自分たちはとっくにたしかな事実をつかんでいるものとしてメンバーは活動をおこなっていた。二〇一一年七月一七日日曜日未明に永田町一丁目の地下で爆発したのはほんとうはメタンガスなどではなく、プルトニウムであるというのがその主張だった。

地震波観測データや海外メディアの報道といったよりどころが、年齢性別職業等々の素性がばらばらなあつまりの結束をかためていた。さしあたって組織的に実践されたのは、日本政府に真実の公表を迫るデモ行進と、被災現場周辺でのガイガーカウンターによる空間放射線量の計測といった草の根活動だ。

デモ行進の動員数としては、地震発生一ヵ月後の日曜日に記録された五〇〇〇〇人が最大規模だったが、それを境に参加人数は右肩さがりになっていった。放射線量計測による独自調査は、数名のメンバーが深夜に国会議事堂敷地内に侵入して土壌汚染物質のサンプル採取を試みようとしたところ、あえなく警備中の警察官らに捕まってしまい、未遂に終わっていた。

その後も団体は核爆発の証拠確保に動いているが、二年半の歳月がすぎても確実な根拠になりうるものはえられていない。首都機能移転は現実のものとなり、国会議事堂跡地や霞が関の国有地再利用の議論も本格化するなか、団体の活動もまた新たな段階に入ったが、運動が下火になるのをとめる方法が見つからず、離脱者が相次ぐ状況に幹部は神経質になっていた。

阿部和重が「とち狂ってる連中」のティーパーティーに誘われるようになったのは、二〇一二年一一月に『ミステリアスセッティング』という小説を刊行したのがきっかけだ。吟遊詩人へのあこがれを抱き、唄うことが大好きなのにひどい音痴の少女が主人公をつとめる受難の物語が、当の小説の内容である。そんな本に、「永田町直下地震」真相究明運動ネットワークが興味を持ったわけは訊ねるまでもなく明らかだった。地下核爆発地震原因説を題材にして書かれた一篇だからだ。

もとから少女の受難を物語る小説として構想されていたわけではない。当初のアイディアは想像にもとづくつくり話ではなく、取材にもとづくノンフィクション作品として阿部和重の頭に浮かんでいた。地震原因の真相と国会議事堂崩落をめぐる国家的混乱に加え、首都機能移転先となった郷里・神町の変貌という三部構成で取材内容を一冊にまとめるつもりだった。

二〇一四年五月にデビュー二〇周年をむかえることもあり、落ち目の小説家としては大いに意欲をかりたてられていたが、業界ぜんたいも落ちぶれているこの世知がらい不況下ではどの出版社でも企画が通らず、ノンフィクションでの刊行は断念するほかなかった。問題視されたのは肝心の三部構成だった――まともにそれをやればコストがかさみ分厚い本になるが、その割に売り方がむつかしいというリスクが嫌われたのだ。

どれかひとつに的をしぼる企画ならば検討したいという粋な回答もあったが、それでは意味がないと思えた。書店の棚にはすでに地震原因や国会議事堂崩落や首都機能移転を個別にあつかう便乗本があふれており、三部構成という独自色を抑えれば便乗にさらに乗っかるだけで埋もれかねないと考えられたからだ。かといって、三部構成にこだわったまま薄い本に仕あげればつっこみ不足は避けられず、要点のみを箇条書きにしたハウツー本なみに空っぽな内容にしかならないかもしれない。

やむなくすべてが白紙にもどりかけていたところ、代わりにスマホ小説連載の仕事を持ちかけられた阿部和重は、出版界にもまだ情が残っているのだと知って胸を打たれる。その申し出を受けたことから彼は発想を変え、ひとりの少女がさんざんな目に遭う悲劇の物語を思いついたのだった。スマートフォン・アプリに毎週無料配信されるかたちで連載がはじまったのは、二〇一二年の三月五日月曜日——それはロシアで四日日曜日におこなわれた大統領選挙において、六割以上の得票率で当選し四年ぶりとなる大統領職への復帰を決めたウラジーミル・プーチンが、勝利宣言の際に涙を見せたと報じられたことの不気味さとともに思いだされる日付だ。

フィクションであれノンフィクションであれ、阿部和重がこれまでに書いてきた小説のたいはんは、郷里を舞台に史実や近年の事件を直接ないしは間接的にとりいれた内容となっている。『ミステリアスセッティング』もまた同様の試みとなった。主人公の出身地は神町と明示されてはいないものの東北地方であり、物語の終盤では永田町一丁目で地下爆発が起こって国会議事堂が崩壊にいたる。どれかひとつに的をしぼる企画ならば検討したいと応じた出版社の承諾条件をヒントに、地下核爆発地震原因説のみに焦点をあて、「永田町直下地震」を小説化したのが『ミステリアスセッティング』ということになる。

作中では、時限式のスーツケース型核爆弾が国会議事堂前駅構内に持ちこまれたすえに爆発している——おまけにそれは、現実の地震発生とおなじ日時の出来事であると明記されており、物語の終幕間近では国会議事堂がくずれおちた事実にも触れられている。とはいえ、地下核爆発地震原因説をすっかり真に受けてそんな展開を組みたてたわけではなかった。しょせんは陰謀論者らのもてあそぶ、毎度おなじみの妄想にすぎまいと阿部和重自身は同説を見なしていた——少なくとも、執筆にとりかかったばかりの頃は。

タイトルにある「ミステリアスセッティング」とはジュエリー用語だ。「たくさんの宝石が、留め金がないのに台座にぴったりくっついて並んでいるように見える不思議な接合技術」であると作中人物により説明されているが、それと同時に物語上では、ニュータイプのスーツケース型核爆弾につけられた暗号名という設定になっている。「高度な技術で組み立てられた不思議な核爆弾」であり、「核爆弾としてつくられた形跡がどこにも見当たらない、見た目はごく普通のスーツケース」というのが、そのニュータイプの特徴だからだ。

スーツケース型核爆弾なるものを描くに際し、阿部和重はいつも通りインターネット検索を使いまくって関連記事の収集に精を出した。資料ファイルに文章をコピペするなどして前々からハードディスクに保管していた記事もあるため、『ミステリアスセッティング』を書くにあたって iMac 内のフォルダー検索をおこなったところ、一九九七年の時点でスーツケース型核爆弾の関連記事をせっせとあつめていたおのれの所行を知り、阿部和重はいささかの戦慄をおぼえた——その時分に日参していた陰謀論者らのつどう電子掲示板が、報道記事コレクターとしての自分を鍛えてくれたことへの感謝とともに。もしも国連査察団だとかにパソコンを押収されて調べられたら、言いのがれするのがむつかしい量ではあるかもしれない。

「核爆弾100個、ロシアで不明」!? レベジ氏が米TVで発言ー朝日新聞朝刊（一九九七年九月六日）

「スーツケース大の核兵器不明」「52個」レベジ氏発言ー産経新聞朝刊（一九九七年九月六日）

ロシアの核爆弾80個が不明に？ レベジ氏主張 当局は否定／米紙報道ー読売新聞夕刊（一九九七年九月六日）

携帯核爆弾、84発が行方不明 レベジ前書記の発言で波紋——ロシアー毎日新聞朝刊（一九九七年九月七日）

ロシア　スーツケース大の核兵器　存在、重ねて強調　レベジ氏、所在確認求める－産経新聞夕刊（一九九七年九月九日）
露国防省局長会見　小型核兵器存在せず－産経新聞朝刊（一九九七年九月二六日）
携帯核爆弾の存在、強く否定　ロシア国防省局長－朝日新聞夕刊（一九九七年九月二六日）
スーツケース型核爆弾を製造　前露大統領補佐官、米議会で証言－産経新聞夕刊（一九九七年一〇月三日）
「スーツケース大の核爆弾ある」　ロシア科学者、米下院で証言－朝日新聞夕刊（一九九七年一〇月三日）
携帯型核兵器製造を証言　旧ソ連関係者が米下院で－読売新聞夕刊（一九九七年一〇月三日）
ロシアの携帯型核兵器、不明の可能性大きい——米FBI長官－毎日新聞朝刊（一九九七年一〇月三日）
「携帯核、製造していた」　ロシアの科学者、米下院で証言——KGBがテロ目的に－毎日新聞夕刊（一九九七年一〇月三日）
レベジ氏の「核入りスーツケース」発言　米議会にも波紋　国務省、打ち消しに躍起－産経新聞朝刊（一九九七年一〇月三日）
ある？ない？携帯核爆弾　レベジ氏らの証言で論争　ロシア－朝日新聞朝刊（一九

九七年一〇月四日）

ソ連の携帯型核開発の証拠ない　ルービン米国務省報道官が見解－読売新聞夕刊（一九九七年一〇月四日）

時が飛び、9・11から三週間を経た二〇〇一年一〇月二日火曜日午前二時〇分（太平洋標準時）に、WIRED NEWSが配信した「**オサマ・ビン・ラディンは核爆弾を持っているのか？**」（Declan McCullagh　日本語版：多々良和臣／柳沢圭子）という記事も、阿部和重は小説執筆の参考にしている。

資料ファイルにコピペされたその記事は、「ここ10年というもの、政府の報告書や諜報活動の専門家たちは折に触れて、ビン・ラディン氏が核爆弾を製造しようとしていると警告を発してきた」とか、「『ニューヨーク・タイムズ』紙は1998年、ビン・ラディン氏の側近が、高濃縮ウランを購入しようとしたとしてドイツで逮捕されたと報じた」などと東スポ一面なみに脅威をあおるとともに、こんな内容を報告している。

核兵器を保有するための手っ取り早い方法の1つは、しばしば「スーツケース型核爆弾」とも呼ばれる、移動式戦術核兵器を手に入れることだ。

米国および旧ソビエト連邦は、約1キロトンの爆発力――TNT火薬1000トン分の爆発力に相当し、都市の一角であれば十分に破壊できる――を有する、この種の兵器を製造した。米国の製造した兵器は、『SADM』、あるいは『Mk-54』と呼ばれる。1名の落下傘兵が運べるように設計されており、時限装置により爆発する。

「これは爆弾だ。1キロトンの爆発力を有する装置だ。1キロトンの爆発力といえばとてつもない能力であり、主要都市の中心部を大きく破壊させられる。おそらく、多くのビルを崩壊させ、ビル内の人々を巻き込むだろう」と、カート・ウェルドン下院議員（ペンシルベニア州選出、共和党）は1999年に述べている。

旧ソビエト軍も同様の装置を製造した。そして、どうやら10年前のソビエト連邦崩壊の混乱の最中に、そのいくつかが行方不明になったらしい。

ボリス・エリツィン前ロシア大統領の科学関連の顧問を務めたアレクセイ・ヤブロコフ氏は1997年、米下院のある委員会で、かなりの数の「スーツケース大の核兵器」が行方不明になっていると考えられると述べた。当時、米国務省はロシア側の裏付けが取れて満足していると述べていた。

この問題を追っている専門家たちは、アルカイダの核兵器保有の可能性を示唆する確固たる証拠がほとんどないことを強調する。

『戦略国際問題研究所』（CSIS）の上級特別研究員で、中東および東南アジアが専門のアンソニー・コーデスマン氏は「ビン・ラディン氏が核兵器を使用できる状態にあるという証拠はまったくない」と言う。

「彼は今、核兵器に関心を示している」とコーデスマン氏。「この点については、米中央情報局（CIA）のジョージ・テネット長官が公に述べている。ビン・ラディン氏が核兵器を保有しているという一連の明確な証拠は一切示されていない。だが、ロシアの核兵器がどうなったか、説明できる者もいない」

「ロシアの核兵器がどうなったか」はたいへん気になるところであり、阿部和重はその後も続報を追いかけている。また時が飛んで二〇〇四年二月九日月曜日には、朝日新聞が後追いの後追いというかたちで「**アルカイダ、ウクライナから戦術核購入　アラブ圏紙報道**」という記事を配信しており、脅威は高まるばかりだ。

ロイター通信によると、8日付のアラブ圏紙アルハヤトは、オサマ・ビンラディン氏率いる国際的テロ組織アルカイダが98年に、ウクライナからスーツケース型の戦術核兵器を購入し、米国などでの使用に備えて貯蔵していると報じた。記事はパキスタンのイスラマバード発で、アルカイダに近い筋の情報として伝えた。

同紙によると、核の取引はウクライナの科学者たちが当時、アフガニスタンのタリバーン勢力の拠点だったカンダハルを訪れた際にあった。アルカイダは、核兵器を使用するのは米国内か、自らの勢力が核や化学兵器などの攻撃を受けて壊滅的な打撃を被ったときのみに限定しているという。何発の核を購入したのかには触れていない。

ロイター通信によると、91年のソ連崩壊に伴って独立したウクライナは、ソ連から核兵器を引き継いだが、94年に1900発の核弾頭をロシアに渡すことで合意し、核不拡散条約（NPT）に加盟した。

ウクライナ外務省が「まったく根拠がない。驚くしかない」との声明をただちに発表したことを、ロイター通信は二月九日のうちに配信した「**ウクライナ、アルカイダへの戦術核兵器売却報道を否定**」という記事で報じている。そしてその翌月末、二〇〇四年三月二九日月曜日に読売新聞オンラインが配信した「**スーツケース型核爆弾、旧ソ連で67年に製造**」という記名記事は、高まっていた脅威をだいぶやわらげてくれる内容ではあった。

【モスクワ＝五十嵐弘一】ロシア戦略ロケット軍のビクトル・エシン元副参謀長は、二九日発売の露週刊誌「週刊時報（イエジェニェデリヌイ・ジュルナル）」掲載の会見で、旧ソ連が携帯型の小型核兵器を製造していたが、二〇〇〇年までに廃棄したと語った。また、国際テロ組織アル・カーイダが中央アジアの闇市場から同種核兵器を入手したとの報道を否定した。
「スーツケース爆弾」と呼ばれる小型核爆弾については、その存否も議論の的だが、エシン氏は、旧ソ連が米国に対抗して、「特別機雷」と呼ばれる携帯型の小型核兵器を一九六七年から製造したと指摘した。
この核兵器は実戦配備されたことはなく、国防省の特定施設で集中管理されていた。露政府の調査では、核兵器盗難の事実はなく、九一年の米ソ合意に基づき、二〇〇〇年までに廃棄されたという。

ところがさらに時が飛んで二〇〇六年一月四日水曜日、毎日新聞が新年早々にやばいネタをぶちこんでくる。「**IAEA：ウクライナを核査察　解体後の実態解明へ――今月から**」という記名記事は、二〇〇四年当時のウクライナ外務省の声明やロシア軍の元副参謀長の見解に疑問をさしはさむものだ。

【ウィーン会川晴之】国際原子力機関（IAEA）は1月からウクライナを対象にした核査察を実施する。IAEAに近い西側外交筋が3日、明らかにした。ウクライナは現在は非核国だが、旧ソ連崩壊後の一時期、核兵器を保有していた。IAEAが元核兵器国を本格査察するのは、90年代初頭の南アフリカに次ぎ2国目で、旧ソ連圏では初めて。同筋は「ウクライナは核関連物質の闇取引市場の中核部分を占めてきた可能性がある」と指摘、実態解明が進むことに期待を寄せている。

［……］

核兵器の移送・解体は米国の資金援助を盛り込んだ94年の米露ウクライナ3カ国の合意をもとにロシアが担当した。ＩＡＥＡは「遺漏なく移送、解体された」との認識を示している。しかし「きっちりとした書類が整っていない」「解体した核兵器から出た核物質を管理する機関が整備されていなかった時期がある」（軍事筋）などの指摘もあり、必ずしも明確でない部分も残る。

ウクライナの核兵器をめぐっては、アラブ系紙が04年に「ウクライナの科学者が98年にアフガニスタンでアルカイダにスーツケース爆弾を売却した」と報道したほか、ウクライナ議会の調査委員会も12月に「保有していた戦術核と、ロシアに移送された戦術核の数が合わない」と指摘する調査報告書を発表している。

真相はなおも不明であると受けとめて、阿部和重は『ミステリアスセッティング』に着手する。ロシア製のスーツケース型核爆弾は、実在するのかもしれないし、実在しないのかもしれない。過激派組織の手に渡ったのかもしれないし、渡っていないのかもしれない。どちらともつかない世界の内実の、異なる可能性どうしの重なりあいへと意識を寄せながら、当の小説を書きすすめた。

原稿を書いている途中、小説家はふと思ったことがある――まさか二〇一一年夏のあの夜、永田町一丁目の地下で爆発したのは、ウクライナで紛失したとされるほんものの移動式戦術核兵器、スーツケース型核爆弾なのではあるまいなと。そうなのかもしれないし、そうではないのかもしれない。しょせんは陰謀論者らのもてあそぶ、毎度おなじみの妄想なのかもしれないし、地下核爆発地震原因説こそが事実を言いあてているのかもしれない。阿部和重の脳裏では、今なお異なる可能性どうしの重なりあいがつづいている。

●

二〇一二年一一月に刊行された『ミステリアスセッティング』は、巷で話題にもならなければ売れゆきもぱっとせず、せいぜいTwitterで匿名ユーザーにからまれるきっかけをつくった程度の反響に終わった。からんできたのはYahoo!知恵袋のカテゴリマスターを自称する男だが、「永田町直下地震」真相究明運動ネットワークの幹部であることが間もなく判明した。

地下核爆発地震原因説を題材に書いたとかいう貴様の小説は、真実をゆがめるゴミクズ本だから即刻回収せよとTwitterでリプライを飛ばしてきたのがそのカテゴリマスターとのやりとりのはじまりだった。

Amazonでも星ひとつの酷評レビューを記すなどして不買キャンペーンを展開していたが、思いのほか早くそれは幕ひきとなった。もともと本が売れていないことに気づいてしんみり同情してくれたのか、こんなやつでも運動にとりこむのが得策であろうと方針転換したのか。とにもかくにもカテゴリマスターは、急にひとが変わったように礼儀ただしいEメールを公式サイトの通信欄経由で送ってよこし、自分たちの団体主催のティーパーティーに阿部和重を招待してきたのだ。

地下核爆発地震原因説を題材に小説を書いた動機について話してもらいたいという講演依頼を受け、阿部和重は仁枝亮作とともに「永田町直下地震」真相究明運動ネットワークが集会所として利用する有楽町のレンタルスペースへと臨む。新刊著者インタビューでは毎回しゃべりすぎてしまうという悪癖を持つ小説家だが、ここでは挨拶のみで口を封じられ、もっぱら聞き役にまわる羽目となった。真実から目をそむけてはならぬというスローガンを一分おきに耳もとでささやかれ、運動への参加と支援を熱く訴えかけられたのだ。

オルグ未経験者の阿部和重ではあったが、心ない聞きじょうずとしては業界屈指の評判をえているくらいに聞きながす技術もひとなみ以上であるから、構成員名簿に名前をつらねる手つづきだけはなんとか回避できた。組織運営はもちろん直接の活動にも加わらず、月に一度か二度ほど会合に出てお茶飲み話をすればいいというふうに、一定の距離を保つことにも成功した。

逆に見れば、そこまでにとどめるので精いっぱいだった。なにしろ月に一度か二度でも顔を出さなければ即、真実から目をそむけてはならぬというメッセージが何通も飛んできて説教を食らうことになる。適当な答えでお茶をにごせば、Twitter上でも公然と袋だたきに遭わされる。そういうわけで、想定を超える面倒にほとほとうんざりしていた阿部和重は、完全離脱の頃あいをはかりつづけていたのだが——はかりつづけて一年と数ヵ月がすぎていたのだった。

かくして二〇一四年三月四日火曜日の午前中、不二家レストランで仁枝亮作に奢らせたキャラメルミルクレープを食しつつ、阿部和重はこう発言することになる。

「どのみちなに言ったって、真実から目をそむけるなとかなんとか、おんなじ話くりかえされるだけじゃん。家庭の事情で東京はなれるから今後の会議には出られないって伝えといてよ。とち狂ってる連中とつきあうのはもうおしまいでいいだろ。これで終わりだと思うとせいせいするわ」

「わかりました、そう伝えときます。まあ、通らないとは思いますけどね」

「でもあいつら、今また忙しくなってるだろ、そういえば」

「ほら、オリンピック問題」

そうかな、というふうに、仁枝亮作は首をかしげている。

「オリンピック問題？」

「知らないの？　国会跡地に選手村つくるって話が出てきてんじゃん」

阿部和重が言っているのは、首都機能移転によって空いた国会議事堂敷地と霞が関官庁街の土地を、二〇二〇年夏季オリンピック・パラリンピックの競技場や選手村の建設用地として再利用する計画が進められつつある事実を指している。その計画発表を受け、「永田町直下地震」真相究明運動ネットワークは、グラウンド・ゼロでのオリンピック・パラリンピック開催反対のデモをおこなうと表明しているのだ。

「ああ、出てますね、そんな話」

「あれでさ、もともとオリンピック反対やってた連中と一緒にイベントやろうぜとか言ってるわけ」

「ははあ、なるほどね」仁枝亮作は、とうに関心を失っている様子で視線を落とし、スマホの着信を確認している。

「それであいつら、ちょっと活気づいてきてるからさ、このタイミングでひとりやふたりいなくなっても気にもかけないんじゃないかな」

だといいですね、という答えを残し、仁枝亮作は不意にまごころをなくした人間であるかのようにすたすたと会計に行ってしまった――契約作家の話がだらだらと長びくのを断ちきる、彼のいつものやり方だった。

●

昼さがりに帰宅して最初に気づいたのは、ラリー・タイテルバウムの不在だ。玄関の鍵がかかっておらず、家内は静まりかえっていて、どこにもひとの気配がない。輸液されると縮んでしまう特異体質の持ち主とかでないとすれば、自身の住まいにでも帰ったのだろうと阿部和重は楽観視する。

お荷物がいなくなったとわかった途端に途方もない解放感に満たされる。両手に提げていた経口補水液の袋づめを思わず廊下にどさりと落とすという、絵に描いたような脱力動作をとってしまったが、力が抜けたことでかえって、今の今までわが身は絶えず緊張しっぱなしだったのだと自覚させられる。そのまま安堵に身をまかせ、昨夜のあれはすべて夢まぼろしだったのだ、めでたしめでたし、とかたづけられれば申し分なかったが、玄関口の床面を赤黒く彩る置き土産がただちにそれを否定する。リビングをモダンに飾りたてる点滴スタンドも、血なまぐさい出来事の発生をはっきりと証言しているから、なにもなかったことにはできない。

しかし昨夜の今日だというのに、ラリー・タイテルバウムはあの大怪我にもかかわらず、独力で外を歩きまわれるものなのだろうか。

その疑問を抱いたのは、血痕のふきとり掃除をはじめた矢先のことだった。付着してから半日ほどの時間が経っているせいか、床板に染みこんだ血液の点々がなかなか消えず、それこそ良い方法がないかYahoo!知恵袋にでも相談してみようかと思いたったところでぬかよろこびをお知らせするクエスチョンマークが阿部和重の頭に浮かんだ。

どう考えてもラリーはひとりで外出できる状態ではない。だとすれば、と、ごく当然の論理的帰結として次の結論がみちびきだされる——彼はだれかにつれだされたのではないか。

仮にラリーがだれかにつれだされたとして、救急隊員すら信用できぬほどまわりが敵だらけらしい重傷者をお散歩に誘える第三者とは、どんな人物か——この問いを世界中のスパコンに計算させてみても、明るい見とおしをはじきだす機種はひとつもないだろう。状況証拠として出そろっているものを組みあわせれば、カカオ九〇パーセントなみにほろ苦くダークな人物像がたちどころに浮上する。どうやらおれは今、いろいろとまずい局面の入口に立たされているようだ。

ドンという鈍い音がいきなり背後で響き、阿部和重は驚いてつんのめる。すぐさま振りかえり、ドアの外側になにかがぶつかったのだと理解するが、ノックの意図は感じられない。玄関から目を離さず、床に尻をつけながら後ずさりするうちに恐怖の回路が活性化してゆく。ラリー・タイテルバウムを誘いだした謎の第三者が、今度はこのおれを散歩のお供にしようとしているのではあるまいか。「救急車、呼んだら、あなたも殺される」という昨夜のラリーの警告が脳裏を駆けめぐる。見ればドアノブもまわりだしている。施錠はもう間に合わない。

「ああ、おかえりなさい——いや、ただいまですね」

あらわれたのはラリー本人だ。幸い、同伴者の姿はない——すなわち信じがたいことに、彼はひとりでお出かけしてきたというわけだ。サイズの合わないバスローブをガウンジャケットみたいにおしゃれに着こなしていて、下にはまだ生がわきのはずのデニムを穿いている。

「駐車場に行ってきました。ほんの短いあいだですから、ご心配なく」

言葉たらずだが、目的は一目瞭然だ——ナイロン製の大型ダッフルバッグをかかえてのご帰還だから、ここに長居するのだという決意が痛いくらいに伝わってくる。ほんとうに心が痛いからできればやめてほしいと阿部和重は切に願う。こちらのご心配はむしろ深まるばかりであり、かえす言葉が一個も出てこない。

独力での外出はやはり無謀だったのだろう——ラリー・タイテルバウムの顔色は青ざめきっており、尋常でない汗とかいう商品名のお面でもかぶっているのかと思わせるほど額や頬がびしょ濡れになっていて、汗粒だらけの髭はさながら海ぶどうのようだ。映画のなかの大型竜脚類みたいに緩慢な動きで家にあがりこんできたラリーは、家主の返事も待たずにリビングへと進み、自身が占拠している高級巨大革ばりソファーに横たわる。それきり息絶えてしまったとしても少しも意外ではない。ジュラ紀だか白亜紀だかの風景の一部を縮小表示で見せられている気分だ。

「ラリーさん、これを飲んでください」

「なんですか？」

「ＯＲＳ」

したり顔で言っちまったと恥じらいつつ、阿部和重はペットボトルを差しだす。

ラリー・タイテルバウムは微笑みをかえしてくる――あまりに弱々しく、悲しげでさえある笑みだが、まなざしひとつで謝意を示すしぐさが洗練されており、中年紳士のひとりとして阿部和重は感銘を受ける。半身を起こすのもやっとの様子だというのに、受けとった経口補水液をラリーは一気飲みに近い勢いで喉に流しこんでゆく。心のなかでUSAを連呼してみずからを鼓舞し、無理して強くあろうとしているのかもしれない。いっぽん空にしたところでふたたび横になると、ラリー・タイテルバウムは無言のまま瞼を閉ざした――今日の出し物はここまでといった具合に。次に起きあがるのは何時間後だろうか。まともな会話をかわせるようになるのはいつ頃か。なおも去らない死神の影を尻目に見つつ、阿部和重は衰残のアメリカ紳士にブランケットをかけてやった。

●

翌午前、リアチャイルドシートつき電動アシスト自転車を駆って息子を保育園に送りとどけ、ついでに行きつけのスーパーで食料品を買いこんでから帰宅すると、パジャマ姿のラリー・タイテルバウムがゾンビみたいにリビングを歩きまわる光景に出くわした。といっても阿部和重はもはや戸惑いをおぼえなかった。昨夜のうちにプロの知見に触れていたからだ。

なりゆきで重傷者の世話をひきうけることにはなったものの、医療機関を頼れぬ以上はそれなりに看護の知識を身につけておかなければならない。

そういうわけで、今度こそYahoo!知恵袋で教えを請うてみたものの、阿部和重は一歩目からつまずいた。伏せねばならぬ事実が多すぎて要領をえない質問になり、書いた本人でも冗談にしか読めない代物ができあがってしまったのだ。

夕方までかかって修正を重ねても結果は惨憺たるものだった。保育園からつれて帰った映記に、晩ご飯のトッキュウジャーカレーポークあまくちをあたえているあいだに二、三の回答が寄せられたが、「病院での診察をおすすめします」とか「あなた自身の受診をおすすめします」という身も蓋もないアドバイスがならぶばかりとなった。質問内容を一から書きなおすほかなさそうだったが、子どもを入浴させて寝かしつけているうちに書きこまれた思いやりにあふれる投稿が、このあわただしい一日を素敵に締めくくってくれた。ある救急医が開設しているブログのURLを貼りつけ、「ここを参考にしてみては」とうながしてくれたその回答を阿部和重はベストアンサーに選んだ。

わけあり患者をかかえる素人看護人を誘いこみ、ネズミ講やらマルチ商法やらのカモにでもすることをもくろんでいるのかと疑わせるほどに、当の救急医ブログは有益情報が充実していた。セルフオペ中の重傷者にポカリスエットを渡すことしかできなかった一昨夜の自分を考えれば、術後に傷口が化膿した場合の対処法がすぐにわかってしまう目下の安心感ははかりしれない。

まっさきに注目したのは「食生活とリハビリ」という項目だ。「リハビリで大事なのは、とにかく動くこと」だとあり、「寝込むと体力があっというまに落ち」たり「肺炎、腸閉塞など合併症が出てきてしまう」ため「開腹手術で胃をとった人も、その翌日から歩かせるのです」と書かれているのを読んだところで「なるほど」とつぶやきがもれた。昨夜の今日だというのにラリーが出歩いていたのはリハビリのつもりだったのかと合点しつつ、産院で帝王切開した翌日に歩かされていた三年前の妻の姿を思いおこした阿部和重は、ブログに設置された拍手ボタンを押してからふうと息を吐いた。

「昨日よりもかなり調子よさそうですね」

室内ウォーキングが終了したところで生ける屍にそう声をかけた。実際の印象はかなりではなくわずかにだったが、この際だから言霊だろうと暗示だろうと効果があればなんでもいいと阿部和重は思う。ラリー・タイテルバウムはまた微笑みをかえしてきたが、加えて今日は返答の言葉も口にするという前進を見せた。

「どうでしょうね、そうであることを願いますが――」

ラリーはなおも会話に応ずる気でいるらしかった――横になっても瞼を閉ざさず、こちらと目を合わせて次の話題にそなえている様子だ。たとえわずかにではあっても、確実に回復には向っているのかもしれない。阿部和重の脳裏はたちまち訊きたいことだらけになる。

眼前の濃霧をはらいのけなければとあせり、ここはなにからゆくべきかと思案しているうちに相手に先を越されてしまった。

「阿部さん、失礼ですがわたしはまだ、ありがとうを言っていなかったかもしれません。

ほんとうに助かりました。心から感謝しています。口では言いあらわせないくらいです」

謝辞はすでに何度も聞いていたが、あらためてこう念押しされてしまうと彼を追いだしにくくなる。これにより、いつまでここに居すわるつもりかという質問は封じられてしまったみたいなものだ。ラリーはさらに先手を打ってきた。

「きっと今、わたしの説明を待っているところでしょう。辛抱づよく待ってくれている。わたしはそれにも感謝しています。説明しなければならないことがたくさんありますから、わたしはもう少し元気にならないといけない。それを待ってくれていますね」

阿部和重はべつだん辛抱づよくもこのままずっと待つ気もなかったが、眠くなーると誘導されたかのごとくにつういうなずいてしまった。ラリー・タイテルバウムはまたもや微笑んでいるが、あるいはそれは彼の表情がもとからにっこりして見えているだけなのかもしれない。こういう流れはまずい。顔色ひとつ読めぬようでは、グローバル・スタンダードに飲まれてしまういっぽうだ。

「一個だけ、いいですか？」なにも問わないわけにはゆかず、阿部和重は特別ひっかかっていた気がかりをぶつけた。「救急車を呼んだら殺されるっていうのがね、どういうことなのか――この家に危ない連中がやってくる危険性は、今もまだあるんですか？」

ラリー・タイテルバウムは微笑みをくずさずちいさく首を縦に振った――その笑みにこめられた感情の内訳はまったく想像もつかない。「一個だけ」とことわりはしたが、依然として死の危険があるとわかった以上、そんな約束など知ったことじゃないと阿部和重はつづける。

「それはどういう連中ですか？」

「それは――」

言いつくろうための方便をとっさに考えだそうとしたのか、ラリーは軽く咳ばらいをして時間をかせぎ、ゆっくりと返答に移ろうとしている――疑心暗鬼のまなざしにはそのようにしか見えない。

するとそのとき、ドアフォンのチャイムが鳴ってラリー・タイテルバウムは口をつぐんだ。はかったみたいなタイミングでの来訪だが、今日も明日も明後日もこの自分にアポは一件もないから要注意だ。応答してよいものかと目をやると、ラリーは半身を起こして暗く鋭い目つきで見つめかえしてくる。阿部和重は黙ってモニターを指さし、訪問者をこれで確認するぞとジェスチャーで示す。うなずくアメリカ人の表情に笑みはない。

「なんだ、宅配か」阿部和重はすかさずラリーに視線をもどした。「配達です、デリバリー、出ても大丈夫ですよね？」

駄目だと断じているのだろう――ラリー・タイテルバウムが憂え顔のまま黙りこんでいるため、阿部和重はマジかよとつぶやきそうになる。二度目のチャイムが鳴ってもラリーは押し黙り、今度はとうとう目をつむって無反応を決めこんでいる。モニターに映る配送業者はいつも見るクロネコの兄ちゃんだ。ちいさいながら段ボール箱もかかえているから襲われる可能性は低いはずだが、まんがいちが頭をよぎって返事ができない。

クロネコの兄ちゃんはそろそろ不在連絡票を書きだす頃だろう。あとで再配達を申しこんでも結局はおなじことのくりかえしになるにちがいない。ならば今、玄関を開けずに荷物を受けとる方法はないものか——解決策がひとつだけ浮かぶが、ラリーのＯＫは期待できそうにない。

ラリー・タイテルバウムは片目を開けてこちらをにらみ、日本人作家がバカをやらかさないか監視している様子だ。そんな警戒心のかたまりに、いちいち説明している暇などはない。業者がまわれ右する前に応えなければと思い、阿部和重はラリーの了解をとらずに対応に踏みきる。

「ええと今ね、ちょっと手が放せなくて出られないんですよ。だから荷物、自転車のカゴにでも入れといてもらえませんか」

言いおえたところで殺気のようなものを感じてソファーのほうを見やると、眉間の皺をこれ以上ないくらいに寄せているラリー・タイテルバウムがほとんど立ちあがりかけている。阿部和重は両手で待て待ての身ぶりをとり、敵だらけでかっかしている警戒心のかたまりを制止した。

ラリーはあきれかえっているらしく、なにやら虫でも捕まえようとしているみたいに視線をさまよわせている。モニターから「わかりましたあ」と返事が聞こえて救われた気になった阿部和重は、しぶしぶソファーに腰をおろしたラリーに経口補水液のペットボトルを手わたしてやる——こいつでも飲んでおちつけよ兄弟、とでもいう具合に。

「大丈夫、ほんとに大丈夫だから」

五分も経てばじゅうぶんだろうと判断し、ほどなく荷物のひきとりに外へ出ようとすると、ラリー・タイテルバウムはまたしてもヘイケガニみたいな顔になって立ちあがりかけた。行くのはまだ早すぎると言いたいらしいが、いつも見るクロネコの兄ちゃんが殺し屋だとは考えがたいから、阿部和重はあえて強行する道を選んだ。

静かにドアを開けてゆく。ふだんと変わらぬ玄関前の風景がひろがるばかりだ。一〇までかぞえてみたが、危機の迫る気配はない。リアチャイルドシートつき電動アシスト自転車のカゴには、見なれたロゴ入りの段ボール箱がおさまっている——こんなときでもAmazonに振りまわされるのがこの二一世紀の消費者像だと思い、やるせない気持ちになりながら阿部和重は荷物を手にしてリビングにもどった。

「ほら、Amazonです」

だとしてもおまえは軽率だぞ、と責めたてるかのごとく、ヘイケガニがこちらに向けるまなざしは冷えきっている——そしていっぺん鼻からふんと溜息をもらすと、彼はおもむろにソファーに横たわり、ふて寝でもするみたいに瞼を閉ざしてしまった。ラリー・タイテルバウムはえらく短気な男らしい。

「ああ、こんなもん買ったなそういえば」

Amazonの段ボール箱にはメード・イン・チャイナの犬笛が収納されていた。商品タグに真鍮素材と表示されているその笛を口にくわえ、阿部和重はためしにひと吹きしてみるが、案外と高らかにピーと音が鳴り響いてびっくりしてしまう。

「あ、ごめんなさい、これの音です」

がばと起きあがり、全力疾走した直後みたいにはあはあ肩を上下させている重傷者ラリーの驚きまなこと目が合うと、さすがに申し訳ない心地になった。これですと呈示された銀色の笛を、糞便にたかる蠅とでも見まちがえたかのように嫌悪感まるだしの目つきで一瞥した怪我人は、首を左右に振りながらあらためてソファーに横になった。かくして本日の会話を完全に打ちきってしまった模様のラリー・タイテルバウムに、阿部和重は例によってそっとブランケットをかけてやることしかできない。そのとき家の外から、数匹の犬の遠吠えが聞こえてきていた。

●

「阿部さん、痛みをとめる薬、なにかありませんか?」

映記を寝かしつけたあと、夜のひと仕事に入る前にリビングの様子を見にきた阿部和重は、薄暗いなか、ラリー・タイテルバウムがオリーブドラブのポーチに手をつっこんでごそごそやっている場面に出くわした。気を利かせて明かりをつけてやると、脂汗にまみれた苦悶の表情が浮かびあがった。

ただでさえたれ目の目尻が限界までたれきっていた。おまけに半開きの口が三秒ごとにうっだの、あうだのと呻きつつ、なにやら英語でうわごとめいたつぶやきを発したりもしている。それでもラリーは必死に手さぐりをつづけていた。傷口が痛すぎて眠れないのだろう。初対面のアメリカ人との同棲をすみやかに受けいれたばかりか、意外なくらいになついてしまった映記がスーパーヒーローに扮して腹パンを食らわせたせいかもしれない。だとしたら親の監督責任が問われる事態だ。気の毒に思い、阿部和重はソファーのかたわらに置きっぱなしにしていた救急箱に手を伸ばそうとする。

「ああ、よかった。一個だけ残っていました」

ちょうど救急箱を開けた矢先にそう報告がきた。ソファーの正面にしゃがみこんでいた阿部和重が顔をあげると、かすかにふるえるラリーの右手のひらが目の前にあり、そこには彼がセルフオペの際にも服用していたトローチ状の錠剤が載っている。

「それは痛み止めなんですね？」

ラリー・タイテルバウムは一度うなずいてからトローチを口にふくみ、律義にもこんな解説を入れた。

「これはアメリカ海兵隊に支給されている鎮痛トローチです。モルヒネよりも効き目が強いフェンタニルが配合されていて、効果が出るのも早いので、まあ、便利ですね」

アメリカ海兵隊に支給されている強力な鎮痛剤をなぜ『ニューズウィーク』の編集者が所持しているのか――この疑問への回答は長くなりそうだから今夜のところは勘弁してやる。それよりも先に確認を要するのはこれだ。

「今のが最後の一個ですか？」

「その通り、最後の一個です」

最後の一個をぺろぺろしはじめた髭面の編集者は心底ほっとした面持ちをしているが、なおも激痛に襲われていることには変わりないらしく、舌を転がしつつもたびたび呻き声をあげている。さっきまでの痛がりっぷりからしても、この調子では、ラリー・タイテルバウムの苦痛はまだまだ終わりそうにないのだろう。

「痛み止め、もっと必要になりますよね？」

ラリー・タイテルバウムはウインクするみたいに片目をぎゅっと閉じながらうなずく。

「モルヒネよりも効き目が強い」鎮痛剤の代わりをつとめるわけだから、バファリンだのイブクイックだのセデス・ハイだのといった市販薬では力不足にちがいない。結局またジャンボ尾崎の世話になるしかないのかとうんざりしていると、ラリーが下を指さしてこう訊いてきた。

「それはマリファナですね？」

指さしているのは救急箱の中身だ。見るとそこにはたしかに、おとといの夜にジャンボが持ってきたSサイズのジップロックが鎮座している。さらにその下には、コカイン入りのポリ袋までおさまっている。押し売りがどさくさまぎれに押しこんでいったようだ。いくら請求されるかわかったもんじゃないと阿部和重は嘆息する。

「医療用ですか？」

日本に医療用大麻などあるとは思えない——とはいえジャンボ尾崎はメディカルブローカーとしてわが家を訪れたわけだから、あの男が持ちこんだものは総じて医療用ということでいいだろう。阿部和重は「医療用です」と即答した。

「この痛みがおさまらないようであれば、明日はそれを使わせてください。パイプはありますか？」

「いや、ありません」

「アルミホイルは？」

「ああ、それならありますよ」

「それならパイプはつくれます」

しかしラリーはそうとうな痛みを味わっているように見えるが、マリファナで抑えられるものなのだろうか。阿部和重はジップロックを持ちあげて問いかける。「これでほんとにおさまりますか？」

「そうですね、まあ、ものによるでしょう。上質なものだとすれば、そこそこ楽しめるかもしれません」

「楽しめる——」

「リラクゼーションですよ」ラリー・タイテルバウムはいつもの微笑みを浮かべている。

「なるほど——今はどうですか？　トローチは効きましたか？」

「効いています。今夜はこのまま眠ります。マリファナは、明日の昼にでもためさせてくださいね」

「わかりました。おやすみなさい」

「ありがとうございます。おやすみなさい」

●

昨日と同様、午前中に息子を保育園に送りとどけて食料品を買いこんでから帰宅すると、ラリー・タイテルバウムがゾンビみたいにリビングを歩きまわっている。阿部和重は特に話しかけず、食料品を冷蔵庫におさめてからリビングの壁によりかかって床に座りこみ、MacBook Airを立ちあげた──それがおととい来、わけあり患者をかかえる素人看護人にとって日中の習慣となっているのだ。

室内ウォーキングを終えてソファーに腰をおろした生ける屍は、自作のアルミホイル製パイプでマリファナを吸いはじめた。そんな様子を傍から見るかぎり、わずかにではなくかなり復調してきているようにも思える。だが実際は、ちょっとでも動くと激痛が走り、食欲も湧かない状態は依然つづいていて、そもそもそれ以前にひどい貧血だから持続的な活動はまだむつかしいらしかった。ランプの精みたいな白煙をふうと吐きだすと、ラリーはこう訊ねてきた。

「阿部さん、左足のつまさき、どうしました？」

靴下を脱いでいるためガーゼを巻いている親指が目についたようだ──他人の怪我に

気がまわるくらいだから、やはりラリーは着実に復調してきているのだろうし、マリファナの効果も上々であるにちがいない。

「爪が剝がれたんです」

「そうですか。いつですか？」

「あなたがいらした夜ですよ」

「それは気づきませんでした――今も痛みますね？　これをどうぞ」

ラリー・タイテルバウムが医療用大麻を勧めてきた。薬効に頼らねばならぬほど苦痛をおぼえているわけではないが、ことわる理由もない。どうせ今日も仕事にはならないし、リラクゼーションのひとときを共有すれば、その分たがいに腹を割りやすくなるということもあるだろう。喫煙具一式を受けとった阿部和重は、ジップロックから乾燥大麻の小片をとりだすと、手づくりパイプの火皿にそれをつめた。

「なにか書いてるんですか？」

今度は膝に載せているノートパソコンが目についたようだ――つづけざまに質問を浴びせてくるのは、体調の回復とともに報道雑誌編集者としての職業意識もとりもどしつつあるからだろうか。阿部和重はラリーの位置から液晶画面が見えるように半回転させてパソコンを差しだした。

「今は書いてません。ニュースサイトをチェックしてるんです」

ラリー・タイテルバウムは顔をやや突きだして目をほそめ、一点を見つめていた。パソコンのウェブブラウザーにはそのとき、地球のグラフィックイメージが添えられた記事が表示されている。字がちいさすぎてなにが記されているのか読みとれないらしく、ラリーはすぐにあきらめ、阿部和重に向かって微笑むほうを選んだ。

「どういう内容ですか？」

「ハビタブルゾーンでスーパーアースが四つ発見されたと書かれてますね。先月の記事ですが」

「ハビタブルゾーン――ああ、habitable zone、ね」

「生命居住可能領域という意味だそうですが――」

「その下のほうは？」

「こっちは、ここ数年の太陽活動の低調ぶりをまとめた記事ですね」

「太陽活動――一一年サイクルで、黒点の数が増えたり減ったりするという話ですか？」

「そう、それです。その一一年サイクルによれば、去年が太陽活動のピークだったはずなんですが――」

「ぱっとしないままだと？」

「ええ、それも異常なほどに」

「具体的には？」

好奇心旺盛な重傷者に喫煙具一式とジップロックをかえしてやり、前後の向きをもどした MacBook Air の画面に見いりながら阿部和重は答える。

「たとえば、太陽活動のピークに出てくる黒点の数は通常、一五〇から二〇〇だそうですが、去年は一一月の時点でさえ五〇から一〇〇くらいしかないという報道があります。過去二〇〇年でいちばん少ない数だそうです」

「過去二〇〇年でいちばん？　それはたいへんだ」

「おととしくらいからかな、太陽活動が低調だと報じられるようになってきたのは――」

「このままゆくと、リトル・アイス・エイジですか？」

「かもしれない、と伝える記事もあります。一七世紀から一八世紀にかけても似たようなことになって――」

「マウンダーミニマムですね。たしか七〇年間つづいた」

「聞きかじりですよ。息子がＵＣバークレーでプラネタリーサイエンスを専攻しているんです」

「あれ、詳しいですね」

「大学生のお子さんがいらっしゃる？」

「ええ」

「へえ、そうなんですね」ラリー・タイテルバウムがはじめてみずからのプライバシーをさらりと明かしたことに不意撃ちを食らい、阿部和重は内心そわそわしてしまう。

「その時期も太陽がおとなしすぎて、黒点が異常に少なかった」

「おかげで地球が冷えきって、ヨーロッパや北米では夏もなくなるほど一年中さむかったようですが——今おなじことになったら温暖化がいくらかおちつくかもしれない、なんて見方もありますね」

「太陽活動がぱっとしなければ、太陽風も弱いから、地球への影響を心配しなくてもいいということにはなりませんか?」

「どうなんですかね、そうなるのかな——」

「二〇一二年七月の太陽嵐が直撃していたら結構あぶなかったそうですね」言いながら、急に痛みが走ったみたいにラリーは顔をしかめた。

「観測史上最大級の磁気嵐とかいうやつですね。電子機器が使いものにならなくなったらこの社会もおしまいだから、せめてその心配だけはしないで暮らしたいところですが——」

ラリー・タイテルバウムは一服入れるつもりらしく、使い捨てライターで葉片に火をつけることに集中している——その間、記事こうはんに楽観できない箇所を見つけてしまった阿部和重はさっそくそれを客人に知らせてやる。

「あ、でも待ってください——太陽風が弱いと、太陽系外から飛んできた銀河宇宙線というやつがブロックされずに地球に降りかかるみたい。だからどのみち、放射線障害は避けられないのかもしれませんよ。そういえば、ベテルギウスが謎の膨張を見せているとかいう記事を半年くらい前に読んだおぼえあるけど、こういうときに爆発したらどうなっちゃうんでしょうね。ガンマ線バーストで地球おしまいとかいやだなあ」

聞いているのか聞いていないのか、ラリー・タイテルバウムは希少な珍味でも味わって恍惚としているかのように瞼を閉じつつ息をとめている。そして三秒ほどするとまた、ふうぅと白煙を吐きだしてくつろぎきった表情を見せた──鎮痛のみならず、多幸感が全身にゆきわたっているところなのだろう。

「阿部さんは、これからSFを書こうとしているのですか？」

とうとつな質問に戸惑いつつ、おれは小説家だったんだなと思いだして阿部和重は問いかえす。「そう見えますか？」

「天文学の情報をあつめているようだから、宇宙が舞台のストーリーかと思って、そんな気がしたんです。早とちりですか？」

阿部和重はつい「ははは」と笑ってしまう──ラリー・タイテルバウムの上目づかいが妙にかわいらしかったからだ。

「たまたまです。たまたま今、天文ニュースをチェックしてたってだけです」

「なるほど、たまたまですか、特に理由はないんですね」

「でも、言われてみれば最近、その手の記事を読むことが多いな」

「天文学の？」

「ああ、そうか──」

「どうしました？」

「息子がね──」

ていたのか、ユース中継を見るのが楽しみなんです。」

「そうですか、なにかというと宇宙のことばかり訊いてくるようになったんです。それでネタを仕こむつもりでブラックホールとか小惑星のニュースをチェックしてたのが、いつの間にか習慣化しちゃったんです」

「冒険心や想像力をかきたてられているわけですね。頼もしい話じゃないですか」

「いや、寝ちゃったら宇宙人にさらわれないかとか、せいぜいそんなことですから。ラリーさんのお子さんのように、大学に行く歳まで興味がつづけばいいんですが――」

灰皿がわりにしていた空き缶に手製パイプを載せると、ラリー・タイテルバウムはソファーに横になった。それから涅槃像みたいな体勢でしばし室内のあちらこちらに目を向けて沈黙していたが、おしゃべりを終えるつもりはないらしい。きょろきょろするのをやめたラリーは、いつもより柔和に映る微笑みを浮かべつつ、みずからの身のうえ話にさらに一歩踏みこんだ。

「息子が産まれてすぐのときに妻と離婚して、住まいも遠くはなれてしまったため、わたしは彼と一緒に暮らした経験がないんです」

「そうでしたか、それはせつないな――お子さんのお名前は？」

「マイケルです。二一歳になります」

「お会いになることは？」

「そう頻繁ではないですが、以前にくらべれば機会が増えました。おおきくなって、向こうから会いにきてくれるので」

「それはよかった」

「彼がちいさかった頃は、日常の様子まではなかなか見られませんでした。だからこうして今、阿部さんのお宅のなかを眺めていると、意外な光景が見られて楽しい気持ちになります。プラスチックのおもちゃやiPadや絵本をとりかこむようにして、たくさんのどんぐりが転がっているのは愉快ですね。どんぐりがそこにあるべき意味はわからないのですが、見れば見るほどそれが自然なことのように感じられてきます。乾電池とどんぐりがおなじ種類のものみたいに見えてきます。なるほどこれが子どものいる生活かと」

「どんぐりは、いろんなところに転がっているので注意してください。うっかり踏んじゃうと、とんでもなく痛いですから」

ラリー・タイテルバウムはにやにやしながらこう応じた。「阿部さん、手おくれです」

「あ、もう踏んじゃってましたか」

「とても痛かったので、すぐフェンタニルに頼りました」

阿部和重が笑うと、釣られたみたいにラリーも声をあげて笑いかけたが、縫合して数日しか経っていない腹部の創傷がそれを許さなかった。うっと呻いたきり、ぴたりと動作をとめて数秒ほどかたまってしまったラリー・タイテルバウムの表情は、ただ悲愴感のみを漂わせていた。まだまだ彼はマリファナを手ばなせない状態なのだ。

「阿部さん、あのベルトは新しいおもちゃですか？」

煙を吐きだしながら問いかけてきたラリーの視線の先を一瞥して、阿部和重は答えた。

「あれは去年の秋に出たおもちゃです。『仮面ライダー鎧武』の変身ベルトですが、毎年新しいのが発売されてます。いちばん古いものは七〇年代に出てます」

「年々、新型が出るんですね」

「新しいライダーがはじまると、ベルトもそれにあわせて最新型が売りだされるんです」

「昨夜、映記くんが遊んでいるのをじっと見ていたのですが、なんというか、ひじょうに凝ったメカニズムで――」

「音と光がね、すごいから」

「あれならほんとうに敵と戦えそうですね」

阿部和重がまた笑うと、ラリー・タイテルバウムもこらえきれないという具合に笑い声をあげた。今回の笑いは痛みに邪魔されなかった――決して無痛というわけではなさそうだが、それでも笑っていられるのはテトラヒドロカンナビノールのおかげなのだろう。「びっくりしました」というつぶやきにつづいて調子に乗り、「おみやげに買って帰りたいと思います」などと加えた自分の言葉に吹きだしても、ラリーはもはやうっと呻いたりはせず、動作をとめてかたまることもなかった。

「アメリカの技術革新が軍事研究から生まれるとすれば、日本の場合はおもちゃの開発というわけです。でも、それ以上に発明の可能性をひろげるのはエロスの探求だと言われていますね」

「なるほどね、おもしろい指摘だ」

明らかにどうでもよさそうな顔でラリーはそう述べた――そんなことよりも、もういっぺん痛み止めを吸うかどうかを検討するほうがはるかに重要だとでも考えているふうな様子だ。これはリラックスしている証拠だろうと見た阿部和重は、そろそろシリアスな話題を持ちだしてみるべきかと思う。

「それでラリーさん、ご自身のお仕事は大丈夫なんですか?」

訊き方はほかにいくらでもあったはずだが、キャリア二〇年になろうとしている小説家がここでぽろりと発したのはそんな問いだった。一瞬で空気が変わるひとことというやつを、おれは今まさに言っちまったらしいと阿部和重は自覚したが、むろんとりけしは無理だ。ラリー・タイテルバウムはぴたりと動作をとめてかたまっているが、それはおなかの傷が痛いからではないだろう。とりけしは無理でも、とりつくろうくらいはしておくかとあらためて口を開きかけたところ、先にラリーがいつもの微笑みを見せて言った。

「阿部さん、わたしから事情をお話しする約束でしたね。おしゃべりに夢中になって説明があとまわしになってしまい、たいへん失礼しました」

「ラリーさんの現状をご存じの方って、ご家族やお勤め先にいらっしゃるのかなと、気になってたんです――編集部に連絡って、入れてますか？」

「阿部さん、だましてしまってごめんなさい。わたしは『ニューズウィーク』の編集者ではありません」

思わず「そうだよね」と阿部和重はつぶやいていた。薄々わかってはいたことだが、本人からはっきり打ちあけられると途端に胸さわぎが起こり、想定いじょうの災いに襲われそうな悪い予感が走りだす。事態の全体像がまったく思い描けないが、大部分がどす黒いことだけはたしかだろう。

「編集者ではないのなら、依頼の話もないってことですね？　なぜおれに連絡してきたんですか？」

「いや、依頼の話はほんとうです。阿部さんにお願いしたいことがあって連絡しました」

「それはどういう依頼ですか――というか、あなたはいったいなにものなんですか？」

四五年と五ヵ月ものあいだ生きてきて、まさか他人に向かってあなたはいったいなにものなのかと言いはなつ瞬間が訪れようとは夢にも思っていなかったが、相手の答えがそれをうわまわる驚きをもたらしたため、阿部和重はこのときただ呆気にとられるしかなかった。ラリーの返答はこうだ。

「わたしはＣＩＡのケースオフィサーです」

そう告白したラリー・タイテルバウムは、あの妙にかわいらしい上目づかいでこちらを見つめていた。情に訴えて出まかせを信じさせるテクニックかなにかだろうか——ふとそんな考えが頭をよぎったが、だとすれば彼はそもそもなんのひとなのよ、という根本的な疑問が残ってますます混乱するばかりだ。阿部和重は率直に、思った通りの言葉をかえしてやった。

「いやいや、ラリーさん、それも嘘ですね？」

「阿部さん、これは嘘ではないんです」

「いやあ、嘘ですよ」

「それがほんとうなんです」

「おかしいなあ、信じられませんねえ」

「なぜです？」

「おれの知ってるＣＩＡは、自分でＣＩＡだなんて名のらないからですよ」

「なるほど」

「常識的にそういうもんじゃないですか」

「でも、阿部さんが知っているＣＩＡというのは、小説や映画などに出てくるフィクションのＣＩＡではないですか？　ジャック・ライアンやジェイソン・ボーンのことでしょう？」

「まあ、だいたいそうですが——でも、元職員が書いた本だって読みましたよ」

「ＯＫ、いいでしょう。おっしゃる通り、ＣＩＡは自分から名のらないという事実もあります。それはそれとして、わかってもらいたいのは、これは緊急事態だということです。ご存じの通り、わたしは三日前の夜に爆弾を仕かけられて死にかけていて、今なお危機は去っていない――まさに“Clear and Present Danger”というわけです」

「ちょっと待ってください」聞いてないぞと思い、阿部和重はあわてて訊ねる。「爆弾を仕かけられた？　ナイフで刺されたんじゃなくて、爆発で怪我したんですか？」

「ナイフでは刺されていません。それはちがいます。セーフハウスに即席爆発装置（IED）の罠を仕かけられました。爆発する寸前に気づいてとっさに飛びのいたのですが、ガラスの破片が突きささってしまい、このざまです」

果たしてなにが起こっているのかな？　そう自問する声が脳裏でささやきつづけているが、いっこうに自答が聞こえてこないのは回答者が逃避したがっているためだろう。なんとも心ぼそくなり、巻きもどし再生でひとつひとつの場面を検証したくてならなかったが、そんな機能は二〇一四年三月六日木曜日現在の現実にはそなわっておらず、CIAのケースオフィサーを名のるアメリカ人を前にして阿部和重は呆然とするほかない。

「それなら」少しだけおちつきをとりもどし、阿部和重は質問を再開する。「その爆弾トラップを仕かけた犯人がだれなのかは、わかってるんですか？」

「わかっていますが、それは言えません」

ほらきたぞと、相手のぼろをさっそく見つけたように思いつつ、阿部和重はこう指摘した。

「それを言えないのなら全部まゆつばって気がしちゃうなあ」

ラリー・タイテルバウムは切りかえが速い——ほんもののCIAかどうかはともかくとして、それに近い種類の職業なんじゃないかという印象をあたえるすばやい対応を見せた。

「犯人は同僚です」

「同僚ってことは、犯人もCIAってこと？」

ちいさく首を縦に振り、ラリー・タイテルバウムは実情の説明をつづけた。

「だからわたしは支局にもどれません。今ごろみんなわたしを探しまわっていると思いますが、当然ここにいることも報告できない。体もこんな状態なので、とうぶんは自由に動きまわれない。どうすることもできない状況です。そのため今は阿部さんを頼るしかありません。たいへんな迷惑をかけてしまってとても心ぐるしいのですが、このまま受けいれてくださいませんか？　どうかお願いします」

聞いているうちに徐々に実話なのかもしれないという気持ちに傾いてきてしまい、はっとなって阿部和重は要点を問いただす。

「それが真実かどうかはここじゃあたしかめようもないので、まずひとつ大事なことを確認させてください。ラリーさんがうちにいることは、絶対にばれないんですね？」

「一〇〇パーセントばれません」

「ほんとうですか？　昨日は逆のこと言ってませんでした？」

「もちろん警戒をおこたれば隙が生まれますから危険はやってきます。だから外部との接触は最小限にとどめなければなりません」

「具体的には、どうすればいいんですか?」

「わたしの指示にしたがってください」

「ラリーさんの指示にしたがっていれば、危険な目には遭わなくて済むんですね?」

「ええ、大丈夫です」

「息子になにかあったら――」

「保証します。そんなことは絶対に起こさせません」

「わかりました。とりあえず、その言葉を信用します」安うけあいだとは思うが、こちらこそ気が変わったらいつでも撤回すればいいのだと阿部和重は考える。

「ありがとうございます」

「でも、いつかはここにいることがばれますよね?」

「その日がこないとは断言できません――が、時間はかかるはずです」

「なら、怪我がよくなってきたところで、居場所をすぐよそに移してくれるんですよね?」

ここでラリーはひと呼吸おいた――会話のリズムがほんの一拍ずれるだけで急激に不安が押しよせてくる。心のうちでこれ以上はやめてくれよと阿部和重は願ったが、相も変わらず現実というのは冷たい表情しか見せてくれない。

「さっきも言いましたが、もともとの依頼の話はほんとうなのです。こんなふうになる前から、わたしには阿部さんにお願いしたいことがあって連絡しました」

「なんなんですかいったい。スパイ小説でも書けっていうんですか？」

いらだちを隠さずに阿部和重が訊ねると、ラリー・タイテルバウムは思ってもみない名前を口にした。

「阿部さんは神町の、菖蒲（あやめ）家をご存じですね？」

今度は自分自身が会話のリズムをずらす番となった――あまりにも予想外な質問をぶつけられて面食らい、阿部和重は二拍も三拍も遅らせてしまった。

「ええ、はい、知ってますが――でも、知りあいってわけじゃないですし、噂程度のことだけですよ」

実際はその「噂程度」の中身が厖大だったのだが、厄介は避けたいという気持ちが阿部和重にすっとぼけることを選択させた。

「つまり神町のひとという以外にほとんど接点がないわけですよね？」

「まあ、そうですね」

「わたしとしてはそれで結構なのです」

「よくわかりませんが、それでおれになにをさせたいと思ってたんですか？」

「ちょっとした取材です」

「菖蒲家の？　取材ですか？」

「ええ」

「どういう名目で?」

「旅行記を書くという名目でホテルに何泊か宿泊するついでに、菖蒲家の内情を探ってもらえればと考えました」

「ホテル？　ホテルってなんですか？」

「ご存じないですか？　菖蒲家は今、若木山の裏手でヘルスケア・リゾートホテルを経営しているんです」

「へえ、それは知らなかったな――」

いきなり時計のアラーム音が鳴り響き、阿部和重とラリー・タイテルバウムはふたりして同時に体をびくっとさせた。アラームをとめると、ラリーはぷしゅうという擬音でも響かせるようにしてソファーに全身を沈めてゆき、溜息をついた。リラクゼーションのひとときが、一気にスリリングな展開へとさまがわりしてすっかり時間を忘れさせてくれたおかげで、気づけばもう映記をむかえにゆかねばならぬ時刻だ。

「ラリーさん、訊きたいことは逆に増えるいっぽうになってしまいましたが、時間なんでいったん中断しましょう」

「そうさせてください。わたしもちょっと疲れてしまいましたので、このまま休みます」

瞼を閉ざした途端に寝息を立てはじめたラリー・タイテルバウムを、阿部和重はしばらくのあいだ突っ立って見つめていた。当初はまったく信じていなかったラリーの打ちあけ話に対する判断は、今となっては半信半疑のところまで傾いてきている——ただしそうしたどっちつかずの状態は、その後の彼とのつきあいのなかでも変わらずつづいてゆくことになるのだ。

阿部和重が、半信半疑のどっちつかず状態より完全に解放されることになるのは、それから二六年後の二〇四〇年まで待たなければならなかった。二〇三九年五月に機密解除され、翌年に一般公開されたCIA資料に目を通すまで、ラリー・タイテルバウムの打ちあけ話はまぎれもない事実であると確証をえることはかなわなかったのだ。

ラリー・タイテルバウムについて私が知っている二、三の事柄

ラリーは一九六八年生まれである。つまり彼と私はおない年だ。聞いたときには意外に感じたが、人生経験やら教養やらの差のあらわれか、死にかけた直後のせいでいっぺんに老けこんでいたのかもしれない。いずれにせよ、生きていれば今年で彼も七二歳になる。

そういえば、生年は私と一緒で生月日のほうは奇しくも映記とおなじ三月二一日という偶然の重なりもあった。

わが家でかくまってやった当時の話だ——今日は息子の誕生日だと教えたら、わたし

もです、などとものほしげにラリーが言いだすので私は一日に二回も洋菓子屋へ走ることになり、売れ残りのチョコレートケーキを出してやったものだが、彼が食べたのはひと口だけだった。スイーツは嫌いかと訊けば、その逆だという。身動きのとれないひきこもりの怪我人にとってあまいもんは危険きわまりないため、ひと口のみでやめておいたとのことだった。あのときはまだ痛み止めのマリファナが残っていたはずだから、賢明な判断ではあったと言える。

フルネームは、ローレンス・アレン・タイテルバウム（Lawrence Allen Teitelbaum）というらしい。もはや私もうろおぼえのことばかりだが、ペンシルベニア州フィラデルフィア出身のユダヤ系アメリカ人だと本人から聞いている。

日本への関心を抱いたのは、ブランダイス大学の学生だった一九八〇年代末だという。コロンビア・ピクチャーズやロックフェラー・センターの企業買収を目のあたりにしたのをきっかけに好奇心をそそられ、日本脅威論を通して見えてくるステレオタイプの日本像に触れるうちにいっそう興味をふくらませていったそうだ。いかにもとってつけたような経緯だが、感興のおもむきというのは案外とそんなものなのかもしれない。

初来日は大学二年だか三年だかの頃だという。早稲田大学への一年留学だったようだが、それが日本語を習得する最初の機会になったとラリーは述べている。一九九二年六月にブランダイス大を卒業した彼は、同年の夏のあいだに二度目の来日を果たす。早稲田留学中に親しくなった友人を頼って再訪した東京にそのまま住みつくと、語学学校で英会話講師として働くようになり、バブル景気がそろそろはじけつつあった日本にまた一年間ほど滞在したそうだ。

ＣＩＡへの入局を希望するようになったのは、大学に在籍していた頃からだという。わたしはせんさく好きな性分なのです、とラリーは述べていた。いつでも真実に触れておかねば気が済まぬ、ちょいと面倒なところがあるのだと言ってにやついていた。真実が崖の途中にでもひっかかっていれば、そこにたどり着く方法を徹夜で思案するような性格ゆえ、赤の他人から秘密をひきだすのに向いているとも思っていたそうだ。

国防を左右する情報ならばなおのこと、清濁問わずどんな手段を使ってでも手に入れる、クールな腕利きになれるという自負もあったようだ。ジェームズ・ボンドなどへのあこがれはなかったのかと訊けば、映画の影響ならばむしろケヴィン・コスナーが主演した『追いつめられて』がおおきいとラリーは答えた――ロジャー・ドナルドソンが監督したポリティカル・スリラーの傑作だ。観たのはやはり大学生の頃だという。組織に潜りこみ、周囲に正体をさとられず完璧に別人としてふるまいきる仕事に魅力を感じたことも、諜報機関で働く動機のひとつになったというから、なかなかの倒錯ぶりである。

採用が決まったのは一九九三年の秋口だという。当時つきあっていた女性と結婚したのも同時期のことだったそうだ。翌年の五月より、バージニア州ウィリアムズバーグに設けられたファームと通称される養成所で準軍事訓練を受けたり諜報工作術を学ぶなどして一年ほどしごかれたのち、ラリーは作戦本部のケースオフィサーになる――ケースオフィサーというのは工作管理官とか現場担当官などと訳されたりするが、要するに派遣先での情報収集や情報提供者の勧誘などをおこなう正職員のスパイのことである。私生活上ではこの頃に彼は独身にもどっており、訓練期間に入る前に生まれていた息子のマイケルともはなればなれに暮らさねばならなくなってしまう。

東アジア部に配属されたラリーは、日本のほかにもあちこちに派遣されたので多言語をあつかえる。朝鮮語も得意としており、広東語やマレー語も理解できてロシア語も話せるようになったそうだ。バンコクやクアラルンプールやジャカルタでも仕事をしたというが、最も長く関わった土地は山形県東根(ひがしね)市の神町であると彼は述べている。

任地は東京とされていても、任務上はほとんど都内に用はなかったという。たいはんの日々を山形県内ですごしたという日本赴任時、ラリーに課されていた主な任務の内容は菖蒲家の監視だったようである。一九九七年から二〇〇〇年までの、二〇世紀末の三年間がその任務期間にあたり、最終年の六月に彼は離日している。これらすべては資料での確認がとれたわけではない、本人談にもとづく情報だ——したがって、私自身のうろおぼえの記憶を頼りにここに綴っている。

一九九〇年代こうはんの山形県に、どれだけの数の欧米人が訪れていたかはさだかでないが、人口四五〇〇人弱だった東根市において彼はそれなりに目だつ存在ではあったにちがいない。なにしろ当時の東根市神町は、のちに首都機能移転先となるとはとうてい予測しがたい東北地方のごくありふれた田舎町にすぎない。商工業地帯の拡大も進んでいたとはいえ、四方の風景はまだまだ果樹園など緑地のきわだつ牧歌的な環境である。そうしたなかで、CIA局員であると見ぬかれてはならぬラリーが用意した仮の身分は、県内の中学や高校を巡回する英語指導員だ。週に何日か各校をまわりつつ、ひそかに菖蒲家の内情を探り、神町に借りた一軒家でひっそりと暮らすわけである。

かくも平穏なる秘密工作員生活を送るも、ネイティブ英語指導員の先達たるダニエル・カールのタレント活動が、ときにちょっとしたはた迷惑をもたらすこともあったという——山形弁を使う愉快なアメリカ人の増員をもくろむ無邪気な中高生がどの学校にもおり、遊びに飢えた子犬みたいにまつわりついてくるため、いちいち手あつく追いはらわねばならずたいへんだったという話だ。

菖蒲家が、CIAなど連邦政府機関の監視対象となったのは、一九五〇年代の初頭からだとされている。当初は協力関係にあったという両者は、ほどなくその提携を解消すると、六〇年代末の菖蒲家の代替わりをへて完全に疎遠になる。八〇年代以降は、一九八三年一一月の新設特殊部隊入隊要請や二〇〇四年三月の東京ドーム・テロ捜査協力依頼など数度の例外をのぞき、アメリカ側からの直接の接触はひかえられていたようだ。

自分が任務に就いた九〇年代の後半期は、過渡期をむかえた菖蒲家がどこへ向かおうとするのかを見きわめるうえで重要な期間だったとラリーは説いている。

ちょうどその時期、代替医療施術院の経営を新体制に移行させ、健康相談所からヒーリングサロンへと屋号をあらため業態の衣がえをおこなうなど、菖蒲家では長女を中心とした家業の全面的な改革が進められていたところだったという。それにともない、先代当主の時代なみにいろいろな種類のひとの出入りが増えていったらしく、なかには過激派組織とつながりのある人物の影も認められたそうである。

つまり当時の菖蒲家は、開放的でもあり流動的でもあるという過渡期ならではの不安定な状態にあったとされている。そんな状況を利用して、反米勢力や他国機関がアヤメメソッドへの接近をはかる可能性にも警戒しなければならなかったCIAとしては、よりいっそう確度の高い内部情報がもとめられていたというのだ——菖蒲家にまつわる秘密やアヤメメソッドをめぐる詳細については後述するとしよう。

●

三年間の監視任務において、ラリーが果たした実績のうち最大のものは、菖蒲家の番頭格にあたる人物を内部情報提供者として確保できたことだという。

戸籍名は薊茂（あざみしげる）というが、MtFトランスジェンダーと性自認していることから複数の名を使いわけている当の人物は、仕事上ではサトウを名のり、菖蒲家の人間には愛称のシュガーさんと呼称されている。ヒーラー修行をはじめた頃にみずからつけた異名もあり、オブシディアンというその呼び名をラリーやCIAは彼女のコードネームとしてもちいている。

オブシディアンには一九九〇年から一九九三年までのアメリカ滞在歴がある。サロンや園芸業などの家業をいとなむ菖蒲家で、それらビジネスの代表者たる長女の補佐役をつとめるようになる以前の彼女は、板前からヒーリング施術者への転身を遂げるべく、カリフォルニア北部の霊峰シャスタ山を中心とした一帯を修行の地に選び、そこで三年にわたる充実したスピリチュアル・ライフを送ったとされている。

自然保護地域にあたり、アメリカ先住民の聖地として名だかいシャスタ山は、世界中の神秘主義者からグローバルなパワーセンターなどと崇められる観光名所である。それゆえ同好の士とふれあう機会にも少なからずめぐまれ、北カリフォルニアに拠点をかまえるスピリチュアリストのサークルなるものにも入会したというオブシディアンは、異国で孤独にさいなまれることなくヒーラー修行に励んでいられたらしい。

菖蒲家の内通者をえるに際し、オブシディアンのアメリカ滞在歴に目をつけたラリーは、まずはその三年間の生活実態を調べあげる。当人の暮らしぶりに加え、現地で知りあったひとびとの素性や犯歴や人間関係、等々を残らず洗ううち、あらわになってきたのは世話になった恩人たちの脱税行為や不法滞在の事実だったという。脅しに使えるネタがすぐにごろごろ出てきたおかげで無駄な時間をすごさずに済んだのだと、ラリー・タイテルバウムは笑っていた。悪いやつだ。

幸先のいい流れではあれ、実際の交渉は当然ながら慎重を期さねばならなかったはずだ。ところがラリーはかなり強引にオブシディアンに迫ったようである。なぜなら内心わたしは彼女に惚れていたのです、などと彼は白状しているが、それが普通のロマンスに見られるような恋慕と変わらぬ感情だったのかどうかはさだかでない。単なる助兵衛根性にすぎなかったのではないかという疑いもぬぐえない。

かつての神町で開かれていた夏祭りの日、菖蒲家の農産物直売所でひとり売り子をしていたオブシディアンに話しかけたのが、ファーストコンタクトだったそうだ――ここだけ聞けばロマンチックな出会いにも思えるが、オブシディアンからすれば厄介事のはじまりでしかない。面と向かってのやりとりは、遠目に観察していたときの印象を一瞬で鮮烈に上書きする濃密な空気を漂わせるが、そこでおぼえたのが緊張なのか興奮なのか当時は区別がつかなかった――とかいう思い出を、ラリーはうっとり語ったものだが、要するに彼はこのとき、自分は情欲をそそられていたのだと言いたかったのだろう。

自分もおなじ北カリフォルニアのサークルに入会していたのだと騙ってオブシディアンに近づいたラリーは、調査情報を利用して話題をつなげ、共通の交友関係をでっちあげるなどして会話を盛りあげつつ、ターゲットのパーソナルスペースの隙間を探ったという。サークル仲間がしばしば噂する、黒曜石（オブシディアン）を名のる日本人メンバーへの興味が募り、どうしても本人と会わずにはいられなくなって来日を望み、迷わずこの神町を勤務地に選んだ、などという出まかせもならべたそうだ。

ファーストコンタクトを上首尾に運ぶと、親睦を深めるためにラリーは同情をひく作戦に出る。噂のクリスタルヒーラーに会うべくやってきた、右も左もわからぬ極東の田舎町で単身生活を送る孤独なアメリカ人になりきりつつ、初対面ですっかり見初めてしまったふりをしてオブシディアンを食事やデートに誘いつづけたというから、つくづく卑劣なやり口である。

ふたりのあいだのへだたりが縮まるにつれ、孤独なアメリカ人はときおり酒に酔い、自分を癒してくれる相手との文字どおりのスキンシップさえもとめだす。下手をすれば内通者候補の警戒心をあおりかねない行動だが、経験不足の未熟なケースオフィサーは自制心を失いかけていたようだ。この情欲そのものにいつわりはないから不審視されることはあるまいし、よい目くらましにもなるだろう——などという屁理屈をみずからのよりどころにして、口説く相手の唇に必死に吸いつこうとしていたらしい。拒絶を食らうすれすれの線にチャレンジしつつもときどき力が入りすぎてしまうラリーをはっ倒すことはせず、あしらいじょうずのオブシディアンはうまくあまえさせてくれたという。

かくもやさしいオブシディアンをたぶらかし、仕事とはいえ弱みにつけこんでゆすることに心は痛まなかったのかと訊けば、痛まなかったというのがラリーの回答だ。情欲よりも愛国心と組織への忠誠心が勝るのはあたりまえであるとする職業意識のアピールだったが、かといって、あの好色なる冷血漢は、慈悲ぶかいクリスタルヒーラーにさらなるスキンシップをもとめることもやめなかったそうだから余計に悪質である。

こちらの要求を飲めば、北カリフォルニアで世話になった友人たちの脱税や不法滞在は不問にふしてやるといった口説き文句は、ラリーが予想していた以上の効果があったという。当のひとびとに対し、オブシディアンはそれほどに厚い恩義を感じていたということだろうが、ラリーの調査によれば現地では命の危機を救われる出来事すら生じていたようだから、当然の話ではあるのかもしれない。

それは黒曜石（オブシディアン）を名のるヒーラー見ならいがアメリカにきて三週間がすぎた頃のことだ――交友関係もひろがりはじめ、やっと異郷での暮らしに慣れだしてきたというときに、彼女はあやうく窒息死しかける事態に陥っている。招かれたホームパーティー先で羽目をはずした際、卑怯な連中にだまされて合成麻薬（チャイナホワイト）を多めに打たれてしまったせいだという。サークル主宰者とルームメートが異変に気づいて即座に救命士の友人と連絡をとっていなければ、客死はまぬかれなかっただろうと見られている。そのことを、助けられた当人が一大事と受けとめ、救い手のふたりに一生の恩を感じて義理を果たそうとするのは少しも不自然な心情ではない。

そうした事情により、命の恩人となったふたりの友を裏切れず、ＣＩＡの脅しに屈して菖蒲家の情報提供をひきうけざるをえなかったオブシディアンの働きぶりは、決して悪くはなかったようだ。定期報告をおこたらず、協力的になりすぎることもないといった程度の積極性の継続が、むしろ嘘がない態度に見えて信頼できたとラリーは説いている。

内通者としてのみならず、情人としてもオブシディアンをいたく気に入っていたラリーは、二〇〇〇年六月に神町駐在を終える際にはうら悲しい気持ちになったものだと当時を振りかえっている――これはさすがにひとりよがりの感慨というものであり、人権蹂躙の被害者たるオブシディアンからすれば知るかくそとでも言いかえしたいところだろうと想像する。

というのも、オブシディアンはこれにてお役ごめんとなったわけではない。ラリーが転任しても、彼の任務をつぐ職員があらわれて、おなじ仕事をやらされつづけることに変わりはないのだ。つまりいったん内通者となった以上、CIAがもういいよと言うまでオブシディアンはずっとそのつとめを果たさなければならないわけである。

他方、うしろめたい立場にオブシディアンを追いこんだ元凶たるケースオフィサーのほうは、後任者へのひきつぎが済めばあとはたださようならである。オブシディアンとのわかれの記憶はどんなに時間が経っても哀愁を帯びたままなのです、などとラリーは言っていたが、それは搾取関係を甘美な思い出にすりかえる、典型的な帝国主義者のメロドラマとして彼の脳裏にきざまれているにすぎないとここでは断定しておこう。そんなわけだから、一四年後の訪日で彼が痛い目に遭うのは自業自得、因果応報という側面もあったのは否定できない。

●

二〇一四年にふたたび神町へ派遣されたラリーが、即席爆発装置(IED)のトラップにはまって死にかけたといういきさつを記すより先に、菖蒲家の秘密とアヤメメソッドなる秘術の詳細をまとめておこう。

二〇一〇年代に国会やら行政府やらの建物がごっそりやってくるまでは、神町のランドマークといえば若木山だった。町の中心部からやや西南に位置する、ふもとに神社や公園などもあるちいさな山だ。標高わずか一八三メートルしかなく、どこの集落でも言いつたえられてきたような神社の故事来歴が知られているばかりだが、神町の歴史はこの山を抜きには語れない——若木神社にはふたつの宗派の縁起が残されているが、どちらも共通して八世紀末から九世紀初頭にかけての頃、ある修行僧が若木山を訪れた際に赤気が山嶺を覆う神秘現象に出くわしたとする顛末を物語っている。

太古からそこに鎮座し、尊ばれてきた山だが、近代に入ると特別あつかいもされなくなってゆく。第二次大戦下には軍用倉庫や防空壕として利用するトンネルを掘られ、敗戦間近には米軍の空爆を食らってぽっかりと縦穴も開けられ、二〇〇〇年の夏には中腹で不発弾が爆発する騒ぎも生じ、首都機能移転にともなう再開発においても重機に裾野をえぐられケーブルをなんぼんも埋めこまれるなど、ひとの手によりさんざんかたちを変えられてきたが、それでも若木山は二〇四〇年の今も存在している。

その若木山の裏手に、かつて菖蒲家のおおきな家屋敷があった。広大な私有地の大部分を農地が占めていたが、首都機能移転が決まった頃には宅地転用され、一家の経営するヘルスケア・リゾートホテルが建てられた。ホテルは現在も営業をつづけてはいるが、単なるビジネスホテルへとさまがわりしており、経営者も菖蒲家の人間ではなくなっている。

菖蒲家は、地元民にとっては長らく謎の一家と目されていた。客商売をしている割には町内どころか隣近所ともほとんど交流がなく、ひとの出入りは頻繁にあるにもかかわらず、一家の内情がもれつたわってくることも滅多になかった。聞こえてくるのはせいぜいがおとぎ話みたいな噂のみだった。そんな一家のあり方をいぶかしむ声が地元民からあがることすらない、という不思議な事実もあったほどだ。

その菖蒲家が、神町に最も古くから暮らす一族であるとする証言を記録した文書ファイルが流出したのは、二〇〇六年の暮れのことだ。文書作成者の私用パソコンが暴露ウイルスに感染し、ファイル共有ソフトを介してウェブ上にたれ流してしまったデータのなかに、それがふくまれていたのである。

当の文書は、一個人の手記の体裁をとっているが、その内容はインタビューをもとに構成された、菖蒲家の一族史と二〇〇〇年代の神町で起こったいくつかの暗い事件の内実だ。手記の書き手であると同時にインタビューの聞き手をつとめているのは、神町商店街で書店を経営していた石川満(いしかわみつる)という人物だ——この私もたいへんお世話になったひとである。そしてインタビューを受けているのは、菖蒲家四姉妹の次女あおばだ。菖蒲あおばは三月(みづき)というペンネームで数々のヤングアダルト作品を発表している小説家でもあるが——同郷の同業者といっても彼女と知りあう機会は一度もないうちに、私は先に流出文書に触れてしまったのだった。

私がその流出文書について最初に知ったのが、いつどこでだったか、はっきりとしたことはもはや思いだせない。語り手の菖蒲あおば＝三月が同郷の同業者であるつながりから、エゴサーチをしていた際にたまたまそれを話題にしているブログやソーシャルメディアがひっかかったか、あるいは当時活況だった2ちゃんねる掲示板でニュースを漁っていたときか、流出事件をまとめたサイトを眺めていたときにでも関連情報を見つけたのか、いずれかだろうと思われる。

三月という小説家の存在は承知していたし、同郷の同業者として関心も持っていたが、こちらにわかっているプロフィールは神町在住者であることだけだった。それが突如、神町住民に長らく謎の一家と見られてきた菖蒲家と結びつけられてウェブ上で言及されだしているのを目にし、私の興味も角度が変わった。

流出文書は、四百字詰原稿用紙にして一三〇〇枚ちかくある大部の書ゆえ、よほどの関心がなければ読みとおす気にはなれない代物ではあった。読破した者が世界に何人いるかはさだかでないが、そのうちのひとりがこの私である。

神町、菖蒲家、三月、といった三点にまず惹きつけられた私は、軽く中身をのぞき見る程度の気持ちで問題の手記の全データをダウンロードしたのだった。そしていざひもといてみれば、文書作成者が旧知の本屋さんであるとわかってますます好奇心をくすぐられ、さらに読みすすめば読みすすむほど、あまりに信じがたく奇想天外な内容が綴られているためついつい読みふけってしまったのだ。

それほどに、石川手記に書かれた菖蒲一族史は現実ばなれしており、あまたの驚くべき逸話をはらんでいるわけだが——ここではさしあたり、菖蒲家がアメリカの監視対象となり、ＣＩＡが内情を探りつづけることになる理由に焦点をあてて話をまとめてゆく。一三〇〇枚ちかくの大部を要約するのは容易ならぬことだが、そのたいはんはアヤメメソッドなる秘術の継承問題を軸としたごたごたであると受けとってさしつかえない。

●

アヤメメソッドとはなにか。それは草花の秘術とも呼ばれるが、手みじかに説明すれば、幻覚性の秘薬と独特の話術を併用駆使してなされる人心操作術であると言える。強力な催幻覚成分をふくむ種々のハーブやキノコを主原料とするその秘薬は、アヤメメソッドの継承者にしか調合できない秘伝の香薬であるとされている。秘薬の気化成分を吸わされたり、薬液を経皮吸収させられた者は、アルカロイド諸種の向精神作用によりトランス状態に入り、夢うつつをさまようことになる。そうした最中に術者がたくみな話術を弄し、ねらった相手を意のままにあやつる技術体系が、アヤメメソッドのおよそと考えられる。石川手記によると、これは一二〇〇年もの長きにわたり菖蒲一族で受けつがれてきた一子相伝の秘術だというのだからあきれるしかない。

この説明をざっと読めば、アヤメメソッドとはすなわち、催眠術に幻覚剤を組みあわせて強化した人心操作の方法と理解できるだろう。おおむねまちがっていないと思われるが、それがすべてではないようだ。アメリカの監視対象になる理由としてもじゅうぶんではなかろうし、名うての催眠術師をかたっぱしから調査しうるほどゆたかな予算や人材がＣＩＡに割りあてられていたはずもないとすれば、アヤメメソッドの継承者にはさらなる有用性が認められていたわけだ。

　アヤメメソッドの価値はだいいちに、人心操作術としての強大な威力と確実な効果にあったと見られている——一九五〇年代の初頭、自白剤の研究開発に躍起になっていたＣＩＡ職員らの目には、この魔術的な力はたいそう魅力的に映ったようである。

　アメリカとアヤメメソッドのまじわりは戦後占領期にはじまる。ひとりの占領軍士官と菖蒲家の家伝継承者が若木山で出会い、短い交流を持ったことが関係の発端となったようだが、アヤメメソッドの魔力にアメリカが本格的に触れたのは一九五一年の初冬だとされている。自白剤の研究開発にとどまらず、薬物をもちいた人心操作術や洗脳法を追求するプロジェクトを推しすすめていた当時のＣＩＡが、貪欲にも、役に立ちそうな薬草や植物性の薬品をもとめて世界中に職員を派遣していた事実はよく知られている——石川手記によれば、その派遣先のひとつが神町だったというのだ。

　秘密の植物採集所として神町が選ばれたのは、若木山に自生するハーブやキノコがすでにひとりの植物学者によって分析され、そのデータがＣＩＡに渡っていたためだ。当の植物学者こそが、菖蒲家の家伝継承者との交流を持った占領軍士官である。数週間という短いつきあいながらも、植物学者にとってそれは退役後の人生を決定づけるほどの忘れがたい経験となったようだ。

初見の際にはおたがいに、若木山の自生植物をとりあつめていたところだったと石川手記には書かれている。以来、毎日おなじシチュエーションで顔を合わせるようになったふたりは通訳をはさみ、ハーブやキノコをめぐる知識を交換するうちに打ちとけてゆく。とりわけ植物学者のほうは、新種や珍種の発見を期待してしまうほど若木山の自然環境にただならぬものを感じていたらしく、現地専門家との出会いをよろこんで熱心な学び手になっていったという。

ふたりはほどなくおわかれとなるが、帰国直前に一度だけ、植物学者は秘術の一端に触れる機会をえている。それは一瞬で無我の境地に達するようなすさまじい幻覚体験として記憶にきざまれることとなり、植物学者の人生観を一変させる決定打となったらしい。かたや菖蒲家の家伝継承者の側には果たしてどういう意図があったのか。単なる気まぐれなどでないとすれば、熱意ある外国人聴講者へのサービスとか、一期一会の餞別のつもりだったのかもしれぬが——事後的に見れば、のちの対米取引を見すえたコネづくりの布石だったとも考えられる。いずれにせよ、その幻覚体験の強烈な印象が植物学者の興味をますます若木山に惹きつけることになる。

大学の研究室にもどっても、植物学者の探究心はおさまらず、サンプルの成分分析から判明した新事実に刺激され、いっそう熱くなるばかりだったようだ。若木山で採集してきたハーブやキノコのどれを調べても、幻覚成分が異様に多くふくまれていて、向精神作用にも幅ひろい性質がそなわっていることがわかったというのだが——その学問的詳細や真偽は今なお不明である。

こうした経緯をたどるうち、植物学者の関心は若木山の風土ぜんたいへとひろがってゆく。一回きりの秘術体験を独自に再現する研究にものめりこみ、みずから調合した秘薬の自己実験をくりかえすまでになったというのだから、その本気のほどがうかがえる。たとえ日常世界への帰還がかなわなくなろうとも、未踏の夢幻魔境へ足を踏みいれることに研究者としての生き甲斐を感じていたのかもしれない。

ただし第二次大戦終結からまだ間もない時期だけに、若木山産のハーブやキノコの追加入手がおおきな難問となり、調合研究はさしあたり、手近の同品種で代用するしかなかったようである。実物の産地直送となるとやはりかなりの日数や手間がかかってしまう。秘術の再体験をも同時に切望する植物学者としては、むしろ自分自身が現地に飛ぶべきと考え、神町再訪を画策していたというが、自己実験に打ちこみすぎて体を壊してしまったため、結局それはあきらめざるをえなかったのだ。

道なかばでの中断を余儀なくされたとはいえ、この植物学者の研究が、一二〇〇年におよぶとされる菖蒲家の伝統に一大転機をもたらしていたのはまちがいない。長きにわたり外界を遮断してきた一子相伝の秘術が、Ayame method とはじめて英語で記述され、数年後にはその英文がＣＩＡの目にとまるのだから。

ＣＩＡが、アーティチョーク作戦なる人心操作術開発プロジェクトの一環として神町に職員を送りこみ、アヤメメソッド継承者とのファーストコンタクトを試みたのは、一九五一年の秋のことだと石川手記には記されている――すなわち講和条約締結の裏側でもまた、新たな日米関係が生まれていたわけだ。それを機に、菖蒲家はアメリカの監視対象となり、世紀をまたいでも変わらずいっぽう的な思いを寄せられてしまうことになる。

●

一九五一年の初冬、よそ者の売春婦たちが拉致監禁暴行の被害に遭う、郡山橋（こおりやまばし）事件と呼ばれる惨事が神町で発生している。地元の若い衆が結成した自警団の犯行とされていて、凄惨なリンチの果てにひとりの死亡者を出してしまった郷土史の恥部だが、その真相は菖蒲家の秘術による集団人心操作実験だったと石川手記は明かしている。

石川手記によれば、事件の背景にあったのは土地の接収問題であるらしい――占領軍撤収後に起こると想定されていた、神町部隊キャンプ地の返還運動をあらかじめ封ずるべく、自警団の自滅的解体をねらって仕かけられた謀略劇が、この事件の実態だったというのだ。主導したのは占領軍のＧＨＱ特務機関だとされているが、実質的にはなにもかも、下請けとなった菖蒲家の家伝継承者が秘術を弄し、単独でおこなった扇動工作だったと見られている。

それはアメリカ側にとり、二重の意味で重要視される裏工作だったようである。接収地返還運動を事前に骨ぬきにするのがひとつめの意義だとすれば、ふたつめは、アヤメメソッドの真価を見きわめるためのデモンストレーションだ。

デモンストレーションとしては、それはおそろしいほどの成功をおさめてしまったと結論づけられる。自警団をただちに崩壊させて党弊の芽をつんだことばかりが謀略の成果ではない。地元裏社会を牛耳る新興有力者たちの地歩がためにも秘密裏に貢献したことで、占領軍撤収後はおろか、何年にもわたって市民運動を抑止する耐久壁をつくりあげたと言えるところが評価をさらに高めている。実際、長年のあいだ郷土の政治的防波堤でありつづけたその有力者たちは、代替わりをへても地域一帯を圧する影響力を保ち、二〇世紀末まで神町を支配することになるのだ。

かくも堅固なグランドデザインを実現させたことからも、アヤメメソッドの魔力がいかほどのものだったかが理解できるだろう。菖蒲家の家伝継承者がそれをたったひとりでやり遂げるさまを目のあたりにしたCIAは、さぞや脅威を感じていたにちがいない。扇動工作の面にかぎっても、人心操作術としての強大な威力と確実な効果はこれにてCIAのお墨つきとなったようだが、菖蒲家とアメリカの提携はあっさり打ちきられている。アヤメメソッドの価値は認めつつも、人心操作術開発プロジェクトへの採用は見おくられたのだ。そもそもの話、一子相伝の掟という障壁がある以上は当然の流れかもしれぬが——組織的な応用は不可能であると、CIAの科学技術本部が判断した結果らしい。いくら力は絶大でも、唯一の継承者にしか使いこなせない方術などには用がないというわけである。

とりあえずは用はないが、監視対象としてひそかに注視は継続する、というのが当時のアメリカの意向だったようだ。あんなスーパーパワーを野ばなしにすれば、たちまちアカどもがヘッドハンティングにやってくるだろう、などといった二〇世紀冷戦期ならではの警戒論も出ていたため、アヤメメソッドへの関与をいっさい断つことには慎重にならざるをえなかったとも言われている。一九八〇年代以降は先述の通り、数度の例外をのぞいて直接の接触はひかえていたものの、CIAは常時さまざまな手段をもちいて菖蒲家の内情を探りつづけてきた――ラリー・タイテルバウムの籠絡によるオブシディアンの内通活動は、こうした過程のすえに実施されていたわけである。

●

初読の際は、ここにまとめた戦後占領期の内幕に触れるだけでもじゅうぶんすぎるほどの衝撃を受けた。流出したのは二〇〇六年の暮れだから、石川手記に私がはじめて目を通したのは二〇〇七年のどこかだったと思うが――神町の人間としても、当の異説は奇怪千万な話であってにわかには信じがたかった。それが偽書の類いでないとすれば、手のこんだ発表形式の創作物であろうと推測するので精いっぱいだったが、真偽はどうであれ、内容の驚きが私の頭からしばらく消えることがなかったのは事実だ。

しかしその驚きは、まだ序の口でしかなかったこともたしかである。さらなる驚愕は、次の二点を知ることによってもたらされた――菖蒲一族史上初とされる女性の家伝継承者が身につけた常識はずれの能力と、若木山と鎌倉大仏の有縁をめぐる史的秘話だ。一族史上初とされる女性継承者の名は、菖蒲みずきという——菖蒲家四姉妹のうちの四女にあたる、一九九〇年生まれの人物である。

もっとも、菖蒲家の家伝継承者は全員が、一子相伝の秘術とともにミズキの名前も受けついできていると言われている。たとえば菖蒲みずきの父親は水樹といい、祖父は瑞木という——菖蒲あおばのペンネームが三月であるのはこのことに関連しているようだ。ちなみにこの三世代の継承者は、姓名に加えて誕生日までも同月同日にそろえていることがわかっている。これは偶然そうなったというよりは、家伝のさだめに則してなされた計画出産の賜物ではなかろうかと私は推しはかっている——そんなバカなと自制する気にならぬほど、石川手記の明かす菖蒲一族史には家伝継承における徹底したコントロールの意志が見てとれるのである。

石川手記に綴られたアヤメメソッドの継承問題は、主にこの三世代を軸として語られているわけだが——そこから浮かびあがってくるのは、家伝という因襲の犠牲となった親と子の悲劇だ。家伝存続のためだけに生きねばならぬ宿命を強いられてきた代々の継承者たちは、自己決定権も持たなければ離脱権さえも行使できない——一族のしきたりだとはいえ、かような不条理劇が二一世紀にいたるまで持ちこされてきたのは、ひとえに秘術の悪魔的なる伝授方法に起因していると考えられる。

一子相伝の掟がいかにして、一二〇〇年ものあいだとぎれることなく守られてきたのかといえば、それは洗脳施術によるところがおおきい。次代継承者は、おさない子どものうちから解除不能なほどに強力な洗脳をほどこされていたというのだから逃れようがないのだ。植えつけられるのは家伝の中身のみではない。次世代への伝授遂行を強制する心理誘導のトリガーも脳裏に埋めこまれてしまうため、血統がつづくかぎり因襲の犠牲者はあとを絶たない、ということになる。「本当におそろしいのはこの、無間の垂直感染を親子に強いる承継の仕組み自体なのかもしれません」という菖蒲あおばのごく客観的な指摘が石川手記には記録されているが、末妹への「垂直感染」を見まもらねばならなかった家族のひとりとしては少なからぬ苦渋も秘めていたことだろう。

菖蒲みずきの父であり師匠でもある水樹は、このおそるべき承継システムにあらがうも失敗に終わっている。もともと先代の瑞木とは確執関係にあり、自身の代で一族の伝統を完全に断ちきるというもくろみすら抱いていた水樹は、郡山橋事件の真相を知ったことによってますます家伝断絶への執念を強めていったらしい——一九八三年一一月にアメリカから国防総省職員がやってきた際、新設特殊部隊入隊要請という突拍子もない訪問目的を告げられていぶかしんだ水樹は、その相手に秘術をかけ、先代とアメリカとの関わりをあらかた聞きだしていたようである。

みずから命を絶ってでも家伝の廃止を果たしたいと願っても、継承者の無意識には自殺を禁ずる呪文が刷りこまれてもいるため、それはかなわない。郡山橋事件の陰の首謀者である先代はもちろんとして、代々にわたり秘術を弄し郷土民を意のままにあやつってきた一族の罪ぶかさを、ただあらためて重く受けとめることしかできない。かくして水樹は、郷土に対する深い負い目と罪責を背負いこみつつ、いっそう懸命になって家伝の封印方法を探りつづけることになるのだが、一二〇〇年の歴史を有する洗脳プログラムにはついに勝てなかったというのだ。

腹ちがいの子を次々にもうけ、次世代への伝授遂行をうながす潜在意識に衝き動かされるなか、菖蒲水樹はせめてもの抵抗として、末娘にみずきの名をあたえる。それにより、男系男子にかぎるとさだめる一子相伝の掟をやぶるのには成功したものの、実際のところこの選択は、のちに別の悲劇を生むきっかけにしかならない。

次代継承者たる四女みずきが過酷な修行の果てに身につけることになるのは、先代や先々代の能力をはるかに凌ぐ超自然の力だ。石川手記には「愛の力」と記されているその超能力は、もはや秘薬の助けさえ必要とせず、話術どころか歌声ひとつでだれもが即座にあやつり人形と化すというのだから、使い手たる者はこわいものなしである。

弊害がなかったわけではないという。かくも圧倒的なる力のおかげでふくらむばかりとなった文字どおりの万能感が、少女をはなはだ傲岸不遜な人間に育ててしまったのだ。精神破壊をくりかえす苦行の影響で感情がいちじるしく薄れ、他人を寄せつけず孤独が常となっていた彼女には歯どめとなるものもなく、次第にみずきはゆきすぎた行動に走りがちとなる。

そして彼女が一五になる年、強姦殺人の濡れ衣を着せられた男の救済のためとはいえ、ゆきすぎた行動のすえにみずきはとりかえしのつかないあやまちを犯してしまう。荒ぶる地元若い衆らをマインドコントロールにかけて火消し工作をはかるという、忌まわしき祖父の二の舞を演ずることになるのである。

それは二〇〇五年の夏の出来事である。菖蒲みずきが企図したのは、強姦殺人容疑者への集団リンチをくわだてて凶器をたずさえる若い衆らを一堂にあつめ、一網打尽にするという詭策だったが、まだ中三で経験不足の彼女は事態収拾にしくじる。結果的には、スケープゴートを買ってでた水樹が激しい暴行を受けて騒動は鎮静化するも、頭部に重傷を負った父は遷延性意識障害に陥って寝たきりの状態となってしまうのだ。この事件を機に、菖蒲みずきは改悛し、先代の意志をついでみずからが最後の家伝継承者となることを誓ったのだという——ここにいたる経緯の詳述につづく少々の後日談まで目を通せば、石川手記の全文を読みきったことになる。

●

一九八三年一一月、菖蒲水樹に対して入隊要請があったという米軍の新設特殊部隊とはいかなるものだったのか。石川手記のなかで菖蒲あおばは次のように述べている。

「それは音楽や精神の力といった非殺傷兵器による戦闘を旨とし、ニューエイジ思想をとりいれるなどして一九七〇年代末に創設された超能力部隊なのだといいます」

これは調査報道記者のロン・マクレーが超心理学の軍事的可能性を取材し、一九八四年に出版した『マインド・ウォー――心霊兵器と世界最終戦争』の内容にもとづく説明である。「超能力部隊」の発案者であるジム・チャノン米陸軍中佐が作成した手引書、'Evolutionary Tactics: The First Earth Battalion Operations Manual' をひもとく終盤の一章において、「第一次地球軍団」と名づけられる同部隊のなりたちが報告されている。

その「第一次地球軍団」なる部隊の存在は、一九七〇年代から一九九〇年代にかけて極秘に進められた超能力研究計画の軍事プログラムであるとして、二〇〇〇年代に機密解除された公文書からも明らかとなった――ただしマクレーの著書刊行後も、元隊員やサイエンスライターが当の研究計画の実態を暴く書籍を相次いで上梓していたこともあり、もとよりミリタリーマニアやオカルティスト界隈をにぎわせるトピックのひとつではあったと言える。それら一部好事家の視界を飛びこえて、この極秘案件がグローバルな関心のあつまるはなばなしい舞台へと躍りでたのは、スターゲイト・プロジェクトの名で知られる遠隔透視能力（リモートビューイング）の軍事利用研究が、劇映画の題材となったことによる。

イギリス人ジャーナリストのジョン・ロンスンがスターゲイト・プロジェクトの内実に迫る二〇〇四年刊のノンフィクション『実録・アメリカ超能力部隊』が映画化されたのは、二〇〇九年のことだ。ジョージ・クルーニーやユアン・マクレガーといったハリウッドスターが何人も出演する米英合作映画であり、日本でも『ヤギと男と男と壁と』なる珍妙なタイトルで劇場公開されているが、興行的にはあたらなかったようである。ノンフィクションの原作にも、笑いを誘うところは多々あるとはいえ、映画は全篇にわたりニューエージャーの奇行を懐かしむファンタスティック・コメディーに仕あがっており、登場人物はどれもまともじゃないやつらと印象づけられているため、結末まで見とおしても超能力の存否について真剣に思いわずらわされることにはならない。実在した軍事プログラムではあっても、すべてはメガロマニアックな連中のたわごとであるとしてユーモラスに描くことで史実とは一線をひき、真相は宙に吊って観客の判断にゆだねようという製作陣のまっとうな創作姿勢の産物と解釈できる。「超能力部隊」はともかく、超能力そのものをめぐる真実がおおやけになっていたとは言いがたい当時としては、映画製作者にそれ以外の選択肢はなかったわけだ。

映画にはハリウッドスターが顔をそろえたが、彼らが演じた「超能力部隊」の隊員のなかにもすでに有名人（スター）だった者がいる。遠隔透視（リモートビューイング）能力を研究するスターゲイト・プロジェクトにおいて「リモートビューアー第一号」と呼ばれ、先駆者的立場にあったとされるジョゼフ・マクモニーグルは、一九九〇年代から二〇〇〇年代にかけてテレビ出演を重ね、日本でも失踪者捜索や未解決事件捜査の企画などでおなじみとなった人物だ。また、マクモニーグルがメディアに登場する以前に世界的スーパースターとなっていたユリ・ゲラーも、一九七三年にＣＩＡとスタンフォード研究所の共同による超能力検証実験を受けており、その遠隔透視能力の有効性を認める資料が二〇一七年一月にオンライン公開された際には、ひさかたぶりに注目をあつめていた。

彼らのメディア活動や数々の報道記事、論文の発表、ノンフィクションの刊行とその映画化、機密文書の公開、等々のかたちで報告や露見がつづいても、ジム・チャノン中佐のひきいた「超能力部隊」が実際にどれほどの実力を発揮しえていたのかは皆目わからぬままだった。そもそも一部好事家をのぞけば、だれもほんとうのことなど知りたいとは望んでいなかったのではないかという気もする。超能力はもはやエンターテインメントの領域のみに定住する、リアリズム形式のマジック程度のものとしか見なされておらず、ベタに受けとめるのは文明人の態度からはずれているというのがこの頃の風潮だった、ようにも思われるため、本腰を入れて議論するべき問題とは認められていなかった節もある。再検証はどこぞの大学の超心理学研究室などでつづけられていたのかもしれぬが、そんなのはテレビのバラエティーショーで見あきてしまったよ、というのが世間一般の傾向だったとも考えられる。

ならば真実を知る側のひとびとはどう思っていたのだろう。たとえ現実に軍事利用の研究対象となってはいても、表むきには超能力は長らくSF小説やコミックスといったフィクションの専有物であったから、ノーフィルターでの直視は人類にとって刺激が強すぎると心配でもしていたのだろうか。あるいは、そういうものはいつまでも二次元の世界や記録媒体のなかにとどまるべきであり、現実の側にはみだすことがあればせいぜいコメディーとしてあつかって笑ってやりすごすのが無難であろう、といった事なかれ主義をつらぬく所存だったのか——私自身、もしも菖蒲みずきの秘術の威力を目のあたりにしていなかったなら、そんなふうにただ判断停止するばかりであったにちがいない。

「第一次地球軍団」に必要な戦力として、プロジェクト関係者が菖蒲家の秘術に目をつけたのは、ごく自然なりゆきではあったと言える。幻覚剤と催眠術を組みあわせた強力な人心操作術が、「非殺傷兵器による戦闘」にうってつけの一手だと目されたのであろうことは想像にかたくないが——それについては菖蒲あおばが以下のように解説している。

アメリカ人ではない、あたしどもの父が「ウォリヤー・モンク」の候補者に選ばれたのは、アヤメメソッドが一部の陸軍関係者の間で長らく伝説化されていたことの影響らしいのですけれども——それに加え、「地球軍団はさまざまな人種から構成されており、各人種は『レインボー・パワー』の一角となっている」という、チャノン中佐の「独創的考え」に基づいた決定でもあったようです。

かような次第により、一九五〇年代には中央情報局（CIA）が断念したアヤメメソッドのとりこみを、ほぼ三〇年後に国防総省（DOD）が試みることになったわけだが——その誘いを菖蒲水樹はにべもなく一蹴し、有用情報をひきだすだけひきだしてから訪問者を追いかえしている。

それでもアメリカは、アヤメメソッドへの関与からいっさい手をひいたわけではないことは、すでに何度も述べた通りである――そしてその後のＣＩＡの動向を知れば、むしろ近づきたいのに近づけず、うずうずしていたことが推察できる。最後の家伝継承者であるみずきが、先代や先々代の能力をはるかに凌ぐ超、、、自然の力の持ち主となったことも先に記したが――それにともない、ＣＩＡによる菖蒲家への監視態勢は最大限に強化されたのだという裏話を、私はラリーから聞いている。菖蒲みずきが独自に有するその力は、「第一次地球軍団」の追いもとめていた超能力ともどうやら無関係ではなさそうだとわかるのは、たとえば国防総省職員の菖蒲家訪問にまつわる経緯説明の終わりに、菖蒲あおばがこんな断定をくだしてもいるからだ。


けれどもそうであれば尚更に、アメリカ陸軍の夢想家たちは――わが家にお使いをよこすのが早すぎたのだと申すべきなのかもしれません。

なぜなら「第一次地球軍団」にうってつけの人材と申しあげられるのは――じつのところは祖父でも父でもなく、次代継承者のみずきにほかならないためです。

けれどもまさか、菖蒲家における伝承がこんなふうに推移することとなるとは――どんなにすぐれた「ウォリヤー・モンク」であっても予知はできなかったのでしょう。

先代も当代も、どれほど修行に打ちこんでも身につけられなかった「愛の力」というものを、年端もゆかぬ少女のうちにみずきが獲得してしまうとは、だれにも見とおせはしなかったのです——あの子に秘術を伝授した、あたしどもの父にも、それは意想外の異変だったのですから。

ならばその、菖蒲みずきが身につけたとされる「愛の力」とはいかなるものなのか。ジム・チャノン中佐の「独創的考え」を紹介する『マインド・ウォー——心霊兵器と世界最終戦争』の一節を引用しつつ、菖蒲あおばはこのように説き明かしている。

「『戦術手引書』によると、弾丸の力は力のヒエラルキーの中で最も弱い部分である。弾丸の力より強いのは意志の力であり、それよりさらに強いのが精神(スピリット)の力であり、そして最強の力は愛である」

ジム・チャノン中佐の想定した未来の戦場においては、「弾丸の力より強い」とされる力のうちで「最強のもの」たる「愛の力」を放つことにより——「ウォリヤー・モンクは敵を殺すのではなく、敵を制止したり味方に引き入れるように努力するのだ」といいます。

その「愛の力」というものを、ジム・チャノン中佐がどれほど現実性のある武器として思い描いていたのかは私にはわからない。

また、「第一次地球軍団」が「愛の力」を実際にそなえていたのだとすれば、それがどの程度の威力に達していたのかもさだかではない。

だからもしかすれば、'Evolutionary Tactics: The First Earth Battalion Operations Manual'にて示された「愛の力」と菖蒲みずきが獲得した超常的能力は、根本的に異なるものなのかもしれないという可能性も否定はできない。

だがそれでも、これだけはたしかだろうと思われるのは、「ジム・チャノン中佐の想定した未来の戦場」において菖蒲みずきは最強の戦力となりえたにちがいない、ということである。

なぜならば、菖蒲みずきは「努力する」までもなく確実に目的を果たしうる。最後の家伝継承者はなんら「努力」せず、「殺すのではなく、敵を制止したり味方に引き入れる」ことができるのだ。必要なのはただ歌を唄うことのみである。歌声ひとつで、「敵を制止したり味方に引き入れる」どころか、大勢のひとびとをいっぺんに意のままにあやつりうる能力を彼女は身につけている。

空気の振動たる歌声は、どこまでもとどき、真空でなければどんな場所にでも入りこめる。記録や複製もできるのだから時代を超えるのも可能であり、電信を通して広範囲に拡散させることもたやすい。歌声にこめられる意思は音波に変換されるため、唄われる歌詞の内容に左右されることはなく、言語の壁も突破できる――したがって、折々の選曲は操作対象に向けてのカムフラージュとなる場合もありそうだ。

聴き手の身体に歌声が触れさえするだけで、音波に変換された意思が相手の脳に影響をおよぼして支配下におさめ、言動のコントロールが進むことになる——ということは、たとえ聴覚をふさいでいようと傀儡化されるのを聴衆は避けられないわけである。菖蒲みずきの「愛の力」とは、つまりはそういうものなのだ。敵制圧に使う武器にもなれば、平和利用もできる——それが彼女の放つ「愛の力」というものなのである。

●

石川手記が流出した当時、それを最も話題にしていたのは小説家三月の読者たちである。その反応として、なかでもとりわけ目だっていたのは、売名目的の意図的な漏洩に決まっているとする、三月への批判だった。親姉妹や一族にまつわる秘話を打ちあけるロングインタビューをよそおってはいるが、しょせんはみずからの特異性をアピールして自著に興味を持たせるためのつくり話にすぎまい、といった見方がたいはんだったのだ。

ヤングアダルト・レーベルよりシリーズ刊行している現代ファンタジー作品を代表作としている三月が、自分は一二〇〇年もの伝統を有する一族の後裔であると告白すれば、なるほどセルフプロデュースの一環と読めないこともない。おまけに単に長きにわたる歴史を誇るのではなく、一子相伝の秘術なるものを代々受けついできたというのだから、それをわが家乗であると示されても、まずは創作物と判断するのが理性的な対応にちがいない。なにしろ造像の由来が謎とされている鎌倉大仏のなりたちにまで菖蒲一族の先祖が関わっていると記されている文書ゆえ、神町の人間でなくともおいそれとは信じられなかっただろう。加えて神町を地元とする者にとってみれば、そこでは若木山こそが鎌倉大仏のモデルだとされているのだから、初読の際にはとにかくあきれるしかなかったのである。

ただしその、若木山と鎌倉大仏の有縁をめぐる史話はあくまでも、かつての家伝継承者に仕えた長老の持論として紹介されているにすぎない。ついでだから以下で、問題の仮説をかいつまんで説明しておこう。二〇四〇年の現在、それがどのように読まれうるかは見当もつかないが、話のとっかかりはこうだ。

全国に一〇箇所あるとされる、「『大仏』で始まる」地名——そのうちで、「だいぶつ」以外の読み方が認められるのは、神奈川県鎌倉市と山形県東根市のふたつの土地の名前にだけという、意想外の事実。

前者は、高徳院の所在地たる鎌倉市長谷の「おさらぎ」、そして後者は、いまや無名のちいさな霊山を抱く東根市神町の「おさなぎ」というわけである。

こうした、ごく珍しい共通点を有し、このほかに類例がないといった事情を踏まえると——たしかに両所には、「浅からぬ因縁があった」のではないかと推量したくなる。

これは、江戸期以前の若木山には別名があったとする記実にもとづく指摘である。独学で歴史地理学の大家となった吉田東伍が、一三年の歳月をかけて一九〇七年に完成させた『大日本地名辞書』の増補版『第七巻　奥羽』七四八ページ「神町」の項でそれは確認できる。史料とされているのは、東北地方の戦国争乱を叙した一六九八年編纂の軍記物語『奥羽永慶軍記』。同書にある、一五八四年の舞鶴城落城をめぐるくだりを吉田東伍は「神町」の項で引用している——最上義光の侵攻を撃退しきれず、天童頼澄が夜分に城から逃げだすさまを物語る、次の一節だ。

頼澄力及ばず、夜に紛れて天童を立出、大仏山の腰を経て、東根の里の奥、関山の難所へぞいそぎける（傍点阿部）。

この「大仏山」が、「だいぶつやま」ではなく「おさなきやま」と読まれていたというのである。おさなぎやまは「おさなきやま」が後年に転訛した結果なのか、もしくは濁点をつけない表記の慣例により生じた口語と文語の相違なのかはさだかでない。いずれにせよ、『大日本地名辞書』の吉田東伍は「大仏山とは、若木山の一名か」と推しはかっているのだが、それを受け、石川手記もまた「天童頼澄の逃亡経路から判ずると、『大仏山』が『若木山の一名』なのは確定的ではある」と結論づけているのだ。

以上が仮説のプロローグとなるわけだが——ここから展開される鎌倉大仏造立のスト

ーリーを、れっきとした史実と認めさせるのは生やさしいことじゃない。せめて菖蒲一族史にいくらかでも通じていなければ、読み手は話の飛躍に翻弄されるのがおちだからだ。全国で二箇所しかないという「意想外の事実」を見れば、そう「推量したくなる」気持ちもわからぬではないが、さすがにこれだけでは「浅からぬ因縁」を裏づける決定的な証拠とまでは言いきれない。

加えて推論者たる星谷（ほしや）老人は、戦災孤児だった頃より菖蒲瑞木に仕えたのち、ところかまわず放言をまきちらす毒舌家として神町の名物新聞配達人になった人物だが——正史も偽史もないまぜに語りまくる、オカルティストの陰謀論者でもある。それゆえ当の仮説を地元民がまったくとりあわなかったからといって、頭のかたい田舎者どもめなどといちがいに非難できるものではないのだ。

ならば私自身はどうなのか——出典はさておき、私自身はそれなりに信憑性のある説だと思ったのが、正直なところだった。揺るぎない根拠などはありはしない。ただ、菖蒲みずきの「愛の力」に接した身としては、過去にいかなる怪事があったとしてもおかしくはない気がしたのだ。人間の自由意志なるものはまやかしにすぎぬと思い知らされる場面をたびたび目撃させられていたら、なんだって信じられるようになる——ということを、わが身をもって実感した者の私見である。

鎌倉大仏造立のストーリーにおいて、星谷老人が中心にすえる存在は浄光（じょうこう）だ——『吾妻鏡』の記載などにより、造像発起人のひとりとして知られるものの、それ以外の素性はいっさい不明の僧である。その正体は、東山道行脚のおり、若木山に立ちよった真言行者のひとりではなかったかと推定したうえで、星谷老人はこんないきさつを想像している。

わざわざこの地に浄光がやってきたのは、若木山と菖蒲一族の評判を、真言宗派の組織網から聞きつけてのことである――知る人ぞ知る菖蒲家の家伝継承者に、独自の灌頂をもとめた浄光は、若木山中で秘術をほどこされた末、まさに曼荼羅かと見まがうばかりの色濃い幻覚を体験させられていたというのだ。

菖蒲一族の秘術はそのとき、開発から四〇〇年もの時間が経ち、すでに相当な万能性を備えた武器へと進化している――それゆえに当代の家伝継承者としては、入門を望む一修行者を傀儡化してしまうことなど造作もなかったわけである。

大仏造営の構想は、この幻覚体験を介して浄光にもたらされたのである。

というか、より正しくはこうである――若木山は如来身そのものであると、幻覚を通じて解悟させられた浄光は、そこで同時に識閾下に、ひとつの使命を与えられていたのだ。

その使命とは、国のど真ん中に、若木山を仏像として再現することだったのだとホシカゲさんは主張しているのである。

すなわち菖蒲家の家伝継承者が、一族の根拠地である若木山を幕府の本拠地たる鎌倉に顕現させるべく――無自覚な代理人に仕立てあげた浄光をあやつりながら、阿弥陀如来坐像の建立をひみつ裡に監督したというのだ。

この大事業をなし遂げるため、菖蒲家の家伝継承者はおりおりに鎌倉鶴岡八幡宮へと赴き、時の最高権力者たる北条氏得宗をも容赦なく術中にはめ、一時的ながら政権内で影響力をふるったのだという――木造の初代から銅造の二代目へと大仏像が建て替えられる際も、万事が滞りなくはかどるようにと、政所などでの裏工作がはかられていたとのことである。

これが、鎌倉大仏をめぐる背景の「真実」にほかならないのだが――つまりあの大仏は、若木山を暗示するシンボルとして生みだされたのだとホシカゲさんは訴えているのだ。

菖蒲家の秘術が実在するからには、一二〇〇年もの伝統もあながちでたらめとも言いきれず、だとすれば星谷老人の推論する通りに、若木山と鎌倉大仏に「浅からぬ因縁」があったとしても不思議ではない――私自身はそんなふうに思った次第である。

もっとも、だからといって私は、若木山にまつわる神秘現象をまるごと鵜のみにしたわけではない。なにしろ星谷老人は、若木山とはそもそも異星文明人の築いたピラミッド型建造物の遺跡であり、若木神社のご神体とされる「赤く輝く巨大な霊石」は異星間通信装置だとすら主張しているのだが、これを納得するには当然ながら多くの物証がなければならない。鎌倉どころではないはるか彼方の天体との縁をいっぱつで証明する手だてはない。二〇四〇年の今日でもあちらこちらにごろごろと転がっていたりはしないから、さしあたっては頭を冷やし、ひとつひとつ検証してゆくしかないのである。

その意味では、若木神社発祥のきっかけとなる霊異の出現は、単なる自然現象だったと結論づけられるかもしれない——先述した、ふたつの宗派の縁起が物語る王朝時代の変事のことである。旅の行者が里人に案内されて若木山をのぼった際、山嶺が赤い色の雲気に覆われるという奇妙な光景を目撃する——これを本地垂迹として受けとめた旅の行者が、若木大権現として当山を尊びあがめるよう里人を諭したことから、若木神社が建立されるにいたったというのが言いつたえのあらましだ。

石川手記では、旅の行者を案内した里人こそが菖蒲一族の始祖だとされており、山嶺が赤い色の雲気に覆われる神秘現象とは、秘術の見せた幻覚ではなかったかと指摘されている——そのプライベートなイリュージョン・イベントは、若木山の霊威をひろく世に知らしめるために菖蒲一族の始祖が仕かけた偽計であろうと星谷老人はにらんでいたようだが、たしかにそう考えれば、鎌倉大仏造立を思いたつ浄光のストーリーとも辻褄が合う。

しかし私自身は、八世紀末から九世紀初頭の頃に若木山を覆ったとされる赤気の発生原因は、案外これだったのではないかとかねてより思っているのだ。

屋久杉に宇宙変動の跡＝奈良時代の超新星爆発か－年輪を分析・名大グループ－時事ドットコム

鹿児島県・屋久島で伐採された樹齢１９００年の屋久杉の年輪を分析した結果、奈良時代後期の７７５年に宇宙で何らかの変動があったことが分かったと、名古屋大太陽地球環境研究所の増田公明准教授らのグループが発表した。超新星爆発か、太陽表面で巨大な爆発が起きた可能性があるという。研究成果は３日付の英科学誌ネイチャー電子版に掲載された。

研究グループは１９５６年に伐採された屋久杉を入手。７５０～８２０年に該当する年輪を切り出し、年代測定の手掛かりに使われる炭素14を抽出した。

炭素14の量は、超新星爆発や恒星表面の爆発（フレア）で発生する宇宙線の量によって変化する。年輪の炭素14は、太陽の11年ごとの活動周期に応じて増減していたが、７７５年は20倍多く変化していた。

この急激な増加の原因を、超新星爆発と仮定すると、地球の比較的近くで爆発が起きたことになる。太陽のフレアが原因とすると、通常の１０００倍のエネルギーを放つ巨大な爆発（スーパーフレア）が起きた計算になるという。(2012/06/04-02:07)

つまり地球へ大量に降りそそいだ宇宙線が大気にぶつかり生じた低緯度オーロラが、

若木山の上空にかかった赤気の正体ではないかと推測できるのである——低緯度オーロラは主に赤い色で観測されるという事実が、この仮説の説得力を強めてくれている。また、上記の研究結果を伝える二〇一二年一二月六日木曜日一二時二〇分付のWIRED NEWS配信記事「『8世紀に超巨大太陽フレア』：新しい分析」にも、「774年にイギリスで日没後の空に『赤い十字架』が出現したという記録を、カリフォルニア大学サンディエゴ校の学生が発見」とあったから、私の考えはますますオーロラ発生説へと傾いてゆき、二〇一四年のあのときを境にそれがほぼ確信に変わったのだった。

ただし若木神社のふたつの縁起より読みとれる変事の発生年は七八二年と八一四年であり、宇宙線の量が増えたとされる七七四年から七七五年にかけての時期とは齟齬をきたしてしまう——時事ドットコムの記事では「775年」とのみ記されているが、名古屋大学太陽地球環境研究所（当時）によるプレスリリースでは「西暦774年から775年」と明記されている。それについては神社の由緒が書かれた時代もふくめ、なにぶんどれも遠い昔の話ゆえ——七年から四〇年の開きはあるものの——誤差の範囲と言えないこともなかろうと、私自身は判断している次第だ。

●

かような異聞奇譚をはらむ、ファンタジー作家の告白集ということもあり、流出して間もない頃に石川手記の内容を真に受けた者はまずいなかったはずである。神町では巷の風説にすらならず、オカルティストのつどう電子掲示板などにも目だった反応はなく、三月の読者らが話題にすることもじきになくなってしまった。

　しかし国外はちがった。流出文書ぜんたいの評価はともかく、アヤメメソッドに対し一定の諜報的・軍事的価値を認めたらしい国や組織がいくつも存在したのである――菖蒲家との直接交渉をもとめてか、あるいはアヤメメソッドの真価を探るためにか、神町に調査員を派遣したことが確認されている機関はふたつみっつではきかない。こうした事態を受け、監視態勢の強化に動かざるをえなくなったのが、言うまでもなくCIAだ。

　これは私の想像だが、調査員を神町に派遣した機関のすべてが、アヤメメソッドの有効性や有用性をちっとも疑わずにいたわけではないだろう。せいぜい半信半疑といった程度だったのではないかと思われるが、たとえ眉唾だとしても完全には無視できない事情もある。アメリカの軍事機密にも関わると見られる流出文書が世界中に拡散されたからには、安全保障対策上それが真正情報である場合になにが起こりうるかを考慮する必要がある。石川手記の内容からすれば、現地でなりゆきを見まもるのが賢明な対処のひとつであろうし、菖蒲家が特定陣営の手に落ちる前に先手を打っておくのが望ましい――おおかたの機関の動機は、こんなところだったのではあるまいか。

　だがCIAは別だ。戦後占領期よりアヤメメソッドの実態と菖蒲家の内情を調べつづけてきたアメリカとしては、独占していた極秘情報が思いもよらぬかたちで表沙汰となり、ひどい不意撃ちを食らったようなものだ。もはや接触はひかえて内通者からの情報提供をあてにするだけではじゅうぶんではない。流動的な情勢下で劣勢に立たされず、他国機関にだしぬかれぬためにはひと手がいるとして、ＣＩＡはすみやかに神町への増員を決定する——アヤメメソッドの威力を把握しているからこそ、情報独占がくずれたことのリスクを見すごせなかったわけだ。かくして、現場担当がひとりのんびり田舎暮らしを送るのみだった従来の態勢はあらためられ、即応可能な人材で構成される菖蒲家監視チームが発足するにいたったのである。

もっとも、石川手記に綴られた秘話の数々はＣＩＡにとっても初耳の事柄が少なくなかったようだ——そしてそのことは、事後的に見れば、二〇一四年の菖蒲家にとってはプラスに働いたのだと言える。石川手記の内容にどれほど荒唐無稽な逸話が散見されようと、部分的に事実確認ができているＣＩＡの目にはおのずと補正がかかってしまい、なんでも鵜のみにしやすい状態になっていただろうからだ。現に、そうだったからこそ、二〇一四年四月二五日金曜日をクライマックスとするあの事件を彼らが食いとめることはできなかったのだ。

有益にもなれば有害にもなる、虚実渾然たる情報群と向きあわねばならぬとき、黙殺すべきか信憑すべきか、静観すべきか介入すべきか、いずれがただしい対応なのか、それを見きわめるのはいつだってむつかしい。石川手記という流出文書もまた、そのような困難をもたらす情報のカオスだったはずだが——であるならば、アメリカ合衆国連邦政府機関たるＣＩＡとしては、そこにまとめられた菖蒲家の一族史や秘術をめぐる内実の告白を、もっと疑ってかかるべきだったのかもしれない。

●

ラリーがふたたび神町にやってきたのは、二〇一四年二月一四日金曜日のことだ。その二日前、バラク・オバマ大統領がアジア歴訪の一環として四月下旬に日本へ訪れることをホワイトハウスは発表している。安倍晋三首相との首脳会談が主な目的だが、国賓待遇の招待については確定しておらず、国賓の恒例行事である国会演説の実施は未定であったことから、再開発中の神町訪問もこの時点ではまだ決まっていなかった。

当時の報道でそれらは「最終調整中」の段階とされていた。アメリカ側が水面下で進めるさまざまなレベルでの情報収集もおおづめをむかえていたところだったのだろうが、当の「最終調整」は結局、さらに二ヵ月間もつづくことになる。四月一四日月曜日になってようやく、バラク・オバマ大統領の訪日は二三日水曜日から二泊三日の日程での国賓訪問となることをホワイトハウスは正式に発表している――情報収集そのほかの「最終調整」のすえに、大統領が新都まで足を伸ばすことは問題ないと判断されたわけだ。

ラリーの調査活動はその、「最終調整」のひとつだったと判明している。

『ニューズウィーク』の編集者を騙ってあらわれた彼のほんとうの身分は、CIAテロ対策センターのケースオフィサーだったようだ――東アジア部の優秀な人材だったラリー・タイテルバウムは、同時多発テロ事件以降に人員拡充を進めCIAの中枢的なセクションになっていったとされる同部署にひきぬかれていたのだ。

ラリーが「最終調整」に加わる発端となったのは、菖蒲家にからむ不審事だ。話はメキシコからはじまる。まず注目するのはこの事件だ。

放射性物質、メキシコで盗難　「汚い爆弾」の原料─朝日新聞デジタル
2013年12月5日00時26分

【ウィーン＝喜田尚】国際原子力機関（ＩＡＥＡ）は4日、メキシコで高い放射線源であるコバルト60を積んだトラックが盗まれた、と明らかにした。メキシコの原子力規制当局が通報した。

コバルト60はがん治療に使われるが、直接さらされると生命に危険を及ぼし、いわゆる「汚い爆弾」に使用できる。トラックは米国国境に近い北部ティフアナの病院からメキシコ市近郊の施設に運ぶ途中だった。盗まれた量は明らかにされていない。

２０００年には、タイ・バンコクで病院が廃棄したコバルト60入りの医療機器を盗み、金属を解体して転売しようとして10人が被曝（ひばく）し、３人が２カ月後に死亡した。

一二月二日月曜日に発生したこの事件は、二日後の水曜日には解決している。二〇一三年一二月七日土曜日一五時四〇分付の AFPBB News 配信記事「**メキシコ放射性物質盗難、6人が入院**」によれば、乗り逃げされたトラックはメキシコ市の北郊七〇キロ程度の地点で見つかり、「コバルト60を含むがん治療機器はトラックから1キロほど離れた場所に置かれていた」という。強奪の容疑者六名も間もなく拘束され、全員がただちに病院送りとなり、「最初に入院した2人の健康状態には『深刻な問題』が生じている」とのことだった。容疑者いがいの被曝被害は報告されておらず、トラック発見現場の近隣住民の健康状態にも異状は見られなかったことが、二〇一三年一二月七日土曜日一〇時一二分（日本標準時）付のCNN配信記事「**メキシコの放射性物質強奪、6人が入院**」から確認できる。

はらった代償を考えれば笑えも嗤えもしない、むしろ泣けてくるような六人の愚行にただあきれ果てるほかなかった一件だが、これには驚くべき裏があった。先ごろオンライン公開されたCIA資料には、当時の報道機関がつかみきれていなかった事件の背景が記載されている——この強奪事件には、ひとりの日本人女性が関係していたという事実だ。

その日本人女性の名は、吾川捷子（あがわしようこ）という。CIA資料では、彼女の素性は日本の大手製薬会社創業家の親族とされているが、重要なのはそこじゃない。ここで見おとしてはならぬのは、吾川捷子は菖蒲みずきの母親であるという点だ——菖蒲家の四姉妹は全員が異母姉妹であることを注記しておく。すなわち菖蒲一族最後の家伝継承者の生みの母が、メキシコの放射性物質強奪事件に関与していたというのだ。

吾川捷子が国外へと発ったのは一九九九年一一月のことだ——そしてそれ以来、たしかな消息のつかめない海外生活を送りつづけていた彼女は、神町の娘のもとへ帰ってくることも一度もなかったという。

親友を死に追いやった男への報復として、数ヵ月間にわたる監禁暴行に打ってでたものの、虚をつかれて相手に逃げられてしまったことが、吾川捷子の出国のきっかけとなっている——警察の捜査がはじまる前に行方をくらますよう菖蒲水樹よりアドバイスを受け、彼女は単身、外国へと高飛びしていたのだ。見た目は華奢なお嬢さんといった印象だが、なかなかの実行力と武闘派気質を持ちあわせており、もともと海外渡航経験も豊富だったことから、危険地帯への逃避行にも躊躇がなかったようだ。

それらは石川手記に綴られた事実だが、渡航先の具体的な地名までが明記されているわけではない。ただ、二〇〇〇年の夏に娘に宛てて送ってきた絵葉書に、「未知の香辛料をもとめてアマゾンにきています」と吾川捷子自身が記していることから、その居場所がうかがえるというだけだ。

出国直前のおり、南米原産の幻覚性植物にまつわる本を読んでいた姿を菖蒲水樹が見ていることもあり、彼女がペルーだかブラジルだかで暮らしているのはまちがいなさそうだと、菖蒲家のひとびとは思っていたようだ——ただしおさないみずきに対しては、母親の長い不在は国際ボランティア活動のためだと姉たちが言いつくろっていたらしい。そういう事情もあり、二〇一〇年代に入って吾川捷子の居住地がメキシコに移っているという情報をえても、特に意外には感じなかったとラリーは述べていた。

ラリーにとって予想外だったのは、CIAの情報網に再登場した吾川捷子が、いつの間にやらメキシコ麻薬カルテルの有力組織の一員になっていたことだという。

当の組織に、吾川捷子がどのようにして入りこんだのかはさだかでないが、彼女がどうやって組織内での地位を築きあげ、二〇一三年の時点では幹部級にまでのぼりつめるにいたったのかははっきりとしている。カルテルが推しすすめつつあった、アジア圏での薬物密売の販路拡大におおきく貢献していたのだ。わが家にかくまわれていた頃のラリーが、菖蒲みずきの母はこれにも関わっているとして私に示した報道記事の一部を以下に引用しておこう。

メキシコの麻薬カルテル、アジアに拠点構築か　比で逮捕者－CNN

2014.03.02 Sun posted at 16:53 JST

フィリピン国家警察は2日までに、マニラ首都圏南方にあるリパ市での闘鶏捜査絡みの家宅捜索で覚醒剤の地元の通り名である「シャブ」84キロを押収し、メキシコの最大規模の麻薬密輸組織「シナロア・カルテル」と関係ある3人を逮捕したと発表した。

　同警察の麻薬取締部門責任者はメキシコの麻薬カルテル関係者がフィリピン内にいるとの情報を得ていたが確認したのは初めてと指摘。麻薬カルテルがアジア内に足場を築きつつある兆候に警戒を強めている。国家警察幹部は勢力拡大の前に対策を講じる必要があると強調した。

［……］

　メキシコの犯罪組織構成員が中国に進出している形跡もある。中国では2012年9月、湖南省で大規模な覚醒剤の製造拠点が初めて摘発され、660キロを押収、別の原料19・8トンも押さえた。この際に14人が拘束されたが、うち1人はメキシコ人だった。中国での覚醒剤製造にメキシコ人も絡んでいることを初めてうかがわせる逮捕だった。

［……］

　この記事が伝えている、メキシコ系組織と中国系組織の仲介役を果たしたのが、吾川捷子である——二六年前にラリーはそう断言していたのだが、それはいつわりではなかったことを公開されたばかりのＣＩＡ資料が裏づけている。彼女は数年にわたり、メキシコとアジア各国を行き来していたようだが、日本のパスポートを持つ富裕層の女性であることが、カルテルへの関わりを見のがされる要因にもなっていたらしい。

「メキシコの前はパナマにいたという情報もあります。なにか仕事をしていたようですが、詳細ははっきりしていません。カリブ海クルーズの観光客にまぎれて、あちこちの島を渡り歩いていたそうです」

「オフショアでマネーロンダリングとかですか？」

「ステレオタイプに考えれば、そうなりますね」

「ちがうのか」

「その形跡は見あたりませんでした」

「でも、観光ガイドってわけじゃないんでしょう？」

「わかりません。ロケーション・コーディネーターを名のっていたという噂もありますが、それも嘘かもしれません。詐称と言うんでしたっけ？」

「そうです、合ってます」

「とにかくフェイクだらけなのです」

「交友関係にヒントはなかったんですか？　長期滞在なら知りあいいっぱいいますよね」

「人脈は昔からひろいひとですし、結構な悪党とのつながりもあったようですから、どのみち堅気の仕事ではないのでしょう。しかしそれ以上のことはわからない。だれを締めあげてもさっぱりです。菖蒲家からもなにも聞こえてこない。口のかたい連中ばかりを選んでつきあうといっても限界があるはずですが、ほかの情報はこれっぽっちももれてこなかった。一歩ごとに足跡を消していたと言われてもわたしは驚きません。それくらい徹底したガードです」

「そこまでしなきゃならないほどの悪事に手を染めていたのかって勘ぐりたくなるな」

「ガードする理由を考えれば、そう疑わざるをえません」

「しかしそれでよく、あなたがたは、彼女がカルテルの一員だと突きとめられましたね。なにがきっかけだったんですか？」

「コバルト60の強奪事件です。実行犯のひとりが、拘束された直後、首謀者は別にいるとほのめかしていた。その男は間もなく死んでしまい、メキシコ連邦警察はとりあわなかったのですが、こちらは無視するわけにはゆかなかった。医療用放射線源の輸送車が襲われるという情報を事前につかんでいたからです。首謀者は簡単に見つかりました。それでさっそく、わたしたちの関係者が接触してみると、今度はさらにクライアントがいると判明したのです」

「なるほど、てことは——」

「ええそうです。これは単にまぬけな六人組が積み荷の中身を知らずに輸送トラックを襲撃した事件ではありません。お気づきの通り、はじめから放射性物質の強奪をねらって仕かけられた計画犯罪なんです。なんらかのゆきちがいがあったおかげで結果は未遂に終わりましたが、ニュークリア・テロの発生リスクが一気に高まる深刻な事態だったわけです」

「でもそれは報道されてない。その後も主犯格は警察の捜査対象にはなってないってことですか？」

「やぶ蛇を避けたのでしょう。カルテルがらみの裏があることに彼らは勘づいていたはずですが、だからこそ調べません。強奪が未遂に終わったのは、カルテル側からストップがかかったためという情報もありますが、どちらにしても、実行犯は全員つかまり、盗品も回収できているので、警察としてはそれで問題ないわけです」

「事前情報のほうは、流さなかったんですか？」

「警察にですか？」

「はい」

「流したところで握りつぶされます」

「上層部にですか？」

「買収されている連中にです。すべて無駄になります」

「なら、首謀者から聞きだした話も伝えてない？」

「もちろん。クライアントを泳がせて、背景を探らなければなりませんから」

「クライアントの正体は、いつわかったんですか？」

「すぐにわかりました。どういうわけか、首謀者の男はえらく口が軽いやつでしたから」

「え、そうなんだ」

「はい。わたしたちも妙に思いました」

「首謀者もカルテルのメンバーなんですか？」

「ちがいます。組織と関係はあったようですが、その男自身はフリーランサーです」

「口が軽いフリーランスの強盗か」

「こいつが主犯なら成功するほうがめずらしいだろうというくらい、無頓着なところが目だつ男だったそうです。あれはカルテルの人間から請け負った仕事だと、あまりにあっさり口を割るので、ガセネタをひろめて混乱を誘う目的かとも疑われましたが、一時間後には裏づけがとれてしまったのです」

「結局どっちなんです？　放射性物質を盗んでこいと言ったのは、組織？　それとも――」

「組織ではありません。依頼したのは個人です。組織は途中で計画に気づいてあわててストップをかけたのではないかと見られています」

「かえって商売の邪魔になるってことか」

「放射性物質なんて持てあますだけですからね」

「それでその、依頼した個人というのが――」

「吾川捷子、菖蒲みずきの母親です」

「組織に無断で依頼ってすごいひとですね。なにがしたかったんだろう」

「首謀者の男は、彼女をPrimera Damaと呼んでいたようですが——」

「プリメーラ？　日産車ですか？」

「車の名前ではありませんよ。First Ladyという意味です」

「ああ、ファーストレディーね。ミシェル夫人だ」

「ええ、アメリカでの話なら」

「組織のボスと結婚してたってこと？」

「それはちがいます。Primera Damaというのは、カルテルの連中がつけたただのニックネームです。ただのニックネームでも、でたらめにつけられたわけではないとすれば、吾川捷子はかなりの大物だったと解釈できます」

「ミシェル夫人なみの？」

「たとえて言えばね」

●

これは二〇一四年三月七日金曜日づけの、ラリーと私のやりとりからの抜粋である。ラリーがCIAのケースオフィサーだと打ちあけたことを受け、私は彼との会話の記録を思いたった。その動機は主にふたつあった。

いきなり危機に巻きこまれてしまった者としては、やはり保身に走りたくなるのが人情だ。ひとつ屋根の下で生活をともにするうちにラリーへの親しみもちょっとは湧いていったが、それはそれであり、最悪このアメリカ人がどうなろうとも、家族とわが身の安全確保だけでもかなえばいいと私は願っていた。

そんな状況下で脳裏に浮かんでくるのは、どちらかというと悲観的な想像が多い。相手はCIAだというが、夜中に血まみれで玄関先にあらわれ、同僚に殺されかけたと述べているやばい男でもある。そういう人物をかくまうからには、リスクヘッジをはかるのが当然と自己防衛本能がしつこく訴えてくる。彼が真実を話しているとはかぎらぬ以上、ことによると私は身の潔白をみずから証明しなければならぬ局面に陥るかもしれない。だとすれば、ラリーがたとえば悪辣非道な犯罪者だった場合にそなえて、自分が共犯者ではないことを立証しうる証拠をそろえておくのは決して無益な行為ではなかろうし、無礼なふるまいでもないはずだ。それはこの社会が高度に情報化するはるか以前よりの万国共通の流儀にちがいなかろうし、殺伐たる世界を生きぬくための処世術にほかなるまい——これがひとつめの動機である。

もうひとつは商売根性というやつであり、いずれ小説かなにかのネタに使えるだろうと打算したのだ。CIA職員とのおもしろおかしいおしゃべりを音声ファイルや動画ファイルのかたちで保存しておけば、他人の書いた報道記事をせっせとあつめるより何倍も意義のある迫真のドキュメントをものにできるかもしれない。ノンフィクションへの新たな取り組みをあきらめきれずにいた当時の私は、そのように算段し、自主動画配信が興隆をきわめた時代の流儀にならい、ラリーとのやりとりをいちいち携帯デバイスで録音したり録画したりしていたのである。

隠し撮りではない。かくまう条件として会話を記録させてほしいという私の要求をラリーは承諾している。彼は痛くもかゆくもないらしく、好きにすればいいという態度だった。そもそもどんなに踏みこんだ話を記録したところで、その内容をいつだって役だてられるとはかぎらない――それがこの私への、ラリー・タイテルバウムからの忠告だった。

●

コバルト60は強奪しそびれたが、吾川捷子はきっとまたやるだろう。CIAはそうにらんでいた。彼女の真のねらいは別にあると読んでいたからだ。

放射性物質の入手意図として考えられる目的はふたつあった。汚い爆弾(ダーティーボム)に仕あげてテロ攻撃に使用するか、テロ攻撃に使用することをもくろむ過激派に売りはらうかの、いずれかだ。CIA兵器拡散防止部門の分析官はそう推しはかったが、吾川捷子がとった行動はどちらにもあてはまらなかった――なにもせず、日本に帰ったのだ。

あてがはずれたとはいえ、吾川捷子の追跡調査がこれにて打ちきりとなるわけではない。それどころか、事態はむしろもっと悪いほうへ傾いていると見てCIAはぴりぴりしていたようだ。

吾川捷子が二度目をやらず、滅多になかった帰国をとうとつに決めた理由はいくつか考えられる。いちばんに有力視されたのはカルテル内での孤立だ。組織を不要な危険にさらす輸送車襲撃を独断で進めたすえの失脚劇だが、この推定はすぐに見むきもされなくなった。入れかわりに説得力を持ちはじめたのが、彼女の計画はまだ生きていて、順調に進展しているとする見方である――それは想定されうる最悪のケースだった。

なぜならそれは、吾川捷子がすでに放射性物質を手に入れてしまったことを意味する。真のねらいを果たせる状態がととのったからこそ、次の段階に移るべく彼女は急遽日本へ飛んだのではないか――そう仮定すれば、滅多になかった帰国のとうとつな決定もあながち不自然ではないと結論づけられる。放射性物質の兵器利用も間近いのかもしれず、日本国内がその標的となる可能性もふたたび高まっているとなれば、最悪に輪をかけたケースと見ざるをえない。

それを主張したのは兵器拡散防止部門の分析官ではなく、テロ対策センター所属の作戦担当官たるラリー・タイテルバウムだ。アヤメメソッド継承者との深いつながりを持つ吾川捷子ならば、われわれを確実にだしぬきうる秘策を用意できたとしてもまったく不思議ではない――これがラリーの所見だった。菖蒲家と反米勢力の結託をおそれるCIAとしては、三年間の神町駐在経験に裏うちされたケースオフィサーの具申に耳を貸さぬわけにはゆかなかったようだ。

ラリーの推測がただしかった場合、CIAにとって大失態になりかねず、裏をかかれた現場担当官らを責めたてる程度でおさまる話ではなくなってしまう。二ヵ月後に現職大統領の訪日をひかえたこの時期、日本国内の不穏因子は最小限に抑えねばならず、放射性物質のからむ闇取引やテロ攻撃準備を見おとすことなど絶対に許されない。東京に加え、新都・神町も大統領の訪問先として検討されているからには、事態解決は喫緊の急務である。いずれの都市も吾川捷子の立ちより先と考えられる以上、彼女の計画と無関係とは言いがたく、実態解明にいたらぬうちは安全を保障できない。その計画の最終目的が、放射性物質の売却であろうと汚い爆弾(ダーティーボム)の使用であろうと大したちがいはない。それはテロ攻撃の実行が早いか遅いかの差でしかないからだ。

かくしてラリーは、吾川捷子を追って一四年ぶりに神町にもどることになる。調査対象者のみならず、菖蒲家の内情にも精通しているベテラン工作員である彼は、追っかけ役としてはこのうえない適任者だったわけだ。

再開発工事が進行し、地理座標のほかはなにもかも変わってしまったとちゃかされるほどの変貌を遂げつつある神町の都市化(スマートシティー)には、過去の田園風景を知る再訪者としては目を見はらずにはいられなかったというが、そんな観光気分もつかの間でおしまいとなる。着任した直後、新都の案内役をひきうけた同僚の運転する車で町を一周するうちに、やがてみずからが窮地に陥ることをラリーは強く予感していたようだ。

「なぜそんな予感を?」

「変によそよそしいというのでしょうか、相手の態度に違和感を持ったのです。経験上、最初の印象というのは案外とはずれません。わたしの場合は特にそうです。クアラルンプールでもおなじことがあって、そのときも死にかけました」

「いけ好かないやつだったんですか?」

「だれがですか?」

「その運転手、町を案内してくれたひとですよ」

「簡単に言えば、そういうことになりますね」

「そうなのか。でかい態度が気に食わなかったとか?」

「生意気ということ?」

「ええ」

「そうとも言えますが、もっと意図的なものです」

「意図的、いやがらせするみたいな?」

「チームぜんたいが、わたしを歓迎していないのは明らかでした」

「菖蒲家監視チームの? 全員が?」

「ええ」

「それって要するに、新入りが味わう疎外感とか、そういう話ですか?」

「いや、少しちがいますね」

「若手中心のチームに、とつぜん古株が入ってきたんで煙たがられた、みたいなイメージが浮かんじゃってますが」

「なるほど、わかりやすい」

「そういうんじゃない？」

「そういうのも、多少はあったのかもしれませんが、根本がちがいますね」

「なら、根本はなんだったんですか？」

「敵視です」

「え？」

「敵意を向けられていると感じたんです」

「チームの全員に？　顔を合わせて早々に？」

「はい」

「被害妄想ではない？」

「ちがいますね」

「なにかその、部署どうしの利害対立があったとか？」

「ありません」

「心あたりは特にない？」

「個人的にはね」

「個人的にはない、でも、組織的にはある？」

「結局のところ、そういう話になるのですが、これはそもそも――」

「そもそも？　なんです？」

「そうですね、まあ、いいでしょう」

「なんですか、もしかして、内緒にしなきゃいけないような話ですか？」

「ええ、でも、いいんです」

「え、いいんですか？」

「はい」

「そんなにあっさり、大丈夫なの？」

「阿部さんは協力者ですからね」

「共有しておかなければならない事実もあるわけです。そうでないと、危ない目に遭うのを避けられないかもしれませんから」

「そういうもんですか」

「なるほど」

「これから神町で働いていただくときに必要な知識もあります」

「依頼を受けるとしたらの話ね」

「ぜひお願いします」

「それについては、もうちょっと考えさせてください。子どものこともあるので――」

「もちろんです。ただ、あまり時間がないので、結論を急いでもらえるとありがたい」

「はいはい、善処はしますよ」

「助かります――それで、どうします？」

「なにがです？」

「話のつづきは」

「ああ、そもそものつづきね、聞かせてください」

「わかりました」

「そもそもといえばさ、これもそもそもの話なんだけど、ラリーさんだって、事実のすべてを話してるとはかぎらないわけだ」

「おっしゃる通りです。でも阿部さん——」

「なんです？」

「個人にそなわる伝達能力にも限界がありますから」

「伝達能力？」

「はい」

「そりゃ限界はありますが——ってゆうか、なんのことですか？」

「わたしが言いたいのはこういうことです。仮に事実のすべてが話しつくされていないとしても、かならずしもそれはいつも、こちらの意図した結果と決まっているわけではありません。個人的な能力不足のせいで言葉たらずになってしまうことも多いのです」

「なんだ、そういう話か」

「だから、たとえこちらの説明にたりないところがあっても、気を悪くしないでください」

「ええ、わかりましたよ。話を先に進めてください」

「OK、進めましょう」

　そもそもの件は、来日直前にラリーがえていた事前情報につながっている。その情報をもたらし、彼に注意をうながしたのは、当時のCIA作戦本部・東アジア部長たるサミュエル・ブルームである。

ふたりが面会の機会を持ったのは、ラリー・タイテルバウムが吾川捷子を追いかけて日本へ発つ間際のひとときだ。わざわざみずから会いにきた上級職員の醸すただならぬ緊張感に、こいつはなにかあるぞとテロ対策センター所属の作戦担当官は身がまえるが、予想外の展開を聞かされて率直な驚きといらだちを口にせざるをえなかったという。この一年のあいだに、東京支局がどういうわけか菖蒲家への監視態勢をゆるめており、行方しれずになっている神町駐在員すらいる――これだけでも腑に落ちないが、かつて自分がリクルートした情報提供者(エージェント)であるオブシディアンとも絶縁してしまったというのだから、ラリーとしてはいっそう受けいれがたい話だったようだ。

「つまり違和感は、アメリカを出るときからあったんですね？」

「ええ、まあ。ただ、神町に着いてから感じたのは、それとはまた別物ですけどね」

「現地にきて、ぐっとリアルになったって感じですか？」

「それに近いかもしれません。サムの話をどこまで信じていいのか、わからないところもありましたから」

「それはその、サミュエルさんにも、少しおかしな様子があったからということですか？」

「いや、彼のせいではありません。サムが神経をとがらせていたのは情報漏洩への用心ですから、むしろまっとうな姿です」

「なら、東京支局がオブシディアンてゆう内通者を切って、菖蒲家の監視をやめさせようとしてるって話のほう？」

「それです。わたしからすればありえない話、寝耳に水というやつです」

「なんの前ぶれもなく食らった不意撃ちだったと」

「正確に言えば、前ぶれがひとつもなかったわけではありません。菖蒲家を過小評価するレポートがすでに提出されていましたから」

「書いたのは？」

「エミリー・ウォーレン、監視チームの現在のチーフです」

「車で神町を案内して、ラリーさんに敵意をぶつけてきたひとですね」

「その通りです」

「あ」

「どうしました？」

「ふと思ったんですが」

「なんでしょう？」

「単刀直入に訊いてもいいですか？」

「どうぞ」

「ラリーさんを罠にはめたのも、そのひとですか？」

「今の話だけで判断すれば、そういう印象を持つかもしれません」

「ほんとうはちがう？」

「疑いは濃厚ですが、じつを言うと、まだ完全には特定できていません」

「特定できてないとしても、容疑者のひとりではあるわけだ」

「白か黒かで言えば、黒のほうです。ただし単純には割りきれない事実もありますから、現時点では灰色と見るべきでしょうね」

「わかりにくいな」

「少々こみいった話なのです。それとわたし自身、混乱がね、おさまりきっていません。こうして阿部さんにお話ししながら、ひとつひとつ整理しているのが現状です」

「あれ、ちょっと待ってください。たしかさっき、消えちゃったひとがいるって言ってませんでした？」

「アレックス・ゴードン、監視チームの前のチーフです」

「一年前にいなくなったままなんですよね？」

「ええ、そうです」

「いわゆる、作戦行動中の行方不明？」

「ちがいます。離任と同時に行方をくらましたのです」

「離任と同時？」

「はい」

「そのひとの後任として神町にきたのが——」

「エミリーです」

「ということですよね。その交代にもなにかあるんじゃないかって気がしちゃうな」

「疑わしいと思えばきりがありません」

「前任者が行方をくらます事情とか、理由はわかってるんですか？」

「メンタルに問題をかかえていた、というのが支局長の見解ですが——」

「そんなんじゃない？」

「わたしは裏があると考えています。今のところ、確証にはとどいていませんが」

「その裏に、現任のチーフは無関係？」

「どうでしょう、可能性としては半々です」

「あいまいなことだらけだな」

「はっきりしていることもありますよ」

「それは？」

「支局がくりかえし、わたしに妨害を仕かけてきたということです」

「支局ぜんたいが？」

「職員総出とは思いませんが、組織的なものを感じます」

「被害妄想ではない？」

「ちがいますね」

「なるほど」

「ご存じの通り、即席爆発装置（IED）の罠もこのおなかの怪我も、まぎれもない現実ですから」

「たしかにね。でも、支局員すべてがラリーさんを敵視するとはさすがに考えにくい」

「ええ、それは同感です」

「そうすると、元凶というか、妨害を仕むける張本人がいたということになりますよね」

「はい」

「ちなみに、東京支局長はどういう——」

「ジェームズ・キーン、駐日アメリカ合衆国大使館一等書記官です」

「たとえば、そのひとはどうなんです？」

「いい質問です」

「というと？」

「最も信用ならない人間だからです」

●

一四年ぶりに神町を訪れたラリーがはじめにやろうとしたことは、懐かしいひととの再会である。オブシディアンから吾川捷子の動向を聞きだそうというわけだが、これにはすぐに横やりが入り、つまずいてしまう。

「車で一周したときに、わたしはそれとなくエミリーに探りを入れてみました」

「どのことを？」

「オブシディアンの件です」

「わけありだったら警戒されそうな気がしますが」

「リクルートしたわたしがそれに触れないのも、かえって不自然ですから」

「それもそうか」

「このときはまだ、身内のだれかがヘマしたせいでエージェントを失ったのではないかとわたしは疑っていましたから、それをたしかめないことには前進できません。事情をただしく知っておかなければ、オビーとの関係修復がむつかしくなるからです」

オビーというのはオブシディアンの略称だ。日ごろラリーは親愛をこめて彼女をそう呼んでいる。

エミリーは説明を渋るだろう。ラリーはそのように予想していたが、結果は異なった。

——あの内通者は使えない、ゴミみたいな情報しかもたらさない、なんの役にも立たないクズだから、切りすてたってだけのことよ。

相手の神経さかなでをねらって放たれたかのようなエミリーのこの回答を、ラリーはひとまず笑ってやりすごす。

——昔の彼女は冴えてたが、年を食って劣化しちまったかな。

なんとかそう言いかえす。もの言いはおだやかだが、ラリーの心中で渦まいている感情は怒りのほかにない。それをエミリーに悟られぬように、彼はいったん視線を窓外へ逃がす。できたてのビル群が後方へ流れてゆく。一四年前の駐在経験などもはや無意味でしかない。この新都に、あてにできるものはなにひとつない。車窓の風景をなぞるみたいにして、悪い予感が加速するのをラリー・タイテルバウムはもう抑えられない。

これが暗い見とおしのはじまりだが、優秀なベテラン工作員たるラリーはめげることなく、すでに次なる行動を思い描いている。敵対的な身内は遠ざけつつ、時間のかからぬ確実な方法で調査を一気に進めるしかない。

幸い、オブシディアンの携帯電話番号はひかえてある。だれにも見られぬ場所で彼女と会い、すみやかに関係を再構築し、かたをつける。過去に何度もやってきたことだ。

感動の再会を脳裏でシミュレーションしてみる。悪い予感はなおも色濃く浮かんでいるが、それにあらがえる程度の楽観は残っている。いけると踏む。一四年ぶりに対面した彼女に、かけるべき言葉はどれだろう。予感や楽観とは別の感覚もよぎり、ラリーはいっとき郷愁に満たされるが、数秒もしないうちに彼は気持ちを切りかえる。これはすばらしい仕事になるぞと思う。汚い爆弾（ダーティーボム）の気配を感じつつ、ラリー・タイテルバウムはオブシディアンに電話をかける。

「再会はすぐに実現しました。こちらの動きを読んでいたのか、電話に出た彼女はびっくりもせず、ためらう様子もなかったので、わたしとしても話を切りだしやすかった。ただし条件つきでした。密室でふたりきりはいやだと言うのです。ドライブも駄目。忘れていたはずの男とまた会って、ロマンスがよみがえるのをおそれたのでしょう」

「ラリーさん」

「はい」

「それはどうかな」

「なにがです？」

「ふたりきりをいやがったのは、そういう理由でしょうか」

「ちがいますか？」

「いや、よくはわかりませんけど――」

「阿部さんはどう思います？」

「変な誤解を受けちゃうのを避けたかったとか」

「変な誤解ですか」

「そんな気がしますが」

「なるほど」

「なんとなくね」

「ＯＫ、話を進めましょう」

日中にひと目のある場所で、というのが面会の条件だ。土地勘は有効期限切れで味方の援護もあてにできない目下のラリー・タイテルバウムには、それを飲むしか手がない。いくらでも邪魔してくれと言わんばかりのシチュエーションはまずいが、のんびりもできないため、やむをえずしたがうほかないといった状況だ。

二月一六日日曜日、オブシディアンは昼どきの公園を指定してきた。町のどまんなかにちょうどいいところがあるという。

町のどまんなかの公園とは新国会議事堂に隣接する国会前庭を指している。国会正門前道路をはさむかたちで南と北の両側に設けられた、和式と洋式のふたつの庭園からなる都市公園である。永田町のほうはきれいな庭つきなのだから、新都にもなにか立派な公共施設がほしい、との地元選出議員らの熱い要望を受け、旧国会正門前の一帯をそっくり真似てつくられた憩いの場だ。ラスベガスにピラミッドやスフィンクスを再現するルクソール・ホテル風のセンスと言っていいかもしれない。

二月の東北で屋外ランデブーは考えものだが、逆にだからこそ、ひと目がかぎられ好都合と言えないこともない。そこでランチタイムにばったり出くわした体で、在米時に知りあったスピリチュアル・フレンドと昔話に花を咲かせるふりでもしておけば、仮にだれかに見とがめられたとしても言いのがれがしやすい。これがオブシディアンの思わくだ。

彼女にはそれでじゅうぶんだろう。孤立無援のこちらにとってはぎりぎりの綱わたりだが、どのみち行くしかないのだとラリーは腹をくくる。

待ちあわせたのは洋式のほうの北庭だ。連日の降雪により、ベンチや庭木の配置された公園の風景は地味なデコレーションケーキみたいになっている。今もときおり眼前を粉砂糖がちらつく寒空のなか、案外ひとの姿が多いことにラリーは戸惑うが、そのほとんどが犬をつれていると気づいてなるほどと彼は思う。陽が出ているうちに飼い犬の散歩を済ませておこうというつもりなのだろう。ぶらつく愛犬家たちの顔ぶれをひとりひとり眺めていると、一四年前との明確なちがいが見えてくる。首都機能移転にともない、神町の住民構成はおおきく変化してきている。そろいもそろってファーフードつきダウンコートを着てここにつどっている連中のすましきった面に接していれば、それはよくわかる。田舎者は一掃され、よそ者の気どり屋に居すわられてしまった神の町。凍りついた人工池の前に立っているオブシディアンも中型犬をつれてきている。柴犬みたいな雑種犬だ。

——ひさしぶりだねオビー、わたしだよ。

一四年のときを経てもオブシディアンは相変わらず美しい。ラリーは微笑みを浮かべるが、それはいつものつくり笑いではない。彼女をクズ呼ばわりしたエミリーをただちにとっちめてやりたい。その思いを強めつつ、懐かしの愛しきひとにラリー・タイテルバウムは歩みよるが、パーソナルスペースに入りこむ寸前で足どめを食う。雑種犬がいきなり激しく吠えだしたためだ。正面にしゃがみこみ、わたしは敵じゃないぞとしゃべりかけてみるも、相手はまるで納得しそうにない。あきらめて後ずさりする。うるわしいクリスタルヒーラーが笑いまじりにひとことと目を口にした。

——ハグは無理ね。

——そのようだ。

——だからつれてきたのよ。

——なるほど、考えたね。

——ええ、まあ。

——すっかり変わってしまったなここは。

——首都だって、笑っちゃうでしょ。

——いいや、ふさわしいと思うよ。

——あなたも変わったのね。

——そうかな。

——昔はここを嫌ってたじゃないの。

——今だって好きではないよ。

——さっきのは褒め言葉ではないの？

——首都なんてどこも、いやいやくる場所じゃないか。

——そういう、ややこしいところは変わってないのね。

——名前は？

――え？

――きみの犬だよ。

――ああ、この子。

――犬づれとは、やられたな。

――みんなつれてるじゃない。

――そうだね、これも都市化の影響かい？

――いろんなひとが訪ねてくるようになったから、番犬が必要なのよ。

――番犬なら、泥棒の見わけ方をちゃんと教えといてほしいね。

――シトリンよ。

――なんだって？

――シトリン。

――シトリン？

――名前よ、この子のね。

――やあシトリン、もう近よらないから楽にして。

数メートルの間隔を保ったまま、長方形の人工池のほとりに立ち、ふたりはさらに話しこむ。日本語での会話は途中で英語になり、また日本語にもどる、というのをくりかえす。ときどきシトリンも吠え声をあげるのは、おしゃべりに参加しているのではなく、仕事熱心なラリーが約束をやぶってつい境界線を越えようとするためだ。優秀な番犬に見まもられた安心感からか、オブシディアンも意外なほど素直に質問に応じてゆく。

「エミリーとなにか揉めたのかと、ためしに訊ねてみましたが、特に心あたりはないという答えでした。だれかのヘマでもなく、ほんとうに用ずみだから縁を切られたようです」

「オビーさんのほうから情報提供を拒否したわけじゃなかったってことですか？」

「ええ、そうです」

「それでラリーさんとの再会もすんなりいったわけね」

「少なくとも、わたしの要求にならら彼女はまだ応えてくれるとわかったので、エミリーとの問題についてはそれ以上は追及せず、すぐに吾川捷子の件に話を移しました」

「ストレートにいったんですか？」

「ストレートにとは？」

「放射性物質の件ですよ」

「ああ、ストレートにはいっていません、遠まわりです」

「どのあたりから？」

「シンプルに、帰国目的から探りを入れてみました」

「答えは聞けたんですか？」

「お仕事が目的だと」

「お仕事？」

「ええ」

「どんな？」

「貿易のお仕事です」

「貿易のお仕事？」

「はい」

「貿易っつっても、テキーラの輸入販売ってわけじゃないんですよね？」

「いや、それがまさにテキーラビジネスだというのです」

「あ、そうなんだ」

「もちろんわたしは信じなかったのですが――」

「なら実際のところは、どうだったんですか？」

オブシディアンの話しぶりからすると、実際のところを今すぐ確認するのはむつかしそうだ。この分では、彼女とふたたび懇ろになるのにも時間がかかるだろう。再会のやりとりをつづけるうち、そんな印象が深まっていったため、ラリーの策略はおのずとGPS発信器を仕かけるプランにしぼられてゆく。薄型手のひらサイズのまっ黒い高性能品を、吾川捷子の愛用するグラファイトカラーのバーキン40のなかにでもこっそり仕こんでおいてもらおうという寸法だ。オブシディアンの了承がとれるかどうかは微妙だが、ここはどんな手を使ってでもしたがわせるしかない。さしあたっての障害は犬だ。シトリンのガードがかたくて彼女に近づけない。

近づけないのなら投げわたせばいい。そう思い、ラリーはさっそくコートのポケットからとりだしたGPS発信器を掲げてみせる。頼みごとがあると述べ、オブシディアンに向かって右手で発信器をやさしくトスしかけるが、ここで新たな問題発生となる。今度は犬ではななく、人間の邪魔が入ったのだ。

——シュガーさん大丈夫？

声をかけてきたのは見おぼえのある菖蒲家の男だ。たしか名はカイトといい、四姉妹の三女あいこの異父兄ではなかったか。あいこ以外の血縁者は菖蒲家にはいないが、歳が八つも離れたこの義理の兄を、家伝継承者のみずきがえらく慕っていたはずだとラリーは思いだす。

大丈夫かと訊くのは一歩踏みこんだ問いかけだ。気がかりな事態がすでに生じているという前提で質問を放っているからだ。見ればカイトには三名のつれがいる。こっちも犬ではなく、ダウンコートも着ていない人間の男たちだ。面倒な流れになるのを予感したラリーは、安全な立ちさり方はどれだろうかと頭を働かせる。オブシディアンの返答はこうだ。

——うん、平気よ。なにかあった？

不自然な間が空いたせいか、質問者が受けとったのは正反対の答えだったようだ。菖蒲カイトはとっさにけわしい形相を完成させ、こちらに照準をさだめて迫りくる。ご丁寧にも、足だけでなく口も動かし、男四人でここにさっそうと登場したわけをみずから説き明かしながら。

――だってそいつストーカーなんでしょ？　髭面の毛唐にからまれてるから助けてやってくれって電話もらったんだよ。

なるほどと思いつつ、ラリーもまた立ちどまるのをやめている。シトリンのガードを一瞬かいくぐり、ＧＰＳ発信器をオブシディアンの右手に握らせながら彼女の耳もとで「バーキンに入れて」とささやき、足早に立ちさるという簡潔かつ古典的な方法をとる。即座に消えればわざわざ追いかけてくるような真似はしないだろう。そう楽観するも、一〇メートルほど進んだところで予測はあえなく裏切られる。菖蒲カイトはオブシディアンにつきそいその場にとどまったが、活躍の機会に飢えているらしい三名のつれが猟犬みたいに追跡してくる。ラリーは車道へと急ぐ。路駐してあるトヨタ・ハリアーのレンタカーまであと一五メートル程度の距離だが、この分だと菖蒲家監視チームの待ちぶせを食らう展開もありうると覚悟せざるをえない。

「しかし待ちぶせはいなかったので、車でひと休みできました。雪のうえを走って少し疲れましたね」

「追っ手の男たちは？」

「途中でひきかえしていったのです。おそらくオビーが、追いかけなくていいと言ったのでしょう」

「彼はストーカーじゃないと、誤解を解いてくれたってことですか？」

「おそらくちがうでしょうね」

「どういうことですか？」

「そう誤解させておくほうが、彼女にとっては都合がいいですから」

「あ、そうか。ＣＩＡの職員と密会してたって菖蒲家に知られるよりは――」

「そういうことです。だから誤解は解かずに、適当な嘘をついて、深追いをやめさせたのではないかとわたしは推察しました」

「でもなんで、いきなりそんな誤解が出てきたんでしょうか」

「エミリーの仕わざです」

「ほんとうに？」

「まちがいないでしょう」

「妨害工作の一環てこと？」

「なかなかうまいやり方だなと思いました。オビーに疑いが向かないかたちで菖蒲家の人間を巻きこみつつ、彼女とわたしの接触だけを断ちきることに成功したわけですから。ストーカー相手ということにしておけば、わたしがオビーにつきまとうのを菖蒲家が勝手に阻止してくれるので、エミリーはいちいち自分で動く必要はない。これでわたしにはひとりも味方がいなくなりました」

「それで、おれにメールを？」

「いや、まだです。味方はゼロでも、打つべき手はあります」

「そういえば、GPSはどうなったんですか？」

「それが次の手だったのですが――」

「またなにか問題があったんですか？」

「問題は常に起こります」

耳もとへのささやきが聞きいれられたとラリーが知るのは、オブシディアンと再会して五日後の、二月二一日金曜日のことだ。それを教えてくれたのはひとではなく、位置情報追跡アプリのプッシュ通知である。四日間まったく動きのなかったGPS発信器が、その夜だしぬけに活動開始を伝えてくる。オブシディアン自身は菖蒲リゾートの施設内にいることが確認できているから、持ちあるいているのは別人だ。発信器はなおも刻々と移動しつづけている。運搬者はバーキンの持ち主にちがいないと確信したラリー・タイテルバウムは、ただちにレンタカーを発進させてあとを追う。

速度と経路から相手も車だとわかる。とっくに県境を越えて宮城県内をひた走っているが、ずっとホテルのなかにひきこもっていたにしては結構な遠出をするつもりらしい。仙台市街には入らずさらに有料道路を突きすすむ。いっこうにとまる気配のない発信器の進行ルートを見るかぎり、このまま行けば太平洋へダイブとなる。トヨタ・ハリアーはボンドカーではないため、海中での追跡劇となったらお手あげだが、菖蒲家が水陸両用車を保有しているという情報もないからその心配はいらないだろう。港湾エリアの手前で追跡アプリから移動終了のお知らせがくる。吾川捷子の行き先は仙台塩釜（しおがま）港にほど近い物流倉庫だと判明する。国際コンテナターミナルに搬入された輸入貨物の一部が通関後そこへ一時保管されているようだ。

「テキーラの輸入販売って話は嘘じゃなかったってことですか？」

「それについては未確認です。ただこの調査中、わたしはひと瓶どころか一滴もテキーラを見ていません。仙台まで追いかけたときも」

「ならその倉庫では、なにを見たんですか？」

「ごたごたを見ました」

「ごたごた？」

「着いたときはもう真夜中でしたが、反対車線側にあるパチンコ屋の駐車場に車を停めて倉庫のほうへ歩いてゆくと、何人かの話し声が聞こえてきたのです。わたしは物陰からそちらをのぞき見てみました。すると一台のトラックに荷物を積みこんでいる柄の悪い男たちがいて、そのなかのひとりが特に騒がしくしていました」

「騒がしく？　どんな感じで？」

「怒り狂っている感じです」

「怒り狂っている感じ？　吾川捷子は？」

「どこにも見あたりません」

「え、発信器はちがうひとが持ってたってこと？」

「いや、そうではなく――」

「ちがうの？　よくわかんないな」

「吾川捷子はそのときどこかに隠れているようでした」

「姿が見えないのに、なぜ本人がそこにいるってわかったんですか？」

「本人の代わりに、彼女のバーキンをこうやってかかえている男がいたからです。その男は、片手でバッグを持ちあげながら汚い言葉をたくさんわめき散らしていました。そのれを見て、彼らを怒らせたのは吾川捷子なのだとわたしは理解しました。なにをやったのかはわかりませんが、男たちをひどく怒らせてしまったので彼女は姿を消したのだと」

「つまりラリーさんは、位置情報どおりの場所に行ってみたら、激怒したヤクザが吾川捷子を捜しまわってる場面に出くわしたってわけね」

「ええ」

「それでどうしたんですか？　そのあと、ラリーさんは」

「選択肢はかぎられていましたし、早急に手を打たなければならない状況でした」

「でも、目だつことはできないでしょう？」

「はい」

「ほとんど八方ふさがりじゃないですか」

「それがそうでもないのです。頭を整理してみると、答えが自然とみちびきだされました」

「どんな？」

「吾川捷子が隠れているのは近場だと思われました。問題が起こってから、まだあまり時間が経っていないように見えたためです。だとすれば、彼女は逃げきれないかもしれない。もしも彼女が捕まれば、むごい目に遭わされるのは確実でしょう。解放されない可能性も高い。そんなことになれば、こちらは情報をえられず、放射性物質の件はわからずじまいです。だからここはなんとしても、わたしは吾川捷子を守りきらなければならない。しかし相手は六人もいる荒くれ者です。わたしはひとりきりですし、いざこざに直接関与するわけにもゆきません。だとすれば、これを切りぬける方法はただひとつです」

「それは？」

「宮城県警への通報です」

「え、警察呼んだんですか？」

「はい」

「どうなりましたか？」

「とんでもないことがわかりました」

「とんでもないこと？」

「わたしはいっぱい食わされていたのです」

「だれに？」

「吾川捷子にです」

「どういうことよ」

「内実はこうです。警察はすぐに駆けつけました。わたしは薬物取引中の犯罪組織が目撃者女性をトラックの荷台に閉じこめたというたれこみをよそおって通報したのですが、これは期待どおりの効き目がありました。数分でパトカーが次々にやってきて、男たちはたちまち逃げ場を失ったのです。この隙に、吾川捷子が逃げのびてくれることをわたしは祈りました。捜査員がトラックの荷台を調べおわるまでの猶予です。ところが、積み荷の検査は意外な事実を明らかにしました。積まれていたのは中国製の組み立て家具だったのですが、ひとつひとつの部品に巧妙な細工がほどこされていることがわかったのです。梱包を解いて部品をばらしてよくよく調べてみると、木材どうしを重ねあわせて表からは見えなくなっている部分がきれいにくりぬかれていて、そこにびっしり小分けにされた覚醒剤が埋めこまれていたのです」

「てことは、結局、通報の内容と辻褄が合っちゃったんだ」

「そうなりますね」

「どれくらいの量ですか？」

「これは翌日の報道で正確な数字が出ています。三〇〇キロですから、かなりの量です」

「あ、その記事、おれも読んだな。末端価格いくらって出てましたっけ？」

「二一〇億円ですね」

「すごい額だ。そんなに大量でも税関をパスできちゃったってことは、摘発されなかった成功例もきっとそうとうあったんでしょうね」

「おそらく。ただ、この件に関しては税関には気づかれていたのです。これも報道されたことですが、警察はその密輸グループを把握していて、泳がせ捜査を進めていたところだったようですから」

「そしたら、吾川捷子も捜査対象だったってこと？」

「ちがいます。彼女はそのグループとは無関係です」

「それならなんのために仙台に——」

「わたしをその倉庫へおびきよせるためです」

「ラリーさんを？　さっぱりわけがわかんないな」

「捕まった密輸グループがトラックで運びだそうとしていたのは、大連港からコンテナ輸送されてきた北朝鮮製の覚醒剤です。高品質高純度で有名な代物ですが、日本の沿岸警備がきびしくなって工作船での密輸がむつかしくなってからは、もっぱら中国を経由して一般商業貨物に偽装して運びこんでいる。このルートをつぶすことが、吾川捷子の目的のひとつだったのではないかとわたしは考えているのです」

「それってつまり、商売敵の排除ってことですか？」

「そういうことですね。メキシコ人と組んで湖南省で覚醒剤を密造している香港の犯罪組織が、日本マーケットの独占をねらって動いているのでしょう。そのために、両者の仲介役を果たした吾川捷子がここでもひと肌脱いだというわけです」

「その見方は、納得できるというか、真実味があるような気がします。でも、それで吾川捷子がラリーさんを密輸品の隠し場所におびきよせるという理由がわからない。いっぱい食わされたっていうのは？」

「つまりこういうことです。ＧＰＳ発信器を仕かけた相手を大連ルートの密輸グループと鉢合わせさせれば、揉めごとに発展するにちがいないと吾川捷子は考えた。そうなれば、かならずどちらかが痛手を食うだろうし、場合によっては双方が打撃を受ける事態もありうる。どっちに転んでも、吾川捷子自身の利益につながります。事実、結果的にわたしが警察に通報し、密輸グループはその場で一網打尽にされてしまったのですから、彼女に利するかたちでかたがついたわけです」

「たしかにその結果からすれば、ラリーさんが利用されたようには見えますが――」

「まんまとね」

「でも、たまたまではないんですか？」

「たまたま？　偶然ということですか？」

「そう。いろんな偶然が重なって、そんな結末になるってこともあるじゃないですか」

「もちろん、そういうこともあるでしょう」

「そもそも、ＧＰＳを仕かけて追いかけてきているのがだれなのかもわからないのに、そういうことしますかね。ＧＰＳを仕かけた相手がすぐに追いかけてくるともかぎらないわけじゃないですか。だって、吾川捷子は自分自身も敵のふところへ飛びこんでるわけだし、自分ひとりが危ない目に遭って、だれも罠にかからないってことになっちゃうかもしれない。計略としては確実性が低すぎるよ。そこまでのリスクを冒すくらいなら、自分で警察に通報するだけでよかったんじゃないかと――」

「阿部さん」

「はい？」

「吾川捷子はＧＰＳを仕かけた相手がだれなのかを知っていたのです」

「え、どういうこと？」

「わたしがすぐに追いかけてきていることも、どこにいるのかも彼女はリアルタイムでわかっていた」

「ああそうなのか――」

「そうです、わたしが乗っていたレンタカーにも、ＧＰＳ発信器が仕かけられていたのです」

「それ、いつわかったんですか？」

「密輸グループの一網打尽を見とどけたので、パチンコ屋の駐車場にもどってみると、トヨタ・ハリアーのボンネットのうえにマッチ箱のようなものが載っていました。わたしがオビーに渡したＧＰＳ発信器でした」

「マジか」

「GPSを仕かけたのはおまえだけじゃないぞという、吾川捷子からのメッセージかもしれません。わたしが摘発現場の近くで『コップス』のライブをのぞき見ているあいだにでも、そこに置いていったのでしょう。やられたなと思いました。さっそく車のリアフェンダーの裏側をスマホのライトで照らしてみると、マグネット装着式のやつがくっついていました」

「でもいつの間に？」

「機会はいくらでもあります。わたしが菖蒲リゾートの周辺で張りこんでいたときか、あるいは――」

「あの、ラリーさん」

「なんでしょう？」

「その発信器を仕かけたのって、ほんとに吾川捷子なんですか？」

「なるほど、いい質問です」

「というと？」

「いくつかの可能性が考えられます。わたしが思うに――」

「ひょっとして、オビーさんですか？」

「それもないとは言えません」

「そうなんだとしたら、オビーさんと吾川捷子は協力しあう関係にあるってことですよね」

「その通りです」

「ということは、オビーさんがＣＩＡに内通していたことを、菖蒲家もわかっちゃってる。菖蒲家は、ラリーさんの正体もふくめて、事情をなにもかも承知しているのかもしれないわけだ」

「オビーと吾川捷子の協力関係が事実であれば、それはまずまちがいないでしょう」

「発信器を仕かけたのがオビーさんだとしたら、逆に今度はラリーさんがだしぬかれたってことになるけど、それって今回だけなんでしょうかね」

「それというのは？」

「オビーさんはいつからラリーさんをだましてたんだろうかってことです」

「阿部さんは要するに、オビーは二重スパイではないかと疑っているわけですね？」

「それもありうるのかなと」

「わたしがオビーにだまされていたのだとすれば、それはいつからか。正直、そこはさほど気にかけずにきてしまったので検証の余地はあります。ただ、今はともかく過去については、オビーが二重スパイだった可能性は低いとわたしは見ています」

「なら、オビーさんでないとすればだれがＧＰＳ発信器を仕かけたと？」

「考えられるのはやはりエミリーです」

「それがさっき言いかけた？」

「ええ」

「心あたりはあるんですか？」

「仕かけたのはおそらくあのときでしょう。国会前の公園でわたしとオビーが会っているさいちゅうです。オビーがストーカーにからまれているというにせの情報を菖蒲カイトに流したのがエミリーだとすれば、わたしがあそこにいることを彼女はつかんでいるわけですから、きっとおなじタイミングでやったはずです。道端に停めたレンタカーに発信器をセットするのはずいぶん楽な仕事だったでしょう。こういう裏があったのなら、チームがわざわざ待ちぶせしてわたしの勝手な行動をとがめることもないわけです」

「でもラリーさん、もしもそうなんだとしたら、監視チームと菖蒲家はぐるってことになりませんか？　それって大問題では？」

「おっしゃる通りですが、ぐると言いあらわすのが適切なのかどうかはわかりません。そこは慎重に探ってゆかなければならないところです」

「ぐるというのはたしかに言いすぎだったかもしれませんが、でもこのGPSの件を見るかぎり――」

「ええ、わかっています。仕かけたのがオビーであってもエミリーであっても事態は深刻です。どこでだれがどのようにつながっているのか、それを確認するだけでも大仕事という状況になってしまいましたから。おまけにわたしは、自分の味方も手さぐりで見つけださなければならないくらいに孤立無援というありさまです。そのあげくに、即席爆発装置（IED）の罠にはまって死にかけているわけです」

「さすがにここまでくると、ちょっと頭が混乱してきますね」

「はっきりしてきたこともあります。ＧＰＳ問題の発覚で、わたしはますます苦境に追いこまれましたが、見方を変えればそのことじたいが、今回の任務の重要性を物語っているとも言えるわけです。確実に今、なにかが進行しているという予感があります。放射性物質が関係するかどうかはともかく、確実になにかが起こっていて、これからさらになにかが起ころうとしている。それだけはまちがいないのではないかと、わたしは見ているのです」

●

二〇一四年二月二二日土曜日、ラリーは調査の仕きりなおしを迫られている。吾川捷子を追って神町を再訪し、一週間あまりがすぎたが、成果らしいものはひとつもない。それどころか、逆に菖蒲家に翻弄されるばかりの日々であった、などとレポートに記すわけにはゆかぬのだから、打開が急務であるのは言うまでもない。

とはいえ、打てる手は残り少ないし頼れる者もいない。残念ながらオブシディアンとはもうおしまいだ。そのうえこちらは監視対象に素性がばれてしまっていて、身内も信用できない。敵味方の見わけさえままならない。そんな状態にありながら、存在するのかどうかもわからぬ放射性物質の情報をかきあつめ、ただちに真相を突きとめねばならない。すなわちこれはそういうゲームである、とラリーは現状を理解する。

頭を整理するために、ラリーはいったん神町を離れて隣町の天童温泉に隠伏している。冷えきった体をカルシウム・ナトリウム‐硫酸塩泉にひたしてほんのり頬を染めたあとは、プロ将棋の名人戦が開催されたりするホテルの八階客室にこもり、無理を言って会席料理の一部を部屋に運ばせ特選山形牛のステーキやすきやきをもりもりと食す。このステーキ肉は歯ごたえがなく、プリンみたいにやわらかすぎていまいちだという感想を持つ。ついでに近ごろ評判の地酒なども味わってみる。決して任務をさぼっているわけではない。一四年ぶりの神町にわが身を最適化させる手つづきとして、東北の地方色というものにあらためて全身全霊で接しているところだからだ。

支給されたスマートフォン——Nexus 5がときおりぶるぶるいってせっかくのご当地ディナーに水をさす。エミリー・ウォーレンやジェームズ・キーンといった名前がディスプレーに表示されたが、箸を置くほどのことではないとラリーは無視を決めこむ。油断のならない菖蒲家監視チーム長や東京支局長がここでなにを言ってくるのかを知るのも有益な判断材料にはなるだろう。だがそれより優先すべきは任地への適応努力であり、腹ごしらえしてほろ酔い機嫌で菖蒲家の調査ファイルを再読することだとラリー・タイテルバウムは思っている。

持参したラップトップには石川手記の全データが保存されている。手はじめにひもときたいのは菖蒲カイトをめぐるくだりだ。お邪魔虫の駆除に動いているのではなく、吾川捷子の「お仕事」との接点を探しだそうとしている。二〇〇五年春の出来事として綴られた箇所で、ラリーは興味ぶかい事実にゆきあたる。

その時期、菖蒲カイトは知人に誘われて長らく家を出ることになる。家族には行き先も理由も告げずに旅立ったようだ。向こう見ずな性格の二二歳が自立心を高め、ひと旗あげるべく外の世界へ身を投ずることじたいはじつにありふれた行動であり、さして目をひく事柄ではない。見のがせないのは彼をつれだしたのがなにものかという点だ。

つれだしたのは、菖蒲家にしょっちゅう出入りしていた三上俊という元陸上自衛官である。在隊中よりたびたび健康相談所を利用していたこの男は、八〇年代から九〇年代当時の菖蒲家で定期的に催されていたガーデン乱痴気パーティーの常連でもあったらしい——ラリーがまだ神町を訪れていなかった時代の話だ。菖蒲家の四姉妹にはいかさま師と見なされひどく嫌われていたようだが、気むずかしい長男を手なずけてみずからのいかがわしい事業にひきいれるのに難なく成功しているということは、なかなか口のうまい輩ではあるのだろう。

陸上自衛隊東北方面隊第六師団第二〇普通科連隊に所属し、一九八二年四月から八四年三月までの一任期二年間、神町駐屯地に勤務していたという職歴に嘘はない。が、そこから先の三上俊の人生はいつわりにまみれるようだ。退官後は海外へ出て、フランス外国人部隊やイギリスの民間軍事会社などに属して数々の紛争地や戦場を渡りあるいてきたと本人みずからが吹聴しているが、それらの武勇伝はごくひかえめに言ってもたいはんがほら話にすぎまい。

そんないかさま師がもくろみ、偏屈者の菖蒲カイトをひきいれた事業というのも当然まともなわけがないだろう。石川手記でほのめかされている通りだとすれば、それじたいはファンタジーの域を出ないたわごとなので吟味するまでもない——日韓領土問題解決案としての「竹島爆破論」を独自に実行するといった夢想を吹きこみ、いたいけな若者を惑わせていたのだ。しかしその大言壮語による罪つくりな新人リクルートの経緯から、看過できない一点の内実が浮かびあがってくる——竹島爆破をくわだてる三上俊には、少なくとも、大規模破壊を可能とするほどの爆発物をとりそろえる動機があったということだ。

それから九年の歳月がすぎようとしている。九年も経てば嘘がまことに転ずる錬金術があるわけではなかろうが、たとえ大口野郎の描いた絵空事でも、いちずな思いというやつをあまく見ないほうがいいかもしれない。九年もあればどんなバカでも爆弾一個くらいは確保できる。そうだとすれば大至急、菖蒲カイトを締めあげて、三上俊の居どころを聞きださねばなるまい。

またもNexus 5がぶるぶる鳴ったが今度はメールの着信だ。送り主は東アジア部長サミュエル・ブルーム。読みとれるのは善意の上級職員からの忠告である。ラリー・タイテルバウムの非協力的態度と独断専行が目にあまると、ジェームズ・キーンが本部長に訴えてきている。こちらでとりつくろってやったが、さらに問題視されて任務をはずされたくなかったら、ちょっとはキーンの言うことを聞いてやったほうがよさそうだと書かれている。思った以上にジミーはかっかきているようだ。サムの立場ではもうごまかし通せないだろう。仕方がないのでラリーは赤坂にいるはずの東京支局長と連絡をとってみる。

——なぜ電話に出なかった？　今どこにいる？　勝手な真似はつつしんでくれよラリー、きみがいた頃の神町とはわけがちがうんだぞ。だれに見られてるかもわからんのに目だちまくってるそうじゃないか。すべてぶち壊しにする気か？　今さらチームワークに徹しろなんて言わせないでくれ。

なんだこのでくの坊あつかいは。ラリーは内心いらいらさせられたが、典型的な事なかれ主義の官僚口調を初手に選んだ上役に、みずからもあたりさわりのない返答で応ずる。

——誤解ですよジミー。わたしはとても慎重にやっています。この一週間、ずっとそうしてきたんです。わたしにしては動きが鈍いのはそのためですよ。むしろ遠慮しすぎだったんじゃないかって反省していたところなんですから。

——へえそうかい、なら反省はそれくらいにして、そろそろチームにもどるべきなんじゃないか。

——ええ、そうしますよ。頃あいを見はからってもどります。

——頃あいなんて見る必要はない、すぐにもどれと言ってるんだ。

——すぐにね、ＯＫ、わかりました。ところでジミー。

——なんだね。

——すべてぶち壊しにっていったいなんの話です？　共有されていない情報がどうやらいろいろとありそうですね。

——電話で言える話じゃない。きみがチームにもどれば済むことだ。もどってエミリーとよく話しあうんだ。

——エミリーとね。彼女にその気があるのならそうしますよ。

——おいおい、とぼけるなよラリー。エミリーもきみに何度も電話をかけてるはずだぞ。

——そういやそうでした。

——そもそもこの共有不足は、きみ自身が招いた不手際じゃないか。無断でいなくなって電話にも出ないやつと、どうやって意思疎通するっていうんだ。きみひとりのためにいちいちクラウドフォルダーにおうかがいの箇条書きでも入れとけっていうのか。

——悪くないアイディアですね。

——そう思うならエミリーに頼んでみるんだな。

——でもねジミー、言わせてもらえれば、わたしが先にチームから遠のいたんじゃない。逆なんですよ。連中が動いてくれるのを待っている時間はないから、こちらは単独行動にならざるをえなかったんです。

——いいや、待てよラリー、きみがエミリーを避けてるのは事実だろう？

――わたしがエミリーを避けている？

――情報源（アセット）の件できみが彼女に腹を立てていることはわたしも承知しているんだ。これは感心できない態度だぞ。もともとはきみが仕こんだ人材（アセット）だといっても、今のチーフはエミリーだ。きみは情報源（アセット）の肩を持つのではなく、チームの指揮をとるエミリーの立場を尊重すべきじゃないかね。

　なるほど、とラリーは思う。そういう話になっているのか。

――おいラリー、聞いてるか？　きみの経験や知識は認めるが、ろくな根拠もなしにエミリーの方針に異をとなえるべきじゃない。それともきみには、その情報源（アセット）に肩入れしなきゃならんのっぴきならない事情でもあるのか？　どうなんだ、わたしはなにかまちがったことを言ってるかね？

――どうでしょう、わたしの理解との多少のずれは感じますが。

――不服があるということか？

――ちがいます、そうじゃない。要するに、すべて誤解なんです。わたしはエミリーに腹を立ててなんかいない。

――でもきみは、神町にきて早々に、彼女が切りすてた情報源（アセット）と国会前の公園で会っていたそうじゃないか。それはエミリーの判断を疑ってるってことにはならないのか。どうなんだ？　進行中の作戦にも支障をきたしかねないふるまいだぞ。

――お言葉ですが、それは邪推というやつです。わたし自身の意図を説明させてください。誤解を解きますよ。

——ああ、聞こうじゃないか。

——おっしゃる通り、あの情報源(アセット)はわたしが仕こんだ人間です。会うのは一四年ぶりですが、だからこそ、心理的な影響でつけいる隙が生まれると考えたんです。

——そりゃどういうことだ？

——再会の動揺をきっかけに、情報をひきだすねらいです。

——つまりこういうことか。ひさしぶりに会うきみに対してだからこそ、相手はついぽろっと秘密をもらすこともあるだろうという読みか？

——ええ、その通りです。エミリーはもう用ずみだと断定していますが、そうは言ってもあれは、今も内部にいる要人であることに変わりありません。そしてこのタイミングですから、新たに出てくる情報もあるんじゃないかとわたしは期待したんです。

——しかしなにも出てこなかった。それどころか、きみのその行動がチームに不利益を生んだ。結果はそういうことだよ。

——その不利益がどんなものかはわかりませんが、しかし、これ以上はやめときましょう。弁解はしません。今後の働きで挽回しますよ。

——ならすぐにもどって、エミリーとよく話しあってくれ。

——わかりました。ところでジミー。

——まだなにかあるのか？

――アレックスの件です。

快調だった会話の応酬が不意にとぎれる。何拍かの空白のあと、ジェームズ・キーンのいかにも面倒くさそうな声が聞こえてくる。

――アレックス・ゴードンはいなくなったままだ。きみも彼みたいにならんように、さっさとチームにもどるんだ。

――彼はいつからおかしくなったんです？

――おかしくなった？

――メンタルに問題をかかえていたんでしょう？

――そうだな、様子が変だと最初に報告を受けたのは、交代になるひと月ほど前だ。

――様子が変というのは、具体的には？

――ギャンブルにはまってるという話が出た。調査の一環だからと言って、地元のヤクザがラブホテルの地下で開いてるカジノバーに入りびたってると。報告があった翌日には本人に会ってたしかめてみたが、彼に異常があるとはわたしには思えなかった。そのときはな。かなり疲れてるようではあったが、この仕事はだれだって常に疲れてる。

――報告はチームからですか？

――ああそうだ、ビリー・ウォンだよ。彼との電話で知った。わたしがはっきりアレックスの異変に気づいたのは、それから二週間後のことだ。面と向かってしゃべってても、なにかこう視線をさまよわせてばかりいて、幻覚でも眺めているような表情をしているんだが、当の本人に自覚している気配はない。不気味だったよ。そしてそう、いちばん厄介だったのが、あれだ。

――なんです？

――嘘をつくんだ。

――嘘をつく？

――そうだ。平気でいくつも嘘をつく。話にならない。それでもう彼には仕事をまかせられないとなった。

――どんな嘘ですか？

――どんなもこんなもない、なんでもだ。シクサーズが勝ったとか、三沢がサイバーアタックを食らってシステムダウンしているとか、水道水が赤いとか。ジョークなのか真剣な話なのか、区別をつけるだけでもひと苦労だ。若木山で宇宙人に会ったとも言っていた。ＵＦＯが墜ちてくるから気をつけろと一分ごとにささやいてくる始末だ。こっちまでおかしくなりそうだったよ。

――なるほど。それでエミリーへの交代が早まったんですか？

――ほんの数日だがな。

――そしてアレックスは消えた。

――そうだ。

――とすると、消える直前までは、アレックスは仕事をつづけていられたんですね？

――まあな。

――彼が最後に書いたレポートは読みましたよね？

――ああ、そうだな、読んだが、なぜだ？

――まともな内容ですか？

――内容か、そうだな、まともだったとは思うが、正直、その後の本人がひどかったもんだから、あまりおぼえちゃいないよ。ああいや、つまりこういうことだ。あの頃はもうアレックスの異常が見えはじめていたから、いくら内容がまともに見えても、正常な代物としてはあつかえなかったってことだ。いずれにせよ、そういう状況からひきついだエミリーはよくやってる。彼女は明晰だし、どんなことも冷静にこなしてるよ。

――わたしも目を通してみますよ。

――なにをだ？

――アレックスの最後のレポート。

――そうだな、それもいいだろう。

ジェームズ・キーンとの通話を終えたラリーはNexus 5をテーブルに置いてひと息つく。そしてふと思いたち、今度はホテルのルームサービスに電話をかけ、特選山形牛のステーキをまた強引に追加注文する。

●

菖蒲家監視チームの活動拠点は神町東四丁目に設けられている――東四丁目は若木山公園の敷地が大部分を占める、新都・神町においてひときわ緑あふれる区域だが、二月の今はどこも雪に埋まっていて葉っぱいちまい目にとまらない。

若木山の裏手を走る若木一条通り沿いの古びた二階建て一軒家をひそかに買いとって改修し、さまざまな情報機器や電子設備を運びこんでハイテク完備のセーフハウスとして整備を終えたのは、二〇一二年七月のことだ。以前はそこから四、五〇〇メートルほど南東にくだった、自衛隊の敷地に接する若木通り三丁目の平屋建てを使用していたが、首都機能移転にともなう環境変化が転居の必要性を浮上させた――人口増によって工作員の姿はまぎれやすくなる反面、菖蒲家の動向に監視の目がとどきにくくなるという不都合が懸念された。ＣＩＡがひっこしてきたぞと自分たちみずから隣近所に触れまわることにならぬように、町ぜんたいの区画整理と再開発工事が一挙に動きだしたのに合わせて徐々にひっそり作業を進めてゆき、開業が近づく菖蒲リゾートの斜向かいに位置する土地へ活動拠点を移したのだ。

ふだん通りの四時間睡眠ですっきり目ざめた短眠者ラリーは天童温泉の朝風呂につかり、朝食もとらずに早朝チェックアウトを済ませると、そのまままっすぐ神町東四丁目へと向かう。駐車スペースに車を停め、支給されたカードキーをかざして玄関を解錠し、強盗に押し入ったみたいにどたどた足音を鳴らしながらセーフハウスに入りこむ。時刻はまだ午前六時だ。

だれもいないのかと思いきや、なかは暖房が効いていて、まっ暗なリビングのソファーには寝ているやつがいる。エミリーと顔を合わさぬはずの時間帯をねらい、夜襲ならぬ朝方の襲撃をかけたラリーだったが、しくじったかと一瞬身をかたくする。スマホのライトをつけ、角度を変えて見なおせば、眠っているのは黒髪の男だとわかり、緊張がたちまちほぐれる。ブランケットをそっとめくってみると、ケンドール・ニワの寝顔があらわれる——監視チームに属する四名のうち最も年が若い、技術職のメンバーだ。こいつなら問題あるまいと、ラリーはさっそくたたき起こしにかかる。

——今日はここにはだれもきませんよ。一日中ぼくひとりだけ。

キッチンで不満げにコーヒーを淹れながらケンドールがそう言うので、ラリーはあきれて問いかえす。

——だれも? エミリーもこないのか?

——彼女は昨日の最終便で東京に行きましたから。

——東京? なにしに?

——さあ、聞いてません。とつぜん決めたみたいだったし。でも彼女、日曜日はよく東京に行ってるから、今回もとつぜんじゃないのかも。

エミリー・ウォーレンは昨夜のうちに東京へ発っている。それじたいは不自然な動きではないらしい。ただ、とラリーは思う。業務拡張を進める現在の山形空港の最終便出発時刻は午後九時半まで延びている——とすると、あの電話のあとにジェームズ・キーンがエミリーを呼びだす時間の余裕はぎりぎりあったと言える。疑いだせばきりがないが、こちらの言動を踏まえて口裏を合わせるための深夜の密会だろうかと、つい勘ぐらずにはいられない。

コーヒーが満杯のマグカップをおそるおそる差しだしているケンドールに、ラリーはさらに問いかける。

――ビリーは？

――おととい から隠岐島に行ってます。いつもどるのかはミューズ次第ですね。

ミューズとは、菖蒲家の家伝継承者たるみずきのコードネームだ――すなわち目下ビリー・ウォンは、菖蒲みずきの行動監視中であるということだ。隠岐島は、アヤメメソッドにとって若木山に次ぐ重要な修行の地であり、特別な植物の採集場でもあることがわかっている――そのうえオブシディアンの生まれ故郷だから、もしかすれば彼女も同行しているのかもしれない。

熱いコーヒーをすすりつつ、ラリーは質問攻めをつづける。

――それなら彼女は？　名前はなんだったか。

――マリア・グエン。

――マリア・グエン、彼女は休暇でもとっているのか？

――休暇ではないですけど、リゾートに宿泊中です。

――菖蒲リゾートに泊まっているという意味か？

――ええ。

――なんの調査だ？

――テルアビブからきている宿泊客です。先週からつきっきりですよ。

――なにものだ？

――ヘルスケア企業の幹部。

ウェブ上に流出した石川手記はどこの国の物好きにも読まれている。イスラエルも例外ではなく、医療業界ならば民間企業からのアプローチが菖蒲家に対しなされるのも不思議ではない。もっとも、なぜ、文書が世に出て七年以上がすぎた今になって、という疑問もないではない。アヤメメソッドに関連する新たな発見でもあったのだろうか。

――五〇代の女性幹部なんですが、若い男の研究者もつれてきてますね。仕事にかこつけた不倫旅行って線もありそうですが、不倫旅行だからといって、重要な取引をやらないとはかぎらない。貪欲で精力的な人間なら、どちらもってことになる。

そう言いながら、ケンドール・ニワは老人のようにゆっくりとリビングにもどる。テーブルに載ったラップトップの横にマグカップを置くと、ふうぅと溜息をついてソファーに腰かける。一滴もこぼさずにコーヒーを運べたことの達成感を味わっている様子だ。

――だから気を抜くなって話か？

――ええ、そうです。エミリーが、マリアにそんな忠告を。

菖蒲家監視チームはバイレイシャルやマルチレイシャルで構成されている。エミリーはじめ四人はアジア系の血をひいているため、日本での活動中も容貌で目だちすぎる心配は少ない。いっぽう、欧米人そのものの顔立ちであるばかりか、禿げ頭に髭をたくわえ腹の出た大柄のラリー・タイテルバウムは、都市化が進んだ神町でもなお注意をひきやすい存在であるのは明らかだ。日本人の大学生かと見まがいそうなケンドールの若々しい横顔に見いるうちに、国会前庭で菖蒲カイトに髭面の毛唐よばわりされたことを思いだしたラリーは、今さら居心地の悪さを感じてしまう。

――ケンドール。

――ケンでいいですよ。

――きみは髭をはやさないのか？

――今のところそのつもりはないですね。

――なら、いずれははやす気があるのかい？

――ここにいるうちはないですね。

――なぜだい。

――ないほうが溶けこめるから。髭をはやしてる日本人は滅多に見ないでしょ。

コーヒーをずずっと飲むと、ケンドール・ニワはふわあと欠伸しながらラップトップを開き、スリープ状態を解除する。その液晶画面に三月こと菖蒲あおばのポートレート画像が映しだされていることに気づいたが、それには触れずにラリーはソファーの脇に立つ。

――それで結局、こんな朝っぱらにいきなり顔を出したのはなぜなんですか？

――ジミーの指示だよ。ここにちっとも立ちよらないことを昨夜とがめられてね。ほんとうの目的はふたつある。ひとつめはもうかたづいた。チームの現状を正確に把握することだ。好都合にも、今は全員ばらばらだ。だとすれば今日中に全部やるしかない。ラリーはふたつめの目的にとりかかる。

――ケン、きみはいつから神町に？

――一年前から。やっと慣れてきたところって感じですけどね。

――日本じたいは、はじめてじゃないんだろう？

――ええ、まあ。

――東京に何度かって感じか？

――東京とか、横浜に何度かって感じ。父親のルーツが横浜なんで。

――横浜か。横浜の風景なら、ここよりはなじみやすかったんじゃないか？

――そうだな、まあ、場所によってはね。洋風建築が多いし。

――そういや、知ってるか？　この近辺の、自衛隊駐屯地のまわりに木造平屋建ての古い家が結構あるだろう？

――ああ、はいはい、ありますね、よく見かける。若木通り三丁目のセーフハウスもおなじつくりじゃないかな。

――若木通り三丁目のセーフハウスもか。わたしはまだ見てないが、そうなのかもな。

――ここですよ。

ケンドール・ニワは、ラップトップの画面上にものの数秒でリアルタイムの監視カメラ映像を表示させ、若木通り三丁目のセーフハウスの外観が見えるようにする。

――ああ、たしかに、ここもそうだな。

ラリーは前かがみになり、液晶画面に顔を近づけている。

――それで、この木造平屋建てがなんだっていうんですか。

――これはアメリカが建てたんだ。七〇年前にな。占領軍の施設だったんだ。

――なんだ、そういう話か。

――そういう話だよ。

――ここにも洋風建築があるって言いたいわけですね？

――そうだ。教会もあったし映画館も建てた。鉄道駅は今も残っているな。七〇年前、ここにもちいさなアメリカの町ができたってわけだ。それが今までずっとつづいている。

――なるほどね。でも正直、ぼくにはまったくそんなふうには思えないな。

言いながらケンドールが背筋を伸ばして腕ぐみをしたのに合わせて、ラリーも体を起こす――その際、テーブル上のマグカップにわざと手をぶつけ、コンピューターをコーヒーでびしょびしょにしてしまう。

――あ、やっちまった、すまない。

あわてたふりをしてラリーはさらに、自分が持っていたほうのマグカップも逆さまにして第二波をコンピューターに浴びせかける。最初は呆然として言葉を発しなかったケンドールだったが、つづけざまの被害を受けてさすがにぎゃあぎゃあわめきだし、ずぶ濡れの愛機をかかえてそのままキッチンのほうへ行ってしまう。そこまでやる必要はなかったが、念のため、みずからの目的がばれぬようにと小細工をほどこしたつもりだ。孤立無援のケースオフィサーはついでに駄目押しも加えることにする。

――ケン、ほんとうにすまない。かならずこの埋めあわせはするよ。

キッチンペーパーで懸命にコーヒーをふきとっている最中の男の口からはもはや嘆息しか出てこない。気の毒ではあるが、データがまるごと使えなくなるわけではなかろうし、回復に少々の手間がかかる程度の事態にちがいない。ラリーはそばに寄り、ケンドールにやさしく不意撃ちを食らわせる。

――とんだ面倒をかけちまったな。埋めあわせはなにがいい？　きみはどうやら、菖蒲あおばに特別な関心を持っているようだが、彼女について、なにか知りたいことでもあるのか？

ケンドールははたと手をとめて、えっという顔を向けてくる。いったいなんの話かと眉間に皺を寄せている。

――昨夜きみは、寝る前に、彼女のポートレートを眺めていたんじゃないか？　さっき、再起動したラップトップのディスプレーに表示されていたが。

この男はなにを言っているんだという表情で、ケンドールは何度も首を横に振る。まさか個人的な興味で写真を見ていたとでも思ったのかと言いかえしてきて、あきれかえっている。

――ラリー、ぼくはね、昨夜は寝たの午前四時なんですよ。二時間しか眠ってないところで、無理矢理あなたに起こされたんだ。そのあげくに、このざまですよ。

――そうか、それはすまなかったな。わたしはきみに迷惑をかけすぎたようだ。

――埋めあわせはなにがいいかって？　ぼくが今、あなたに望むことはただひとつですよ。ぼくはまだ、寝ていたいんだ。もっと眠りたい。せめてあと一時間くらいはね、この体を休めたい。いいですか？　わかりましたか？

――ＯＫ、わかったよ、きみの望みどおりにしてやろうじゃないか。

――それなら今すぐ、ここを出てってください。そしてあと一時間、いや、あと三時間は、ここにはもどらないでください。わかりましたか？

もちろんもどらない、とラリーは約束する。ふたつめの目的も果たされたから、ここにはもう用はない。ブラックサイトが利用できることはわかった。次に自分がやるべきことは決まっている。菖蒲カイトの身柄を押さえて、若木通り三丁目のセーフハウスに監禁することだ。それを今日中にやり遂げねばならない。

●

車載時計は午前八時ちょうどを示している。降雪はないが、摂氏マイナス三・四度という気温は手足をかじかませるにはじゅうぶんだ。数分もしないうちに、菖蒲リゾートの正門から菖蒲カイトが駆けでてくる。この寒空でも毎朝の習慣を欠かさないとは感心な心がけだ。新たに借りたレンタカーの運転席で双眼鏡をのぞきながらラリーはほくそ笑む。

常時同行の誓いでも立てているのか、菖蒲カイトはまたもやあの三名の男たちをひきつれている。おまけにアスリートチームかなにかみたいに、全員そろいのウインドブレーカーにニット帽を着用している。雪上ランニングシューズを履いた足を小きざみに動かし、四人組が若木山の北側へ向かうのを見とどけて、ラリーは車を逆方向に移動させる。

若木山の南側を走る対向二車線道路へまわり、東防空壕史跡のほど近くに車を停める。道の反対側には自衛隊宿舎の建物がならんでいる。自身も黒のニット帽で禿げ頭をカバーし車外に出たラリーは、自衛隊宿舎前にならぶ自販機を見つけていったん通りを渡る。ホット缶コーヒーをふたつ買い、それらをN－3Bシュノーケル・パーカ・コートのポケットにしまうと、車を停めた側へひきかえして若木山公園へとつづく小道を歩いてゆく。そろそろ出くわすタイミングだろう。そう思い、西側のふもとで立ちどまったラリー・タイテルバウムは北の方角を眺めてみる。

間もなくして、菖蒲カイトが先頭になって四人組ユニットが小走りにやってくるのが見えてきた。

ラリーはポケットから缶コーヒーをとりだし、ジョギングコースをふさぐように立ちはだかって待機する。髭面の毛唐が部活のマネージャーみたいにかいがいしく缶コーヒーを持って待っているのに気づいたらしく、菖蒲カイトが途端に駆け足の速度を落としてゆく。それに釣られて三名のつれもいっせいに視線をあげ、一〇メートルほど前方にいるアメリカ人に鋭いにらみを飛ばしてくる。

——菖蒲カイトさん、コーヒーでも一緒にどうですか？　缶コーヒーですが、買ったばかりなのであたたかいですよ。

菖蒲カイトは五、六メートルの距離まで近づいてきている。返答はないが、まなざしは一瞬もそらさない。完全無視はまぬかれたと見さだめ、ラリー・タイテルバウムは微笑みを浮かべて両手の缶コーヒーをこれ見よがしに差しだす。このまま通りすぎてしまうだろうか、それとも、ここぞとばかりに多勢に無勢で攻撃してくるか。ラリーは道を空けずにさらに話しかける。

——菖蒲カイトさん、コーヒーです。一緒にどうですか？

四人は足をとめたが、言葉はなく、呼気のみを口から放っている。肩をはずませて、魔法のマスクで顔中をガードするかのようにもうもうと白い息を吐きだしている。

——なんの用だよストーカー。

おれは勇ましいぞと見せたいのか、菖蒲カイトはたがいのおなかがくっつくくらいの至近距離まで進みでてくる。相変わらず目もそらさない。しめたものだと、ラリーは缶コーヒーをつきそい連中のほうへ放り投げ、負けじと半歩前に出て相手を見おろしてやる。缶コーヒーはふたつとも、菖蒲カイトの背後で無事にキャッチされる。

——わたしはストーカーではありませんよ。その情報はまちがいです。

菖蒲カイトは振りかえり、つれの男たちと顔を見あわせて笑いあう。くだらないジョークでも聞かされたみたいに、この状況でよく言うわ、などと口々にもらしている。

——それ伝えるだけのために、わざわざここで待ってたわけ？

面と向かい、挑発的にあおぎ見てくる菖蒲カイトに対し、ラリーはまた微笑みをかえして誘いかける。

——ふたりで少し話しませんか。ここは凍えそうだから、どこか、よそで。どうです？

案の定、菖蒲カイトは躊躇なく受けて立つ姿勢を見せる。つれの三名を先に行かせたあとは、余裕ぶった表情で見かえしてくるほどだ。判断が速いのは長所だが、なにかと強がりたがるティーンエージャー気質が抜けきっていない男なのだろう——見た目も三一歳というよりせいぜい一八歳といった感じだ。石川手記から読みとれる通りの人物像だとラリーは理解する。

——向こうに車を停めてあります。駅前のコーヒーショップでよろしいでしょうか？

——どこだっていいよ。

助手席に相手が乗りこむのを見とどけてからラリーは運転席に着く。シートに身をあずけた菖蒲カイトの視線は窓外へ向いている。ニット帽を脱ぎ、頭をかいたり髪の毛を手櫛ですいたりと、明らかに気をゆるめている。ラリー・タイテルバウムはその隙を逃さない。運転席の下へ手を伸ばすと、隠しておいたテーザー銃をかまえて間髪いれずにトリガーをひく。

いきなり電撃を食らった三一歳の男は全身をぴんと硬直させてうと低い呻き声をあげている。ラリーは慣れた手つきで菖蒲カイトをうしろ手にして両手の親指に指錠(サムカフ)をかけ、一分もかからずに拘束を成功させる。ついでにダクトテープを口もとに貼りつけて黙らせてやり、頭からすっぽり黒いゴミ袋をかぶせて荷物に偽装すると、スーパーへ買い物にでも行くような面持ちで車を発進させる。

若木通り三丁目のセーフハウスはひと目につきにくい好立地にある。四方を緑地にかこまれ、対向二車線道路をはさんで南側は陸上自衛隊の広大な敷地が占めているので周辺のひと通りは滅多にない。ベストというほどではないが、拘束者を勾留し強化尋問するにはもってこいの場所(ブラックサイト)だ。

旧宅ゆえ神町東四丁目なみのハイテク設備は導入されておらず、戸じまりもカードキー仕様ではない。ラリーはまず、後部座席に積んでいたナイロン製の大型ダッフルバッグを背負いこんでから助手席へまわり、ゴミ袋をかぶったままの拘束者をひきずり降ろして地面に放る。それから軒下にある室外機の裏側へ片手を挿しいれてSサイズのジップロックをとりだすと、なかに隠してあったディンプルキーで玄関を解錠する。家のドアを開け、菖蒲カイトをひっぱりこんで床に転がしてから即座に内鍵をかける。日ごろ使っていない割に家内は空気のよどみが感じられず、いやなにおいもしない。

次は菖蒲カイトを立たせてうなじを鷲づかみにして歩かせる。廊下の突きあたりまでつれていって重いドアを開け、六平米ほどしかない一室の中央めがけて突きとばす。換気の悪い閉めきった部屋だがここも黴くさかったりはせず、むしろパフュームの残り香みたいな芳香が鼻につくのをラリーは意外に思う。この数日内にエミリーかだれかが利用したのかもしれない。

視界がふさがっている菖蒲カイトはよろめいて転倒してしまったが、ラリーはゴミ袋だけをつかみとって室外へ出て鍵をかける。壁や床ぜんめんにコルク板を張って音もれをふせぎ、窓ひとつどころかわずかな光の射しこむ隙間もなくした室内に、菖蒲家の長男は指錠（サムカフ）で拘束された状態で放置される。

ラリーは休まず動きつづける。監禁室の隣にある浴室に入り、バスタブに栓をして給水ボタンを押す。四〇度に設定されたお湯が繊維強化プラスチック（FRP）の槽内へ発走直後の競走馬みたいにさあっと流れこんでくる。適量になれば自動でとまるシステムなので見まもる必要はないからすぐに別室へ向かう。

キッチンでコーヒーを淹れたラリーはリビングのオフィスチェアにおちつく。部屋のまんなかにあるおおきなテーブルには三台のデスクトップ・コンピューターや監視カメラ用の液晶モニターやインターフォンの通話機がすえ置かれていて、それらのかたわらにダッフルバッグからとりだした食料をひろげてある。監視カメラ用の液晶モニターには、倒れこんだきり身動きしない菖蒲カイトの姿をとらえた赤外線映像が映しだされている。

ラリーは二、三度コーヒーをすすったあとに左腕からはずしたG-SHOCKを時刻がわかるようにテーブル上で安定させる。そしてじっくり監視映像を見つめながら、セブン－イレブンのサンドイッチを食べはじめる——時刻は午前八時四八分をまわったところだ。

三〇分が経ったところで音楽をかけてやる。公開オーディション番組で流れたひどい歌声ばかりをひとつにつなげた音声ファイルをデスクトップ・コンピューターでループ再生させると、監禁室内に設置されたスピーカーがそれを一〇〇デシベルを超える大音量で響かせるというサウンドシステムだ。踊りには向かないが、まっ暗闇のなかでもさみしくはなかろうし、うっかり寝入ることもないだろう。

さらに一時間がすぎたところでバスタイムにする。口もとに貼ったダクトテープは剝がしてやり、代わりに今度は頭から黒い布袋をかぶせて顔ぜんたいを覆い、廊下に出す。浴室に入ると、簀の子のうえに菖蒲カイトをあおむけで寝かせて布袋をかぶせたまま首や胴体をナイロンベルトで板にくくりつけ、逃げられないようにする。ばたつかせる脚が邪魔になるので足首もプラスチックカフで拘束しておく。せまくて動きにくいため浴室のドアは開けっぱなしにしてある。

ラリー・タイテルバウム自身はすでにすっぱだかになっている。適量のお湯が張られたバスタブに下半身を沈め、半身浴としゃれこんでいる彼は、スライドバーにとりつけられたシャワーヘッドの位置を調節してから蛇口レバーをあげる。ねらいさだめた標的に水が降りそそいでゆく。落ちてくる流水を滝つぼさながらに黒頭巾がまともに受けとめている。心なしか風流に思う。その光景にしばし見いってからラリーは小休止のつもりでレバーをさげる。

水に濡れて布袋がぺしゃんこになり、顔にぴったりはりついたため、かぶっている当人の目鼻だちがデスマスクみたいに浮きぼりになっている。軽くまた水を流してやる。口もとのあたりが何度もへこんだりふくらんだりをくりかえしている。息ができず、苦しいのだ。ラリーはそれを凝視している。

へこんだりふくらんだりの間隔がだんだんと縮まってゆくのがわかる。こういうのを風前のともしびと言うのだろう。切迫感が浴室に充満してゆくかのようだが、ぎりぎりまで手を出さない。ししおどしの音でも聞こえてきそうなおもむきは相変わらずだ。一四、五年前に泊まった銀山(ぎんざん)温泉の宿がふと思いおこされる。

レバーをさげるとさっと静まりかえるも、水滴のしたたる音だけがやけに耳ざわりに感じられる。バスタブの水面に気泡がいくつも浮かんできて、次々にはじけてゆくのはラリー自身が放屁したせいだ。

シャワーはとまっているのに、水分をふくみすぎてしまっているせいか、布袋がへこんだきりふくらまなくなっている。呼吸の力のおとろえをうかがわせる変化だ。まだ死ぬことはあるまいが、ラリーは布袋の一部をつまんでひっぱりあげて空気の通り道をつくってやる。虫の息だった男が、おもしろいほど胸を上下させて酸素をとりこんでいる。

——あなたは痛みや恐怖を感じないそうですね。先天性疾患ではなく、じつの父親から受けた虐待のせいだと、そんな話を知りましたか？　わたしは疑わしいと見ています。痛みや恐怖を感じないというのはほんとうでしょうか。同情すべき過去ですが、あなたのはただの強がりではないでしょうか。たしかめてみましょう。

無反応。布袋をかぶっているため表情もわからぬが、呼吸はしっかりつづけている。ラリーはいちばんうえまでレバーをあげて大雨を降らせ、布袋をしばらくへこませっぱなしにしてやる。ものすごく苦しそうだ。これ以上は死ぬかな、というところでとめてやる。

——どんなに浴びても水は痛くありませんね。体に傷はつきませんから、だれもシャワーで痛がったりはしない。それはそうです。でも息ができないから、苦しいでしょう？

レバーをあげる。菖蒲カイトはみずからの首をベルトで切りはなさんばかりの勢いでもがきまくり、降りかかる水流から懸命に逃れようとしている。レバーをさげると、その身もだえもやむが、酸素を必死にとりいれる胸の上下運動は激しさを増している。そこへさらに水を流してやる。そしてとめる。ひたすらにそれをくりかえす。くりかえすうちに、やがて限界を見すごしてしまうかもしれないという懸念が頭をよぎる。限界を超す瞬間のイメージに高揚をおぼえつつ、ラリーは手をとめる。

なるほど、とラリーは思わずつぶやいてしまう。たびたび限界が見え隠れしているにもかかわらず、菖蒲カイトは弱音ひとつ吐いていない。やめてくれだのもうたくさんだの、その手の言葉をもらすこともない。興味が湧き、布袋をすっかりとりさってやると、この数時間はまったくの無意味だったと思い知らせるかのように、不敵な面がまえというやつがこちらを見あげている。さすがに疲弊の色をにじませているが、スリルライドを連続で楽しんだあとみたいなきらめきを瞳に宿してさえいる。瞳孔が散大しているのだ。やり方を変えたほうがよさそうだとCIA職員は思いなす。

——あなたがアドレナリン中毒者であるという話は、どうやら嘘ではないようですね。これで合点がゆきましたが、二〇〇五年の春に菖蒲家を出ていったのも、そのせいだったのでしょう。ちゃちないかさま師の口車に乗ったふりをして、なんの実体もないいんちきな社会貢献事業とやらに手を貸したのも、田舎暮らしに飽き飽きして、刺激に飢えていたからだったのですね。ちがいますか？

かつての指導者をわざとおとしめてみたが、菖蒲カイトは依然として押し黙っている。視線をはずさずに呼吸をととのえ、なんらかの機会をうかがっているようでもある。のぼせそうになり、バスタブのふちに腰かけたラリーは、返答を待たずになおも話しかける。

——そうでなければ、あなたほどの人間が、あんなあつかましいだけの男にしたがうわけがない。そうでしょう？ 利口なあなたが、ご姉妹からあれほど嫌われている鼻つまみ者に誘われて、不意に家を出ていってしまう。この不可解な行動は、いわゆる若気のいたり、よくある一時の気の迷いというものだ。刺激をもとめる年ごろにはまりがちのぬかるみといったところでしょうか。

——どうでもいいけどさ、あんたなんで裸なの？

ようやく開いた口から発せられたのが、その質問だ。いつだって余裕ぶりたいという意気ごみがひしひしと伝わってくる。ラリーは立ちあがり、菖蒲カイトをまっすぐに見おろしながら微笑みをかえす。お湯につかりすぎてふやけきったようになっている彼自身の陰茎から残尿みたいにぼたぼたと水がたれ落ちている。

——ついでに入浴しているからですよ。そういえば、あなたは服を着たままですね。気が利かず、失礼しました。

ラリーはおもむろにバスタブを出て、菖蒲カイトの足もとにまわりこむ。

——こっちはとっくにずぶ濡れなんだから、今さら脱がせたって手おくれだろ。

——そんなことはありません。下はまだ濡れていませんから。

言いながらラリーはしゃがみこみ、菖蒲カイトの穿いているポリエステルパンツを下着もろとも一気に膝下までひっぱりさげる。すると今はだらりとしているが、満潮時は鉄梃なみのかたさを約束してくれそうな陰茎が登場し、意表をつかれる。ラリーはそこから目が離せなくなるが、ただちに職業意識を働かせてみだらな好奇心を封じこめ、三一歳の男の横に添い寝する体勢をとる。いずれ好奇心は復活するだろうから、そうなる前にすみやかに任務を果たさねばならない。

――あんたさ、ここで自分がやってること、家族に見せられる？　ただのストーカーよりたちが悪いんじゃないのこれは。

そうかもしれません、とささやくラリーはそのとき、菖蒲カイトの陰嚢に右手を添えている。それを握りしめたらどうなるのかは、もちろん正確に把握できている。縮みあがってタマが体内にひっこまぬように、袋を適度にあたためておくのが大事だ。手のひらでソフトにつつんでおいてから、いざというタイミングで睾丸に圧力をかけるのである。

――あんたいったいなにがしたいの？

――事実が知りたい、それだけです。

――なんの事実よ。

――三上俊は今どこにいますか？

――だれそれ。

――あなたが二〇〇五年の春から何年間か行動をともにしていた男ですよ。

ラリーは睾丸を軽く握りしめてやる。菖蒲カイトの表情は変わらない。

――ちっとも記憶にないな。

握りしめる力を強める。それでも菖蒲カイトの表情は変わらない。ほんとうに痛みを感じないのだろうか。

──あなたを竹島爆破計画に誘った男ですよ？　おぼえていないのですか？　爆発物の準備をあなたは手つだったでしょう？

菖蒲カイトはノーダメージを伝えるメイウェザーみたいな顔をして首を左右に振っている。これだけきつくタマを握られてひとをおちょくる余裕があるということは、こいつはほんものなのかもしれない。

──それなら、二〇〇五年の春に菖蒲家を出たあなたは、どこでだれとなにをやっていたのですか？

──そんな昔のことおぼえちゃいないよ。

おそらくなにを訊いてもこの調子だろう。いっそ睾丸を握りつぶしてしまおうかとも思うが、デメリットしか生まないのでそれは自重する。またやり方を変える必要がある。手づまりと見られぬようラリーは間を空けずに話しかける。

──では最近の話をしましょう。一〇日前に、吾川捷子がメキシコから帰国しましたね。菖蒲みずきの母親です。たしか、あなたの母親の親友でもある。

菖蒲カイトは口をつぐんでいる。決してそらさぬその視線に、なんらかの意味が隠されているような気もしてくるが、こちらを惑わせる手とも考えられる。

──ずっと南米にいた彼女が、十数年ぶりに日本にもどってきた。とつぜんの帰国です。彼女はなにをしに帰ってきたのですか？

──本人に訊けよ。つうかさ、あんたこそなにがしたいんだよ。どう考えてもレイプだろこれは。

アメリカ連邦政府職員の右手は陰嚢から陰茎へと移動している。だらりの状態に変わりはないが、他者に掌握されるうちに本領を発揮することもありうるのが男根というものだ。その生理現象は、ことによっては持ち主自身にいくらかの恥じらいを抱かせる結果にもなるだろう。それに賭けてみるのも無益ではあるまいとラリーは思っている。

――本人にもそのうち訊きますよ。まずは目の前にいるあなたです。さあ答えてください。吾川捷子はなにしにメキシコから帰ってきたのですか？

ラリーは目を合わせたまま、たがいの鼻先がくっつくほど顔を近づけている。菖蒲カイトは髭があたるのをいやがっている。しゃべると唇が突きだされ、しばしばキスしているみたいになり、したたり落ちる汗が相手の頰を伝ってゆく。いっこうに返事がなく、なんなら唾液もたらしてやろうかという意欲が湧いてくる。陰茎を握る手に力を加えつつ、ラリー・タイテルバウムはもう一度おなじ質問をぶつけてみる。

――吾川捷子はなにしに帰ってきたのですか？

――仕事だろ。

――なんの仕事ですか？

――貿易。

――ものはなんですか？

――ものってなに？

——取引するものです。

——日本語むつかしいわ。

——取引する商品はなにかと訊いているのです。

——いわしの缶詰、オイルサーディン。

——オイルサーディン？

——そう、缶詰。

菖蒲カイトはよそ見をしてにやついている。缶詰とはもっともらしいが、でたらめを言ってからかったつもりか。スリルジャンキーが、痛くもかゆくもないシチュエーションになじんでしまい、暇つぶしに受けこたえしているようにも見うけられる。刺激が減って退屈しているわけだ。ラリーは頭を切りかえる。

——まあいいでしょう。時間はたっぷりありますから、あなたが事実を答えたくなるまでいろいろとためしてみることにしましょう。道具はそろってますから。

そのときはじめて、ラリーは第三者の気配を感じとる。風邪をひいてしまいそうなので、入浴はこれくらいにしておきます。

はっとして振りかえると、浴室のドアロにエミリー・ウォーレンが立っている。誤解の余地がないほどはっきりとあきれかえった顔つきを向け、こちらをじっと見つめている。

——やってくれたわね。話はあとにして、とりあえずそのまま動かないで。

今は何時だろうか。バスタイムに費やしたのは三〇分かそこらだろうから、午前一時をまわったくらいか。予想していたよりずいぶん早く見つかってしまったものだなとラリーは嘆息する。

――OK。だがなるべく早くしてくれ、風邪をひきたくないんだ。

エミリーの背後には同行者の姿もある。監視チームのメンバーではない。カブールやバグダッドに派遣される武装警護員（グローバルレスポンススタッフ）みたいな風貌の、がたいのいい男だ。支局から彼女がつれてきたボディーガードかなにかだろうと思われるが、そんな人間を投入してまで内輪もめを物々しく演出しなければならぬのかと、ラリーはいぶかしむ。

●

――言われなくてもわかってるとは思うけどラリー、あれは拷問よ。

――あれが拷問だって？　エミリー、笑わせないでくれよ。

――とぼけるだけ無駄よ。証人もいるし、言いのがれは無理ね。

――きみにどう見えていたのかは知らないが、あれは拷問なんかじゃない。あれが拷問なら、恋人どうしが裸で抱きあうのも違法ってことになるぞ。

――そっちこそ笑わせないで。あれは愛あるペッティングだったとでも言いはりたいわけ？　バカバカしいにもほどがある。典型的なセクシャルハラスメントの言いわけじゃないの。それにあなた、いい加減に前を隠したらどうなの。

バスタイムに踏みこまれてしまったせいもあり、ラリー・タイテルバウムはいまだバスローブいちまいの格好でリビングをうろついている。この一件で彼も終わりだと見ているのか、とげのある物言いをしてくる割に、エミリー・ウォーレンの表情には険がなく、あわれみの情がちらついてすらいる——赤い靴を目だたせつつ足を組みながらオフィスチェアに腰をかけ、南国の檻に囚われた白熊でも観察しているかのようなまなざしでラリーと対峙している。菖蒲カイトは警護員がつれていってしまった——今ごろ拘束を解かれ、菖蒲リゾートの近辺で解放されているところだろう。

——とにかくあれは拷問なんかじゃない、正規の尋問だよ。司法省だって合法だと言っている。

——司法省が？　いつ連絡をとったの？

——ちがうよ、もともと司法省のお墨つきなんだから拷問じゃないと言っているんだ。

——お墨つき？　なにが？

——水責め(ウオーターボーディング)だよ。

——いつの話をしてるの。大統領令はどこに消えたのよ。強化尋問手法プログラム(EIT)は五年前にオバマが禁じたなんて今さら言わせないで。

——しかしエミリー、こうは思わないか？　指名承認公聴会でパネッタがあれは拷問だなんてバカな答えを口にしなかったら、水責め(ウオーターボーディング)は今も合法のままだったはずだ。

——はぐらかさないで現実を直視して。そもそもホワイトハウスの承認もなしにあんなことをやった時点で、あなたの行為は問題になるのよ。

——未承認というのはその通りだが、さっきから言っているように論点がまちがってる。あれは拷問じゃないんだ。わたしは彼の体を少しも傷つけたりしてはいないんだから。

——それどころかやさしく愛撫してあげてたって言いたいんでしょ。レポートにそう書けばいいわ。

いやエミリー、と発した矢先にラリーは見のがしかけたささいな違和感に思いあたる。旗色の悪いみずからが、目をそらしがちになるのを見とがめられぬために、ラリーはわざとどこにも腰をおちつけず、バスローブいちまいの格好でエミリー・ウォーレンとのこのやりとりをつづけている。その自分自身が、先ほどの菖蒲カイトと重なり、ひとつのひらめきをえる——あいつがよそ見したのは、あのときだけだ。言いのがれを連発する人間の微妙な心理の綾がひもとかれた気になり、ラリー・タイテルバウムは思わずこうつぶやく。

——なるほど、いわしの缶詰か。

——は？　なにを言ってるの？

——オイルサーディンだよ。あれは退屈しのぎのからかいなんかじゃない。尋問に追いつめられて苦しまぎれに口走った返答だったんだな。

要するに、菖蒲カイトは隠し事をごまかすためにとっさに出まかせをもらしたのだとラリーは推しはかる。あるいはあのにやついた顔は、「王様の耳はロバの耳」と床屋が井戸に秘密を叫んだあとの爽快感や達成感みたいなものだろうか。

——ラリー、今度は頭がおかしくなったふりなの？　なんでもいいけど、監察局にそれが通用するといいわね。わたしは本部に報告する。ジミーとも話しあうわ。

——ジミーと？

——当然でしょ。まったく厄介なことをしでかしてくれたわね。菖蒲カイトが警察に被害届を出したら、あなたはこの国で起訴されるってことも忘れないで。そうなってもこの件では政府の支援は期待できないから。

——エミリー。

——なに？

——きみはアレックスの最後のレポートを読んだか？

——アレックス・ゴードンの？　ええまあ、いちおう。いったいなんなの？

——なにかおかしなところはあったかい？

——どう？

——どうって、なぜ今それを？

——気になるんだ。

——おかしなところは、なかったと思うけど、あまりおぼえてないわ。

興味ぶかいことに、エミリー・ウォーレンの強気がにわかに薄らいでいる。

つまりこういうことだ。あの頃はもうアレックスの異常が見えはじめていたから、いくら内容がまともに見えても、正常な代物としてはあつかえなかったってことだ――このジェームズ・キーンの言葉を、ラリーは心のなかで反芻している。

――目をひく内容じゃなかったってことか？

――というより、わたしと交代するときにはもう、アレックスの言動は明らかに常軌を逸していたの。だから内容に異常はないといっても、あれを価値あるレポートとして読むのはむつかしかった。そういうことよ。

――なるほど。

――なにかひっかかる？

――いいや。そういえば、ジミーもきみとおなじことを言っていたよ。

――でしょうね。だれだっておなじ反応になるわ。あなたはどうなの？

――これから読むところなんだ。感想はすぐに伝えるよ。

●

エミリーが去ったあとも、若木通り三丁目のセーフハウスにラリーは残る。日曜日の午後をのんびりすごしている場合ではないからだ。

宣告どおりエミリーはさっそくジェームズ・キーンと話しあっている頃だろう。あの様子では彼女が手加減するとは思えぬし、どう転んでも面倒な結果しかもたらさないのは目に見えている。その影響がこちらにおよぶのが一分後か一時間後か一日後か、といった程度の誤差があるばかりで、好転の見こみはゼロだ。

ならば自力で見こみを変えるしかない。アレックス・ゴードンの最後のレポートを通読し、そこからなにか有益な情報をえる以外に、この窮地を脱けだす道はない。

ラリーは食べのこしのサンドイッチを頰ばりながらセーフハウスのデスクトップ・コンピューターを使用する。支局のVPNを経由して菖蒲家監視チームの情報管理システムに接続し、アレックス・ゴードンが二〇一三年の二月に記したテキストファイルを表示させる。これは連邦政府の各情報機関どうしが迅速な情報共有をはかるために二〇〇五年に開設したIntellipediaには掲示されていないレポートだ——すなわち菖蒲家監視チームのなかでしか閲覧されていない文書ということになる。

テーブルに置きっぱなしにしていたG-SHOCKが午後一時五一分を示したとき、ラリー・タイテルバウムは注目すべき箇所を見つけだす。その一文を目で追った瞬間、肛門がきゅっと締まり、ひどい寒気を彼はおぼえる。ほっとするどころか、真の悪夢にでも放りこまれてしまったような心地だからだ。

形勢逆転を確実にする事実だ。しかし同時に、事態をあまりにも複雑かつ深刻にしてしまう、おそるべき記述でもある。とりあつかいに細心の注意を要する情報であるのはたしかだが、さすがにこれを見なかったことにはできない。ラリーは液晶ディスプレーの画面を写真に撮る。行方をくらます直前のアレックス・ゴードンが書きのこした文章の一部を、画像データとしてスマートフォンに保存したのだ――そこには次のような内容が書かれている。

二〇一三年二月の現在――ウェブ上に拡散したこの手記を通じて菖蒲家のひみつに触れ、ここ神町にエージェントを派遣してきた国家機関や国際組織は、すでに確認できているだけで九つを数える。

それらのうちのいくつのチームが、菖蒲みずきの引き入れやアヤメメソッドの獲得を目的として活動しているのかは定かでない。

いずれにせよ、アヤメミズキへの接触をいち早く試み、長年にわたり菖蒲家の内部へエージェントをもぐりこませているわれわれとしては――今後もいっそう万全の構えで同家の看視にとりくまなくてはならない。

なぜなら菖蒲みずきが、来月に都内の大学を卒業し、新年度より神町での暮らしを再開させることとなっているからだ。

それにより、各国機関のエージェントの動きも殊に目立ってくるものと思われる。

加えて先頃、菖蒲カイトと三上俊の属する組織が、スーツケース型の小型核爆弾をついに手に入れたとの情報も伝わってきている――それは二〇一一年七月一六日土曜日の深夜に地下鉄駅構内で爆発し、この国の国会議事堂を崩落させ、その土地一帯の地盤沈下をひきおこす原因となったあのスーツケース型核爆弾と、同型のものだと考えられている。

そういったことも、他方で進行している以上は——われわれは想定状況と行動の選択肢を、これまでにも増して数多く設定しておく必要がある。

むろんのこと、菖蒲カイトと三上俊の属する組織が、菖蒲みずきとの交渉をはかるとはかぎらない——われわれとしてはもちろん両者の断交を望む。

どうなるにせよ、まずは菖蒲みずきが神町に戻ってきてからの話となるだろう。

そのときなにが生ずるのか——予断の許されぬ情勢にきていることは否めない。

当然ながら、「愛の力」の持ち主たる菖蒲みずきに対しては、われわれであれ他の機関のエージェントらであれ、うかつに接することはできない。

さしあたっては各機関の出方を注視し、たがいに牽制しあいつつ、菖蒲みずきの動向を注意ぶかく見まもってゆかなければなるまいが——それはまた、別書での報告とする。

驚くべきことに、アレックス・ゴードンは「菖蒲カイトと三上俊の属する組織が、スーツケース型の小型核爆弾をついに手に入れたとの情報」をつかんでいたらしい。

おまけにアレックスは、当の「スーツケース型の小型核爆弾」は「二〇一一年七月一六日土曜日の深夜に地下鉄駅構内で爆発し、この国の国会議事堂を崩落させ、その土地一帯の地盤沈下をひきおこす原因となったあのスーツケース型核爆弾と、同型のものだと考えられている」などといった信じがたい情報さえ、さらりと記している。

重要視すべきは、アレックス・ゴードンがつかんだ情報の中身だけではない——それらはなんの検証もなく真に受けていい話ではないし、どちらかといえばいかがわしい部類の仮説もふくまれているのだから、個別に冷静に見きわめねばならない。

これを見なかったことにできない最大の理由のひとつは、ジェームズ・キーンとエミリー・ウォーレンがふたりとも、レポートじたいはまともだが内容をおぼえていないと口をそろえていたせいだ——実際にこの文書から受ける印象はむしろ強烈なものであり、とてもあっさり忘れられる代物ではない。アレックスの言動に異常があったのだとしても、「菖蒲カイトと三上俊の属する組織が、スーツケース型の小型核爆弾をついに手に入れたとの情報」を連邦政府の情報コミュニティーに流さなかったのは重大な不手際だ。CIA東京支局長と菖蒲家監視チーム長が故意に隠蔽したと疑われても、反論するのはむつかしいだろう。

あるいは、とラリーはふと思う。アレックス・ゴードンはほんとうにメンタルに問題をかかえていたのだろうか。彼はほんとうにみずから行方をくらましたのだろうか。ジミーとエミリーは、ほんとうはアレックスの居どころを知っているのではなかろうか。次々に浮かぶ疑念の奔流をせきとめるものはもはや、ラリー・タイテルバウムの脳裏にはない。

もわかっているだろうと、ラリーはエミリーに言いかえす。

かないんだから、なにを言っても無駄よ。もうどうにもならない、あきらめて。

——つっけんどんな問いかけがいきなり電話口から聞こえてくる。用件なんか言わなくて

——さっきのこと？　ジミーとはまだ話してないけど、どのみち目をつむるわけにはゆ

——エミリー、そうじゃない、状況が変わったんだ。きみはわかっているはずだが。

——なんのこと？

——わたしはあれを読んだんだよ、きみが出ていったあとに。

——なにを？

——アレックス・ゴードンの最後のレポート。

——それで？

——きみの今の反応が不可解に思えるほど、興味ぶかい内容だったよ。

——興味ぶかい？　どこが？

——説明する必要があるかな。だれが読んだって興味をそそられるような内容なんだが。

——言ったでしょ、わたしはあまりおぼえていないの。電話じゃまずいのなら、要点だけ話して。

――きみとしてはそんなふうに、しらを切るしかないってところだろうな。

――ねえラリー、わざと混乱でも誘ってるつもり？　どうあがいたってさっきのことはうやむやにはならない。そろそろ理解して。

――そんなことはどうだっていい。それより今、きみのアドレスに写真をいちまい送った。まずはそこに写っている文章に目を通して、きみのほうこそどこが問題なのかを理解してくれないか。話はそのあとだ。

エミリー・ウォーレンは素直にしたがったようだが、レポートの抜粋を読みきるのになにを手間どっているのか、いつまで経っても応答がない。それじたいが彼女の意思表示かと勘ぐりたくなるほどの長すぎる無言。ラリーは黙っていられず、先に自分から話しかけてしまう。

――きみのこのだんまりは、ことの重大性を認識したあかしだと解釈していいのか？それとも、あわてて言いわけでも練ってるところなのか？

これにも返事がない。そのうえいつの間にか、無言が無音に変わっている。電話が切れているのだ。ラリーは即刻かけなおす。

――エミリー、わたしもこれをうやむやにはできないし、きみに訊きたいことは山ほどある。しかし今はっきりさせなきゃならないのはただ一点、スーツケースに関する情報だ。その調査こそ最優先で進めなきゃならない。われわれ全員でな。ほかはひとまずあとまわしだ。そうするしかない状況だからな。おい、聞いているのか？　きみやジミーのヘマは問わないと言っているんだぞ。

沈黙が長びくほど打開は困難になるシチュエーションだが、そんなことは先刻ご承知の相手なのだから、なにか考えがあって押し黙っているのだろう。ヘマは問わないと釘を刺されたことに、あとあと利用される懸念でも抱き、ただちに降格処分を受けるのとどちらが増しか天秤にかけているのかもしれない。警戒と迷いを経て、エミリーの心理が選びとる態度をラリーは推しはかるが、だしぬけに鳴りだした騒音に思案を邪魔される。どういうわけか、インターフォンの通話機から公開オーディション番組のひどい歌声がひとりでに流れだしている。午前中に菖蒲カイトに聞かせたのとおなじデータファイルだ。

なぜあれが勝手に再生されたのか。不可解な事態にラリーは少々まごついてしまう。デスクトップ・コンピューターはおねんねちゅうだ。ディスプレーもまっ暗。もとからスリープ時でも作動する自動実行プログラムかなにかが設定されていたのだろうか。だとしても、この通話機はそもそも無線でも有線でもコンピューターとはつながっていない。それがとつぜんスピーカーとなり、データ化された歌声を響かせるというのはどんなからくりなのか。

どこをどうすれば音がやむのかわからず、ラリー・タイテルバウムはいらだちを募らせる。通話機の破壊を思いたち、立ちあがりかけるも、今度は急激なめまいに襲われて途端に起立がむつかしくなる。がくっと膝を折り、逆再生映像みたいにふたたびオフィスチェアに身をあずけたラリーの右手からNexus 5が落ちて床に転がり、鈍い音を立てる。体に力が入らない。そのまま身動きがとれなくなり、回転する天井をしばらく見つめるうちに彼の脳裏をよぎったのは、知らぬ間に一服もられた可能性だ。菖蒲カイトは家伝継承者ではないが、菖蒲家の人間である以上、秘薬の類いを常に持ちあるいていたとしても不思議ではない——とはいえ、ずっと拘束された状態にあったあの男が、そんな薬物をこちらに投与できるタイミングがいつどこにあったのか、といった疑問もないではない。

あやしいのは、このセーフハウスを訪れた直後、監禁室のドアを開けた際に鼻についた芳香だが、あれは自分たちが部屋に入る以前より漂っていたはずだから、ほかのだれかの残り香である可能性が高い——したがって、菖蒲カイトの悪あがきとは関係のない無害な香気と考えるのが妥当な気がする。

やがて天井の回転はおさまるが、感覚の異常はこれでおしまいとはならない。次に生じたのはちょっとした幻覚だ。リビングぜんたいの光景がディズニーのフルアニメみたいになめらかにじわじわと変容している。あらゆる物質の色やかたちが少しずつだがコンマ数秒ごとに移り変わり、フラクタルアートでも眺めているような気分にもさせられ、それなりに楽しめないでもない。こんな子どもだまし程度のアシッドトリップで威嚇してくるとはなめられたものだとラリーは思う。本気の攻撃は見おくり、挨拶がわりのいっぱつにとどめておいたのか。菖蒲家の仕わざにはちがいなかろうが、ここらへんでひきさがれと、家伝継承者が最後通牒を突きつけてきたのかもしれない——そうだとすれば、ミューズは隠岐島からもどったということか。

いずれにせよ、こういうのがつづくと厄介だ。わかっていても落とし穴を避けられず、穴底でえんえん足踏みさせられて時間をどんどん奪われる。やはり迂闊に菖蒲家には近づけない。オブシディアンとの再会以来、この自分が狙い撃ちにされているのは明らかだが、連中もやることがあからさまになってきた。菖蒲リゾートの内実を探るための方策をなにか新たに考えださねばならぬようだ。

脚に力が入ると気づき、ラリーは立ちあがってみる。するとフラクタルアートは閉幕し、リビングの光景はもと通りとなる。

急に肌寒さを感じて玄関口に目をやると、ドアが閉まりきっていないとわかる。ラリーはそちらに歩みより、ドアノブに手をかける。ちらりと見えた外の風景がおかしい。ドアを全開にしてみると、若木通り三丁目の緑地や公道だった土地が跡形もなく、激しい波しぶきのあがる荒磯に変貌してしまっている。今にも東映とかいう映画会社のロゴマークが飛びだしてきそうなほどの磯波だ。

なるほど、と思い、踵をかえしてドアを閉めようとする。が、そこにあったはずのセーフハウスの建物はすっかり消えうせていて、それぱかりか周辺一帯が家屋敷はおろか草木いっぽん見あたらぬまっ白な大氷原と化している。逆側に振りむいても荒磯はきれいさっぱりなくなっていて、アラスカにでも瞬間移動させられたかのごとく、どこを見わたしてもいちめん氷の世界だ。

向かうべき方向を完全に見うしなってしまったようだ。道もなければ地平線もさだかでない。かすかな物音さえ耳にとどかず、無限に開かれているのに閉塞感しかない。リアルなスノードームのなかにでも閉じこめられてしまったかと錯覚しそうになる。

身につけているのはいまだバスローブいちまいきりのラリーは、過去に経験したことのない猛烈な寒さをおぼえてがたがたふるえだす。刃物でずたずたに切り裂かれるような寒さに耐えかね、自分自身を抱きしめるつもりで両手を組むが、余計に凍えそうになってすぐに腕をほどく。見ると、左右の手がどちらも凍りついていて、指先の感覚がまったくない。両足も氷が張りついて地面に固定されてしまい、一歩たりとも進むことができない。声も出せず、鼻も利かず、許されるのは視覚を働かせることのみにかぎられてゆく。

こんなときはあわてずなにもしないことだとラリーは心をおちつける。流れに逆らわず、ただじっとして目をつむればいい。そう思い、瞼を閉ざそうとするが、すでに顔中が氷結してしまっていてぴくりとも皮膚を動かせない。渾身の力を目もとにこめ、無理矢理に視界をふさごうとする。するとついに瞼がおりるが、その途端、ほとんど氷像と変わらぬ状態にまで凍りついていた身体のあちこちにばきばきっとひびが入り、数秒もしないうちに全身が一気にこなごなに砕け散ってしまう。

氷のかけらが宙を舞い、そのなかのひとつの結晶体にラリーの視覚が宿っている。こなごなに砕けた氷の身体は、破裂したみたいに四方八方に飛び散っているが、パラシュートつきの降下さながらにすべてがゆっくりと落ちてゆく。あまりにもゆっくりすぎるため、これに終わりはこないのかもしれないという憂慮がたちまちふくらんでゆく。鮮血をつつみこんだ氷片に映る自分自身の姿は透きとおっていて、単なる光の反射にしか見えない。このままとるにたらぬ一個の結晶体として、永遠にひとしい長さの落下運動に身をまかせなければならないのかと思うと気が遠くなり、ラリーは意識を失う。

意識をとりもどすと、バスローブいちまいの格好でオフィスチェアに身をあずけている自分自身の両手両足をラリーは思わず確認してしまう。ちゃんと色もかたちもある。

どうやらめまいのあと、そこに座ったまま眠りこんでしまっていたようだと理解し、脱力したラリーはふうと息を吐きだす。テーブル上のG-SHOCKは午後三時一三分を示している。床からひろいあげたスマートフォンを見ると、着信履歴に未登録の番号がならんでいる。いったいだれだろう。警戒心を強めたエミリーが、どこかの固定電話からでもかけてきたのか。こちらから彼女に電話をかけたのは午後二時一二分だ——大して寝ちゃいないのだと知ったラリー・タイテルバウムは立ちあがり、洗面所へと向かう。

鏡の前に立ち、みずからの鏡像を見つめながら蛇口をひねる。とんでもない夢を見てしまったなと思いつつ、顔を洗おうとして両手を差しだすと、流水が赤く染まっていることにラリーは気づく。ひと目で見まちがいではないとわかるほど、まっ赤に色づいている。

水道水が赤い。アレックス・ゴードンが口にしたという「嘘」のひとつが想起される。それは今この瞬間、嘘や噂ではなくなったのだ。ラリーはそう思い、鏡に映った自分自身と目を合わせられなくなる。悪夢と現実が地つづきになってしまった。正気を保っていられるうちに、任務を完遂しなければならない。

●

熱いコーヒーを飲み、頭のぼんやりを消そうとするも、そう簡単にはゆかない。油断すればブラックコーヒーもトマトジュースに見えてくるかもしれないという心もとないありさまだ。テーブル上のG-SHOCKは午後三時三三分を示している。ラリーはいまだバスローブいちまいの姿だが、特に理由があってのことではない。

コーヒーをすすりながら、これまでになく壁が厚いとラリーは感じている。頼れる人間がひとりもいないどころか、なにか手を打つたびにすぐさま邪魔だてに遭うこの状況はじつにストレスフルだ。ついでにデスクトップ・コンピューターも目ざめさせたが、こいつに相談相手がつとまるわけでもない。こちらの投げた球をエミリーはどう打ちかえしてくるだろうか。イレギュラーなことばかりで予想もはかどらない。

問題の核心に迫ってはいるはずだ。とはいえその分ますます、自由が利かない状態にも陥っている。菖蒲家の内幕をのぞき見ないことには、肝心要の真実には触れえない。それにはこちらとのつながりが見えない無関係な第三者の協力が必要だ。そんな人間を密偵として菖蒲リゾートに送りこみたいところだが、適任者を見つけるだけでも時間がかかりすぎてしまうだろう。どうしたものか。

不意にクラクションの音が聞こえてくる。

はっとなり、外の様子をうかがうべくラリーが立ちあがったのは、警笛音を耳にして三〇秒も経ってからだ。頭のぼんやりを消しきれていないなか、自分が乗ってきたレンタカーのクラクションが鳴らされたのではないかと、ふと不安がよぎる。すると車の鍵をとり忘れてきたような気にもなってきて、バッグやポケットをたしかめるより先に急いで玄関から飛びださずにはいられなくなってしまう。

寒風にたじろぐが、バスローブの前をぎゅっと閉めてラリーは車道へ駆けよる。ひとの気配はなく、近辺を通っている車も一台もない。借りてきた日産・エクストレイルにも外観上はとりたてて異変は見られない。運転席側にまわり、ドア窓からなかをのぞいてみると鍵は挿さっておらず、とり忘れは勘ちがいだったとわかる——が、そのとき手をかけたドアノブの裏に、未開封の板ガムみたいな異物がくっついていることに気づく。

その異物は、粘着テープで貼ってあるだけなので造作なく剝がれる。正体はスティック状のUSBフラッシュドライブだ。ラリーはにわかに胸のざわつきをおぼえる。だれからの贈り物だろうか。もういっぺん車道のほうへ行ってみる。あらためて確認してみても、近辺を通る車は一台もないが、よく見ると、近接する沿道に積もった新雪にできたばかりのタイヤの跡がある。だれかが車で乗りつけて、このフラッシュドライブを日産・エクストレイルのドアノブの裏に隠すようにして貼りつけ、こちらに知らせるため去り際にクラクションを鳴らしていった、という推移なのだろうと推測できる。

贈り物をテーブルに置き、ラリーはやっと着がえはじめる。ついつい楽な格好のままでいたせいで、体がいっそう冷えきってしまっており、今ごろになって彼は後悔している。あんな悪夢を見るのも当然の横着だ。また温泉にでもつかりたいが、そんな機会をえるのはとうぶんあきらめねばならぬ重大な局面に差しかかっている。

シチュエーションから判断すれば、これは秘密裏の情報提供だと考えるべきだろう。提供者はオブシディアンか。そうでなければ、菖蒲カイトがひきつれている男たちのひとりがボスを裏切ったのかもしれない――直接に接触した菖蒲家の関係者はほかにいない。どちらにしても事態が一挙に動きそうだと期待が高まる。

まずは中身のチェックだ。さっそくラリーはフラッシュドライブを右手でつまみあげ、そのままデスクトップ・コンピューターのＵＳＢポートに挿しこもうとする。

だが寸前で思いとどまる。危ないところだったぞと自戒しながらラリーは立ちあがり、汚物でも捨てるみたいにテーブルに放った謎の贈り物をにらむように見つめる。

なぜこれを善意の第三者からの情報提供だと即断してしまったのか。スタックスネットみたいにマルウェアが仕こんであるかもしれないというのに、ひどい気のゆるみだとラリーはみずからをかえりみる。もしもあそこで手をとめず、政府機関のネットワークにトロイやらワームやらを感染させてしまっていたらと想像すると、冷えきった体がほんとうに凍りつくかのごとくふるえが走る。自分で思っている以上に、セルフコントロールが利かなくなっているのかもしれない。

●

左手首に巻いたG-SHOCKは午前二時一二分を示している。ラリー・タイテルバウムはカードキーをかざして解錠し、神町東四丁目のセーフハウスにどたどた入りこむと、躊躇なくリビングの明かりをつける。その拍子に、ソファーに横になっていたケンドール・ニワが電気ショックでも受けたみたいにびくっとなって飛びおきてくる。ねらい通りの展開だ。

――なんですかいきなり。ああ、まだ二時すぎじゃないか。ここに顔出すのならせめてまともな時間にしてくれないかな。

ケンドール・ニワはソファーから立ちあがらず、目も合わさずにただうなだれている。心の底から迷惑そうに嘆息し、一〇分前に寝たところだったのになんなんだよ、などと不平を鳴らしながら頭をかきむしっている。ラリーはセブン‐イレブンで買ってきたドリップコーヒーを差しだして、急ぎの仕事があると持ちかける。ケンドールは顔をあげ、眠気のせいとも怒りのせいともとれるようなほそめた目を向けてくる。

――なんなんですかもう。

――これが安全かどうか調べてほしいんだ。

――USBメモリー？　それほんとに急ぎなの？

――ほんとうに急いでいる。エミリーがくる前にかたづけときたい。

内紛はどうせばれているのだし、率直に進めたほうが話が早いと見て、ラリーは開きなおる。菖蒲カイトの尋問中にエミリー・ウォーレンがタイミングよく踏みこめたのは、ここにいるケンドール・ニワとの連携によるものだろう。この二四時間の経緯を踏まえれば、若木通り三丁目のセーフハウスが利用されているとすぐに突きとめ、それをエミリーに進言できたのはケンドールしかいない。愛機をコーヒーまみれにされたり監視対象への個人的な興味を疑われたりと、報復の動機はじゅうぶんだ。

おまえの告げ口は承知ずみだとにおわせて、痛みわけみたいな空気を偽装しラリーは予防線を張る。面倒には巻きこまないとでもほのめかしておけば、頼みごとをすんなりひきうけるかと読んでの配慮だが、若き技術職員の反応は意外なほど薄い――だからぼくは寝たいんだよ、などと相変わらずの不平を加えるのみで、エミリーの名前すら聞きながしてしまっている。

眠りたいのは嘘ではないのだろうが、ラリーは人心を解さないロボットみたいに真顔でフラッシュドライブを掲げたまま、いっさい動じない。しばしの沈黙のすえ、仕方がないという態度でもって、それをよこせとケンドールは左手を伸ばしてくる。

――なんなのこれ、だれかの落とし物かなにか？

――そんなようなものだ。

——急ぎで調べてほしいんだよね？　ならちゃんと説明してよ。

なかなか手のかかる男だ。ラリーは子どもに言いきかせるように身をかがめて、渡したばかりのフラッシュドライブをいったん奪いとり、それをケンドールの目の前に突きつけながら要求に応じてやる。

——どこのだれだかわからんやつが、知らぬ間にこれを車のボディーに貼りつけていったんだ。どんなデータが格納されているのかは見当もつかない。クズネタかもしれないし、有益な情報が満載かもしれない。あるいはこちらのシステムを攻撃するための罠かもしれない。そのなかのどれだとしても、これはわたし宛てにとどいたものだから、ぜひとも至急、中身を知っておきたい。それ次第で、今日やるべきことが決まるからな。というわけで、まずはきみに安危を判定してもらいたい。悪意あるコードというやつが埋めこまれていないか、チェックしてくれ。

ケンドール・ニワは、セブン‐イレブンのコーヒーを飲みほすと、露骨な不満顔でフラッシュドライブを奪いかえし、黙然と作業にとりかかる。作業開始を見とどけてひと安心したラリーは、ちょっとくつろぐつもりでソファーに身をあずけ、自分用のコーヒーに口をつける。

デスクトップ・コンピューターで作業するケンドール・ニワの背中を見つめながら、ラリー・タイテルバウムはひと口、ふた口とコーヒーを飲みつづける。そのうちに、コーヒーまみれになったあの気の毒なラップトップが開いたまま、ケンドールの左脇に置かれているのが目に入り、おっと声を出しそうになる。画面はまっ暗だが、電源ランプは光っているから、スリープ状態なのだろうとうかがわせる。無事に回復したのだなと見て、ラリーは微笑む。そしてふと、今ここでもうひとつ確認できることがあるぞと彼はとっさに思いつく。

――ケン、こっちのコンピューターに監視映像を出してくれないか。

こちらを見あげたケンドールはこれ以上ないくらい眉間に皺を寄せている。

――は？ なに言ってんの？

――昨日やってくれただろ、あれとおなじ監視映像を出してほしいんだ。

顎でこき使われているようなのが気に食わないのだろう。おれのはらわたは煮えくりかえっているぞと、まなざしで訴えている様子だが、当人の顔だちが迫力に欠けるせいで街にあふれるキュートなアニメキャラを眺めているのと大差ない。ラリーはいつくしみをこめた瞳で見かえし、どうしても必要なんだと言いそえる。五、六秒ほどの黙考を経てケンドール・ニワは折れる。

――どこの監視映像？

――若木通り三丁目だ。

――ああ、朝見たやつね。あのあと行ったんでしょ。

どことなく、ばつが悪そうな笑みを浮かべて目を合わせないということは、菖蒲カイトの「拷問」の件もケンドールは承知しているのかもしれない。

――そうだ。昼の三時半ごろの映像を出してくれないか。

――そこにデリバラーが映ってるってわけ？

――そのはずだ。

――はいどうぞ。

ケンドール・ニワは、おやすみ中のラップトップではなく、デスクトップ・コンピューターのサブモニターに監視映像を表示させる。文句は多いが仕事は速い男でもあるようだ。こちらには目もくれず、いつの間にかセキュリティーチェックにもどっている。

セーフハウスの敷地のはしっこに立てた電線ひきこみポールの上部に設置してある監視カメラが、家の外観や駐車スペースぜんたいの模様をカラー映像で記録している。光学迷彩でも身にまとっていなければ、デリバラーの姿が確実に映りこんでいるはずの構図ではある。画面右下には日付と時刻が表示されていて、再生された映像はすでに午後三時三三分まで進んでいる。あと数分内に、神秘現象でも起こらなければ、善意の情報提供者かサイバー攻撃犯のどちらかがそこにあらわれるだろう。

ひと影があらわれたのはその二分後の映像だ。一度セーフハウスの玄関口までまっすぐ歩いてやってきたひと影は、屋内の気配に耳を傾けるようなしぐさをとってから公道へひきかえしている。ひきかえす途中、日産・エクストレイルの運転席側を通りすぎる際にほんの数秒ながら立ちどまっているから、それがスティック状ＵＳＢフラッシュドライブのデリバラーであることはまちがいない。

デリバラーが人間であることはこれでわかったが、その映像を一見して確認できるのはそこまでだ。当のひと影は、雪山登山か流氷見物にでも出かける直前であるかのように、遠目からは体形も人相もまるきり見きわめられないほどに全身ネービーブルーの防寒着につつまれていて、生物学的性別の判別もままならないためだ。それが監視カメラを意識しての覆面的な装いなのか、あるいは単なる寒さ対策なのかも見当がつけがたい。こちらを混乱にみちびく小細工だとすれば、今のところは功を奏していると言える。

——どうしたの？

こちらが話しかける前にケンドールのほうから問いかけがきた。ものほしそうな顔でもしていたところに先手を打たれたらしい。気の利くやつだと思いつつ、ラリーは頼みごとを追加する。

——ご覧の通りだ。デリバラーは映っているが、顔がよく見えないし、だれなのかさっぱりだ。これでも特定できるか？

——やってみるよ。

眠気がすっかりとれたせいなのか、ケンドールはいちいち不平不満の表明に時間を割くことをやめたようだ。頭の切りかえも速いなとラリーは感心する。この任務がかたづいたら、特選山形牛のステーキでもごちそうしてやろうかと思う。

——あ、その前に。このUSBメモリー、問題ないよ。テキストデータしか入ってないみたいだけど、中身をチェックしたければあっちのPCでどうぞ。

寝不足の血走った目で見あげてきて、フラッシュドライブを差しだすケンドールの顔つきには、先ほどまでの子どもじみただらしなさはなく、なにかつかんだ手ごたえのようなものがうかがえる。プロの面がまえといえばその通りだが、それだけではない。まさかこの短時間に、メモリーに格納されたテキストデータに目を通し、軽視しがたいなんらかの事実でも知ってしまったのだろうか。数種の厄介な可能性が同時に脳裏に浮かびだす。

ラリーはさっそくあっちと指さされたほうのデスクトップ・コンピューターを起動させて、スティック状の贈り物をＵＳＢポートに挿しこむ。なにが出てくるものかと気が急いて、指先でテーブルをとんとんとんとんたたいてしまう。今しがたのケンドールの顔つきが頭から離れない。テキストデータはここで読むべきではないのかもしれない。こちらが中身を確認するのを待って、若き技術職員は説明をもとめる気でいるのではないかと思われるからだ。深夜の頼みごとに応じてやったのだから、情報共有をおこたるなと迫ってくる彼の姿は容易に想像できる――というか、そもそもこいつ自身の安全性や信頼性が完全に保証されているわけでもないのだ。テキストの内容によっては、この男の動きをとめる手だても用意しなければならないだろう。

はっとなり、目の前の液晶ディスプレーに焦点を合わせると、メモリー内のテキストが自動で表示されているのにラリーは気づく。そしてその一行目を目にした途端に彼は愕然となる。有用な情報を期待してはいたが、そこまでのサービスは想定していなかったぞと思い、体中がびりびりする。当のテキストには、「菖蒲家ファイル／２０１３―２０１４」との表題がふされていたのだ。

――特定できたよ。

ケンドール・ニワが呼んでいる。絶妙のタイミングだ。だれがいったいこんな素敵なプレゼントをこの自分にもたらしてくれたのか。ラリーはついにおおきな味方をえた気になり、顔認識やら顔検出やら顔属性検出やら体格検出やら人物照合法やらを組みあわせた最新の画像解析技術が出す答えにいざ触れようと席を立つ。だが、たった数歩先へ向かいかけたところで、ケンドールが出ばなをくじくようなことを言ってくる。

――でも意味なかったよ。

ラリーはなぜだと問う。

――だって見てよ、これはエミリーだ。九六パーセントの精度で彼女と一致してるってさ。

●

若木通り三丁目のセーフハウスにもどって夜明けをむかえる。とうめんはここを根城にするのがよかろうとラリーは考えている。今さらこちらの独断専行に目くじらを立てる者などおるまいし、それよりもなによりも、だれがどんな思わくと利害で行動しているのかこれほど見さだめがたい状況とあっては、些事に囚われてはいられない。

デリバラーの正体はエミリーだとコンピューターが断定したおかげで、世界の仕くみがまるごと変わってしまったような驚きの最中にたたきこまれた。水道水どころかあたり一帯が血の色に染まったかのごとき衝撃を受けたが、その狼狽をケンドール・ニワに悟られることだけはかろうじてふせいだはずだとラリーは思っている。礼を述べて、あとはゆっくり寝てくれと告げてわかれたときのケンドールは、特別なにも要求してはこなかった——ただ、寝不足の血走った目をますます鋭くさせて、椅子に座ったまま黙ってこちらを見おくるばかりだった。

結局、一睡もしないうちに朝になってしまったが、「菖蒲家ファイル／2013—2014」はまだ読んでいない。フラッシュドライブはデスクトップ・コンピューターのUSBポートに挿しこんであり、テキストじたいも開いているが、デリバラーの意図がまったく見とおせぬため、先へ進めず時間だけがすぎてゆく状態だ。

スマートフォンの着信履歴にあった未登録の番号は、やはりエミリーだったのだろう。このファイルを渡すために、事前にこちらと連絡をとっておきたかったのかもしれない。そうだとすれば、これは悪意ある罠の類いではなく、純然たる情報提供と判断していいのかもしれない。

左手首に巻いていたG-SHOCKをはずし、時刻がわかるようにテーブル上で安定させると、ラリーはコーヒーをすする。ひと口、ふた口と飲みつづけ、午前六時一六分が一七分になるのを見とどけてから、視線を液晶ディスプレーに向ける。エミリー・ウォーレンの意図を知るには、どのみち今はこれを読むしかないのだ。そう思い、マグカップをテーブルに置く。

正規のレポートでないことはひと目でわかる。詳細に記されている箇所もあるが、たいはんは走り書きみたいなメモにすぎない。事実か推論か見わけがつかない記述も目だつ。そのうえ結論の出ていない調査ばかりだ。おおかたこれは、書き手が独自にまとめた検討資料といった程度のものなのだろう。

が、収穫は少なくない。配達人(デリバラー)は救出者(デリバラー)かもしれないと夢見心地にさせてくれるくらいには、役に立ちそうな贈り物(サプライズ)だと言える。アレックス・ゴードンの最後のレポートが書かれたのは二〇一三年の二月。その後につづく一年間の流れを追っているのが、この「菖蒲家ファイル／２０１３—２０１４」だ。したがって、「ファイル」の記載内容が正確ならば、監視情報のミッシングリンクがきれいに埋まることになる。

ざっと見たところ、はじめて知る名がいくつもあることにラリーは興奮をおぼえる。要注意人物とされている金森年生(かなもりとしお)、田宮彩香(たみやさやか)、田宮光明(みつあき)の三名は殊に銘記しておくべきかもしれない——田宮光明はまだ子どもだが、「ファイル」においては案外と出番が多く、年齢の割にそうとうな玉らしいことがうかがえる。

阿部和重という名前も初耳だ。彼については菖蒲家関係者とのつながりは特に認められなかったと結論が出ているが、菖蒲あおばの同業者にひとりの神町出身者がいるとして、「ファイル」作成者はいっとき注目していたらしい。二〇一二年、阿部は「永田町直下地震」をヒントにした小説『ミステリアスセッティング』なる作品を発表している——同書のクライマックスでは、「スーツケース型核爆弾」が「二〇一一年七月一六日土曜日の深夜に地下鉄駅構内で爆発し、この国の国会議事堂を崩落させ、その土地一帯の地盤沈下をひきおこす」といった展開が描かれているようだから、なかなかに興味ぶかい。

いちばんの収穫は、菖蒲カイトの帰還をめぐる内実だ——ただしこの部分の記述は未整理で結論が見えず、途中からは疑問符だらけのアフォリズム集みたいになっていることを忘れてはならない。

「ファイル」によれば、あのアドレナリン中毒者が神町にもどったのは二〇一三年の五月。所属組織の幹部に盾ついて孤立したすえ、組織設立者たる三上俊の立ちあげた「社会貢献事業」から離脱し、無断で菖蒲家に逃げ帰ってきたらしい。これを組織の面々は許さず、ただちに総出でつれもどしにかかる。

疎外されて脱走した根性なしのちんぴら風情ひとりを捕まえることに、三上俊の組織がそうも躍起にならざるをえなかったのはなぜなのか。自分たちの面子を保つこと以外にも、のっぴきならぬ理由があったようだ。「事業」の遂行に不可欠な道具をおさめたトラベルバッグを、当のちんぴら風情に持ち逃げされてしまったというのだ。そのため早急に盗人の身柄をとりおさえ、大事なバッグを奪還せねばならなかったのだという。が、逃げこみ先が菖蒲家とあっては安易に手だしはできない。家伝継承者とアヤメメソッドの実態にまでは通じていないにしても、あれが普通の一家ではなく、幅ひろい人脈を持つ有力一族であることはそれなりに承知している三上俊としては、正面突破で乗りこむのは避けるしかなかったらしい。

「ファイル」では、トラベルバッグ奪還作戦に三上俊がじかに関わることはなかったとされている。彼自身はバッグをとりもどすことじたいをいったん断念したようだと見られている。トップが早々にくだしたその決断に納得できなかったのか、配下の者らはほどなく奪還作戦を強行してしまっているから、もともとあまり統率のとれていない組織ではあったのかもしれない——これは案の定といったところだ。

奪還作戦といっても名ばかりにすぎず、しょせんは素人集団のやけっぱちを超えるものではなかったようだ。武装した数名が神町小学校へと押しかけ、菖蒲みずきと直接に交渉を進めようとしたらしいと「ファイル」作成者は推しはかっているが、その無謀な突撃もあえなくから騒ぎに終わったのは、アヤメメソッドによる鎮静化の結果と考えるのが妥当であろう——「愛の力」の本領発揮というわけだ。この事件を伝える当時の報道は皆無であり、捜査機関が動いた形跡もない。それを踏まえれば、ミューズのはからいによりすべてなかったことにされたとする解釈も、決して非現実的とは言えまい。

ここまで読みすすめるうち、ラリーは不可解に思う。

菖蒲カイトの泥棒秘話が事実だとすれば、彼が持ち逃げしたトラベルバッグというのは嘘つきアレックスのレポートに出てきたあの「スーツケース型核爆弾」である可能性がにわかに浮上する。あのスーツケースとこのトラベルバッグが別物でないとすれば、われわれのかかえる世界終末時計の針はまた数秒ほど進んでしまったと受けとめざるをえない。ほんものかにせものかはさておき、核爆弾疑惑のある物騒な荷物を菖蒲カイトは神町に持ちこみ、今なおどこかに隠し持っているのかもしれないのだから。

そうであるならば、エミリーはだれよりも明確にニュークリア・テロの発生リスクを把握していたことになる——仮に「ファイル」作成者が別人であったとしても、彼女はその中身を読んだうえでこちらにデータを横流ししているのだろうから、知らなかったは通用しない。

それなのになぜ、こんな重大情報をずっと報告せずにいるのか。エミリー本人が「ファイル」作成者だった場合でも、彼女自身が菖蒲家を過小評価するレポートを同時期にまとめて提出しているのが解せない。エミリー・ウォーレンはふたりいるとでもいうのか。

彼女はなぜ報告をおこたっているのか。考えられるのはふたつ。あつめた情報の確証がえられず、故意にガセネタをつかまされた疑いをぬぐえずにいるためか。それとも、報告により生ずるなんらかの不利益をおそれてのことか——その不利益をこうむる先がエミリー個人でないとすれば、話の質はさらにちがってくる。

とはいえ、今のところはこれ以上の推測はむつかしく、彼女の真意は皆目わからない。ためしにエミリーに電話をかけてみる。が、出ない。二分おきに三回つづけてかけてみてもやはり出ない。手もとにスマートフォンがないのでなければ、彼女は通話を望んでいないということになる。これもなぜかはわからない。

わからないといえば、菖蒲カイトが三上俊の裏をかき、トラベルバッグを横どりした目的もそうだ。子どもが気に入ったおもちゃをわがものにするみたいに、おもしろそうだからただ奪いとりたかっただけとは思えない。なにか持ちさるべき理由があったのだろうし、最初からそれが目的で竹島爆破計画の誘いに乗ったふりをしていたと見ることも、あながち先走った憶測とは言いきれまい。

ここに吾川捷子の帰国というファクターを加えれば、真実を映す鏡の機嫌はもっとよくなりそうだと思いあたり、ラリーはぞっとするものを感ずる。これらのつながりは端的に、おそるべき破局の前ぶれではないのか。だとすれば、たとえ真偽不明の情報でも、この「ファイル」に目を通してしまったからにはこちらも菖蒲カイトの動機を探っておく必要がある。そしてあの男が持ち逃げしたのがゼロハリバートンやリモワのカタログに載ることはありえない特殊なトロリーバッグなのかどうかを大至急、手をつくして突きとめねばならない。

それがほんものの「スーツケース型核爆弾」なのであれば、現在のオーナーがどこのどいつであろうとすみやかに押収せねばならないが、三上俊のほうもバッグ奪還を完全にあきらめたわけではないのかもしれない。石川手記では口さきだけのいかさま師にすぎなかったあの元陸上自衛官は、「ファイル」ではちょいと格があがって北朝鮮シンパの日本人破壊工作員だと見なされている——その記述に触れたラリーは思わず、おい冗談だろう、などとつぶやいてしまう。

「社会貢献事業」の実態は日韓分断工作活動であり、そのために結成された組織は表むきには日本の右翼団体をよそおっている。日本の右翼団体が、韓国の警察部隊が常駐する竹島にひそかに爆弾を仕かけて奇襲破壊に打ってでたと見せかけて、日韓両国を低強度紛争状態へと突入させることをねらう偽装テロル——かような謀略を、朝鮮人民軍偵察総局の指示を受けて三上俊が計画し実行しつつあったとする推論が、この「ファイル」には記されている。

いつから三上俊はパトロン持ちだったのか。従来の認識が次々に更新されてゆくが、どれも裏づけや情報源が明示されておらず、はっきりした結論も出されていないのがこまったところだ。

「ファイル」から確認できた収穫はおおむね以上となる。進展はあったが課題も増えた。次なる有効打としては、目下最大のキーパーソンたる菖蒲カイトを拷問にかけるのが最も手っとりばやいはずだが、あいにくその手は使ったばかりだ。昨日の今日という状況で、あの男をもういっぺん自分ひとりで監禁するのは無理だろうとラリーは頭を切りかえる。

チームで動ける状態であれば、レーザーマイクロフォンでもなんでも持ちだして菖蒲リゾート内部の盗聴を試みるところだが、そんな贅沢は、自己保身に熱心なジミーが許してくれそうにない。あるいはアレックスの置き土産たる移動式戦術核兵器情報の見おとしと未報告の過失を意地悪くつついてやれば、東京支局長はたちまちお利口さんに早がわりしてくれるのだろうか。どうイメージを浮かべてみても、暗澹たる見とおし以外には帰着せず、ラリーの口からは溜息しか出てこない。

意図不明瞭でスキゾフレニックなエミリーの贈り物を受けとった今、ジェームズ・キーンの局内政治がどこまでの影響力を放ちうるものかを知らずに動きまわるのはさすがにリスキーにすぎる。だとすればここは、頭ごしにいくほかないのかもしれない。

ラリーはさっそくサミュエル・ブルームに電話をかける。しかし思わしい反応はえられない。それどころかサムは、ジミーの魂にでも乗り移られたんじゃないかと疑わせるような腰のひけた物言いを連発してくる始末だ――一〇日ほど前の面会時に見せた本人の態度と比較すれば明らかに、一連の菖蒲家案件に対する東アジア部長のスタンスの変化がうかがえる。この数日内に、本部でもなにかあったのかもしれないと疑念を抱かざるをえない。

――なあラリー、おちついてじっくり考えてみるんだ。キーンの指揮がどうのという話じゃなく、わたしだってこう思うぞ。きみがまずまっさきにやるべきなのは、エミリーと話しあうことじゃないのか。そのフラッシュドライブをきみに提供したのは彼女なんだろう？　それなら、わたしに連絡する前に彼女と会って、おたがいの意思の疎通をはかっとくべきだったとは思わないか。どういうつもりでこんな情報をこっそり共有しようと思ったのかと、わたしならすずしい顔して直接すぐに訊ねてみるがな。え、なんだって？　ああ、わかってる、わかってるとも。そうだな、四月に大統領が訪れようってときに、そんなスーツケースが日本の首都に隠されているのならたいへんなことだ。それを見つけだすのはたしかにわれわれの仕事だよ。わたしもまったくその通りだと思うが、いいから黙って最後まで聞くんだ。

　サミュエル・ブルームの言い分はこうだ。

　核危機の根拠が、そんな怪文書の書きつけのみならば、ホワイトハウスはどんな作戦の許可も出してはくれまい。自分のえた収穫をまともにとりあつかってほしいのならば、せめてそれそうおうの、信用にたる証拠をそろえることだ。いつもやっているように、現場で情報をかきあつめ、蓋然性の高いものをひとつ残らず分析官に渡すことだ。きみが重大深刻だと信じてやまないそのくそったれ情報の数々は、国家安全保障会議（NSC）の面々が耳を傾けるにふさわしいものなのか、やがて判明するだろう。どうなるか、まあ見てみようじゃないか。きみもよく知っての通り、あとのことは分析官の作成する国家情報評価の中身次第だし、信憑性の高い話ならば政策決定にさほど時間はかかるまい。喫緊の問題ならばなおさらだ。きみよりはるかに頭脳明晰な連中がまとめる情勢分析が、アメリカのとるべきただしい選択肢を即刻たぐり寄せることになる。なぜわたしがこうもくどくどと、こんなインターン向けのパンフレットみたいなどうでもいい説明をわざわざきみに聞かせているのかわかるか。イラクの二の舞はごめんだとだれもが思っているからだ。きみが政府に訴えようとしていることは、サダムの大量破壊兵器開発計画を過大評価した悪魔のささやきと変わらないかもしれないとわたしは言っているんだ。ここまで言っても納得がゆかないのであれば、あの大統領の首をほんの数分で縦に振らせる説得力じゅうぶんのストーリーでも考えてみればいい。ご存じの通り、バラク・オバマはそう簡単には動かない大統領だ。デニス・マクドノーを味方につけるのだって楽じゃないぞ。ましてやきみごときの伝える、ネットロアなんかと大差ない眉唾の話を彼らが真剣に受けとめると思うか。三八口径を突きつけて脅したってひとことも信じないだろうさ。

わたしはいったいだれと話しているのだろうかとラリーは呆然となる。ひとがすっかり変わってしまったかのように、言葉をつげばつぐほどに、サミュエル・ブルームはとことんこちらを突きはなしにかかってくる。どんな報告であれ、詳細も聞かず端からでたらめと決めてかかるような男ではなかったはずだが、今日の彼はけんもほろろの応対だ。わけがわからず混乱するばかりとなり、うまい反論も浮かんでこない。ただかろうじて、サムのその弁舌の勢いにのまれてはなるまいと思いつつ、エミリーとの意思疎通とさらなる情報収集の二点を約束したうえで、電話を切る。

それから五分ほど経つと、スマートフォンにジェームズ・キーンよりショートメッセージがとどく。ここですかさずジミーがお出ましとは、じつに息の合った連携じゃないか。いつの間にやらラングレーと赤坂のあいだで歴史的な手うちがおこなわれていたらしい。このタイミングでの、「話があるから東京にきてくれ」という支局長よりの招待状は圧力いがいに考えられない。とりあえずは生返事で応じて時間を稼ぐ。どのみち近日中にジミーと顔を合わせることになるのであれば、その前に打てる手はなんでも打っておこうとラリーは思う。

どうやら支局のみならず、組織ぜんたいから切りすてられつつあるかのようだ。いよいよほんとうにあとがなくなってきた。だれの虎の尾を踏んだせいでこんな目に遭わされているのか。それを理解せねば、もはや一歩も先へ進めぬ気もするが、この件の背景を同時に調べるゆとりが今の自分にないこともたしかだ。

こうなるともう、ＣＩＡの情報インフラを利用する権限すらとりあげられかねない。通信傍受でえた情報をあてにすることもできないわけだ。それこそ三八口径をケンの眉間に突きつけて、この一年間に菖蒲家の人間が送受信したメール内容や通話記録やネット閲覧履歴を見せろと強いるほかなかろうが、そんな脅迫が自殺行為とならない逃げ道が存在するのなら教えてほしい。あいつもメンタルに問題をかかえていたのだとして、アレックス・ゴードンの轍を踏むことにしかならないに決まっている。

しかしここはあえて、いちかばちかやってみるべきか。ラリーは脳天がじわっと熱くなり、一線を越えてしまう誘惑にかられる。厖大情報の精査を独力でおこなう覚悟をしなければならないが、ケンを脅して菖蒲家の通信記録をいっさいがっさい出させるべきか。それ以外にやれることはなにもないのではないか。

ラリーはふと、夢うつつの状態でリビングをうろつきながらハンドガンを探している自分自身に気づく。いつからそうしていたのかもわからないくらい、われを忘れてハンドガンを探しまわっているみずからの惑乱ぶりを自覚し、彼ははっとなる。もしやこれもかと推しはかる。ここ数日、コーヒーを飲みすぎているのはわかっているが、カフェインの過剰摂取だけでこうはならないことも承知している。どこかでまた、知らぬ間に一服もられたのではないかといぶかしまずにはいられない。

みずからの惑乱ぶりを自覚してもなお、ケンドール・ニワの額に三八口径の銃口を突きつけるイメージが頭から離れない。通信記録を出せと脅しつつも、リボルバーのトリガーをひきたくてうずうずしている自分自身の衝動が、想像上のものか自然と湧いてきたものか、まるで区別がつかない。

――さあ出せ、早くしろ、全部だ。

その怒鳴り声がおのれの右手のひとさし指まで力ませたせいで、コンマ数秒おくれで銃弾の発射音が響きわたる。ケンドール・ニワの頭がぱっくり割れて鮮血と脳漿が眼前に飛び散ったかと思うと、パラシュートつきの降下さながらにすべてがゆっくりと落ちてゆく。あまりにもゆっくりすぎるため、これに終わりはこないのかもしれないという憂慮がたちまちふくらんでゆく。

眺め入るうちにゲシュタルト崩壊が起こり、血と脳みその飛沫が赤と黒と黄と白の色彩に分解されたのち、自分が目にしたのはざくろジャムをトッピングしたバニラアイスの爆発現象だとラリーは認識をあらためる。永遠にひとしい長さの落下運動の最中にあるバニラアイスを舌先でつついてみるとあまさはちっとも感じられず、それどころか鉄みたいなまずい味が口中にひろがり不快感をおぼえた途端、視界のフォーカスがまたたく間に血まみれのケンの顔にぴたりと合わさる。薄れていた惨状を思いだし、銃撃時の意識を回復したラリー・タイテルバウムは、たまらずそこで目ざめて飛びおきる。

洗面所の鏡を見ながらラリーは心をおちつける。呼吸をととのえていると、喉に痛みを感じてしばらく咳がとまらなくなる。発熱しそうな気配が濃厚だ。正気を保っていられるうちに、任務を完遂しなければならない。

前にもおなじことを思った気がするが、やるべき仕事だけは忘れずにいるのだからまだなんとか大丈夫なはずだ。鏡に映るみずからにそう言いきかせ、虹色の水道水には驚きもせずに顔を洗ったラリーは、リビングにもどってあらためてデスクトップ・コンピューターと対峙する。打てる手はなんでも打っておく。身内に使える人間がいないのなら、外部につくるしかない。十数分ほどそのままじっとして、彼が手はじめにおこなったのはインターネット検索だ。

阿部和重の検索結果として表示された上位みっつを閲覧してみる。

いちばん目に開いたのは、エージェントの運営する公式サイト。ここはプロフィールを一読するのみにとどめる。阿部和重が自分と同年齢の人物であることをラリーはよいきざしだと思う。ジェネレーションギャップがなければ、コミュニケーションに苦労しまくることにはなるまいからだ。

次はWikipedia。過去に「スパイ養成所出身者の日記という設定」の小説を発表しているとわかるが、これは吉凶どちらにも転びうる事実だ。スパイへの無理解もこまりものだが、理解がありすぎて出しゃばられたり妙にエキサイトされるのはさらによろしくない。

最後にTwitter。阿部和重が投稿しているのはもっぱら映画の感想ばかりであり、@POTUSや@WhiteHouseや@CIAをフォローしているものの、政治的な主張や国際情勢をめぐる所感などは皆無だ。報道記事を拡散して社会に貢献するつもりもさらさらないらしい。世間がどうなろうと知ったことではないわけか。そのくせWikipediaによれば、「テロリズム、インターネット、ロリコンといった現代的なトピックを散りばめつつ、物語の形式性を強く意識した作品を多数発表している」作家だという。興味が湧き、画像検索で本人の顔もおがんでみる。いかにも軽薄そうな男だが、案外とあつかいやすいかもしれないとラリーは楽観し、やぶれかぶれの思いつきを実行に移すことにする。『ニューズウィーク』の編集者になりすまし、いつわりの取材を依頼する策でいくと決める。まずはこんなときのために偽名で開設してあったTwitterのアカウントをもちいて阿部和重をフォローし、ダイレクトメッセージを送信してみる。送信者はアメリカ人編集者の知人として、連絡の仲介を買ってでたという設定にしておく。綴った文面はこうだ。

あなたのファンのひとりです。アメリカ人の知りあいに言づてを頼まれてメッセージを送りました。彼は『ニューズウィーク』英語版の編集者で、ちょうど今、来日中です。仕事を依頼したいので、お手数ですが、Eメールか電話でご連絡いただきたいそうです。彼のメールアドレスと電話番号は次の通りです。

これにほどなく返信がくるようなら、利用するのはたやすい人間だろう。逆に、二四時間内になんの連絡もこないようなら、別の手を考えるべきかもしれない。特に根拠もなく、可能性は半々かと思いながら、疲れきって悪寒もしている体をソファーに横たえてブランケットをかぶる。朦朧となるなか、いつしか自分が勃起していると気づくが、陰茎に触れる間もなくラリーはなめらかに眠りに落ちる。

●

二〇一四年三月三日月曜日の午後一一時すぎ、血まみれのラリー・タイテルバウムが阿部和重の住まいを訪れる。

東京の調布市内にあるセーフハウスで即席爆発装置(IED)の罠にはまり、脇腹に裂傷を負ったラリーは、清潔なタオルを折りたたんでへその右側にできた傷口をふさぎ、そこにダクトテープを貼ってサラシみたいに巻きつけるといった応急措置をみずからほどこすと、ただちに阿部和重宅へとレンタカーを走らせる。

三〇分もあれば到着できる距離だったことが、重傷者ラリーにとっての不幸中の幸いとなる。多摩川に沿うようにして九キロほどくだった先に位置する、玉川地域のコインパーキングに車を停めた彼は、さらに数十メートル歩いてゆき、あらかじめ調べてあった住所にある一戸建て住宅を目ざす。なんとかそこにたどり着くも、深夜の暗がりのなか玄関チャイムのボタンを探しだし、礼儀ただしくドアフォン越しにやりとりをかわせるほどの心身の余裕などはない。ただ目の前のドアを何度もノックして、家主に助けをもとめることしか、このときの彼にはできない。

——阿部さん、夜分にすみません、わたしはラリーです。

家のドアがはんぶんだけ開いて、画像検索で確認したあのいかにも軽薄そうな顔があらわれる。

——どうしました？

——はい、ちょっと、バスルームを貸してもらえませんか？

かくしてラリーは一命をとりとめるが、阿部和重にダイレクトメッセージを送ってからの七日間、前後不覚の状態でアルプスの綱わたりを強いられるような感覚を彼は味わいつづけている。

二月二五日火曜日の午後、若木通り三丁目のセーフハウスのソファーのうえで目ざめたラリーは、明らかな発熱と風邪の症状を自覚していたが、阿部和重とのコンタクトのみには飽きたらず、なおもしぶとく八方ふさがりの現実にあらがう行動に出ている。「菖蒲家ファイル／２０１３—２０１４」が単なる怪文書でないことをたしかめるために、彼は車で神町営団二条通りに向かっている。そこに金森年生の住まいがあると「ファイル」に書かれているからだ。

数軒の民家が目だたず点在する以外、いちめん果樹園がひろがるばかりの神町営団二条通りは、単調な雪景色のせいでよそ者の方向感覚を麻痺させる。町ぜんたいの再開発が進むなかでも、市街地からだいぶ離れているこのあたりは、首都機能移転にともなう変化の訪れなどいつになるものやらといった立地環境にあるおかげで、時空の断絶すら疑似体験できる。

高熱にやられているため、余計にどこを車で走っているのかわからなくなっているラリーは、またぞろ幻術の影響下へと放りこまれてしまったかと疑いつつ、白銀の垣根がつづく迷路をさまよう。ジャック・ニコルソンがラストに氷づけになる、あのホラー映画のロケーションもこんな風景だったと思いおこすとますます気が滅入ってきて瞼も重くなり、不意に左手から飛びだしてきた黒のポルシェ・カイエンにぶつかりそうになる。雪道でこれはもう避けられぬと、あきらめながら踏んだ急ブレーキは無駄にはならず、スリップもぎりぎりでおさまって衝突はまぬかれる。

横むきのまま停車している、右ハンドルのポルシェ・カイエンのドアウインドー越しには、女性ドライバーのこわばった表情が見えている。自身の不注意を素直に認めているらしく、ごめんなさいと口を動かして一礼してきた彼女にラリーも頭をさげかえす。

ポルシェ・カイエンが走りさるのを見とどけたラリーは、念のため左方を向いて後続車の有無をたしかめる。すると偶然にも、そこにあるのが金森年生宅の敷地だと気づいた彼は、わが身に残る一瞬の緊張を吐きだすかのように溜息をもらしてハンドルを左にまわす。

あれは田宮彩香だったのかもしれない。金森宅のアプローチスペースに停めた車のエンジンを切ったところで、ラリー・タイテルバウムはふとそう思いあたる。

「ファイル」によると、金森年生とは内縁関係にあり、十数年にわたりくっついたり離れたりをくりかえしているという当の女性は、つれ子の光明とともにこの家で暮らしているようだ。それが今なお継続中のよしみならば、さっきのドライバーは田宮彩香そのひとだったのではなかろうかとラリーは見当をつける。

車から降りると、玄関口で激しく吠えまくるビーグルとともにこちらをにらむ、ひとりの老女の姿が目にとまる。懐かしい反応だとラリーは思う。一九九七年にはじめて神町にやってきたときも、こんなまなざしによる歓迎をたびたび受けたものだと思いだされる。この町が新都へと生まれ変わった現在、こんなガイジンのとうとつな訪問におびえる住民も減ってきているのだろうと勝手に思いこんでいたが、どうやらオブシディアンの言うとおり、あまりに急激な来客増のせいでむしろ事態は逆に推移しているようだ——事実ここにもうるさい番犬がいて、あたえられた役目をしっかりと果たしている。

TPOを踏まえ、日本市場での業績拡大をねらうアメリカ農業機械メーカーの営業をよそおってラリーは住人に話しかけてみる。あからさまな警戒心をぶつけてはきたものの、老女の口はかならずしも重いわけではないとわかる。ただしめぼしい収穫はない。いろいろと聞きだすことはできたが、耳よりの情報や掘りだし物は出てこない。金森年生は午前中から留守にしている。ポルシェ・カイエンのドライバーはやはり田宮彩香であり、彼女は出先の内縁夫をむかえに行ったところらしい。光明もまだ小学校から帰っていない。

老女自身は金森年生の母親で、彼女の夫は八年前に病死しているという。農業はとうにやめていて、さくらんぼ畑もりんご畑も放置しているので農機はいらないのだと応じつつも、息子に怒られるから農地は手ばなせないなどとまくしたて、おしゃべりを打ちきるそぶりを見せない――隣近所との交流もないというから会話に飢えているのだろう、だんだんと饒舌に拍車がかかってくる。いきなり見知らぬ車が敷地内にあらわれて犬が吠えだしたため、税務署がきたのかと思いどきりとさせられたと、珍客ラリーに対する苦言も遠慮なく投げつけてくる。

税務署をおそれるわけは世帯収入のダークサイドをはっきり認識しているからだろう。金森年生と田宮彩香は勤め人ではない。内縁夫婦の稼ぎは主に不労所得であることを、どことなく恥じ入るように老女はほのめかす。ポルシェ・カイエンのほかに二台の高級車を所有しているが、築四〇年になる住居の建てなおし計画が持ちあがったためしはなく、古い家のなかにコンピューターやらテレビやらのケーブルがどんどん敷きつめられてゆくばかりゆえ、老いた自分の居場所が早晩なくなりそうで心配だと彼女は嘆息してみせる。

これらの話はおおむね「ファイル」に書きこまれているのでラリーにとってはおさらい以上の意味はない。「ファイル」の記載内容を裏づける発言をひきだせたという点では、金森母とのやりとりは有益ではあった——エミリー・ウォーレンの贈り物が単なる怪文書ではない可能性を高めたからだ。それを収穫と見なすこともできるが、菖蒲家の核疑惑調査というほんらいの目的からすれば、しょせんは微々たる成果でしかない。「ファイル」の記述がただしいということは、金森年生の不労所得は賃貸収入をのぞけばもっぱら違法にえたものだ。つまり注視するべき悪党がひとり増えたわけだが、それでもこいつはアメリカが要注意人物と見なすほどのうつわではなさそうだとラリーは推しはかる。

二〇〇〇年の夏、金森年生は地元レンタルソフト店に巣くう悪党連と町内のいたるところに隠しカメラを仕かけて住民の恥部を撮りあつめる、といった組織的犯罪に手を染めている。その盗撮データをネタに恐喝を重ね、守秘条件とひきかえに受けとった有価証券や安く買いたたいた商業地域の共同住宅用地を売却するなどして、この十数年のあいだにそこそこの財をなしているという——国の投機対策により過度の高騰は抑えられていたものの、土地を転売するにあたって首都機能移転は降って湧いた好機にはちがいなかったわけだから、金森年生は悪知恵が働くだけでなくつきを持っている男とも言えそうだ。

金森年生の稼いだ悪銭は、成績優秀な低位株投資家だという田宮彩香の種銭となり、二〇〇八年の金融破綻でこうむった損失分もすぐにとりもどし、それ以降はなかなかの利益をあげているらしいと「ファイル」は伝えている。

絵に描いたような小悪党のもうけ話だが、その母親がみずからこぼした愚痴の数々は生々しいものがあり、金森年生が仕でかしたと言われるけちな犯罪はどれも事実なのであろうことをあらためてうかがわせる。

老女にいとまを告げたラリー・タイテルバウムは、そのまま神町小学校へとレンタカーを走らせる。時刻は午後二時をまわったところだから、うまくすれば田宮光明の下校風景を観察できるかもしれない。卒業間近の男子小学生をストーキングすることに果たしていかほどの意義があるのか——それについては半信半疑だが、当の児童こそが菖蒲みずきに最も近い関係者だと「ファイル」に記されているからには、せめてひと目くらいは本人に接しておかねばなるまいとラリーは思っている。

が、どういうわけかいっこうに神町営団二条通りから出られない。雪道での迷子はもうこりごりだと、今度はカーナビの指示にしたがいながら慎重に運転しているつもりだが、どこでなにを見まちがったのかもわからぬほど、いつまで走っても風景に変化がない。白銀の垣根がとぎれる気配はなく、永遠にひとしい長さの迷路をさまよわねばならぬのかと思うと気が遠くなり、不意に左手から飛びだしてきた三匹のラブラドール・レトリバーへの反応が遅れて急ハンドル急ブレーキをやらかすしかなかったラリーは、日産・エクストレイルを電柱に激突させてしまう。

幸い、元気いっぱいのラブラドールたちは三匹とも轢かずに済んでいる。自走不能となった車はレンタカー会社が手配したレッカー車に運ばれてゆき、電柱のほうはいささか斜塔化しつつも目だたぬ程度の損傷でおさまっている。自分がうっかりリードを手ばなしてしまったせいで起こった事故だと正直に打ちあけた飼い主の説明に警察が不審を抱いた様子もない。すなわち事故処理じたいはスムーズに進んだわけだが、摂氏四度たらずの屋外での長い立ち話は高熱にあえぐ身には大いに応える結果となり、ラリー自身はふらふらになってしまう。

事故処理の手つづきをすべて終え、若木通り三丁目のセーフハウスにもどったときにはあたりはまっ暗になっている。風邪の症状が悪化していたため新たに車を借りるのはやめて、警察に勧められたものの病院にも寄らずにタクシーで帰ってきたラリーは、家の内鍵をかけた途端にソファーに倒れこみ、それからの二日間ほとんど起きあがることができなくなる。

二日間のうちのたいはんをソファーに横たわり、雪の迷路でケルベロスに追いつめられる悪夢にうなされながらすごしたラリーは、目ざめたあともさらなる悪夢を見つづける羽目となる。

着信履歴がジェームズ・キーンの名前で埋めつくされているのも悪夢いがいのなにものでもない。二月二八日金曜日の朝になってから悪夢の出どころに電話をかけて事情を話し、明日にでもかならず招待に応ずると東京支局長に約束する。今日中にこっちにこいと催促されたが、ジミーと顔を合わせる前にエミリーと会って彼女の真意をつかんでおかねばならぬと考えているラリーは、いまだ回復なかばであることを理由に一日の猶予をもぎとる。

が、相変わらずエミリーが捕まらない。向こうの着信履歴はラリー・タイテルバウムの名前で埋めつくされているはずだが、それを悪夢と見なして彼女は着信拒否設定でもしているのだろうか。あんな贈り物をわざわざみずからとどけておきながら拒否設定しているのだとすれば、いよいよ本気でエミリー・ウォーレンの多重人格を疑わざるをえない。

そう思ったところで、ラリーの脳裏にたちまちこんな疑念が芽ばえる——いたずら者の技術職員が、エミリーとの通信のみをこっそり不通にしてしまうロマンチックな小細工でもほどこしたのではなかろうかと。

ただしこれはケルト神話でもシェイクスピア劇でもないのだから、そんな小細工が現実になされているのならば、いたずら者にその指示を出した無粋なボスがいるのは明らかだ。この場合、指示を出したと見られるのはジェームズ・キーンかサミュエル・ブルームのいずれかということになり、後者であれば「菖蒲家ファイル／2013—2014」の件を電話で伝えてしまったのは致命的な失敗だったとラリーは悔やむ。

こうなったら、なりふりかまわず直接エミリーに会いに行くしかないが、そもそも彼女は今どこにいるのか。東四丁目のセーフハウスどころか、神町じたいにいるのかどうかもさだかではない。ロマンチックな通信の小細工がもしもこちらの被害妄想ではなく、いたずら者の正体がケンドール・ニワなのだとすれば、小細工に小細工を重ねられ、あまくせつないすれちがいでも演出されて無駄足に終わるだけかもしれない。が、ここでじっとしていてはなにも知りえぬまま、結局は敵を利するばかりだ。ぐずぐずしている暇もない。

エミリーの居場所を知るにはどのみちあの家に向かうほかないと結論し、ラリーはさっそく身支度をおこなう。今すぐ乗ってゆける車はないため雪道を歩くしかないが、神町東四丁目までなら徒歩でも無理なくたどり着けると考え、いろいろとつめこんだダッフルバッグを背負って若木山方面へと歩きだす。

徒歩でも無理なくたどり着けるとはいえ、病みあがりにはきつい距離ではある。立ちどまって流しのタクシーを待ってみるが、通りかかる気配はない。こんなところでまた体を冷やしてしまってはソファーの寝床に逆もどりだと思い、ラリーはふたたび歩きはじめる。このときすでに彼はあやしい人影の尾行に勘づいているが、素知らぬふりをして歩を進めてゆく。

あやしい人影はどこまでもついてくる。ニット帽とマフラーで顔を隠しているので相手の素性を見ぬくのもむつかしい。なにものかわからぬ輩の尾行がつづくうちは、セーフハウスの扉をくぐることはできない——表むきには人材紹介会社の支所ということになっているのでいくらでもごまかせるが、この種の尾行は襲撃者である可能性が否定しきれず、カードキーで解錠した途端に押し入ろうとするかもしれない。

武器は携帯せずに若木一条通りをひた歩いているラリーは、セーフハウスの前を素どおりし、徐々に歩調を速めて三〇〇メートルほど先にある幹線道路へと急ぐ。あの道ならばときを置かずにタクシーをひろえるだろうと見とおしているからだ。

菖蒲リゾートの正門前を通りすぎようとした矢先にふと、車よせで客待ちしているタクシーに乗りこむ手もあるなと思いつく。が、そっと振りむいてうしろを確認してみれば尾行者がふたりに増えている。連中はホテルにつれこんで監禁するつもりなのかもしれぬと危機感が働き、今しがたの思いつきを捨てたラリーは、みぞれ道に足をとられながらも小走りになる。

目標の幹線道路に達した際には小走りは駆け足に変わっている。おかげでラリーは勢いあまって歩道でとまりきれず、足をすべらせて思いきり尻餅をつき、そのまま片側二車線道の車道上に倒れこんでしまう。ただちに起きあがろうとするも、けたたましいクラクションを鳴らされたことで二台の乗用車が急接近していることに彼は気づくが、左右どちらに逃げても衝突は避けられない。

衝突を避けるには一歩も動かずにいるしかない。そう直感したラリー・タイテルバウムは、急接近する二台にはさまれるぎりぎりの位置に直立してやりすごし、間一髪で事故をまぬかれる。道のどまんなかで転んでいた男の無事を見とどけて、一台は走りさっていったが、もう一台は路肩に停車してドライバーが窓から顔を出し、なにやってるんだこらと怒鳴り散らしている。車体のカラーリングと屋根の行灯を見て、それがタクシーだと知ったラリーは両手を合わせながら近よってゆき、ごめんなさいを連発しつついでに乗せてくれと頼みこむ。

ごめんなさいの連発が功を奏したのか、親のかたきかというほど怒声をぶつけてきたタクシードライバーは意外にあっさり乗車を許してくれる。肩にかついだダッフルバッグを先に車内へ放りこみ、雪をはらいおとした巨体を後部座席にあずけたラリーは、すかさず車窓から尾行者らの様子をたしかめる。尾行者のうちのひとりは携帯電話でだれかと連絡をとっているようであり、別のひとりはどこかに向かって手まねきしている──待たせてある車か通りがかりのタクシーでも呼びよせているのかもしれない。

──それでお客さん、どこまで？

山形空港に行ってくださいとラリーは答える。この状況では、今日のところはセーフハウスには顔を出せない。追っ手は組織だった動きを見せているが、何人組なのかは皆目わからず、下手をすればどこぞの国家機関とつながりのある連中かもしれない。熱がひいたばかりの体調でそういう輩と追いかけっこするのはさすがにつらすぎるから、エミリーと会うのはあきらめていったん神町を離れたほうがいい──かような判断のもと、とりあえずは東京へ飛び、ジェームズ・キーンとの面会に臨むほかあるまいと腹をくくる。

羽田行き最終便は席に余裕がある。チケットを入手し、さっさとチェックインを済ませて搭乗口へと向かう。出発時刻まではまだ一時間もあり、夕飯をとるには適したタイミングだが、腹を満たすよりもとにかく心をおちつけたいとラリーは望んでいる。

搭乗ラウンジにいる乗客はまばらだ。金曜の夜だからどこもう満室かもしれない。しかしキャンセルでもあったのか、幸運にも手はじめに電話したホテルオークラにダブルルームの空室があり、二泊なら可能との返答をもらい、呆気なくねぐらを確保できたことで堰を切ったように深い安堵につつまれる。ソファーに腰をおろすと、急激な疲労にも襲われてすっかり脱力してしまう。眠ってはならないとみずからに言いきかせるが、明かりのまぶしさに耐えかねて瞼を閉ざすうち、彼は寝入ってしまう。

ざわつきが耳ざわりに感じられ、はっとして目をさます。時計を見ると午後九時九分を示している。そろそろ出発だ。さっきと打ってかわり、ラウンジにはまあまあのひとだかりができている。立ちあがってみると、やけに他人と目が合うことに気づいてラリーは胸さわぎをおぼえる。さりげなく、注意しながらあたりを見まわしてみる。はっきりとわかっただけでも五人の男女がこちらにまなざしを送ってきている。見知った者はいないから挨拶の意図はないはずだ。寝ているあいだ顔にらくがきでもされたのだろうか。まさか今さら髭面の毛唐がめずらしいわけでもあるまい。念のため、鏡を見るべくラリーはトイレに向かう。胸さわぎはつづいている。

目もとの隈がひどいユダヤ系の中年男が映しだされているが、顔のらくがきはどこにもない。それはそうだろうとラリーは思う。疲れているから、ささいなことでも気になってしまうのだ。この数日間の異常事態の連続は、かつて経験したことのない種類のものだから、なおさら神経をやられているのかもしれない。顔を洗おうとして蛇口のセンサーに手を近づけるが、水が流れだす寸前でためらってしまう。飛行機に乗る直前に色つきの水道水を見てしまったら縁起も気分も悪い。そんなことを考えると、胸さわぎも一気に高まる。搭乗開始のアナウンスが聞こえてきて、ラリーはトイレを出る。

胸さわぎがおさまらぬまま、窓側にある16Aの座席に着く。おなじ列の16Bと16Cは空席らしく、ほっとしていると、逆の窓側座席16Kに座っているアジア系の中年男がにやにやしながらこちらを見つめていると知り、ラリーはとっさににらみかえしてしまう。

相手は意に介さず、相変わらず目をそらさずににやにやしている。友好的な印象はない。小鳥みたいにこちょこちょと口を動かしているのでしばらく目を凝らしてみると、"you drive me crazy"などとささやくように唄っているのがわかり、ラリーは何度も首を横に振ってそれきり向きあうのをやめる。たちの悪い狂人にひと目惚れされてしまったのだろうか。羽田までのフライトは一時間ほどだ。胸さわぎに加え、背筋も寒くなってくる。

飛びたったあとは乱気流にもてあそばれる。激しく揺れる機体には慣れているつもりのラリーだったが、やがて胸さわぎや背筋の寒さは別の感覚にとってかわられる。足もとをなにかがすりぬけてゆくような違和感を抱き、座席の下へ目を向けてみると、一匹のねずみが逃げさる姿を彼は目撃してしまう。

配線をかじる齧歯類の飛行機搭乗は厳禁だ。急いで乗務員に報告しなければと呼びだしボタンを押すが、壊れているのか反応がない。16Bと16Cの呼びだしボタンをためしてみても無反応のためいらついていると、16Kの男がけらけらと笑いかけてくる。神経をさかなでする笑い声。ラリーがまたにらみかえしても相手は笑みをくずさず、"let's go crazy"などとささやきかけてくる。そしてその直後、ボーイング737-800はめる。ゴムが焼け焦げたようなにおいが漂い、そこらじゅうで悲鳴があがる。

突如として急降下しはじめ、天井から酸素マスクが降ってきて緊急アラームが鳴りはじ

ねずみの件を伝えなければならないが、それどころではなくなり、呼びだしボタンも役に立たず乗務員とのコミュニケーションがとれない。急降下のせいでシートに体を強く押しつけられて立ちあがることもできず、あせりが増してくる。外はどういう状態かと気になり、窓外を見やると、『トワイライトゾーン』に登場した怪物(グレムリン)が左主翼を容赦なく破壊しまくる場面に出くわしてしまう。機内モニターの映像がポリカーボネートの窓に映りこんでいるわけではない。目をこすり、これもなのかとラリーは愕然とする。

アヤメメソッドはなおもこれほどに鮮烈な幻覚のなかに縛りつけようとするのか。それを思い知らされた途端、ラリー・タイテルバウムの意識は混乱をきわめる。ここ最近の実体験のどこからどこまでが現実で、どこからどこまでがまぼろしなのか、その境目

がわからなくなり、強烈なめまいに襲われたあげく永遠にひとしい長さの落下運動に身をまかせるしかなくなる。こんなときはあわてずなにもしないことだ、流れに逆らわず、ただじっとして目をつむればいいと自分に言いきかせるが、それを思ったのが現実と幻覚の、どちらのなかにある意識なのかも区別がつけられず、完全な闇に墜っこちることも覚悟しつつラリーはブラックアウトを選ぶ。ボーイング737-800はすさまじいスピードで降下をつづけている。

客室乗務員に呼びかけられ、呻き声をあげながらラリーは目ざめる。無事に羽田に到着していると知り、乗務員には微笑みかけてとりつくろい、ふうとおおきく息を吐いて席を立つ。左主翼はどうやら無傷のようだから、ねずみもきっとまぼろしだったのだろうと彼は思う。いやなにおいもしない。16Kの男はすでに降機したらしく、機内から跡形もなく消えうせている。

第2旅客ターミナルのタクシー乗り場で車をひろい、赤坂方面に向かってもらう。なにもかもが急すぎる一日だったが、ここまでくれば大丈夫だろうかと考える。そうであることを願いつつ、ラリーはNexus 5を手にとり、宿泊先に電話してチェックイン時刻が遅れることを伝える。まともなベッドに横になるのは何日ぶりだろうか。今夜くらいは心地よくぐっすり眠りたいものだと胸中でつぶやきながら、深々と溜息をついて窓外へ目を向ける。

何度目かの信号待ちで、隣車線にいるダークグレーのマツダ・CX-5に既視感をおぼえる。さっきも隣にきた気がするが、窓にスモークフィルムが貼られているらしく車内の様子が見えにくいため、なにものが乗っている車なのかはわからない。青信号になると相手は出おくれてそのままいなくなりはしたものの、忘れた頃に停まった赤信号でもおなじ光景を目にしたラリーは、こいつは記憶ちがいでも見まちがいでもないと思いなおし、空港からずっとあの車につけられているのだと理解してうんざりする。

例の連中が東京まで追ってきたというのか。ちょっと面食らう事態だが、ありえぬことではないとラリーは受けとめる。あるいはただいま進行中のこの出来事は、現実と幻覚のどちらに属するものなのかと問いたい気持ちにもかられてしまう。

ためしに、ひろく世に伝わる覚醒の儀式を試みてみる。左右のほっぺたを両手で力いっぱいたたいてみるが、ぱちんといい音が鳴るだけで夢うつつがまっぷたつに切りはなされたりはしない。その程度の犠牲では、ぎょっとするタクシードライバーとミラー越しに目が合うばかりであり、納得のゆく答えなど出るはずもない。流れに逆らわずにいるのはもはやむつかしい局面に差しかかっており、ほんの一瞬でも気を抜けば、おのれの心身がばらばらにくずれてもと通りにはならなくなりそうだ。ラリーは打開策を練る。

——こんな時間になんの電話だ？　どうせ会うのを延期してくれとでも言いたいんだろうが、わたしにその気はないぞ。

——ちがいますジミー、わたしはもう東京にいるんです。お望みどおり、今日中に会えるようにしたんですが。

――それがほんとうなら、なかなか見あげた心がけだが、しかし今日中というのはどうかな。時計を見てみろ、あと一〇分もしないうちに明日になっちまうぞ。

――わかっています。だから、今すぐに会うのはどうです？

――今すぐ？

――そう、今すぐ。

――きみは今どこにいるんだ？

――東京にいます。

――だから東京のどこなんだと訊いてる。

――外苑西通りの道端です。あなたの部屋が見える位置にいます。

しばしの沈黙。ジェームズ・キーンはあきれ気味の声で問いかえしてくる。

――悪趣味だな、いったいなんのつもりだ？

――誤解しないでください。あなたを警戒させるつもりはないんです。じつはちょっと厄介なことになっているので、予定をくりあげられないかと。

――どういうことかわかるように説明してくれ。

謎の一団に神町から尾行されている経緯のみをラリーは伝える。

――そいつらは今も近くにいるのか？

――いません。途中でまいているので大丈夫なはずです。

――きみはタクシーだったんだろ、どうやってまいた？

――麻布十番で降りて少し歩いて、ナイトクラブに寄ったんです。ガ、イ、ジ、ンだらけの混みあっている店です。そこを五分で出て、次に地下鉄に乗って六本木まで出ました。

――で、ここまで歩いたのか。

――そうです。

――ひとりでか？

――もちろんです。

――なるほどな。

――どうします？　今からそちらへうかがいましょうか？

――いや、それはまずいな。今すぐに会うのはやめとこう。そいつらがどこのどいつか調べる必要がある。

――わかりました。わたしはどうすれば？

――情報をつかみ次第、こちらから連絡する。それまでどこかで待機していてくれ。もう宿はとってあるのか？

はい、と言いかけて、念のため、いいえ、と嘘をつく。こちらの居場所はじきにばれるだろうが、捕捉までのわずかな時間差が明暗をわけることもある。

――おちつき先が決まったらすぐに知らせてくれ。

――そうします。

電話を切る間際、ジェームズ・キーンは不意にやさしい声をかけてくる。

――なあラリー。

――なんです？

――くれぐれも用心するんだ。東京は危険だぞ、神町とじゃけたちがいにな。

どんな意図から発せられた忠告なのか。なにげないひとことでしかないとわかってはいるが、予想していなかったジミーの気づかいにラリーは戸惑いをおぼえる。移動式戦術核兵器情報をめぐる重大な隠しごとを持っているジェームズ・キーンは、こちらをまるめこむ算段で東京に呼びよせたのだろうと見られたが、それよりもっと腹黒い悪だくみでも抱いているのか――もしも腹黒のほうなのであれば、今の忠告には予告の意味がふくまれていると解釈せねばならなくなる。

いずれにせよ、尾行グループの調査を東京支局へ丸投げするのには成功したのだから、とうめんは自分自身の身の安全確保に集中していい。

そう思い、黙々と歩いて六本木へもどったラリーは、二四時間営業のレンタカー店に入る。ジミーからのご忠告にしたがい、用心のためここでは未使用のにせ身分証を提示し、ライトバンのトヨタ・プロボックスをマンスリー契約で借りる。

それからまっすぐにホテルオークラへと向かい、チェックインを済ませて本館一〇階の一室を案内されたラリーは、ダッフルバッグをみずから室内へ運びいれるとただちに部屋の奥まで行って窓にかかった厚手のカーテンを隙間なく閉めきる。ようやく心おちつけて、ベッドに横たわった彼は、このまま寝てしまってもいいと思いながらまわらない天井を何分間も見つめつづける。

ひさかたぶりのベッドだが、二時間で目がさめてしまう。いくら短眠者であっても、二時間は短すぎるというものだ。

ルームサービスで注文したスパゲッティを完食し、お湯につかって体をほぐしてから床に就き、ものの数分で寝入るまでは順調にいっている。しかしその後の二時間、眠ったというより単に意識がとぎれただけであるかのように、ラリーの目はぱちりと開いてしまう。一度でも目ざめてしまったら、二度寝できないたちの彼としては、外が暗かろうが頭を切りかえて新たな一日をはじめるしかない。

スマートフォンへの着信は一件もない。エミリーとの音信不通が約一週間もつづいているというのは明らかな異常事態だが、彼女の意向も居どころもなにもわからぬ現状では対処のしようがない――菖蒲家の核疑惑調査を早急に進めねばならぬ状況下でのこれは、見事な分断工作にしてやられてしまっていると認めざるをえない。

ダッフルバッグからとりだしたラップトップを起動させて、メーラーを立ちあげる。例の神町出身作家・阿部和重は、『ニューズウィーク』編集者からの連絡にうまい具合に食いついてきている。取材を依頼したいので今日明日にでも会いたいとメールを送っておく。ばかみたいに返信が早い男なので、こちらに関しては気を揉むことにはなるまいとラリーは見ている。

じかに会ってリクルートするからには、相手の本を一冊くらいは読んでおくべきだろう。ちょうどいい暇つぶしになると思い、「スーツケース型核爆弾」の出てくる『ミステリアスセッティング』の電子書籍をラリーは購入し、さっそく読みはじめる。

ホテルオークラの一室にこもり、ルームサービスで注文したサーロインステーキを食べるなどしながら一日かけて読みおわる。「スーツケース型核爆弾」が出てくるといっても寓話じみた内容の小説だから、職業柄がちがちのリアリストたるラリーにとっては暇つぶし以上のものにはならない。が、その暇つぶしが終わった直後に状況が動きだす。ジェームズ・キーンからの電話に出ると、尾行グループの正体がわかったという。

――ラリー、きみはしつこく言われないと他人の要求に応えられない性分のようだな。わたしは昨夜、おちつき先が決まったらすぐに知らせてくれと言ったおぼえがあるが、どうなってる？

――それがジミー、金曜の夜だったので、どこもいっぱいで宿がとれなかったんです。

――しかし野宿してるわけじゃあるまい。今はどこにいる？

ホテルオークラにいると正直に答える。延泊はできないと予約の際に言われているから、明日日曜の昼にはまたよそへ移ることになるが、それもジミーに伝えるべきかどうか、悩ましいところだとラリーは思う。

週末ゆえに宿をとるのに苦労したはずの男が、オークラに泊まっていることを平然と告げても、ジミーは特別なにも違和を表明しない。ということは彼は、こちらの居場所をとうにご存じだったにちがいない。なんらかの理由により、ためされているのか探りを入れられているのかもしれぬと反射的に疑い、消耗しきったみずからの神経にラリーは活を入れる。長年にわたる諜報員生活が、一〇〇兆個の細胞にそんな芸を勝手に仕こんでしまっている。

あるいはおたがいが疑心暗鬼になり、無駄に遠まわりなやりとりをくりかえしているだけ、という可能性も捨てきれないとは思う。が、気を許した瞬間に寝首をかかれるのがこの業界の慣習だから、潔白ではないジミーに対して迂闊なことは言えない。ラリーの意識はどっちつかずの宙ぶらりんのまま、着地の先のばしをはかる。そんなタイミングで、ジェームズ・キーンはこんな情報をさらりとぶつけてくる。

──ラリー、きみを尾行してるのは北朝鮮の工作員チームだ。面倒な連中に見こまれたようだが、なにか心あたりはあるか？

これは予想外のお知らせだ。どっちつかずの宙ぶらりんのまま、ジミーの頭のなかを推しはかるのに夢中になっていたせいで、ラリーはしばし応答できない。この自分がなぜ北朝鮮工作員につけねらわれねばならぬのか、あわてて記憶の検索にとりかかる。東京支局長は答えを待ってはくれない。

──わかってるとは思うが、油断するなよラリー。相手は神経ガスを使うのだって躊躇しない連中だ。ひとごみには行くな。かこまれたら終わりだ。わたしが指示するまで、その部屋から絶対に出るんじゃないぞ。

電話が切られたところでようやっと思いだす。北朝鮮工作員といえば三上俊だ──

「菖蒲家ファイル／2013―2014」にその関係が記されている。三上俊一味が追いかけてきているのだとすれば、菖蒲カイトが持ち逃げしたトラベルバッグをこちらがさらに横どりしたと誤解されているのだろうか――尾行される理由はそれしか考えられない。いずれにせよ話はつながったから、予想外のお知らせは事実と受けとめたほうがよさそうだ。そしてこれもジミーからのご忠告にしたがい、しばらくは安易に外を出歩くべきではないだろうとラリーは思う。

ただしその話のつながりはまだ黙っておく。「ファイル」の件をサミュエル・ブルームがジェームズ・キーンに知らせているかどうか確定していない段階では時期尚早だからだ。どうせ数日内にジミーとは顔を合わせるのだから、そこで彼の出方を見たうえで、情報をすりあわせるか封印しておくかを決めればいい。

安易に外を出歩くべきではない状況だが、宿泊先の都合に逆らうわけにはゆかず、三月二日日曜日の昼にラリーはやむなく居場所を移ることになる。

次の宿は、髭面の毛唐がまぎれやすい六本木で見つけることにするが、通信傍受を警戒し携帯電話での予約はやめておく。ホテルオークラの地下駐車場を出たラリーは、まずはグランドハイアットあたりから飛びこんでみるかと考えるが、何度目かの信号待ちで隣車線にいるダークグレーのマツダ・CX－5に既視感をおぼえる。こいつは記憶ちがいでも見まちがいでもないと思いなおすまでに、一秒もかからない。

周囲に溶けこみやすくなるために借りたなんの変哲もないライトバンが、こうも簡単に敵にロックオンされたのは、レンタカーを示す「わ」ナンバーゆえかとラリーは推理する——ホテルの駐車場に停められた車のナンバープレートをひとつひとつチェックするだけの、たやすい捜索だ。宿泊先がばれているのはどこかで情報漏洩があったせいにちがいなく、容疑者の筆頭はジェームズ・キーンだが、逆にこれほどあからさまでは向こうも特定されやすくなるわけだから、東京支局長を陥れる謀略を仕かけた者が局内にいるのかもしれない、とも考えられる。どっちつかずの宙ぶらりんのまま、トヨタ・プロボックスのハンドルを握るラリーは、まんがいちを考慮して大使館には逃げこまず、カーチェイスでまくプランを選択する。

しかしそれは容易ではない。はじめのうちは持久戦のつもりで首都高をひた走りつつ、複雑な分岐を利用して相手の視界から消えさる展開をねらっていたが、北朝鮮工作員チームの運転技術はひじょうに高く、いっこうにひきはなすことができない。これではいずれ燃料ぎれとなり、ピットストップを強いられるときがくる。そうなれば、なかよく一緒に給油所へ直行となってこの追いかけっこはおしまいとならざるをえない。ここで連中から逃げきるには別の策を講ずるほかないわけだ。

首都高速神奈川一号横羽線大師出口から一般道へと出たラリーは、今度は京急大師線の線路に沿うようにして車を西へ走らせる。ダークグレーのマツダ・CX－5はなおもひきはなされることなくついてきているが、近づきすぎもせずに一定の車間距離を保っている。もはやいつでも捕まえられると、連中は余裕ぶっているのかとも思われるが、そこにつけこむことを考えて、ラリー・タイテルバウムはわざとスピードを抑えている。そして踏切道が視界に入るたび、遮断機に動きがないかと彼は横目で注視する。やがて警報音が聞こえてきて、赤色灯を点滅させている踏切が間近に見えてくる。遮断機がおりはじめているのを確認した途端に車をいきなり加速させ、急ハンドルを切って線路を渡りきる。そのまま制限速度を無視してアクセルを踏みつづけ、川崎市から大田区へと抜けてゆく。

高度な運転技術を有する相手ゆえ、一度目は失敗したものの、蒲田に入り京急本線の踏切道でおなじことを試みたところラリーはついに尾行をまくのに成功する。ほっとすると同時におそろしいまでの疲労感にさいなまれ、ただちに休憩をとりたいと望むが、尾行をまいたといっても連中はまだ近辺にいるはずであり、たちまち見つかってしまう危険性があるからには、ここでブレーキを踏むわけにはゆかない。

ラリーが次にジェームズ・キーンからの連絡を受けるのは、翌三月三日月曜日の夕刻になる。電話がかかってきて、今どこにいるかと問われた彼は、言えませんと率直に答えて声色に疲れをにじませる。オークラの地下駐車場を出た直後、あたりまえのようにまた尾行が開始されたことを説明してやると、納得するしかないといった口ぶりでジミーはこう誘いかけてくる。

——だが心配するな。わたしも動けるようになった。安全な場所でこれから落ちあおう。身内にも知られていないセーフハウスがある。その様子じゃ、きみはもう逃げまわるのは無理だろうから、とうぶんそこで休んでいるといい。住所はあとで送るよ。

身内にも知られていないというセーフハウスの住所は、その数分後にショートメッセージで送られてくる。東京都調布市と書かれている。ラリーが今いるのは千葉県浦安市にあるディズニーリゾートの屋外駐車場だから、渋滞に捕まらなければ一時間半ほどで到着できる距離だ。

ひと晩ほとんど眠らずに車を走らせていたラリー・タイテルバウムは、朝になってこの駐車場にたどり着き、あたりを見わたしやすい位置に陣どって警戒をおこたらずに日中をすごしている。消耗しきっている神経はいっそうすりへっているため、ただひたすらに彼は平穏無事に飢えている状態にある。

そんな最中に「安全な場所」の提供を約束されたものだから、重大な隠しごとを持っているジェームズ・キーンの誘いであっても今度ばかりは疑いをさしはさむことなく、ラリーは誘惑に乗ってしまう。そのあげく、当のセーフハウスで即席爆発装置（IED）の罠にはめられたと彼は悟り、脇腹に裂傷を負って死にかけるのである。

●

二〇一四年、五二歳のバラク・オバマは起死回生をはかろうとしていた。自身の第二期政権一年目にあたる前年が、まったくひどい年だったからだ。

第2期オバマ政権、勝負の年…中間選挙「ねじれ」是正焦点－MSN産経ニュース

2014.1.7 01:35

【ワシントン＝青木伸行】オバマ米大統領は5日、約2週間のハワイでの休暇を終えて首都ワシントンに戻った。第2期オバマ政権は1月20日に発足から1年を迎える。昨年は「政権最悪の年」とも揶揄（やゆ）されたが、大統領は今年を「行動の年」と位置づけ、米国の再生に意気込む。最大の関門となる11月の中間選挙は、２０１６年の大統領選挙と米国の将来を占うものとしても注目される。

［……］

大統領の指導力低下、政権運営の脆弱性は、政権内の「キーマンの不在」も理由とみられている。そのことは外交政策にも反映され、事態の後追い的な対応と戦略性の欠如をもたらしていると指摘される。

オバマ大統領を支えているのはデニス・マクドノー首席補佐官、スーザン・ライス補佐官（国家安全保障担当）、バレリー・ジャレット上級顧問らだ。これに加え大統領はクリントン政権の首席補佐官だったジョン・ポデスタ氏を大統領顧問に迎え入れるなど、中間選挙へ向け政権運営のテコ入れを図っている。

中東ではイランとの核合意、シリアの内戦への対応、アジアでは中国の覇権拡大と

北朝鮮の核の脅威など、外交・安全保障上の問題も山積している。そのうえ中間選挙までに生じるであろう、新たな課題への対処を一歩間違えれば当然、中間選挙にも響く。それだけに、オバマ大統領にとり今年は気が抜けない1年となりそうだ。

ここで「事態の後追い的な対応と戦略性の欠如」などと批判されている「外交政策」とは、具体的にはどのことを指しているのか。

たとえばこれがあてはまりそうだ。

『ぶれる大統領』に秋風　シリア攻撃、当面回避ー西日本新聞

２０１３年09月17日（最終更新　２０１３年09月17日　01時37分）

シリア化学兵器の国際管理に向けた米ロ合意を受けて、米国によるシリア攻撃は当面回避されることになったが、対応のぶれが目立ったオバマ米大統領への批判が米国内で高まっている。シリア攻撃を一度は決断しながら議会承認を求める方針に転換した後に行われた世論調査では、政府の外交姿勢への支持率がニクソン政権以降では歴代最低を記録。国際社会における威信低下を指摘する声も出ている。

オバマ氏は14日、ロシアとの合意について「重要で具体的な一歩だ。これらの兵器

がシリア国民だけでなく、地域や世界にもたらしている脅威を終わらせることができる」との談話を発表。その一方で「もし外交が失敗すれば米国はなお行動の用意がある」。米国防総省のリトル報道官も同日、シリア周辺の米軍の配置を変更していないと言明し、武力行使の選択肢を除外しない立場を国内外にあらためてアピールした格好だった。

だが米政府高官が13日、国連の安全保障理事会決議案では、武力行使容認への言及を求めない意向を米メディアに表明しており、ここでもちぐはぐぶりを露呈。野党共和党の重鎮マケイン、グラム両上院議員はこの日、「武力行使を容認する国連安保理決議がなければ、この合意は無意味だ」と痛烈に批判。威嚇だけで実際は行動できない「挑発的な弱さ」が、イランの核開発を助長しかねないとの見方を示した。

●蛇行重ね

今回の攻撃計画をめぐりオバマ氏は蛇行を重ねた。8月21日にシリアの首都ダマスカス郊外であった化学兵器によるとみられる攻撃について、米国は当初からアサド政権が化学兵器を使用したと見ていた。ただ、オバマ氏は大規模な化学兵器の使用を「レッドライン（越えてはならない一線）」と位置づけておきながら、軍事介入にはなお慎重姿勢だったという。

しかし英仏がアサド政権による攻撃と断定し、米国も追随。英国が下院の反対で攻

> 撃参加を見送った上、国連決議も望み薄な状況下、オバマ氏はケリー国務長官や議会の強硬派に背中を押される形で、限定的な制裁攻撃を行う方針を8月末に一度は固めたとされる。
>
> ところが国民の反対が強かったことから、8月31日に、自らの発案で議会に攻撃の承認を求める異例の方針転換を表明。さらに、世論の支持が広がらず議会承認も危ぶまれていた中、シリアの化学兵器を国際管理の下に置く案がロシアから提案されると、今度は議会側に採決先延ばしを要請し、外交解決の道を探る方針に再転換した。
>
> こうしたオバマ氏の対応について、米シンクタンク外交問題評議会のリチャード・ハース会長はニューヨーク・タイムズ紙に「発言がその場しのぎだ」と指摘。重要な判断を他者に委ねる「ふらふらした外交政策」と問題視している。
>
> 〔……〕
>
> 今回の合意について、民主党のペロシ下院院内総務は「大統領の不動のリーダーシップが重要な進展をもたらした」と話す。しかし実際は、大統領のリーダーシップが発揮されたとの印象は今のところ薄い。（ワシントン山崎健）

世論調査により示された「政府の外交姿勢への支持率がニクソン政権以降では歴代最低を記録」との結果が、仮に「対応のぶれが目立ったオバマ米大統領」の優柔不断に映るふるまいへの低評価だったのだとしても、「ロシアから提案され」た内容じたいに問題がなかったとは言えない。「マケイン、グラム両上院議員」が「『武力行使を容認する国連安保理決議がなければ、この合意は無意味だ』と痛烈に批判」するなど、もともと実効性が疑われていた「米ロ合意」は、結果的に見てもなんら意味のない取り決めとなっているからだ。

「合意」から三年半後の二〇一七年四月四日火曜日、アサド政権軍がシリア北西部に位置するイドリブ県の反体制派支配地域ハーン・シェイフンに対し、廃棄したはずの化学兵器（サリンガス）による攻撃をおこなって八九人の住民を殺害する事態を起こしたことは、「外交解決」の有名無実化を物語る最たる例だろう。このときばかりはアメリカは同月六日木曜日にシリア北部の空軍基地へトマホーク巡航ミサイル五九発を撃ちこむ対抗措置をとったが、それを命じたのはドナルド・トランプであり、バラク・オバマはすでに大統領職の任期を終えている。

シリアでの人道危機に際し、「対応のぶれが目立った」り「ちぐはぐぶりを露呈」したり「蛇行を重ねた」りした言動を「『発言がその場しのぎだ』と指摘」されたり「『ふらふらした外交政策』と問題視」されたりしていたにもかかわらず、バラク・オバマが最後まで軍事介入に踏みきれなかったのはなぜなのか。

先の記事をなぞるならば、「世論の支持が広がらず議会承認も危ぶまれていた」からというのがだいいちの答えになる。「**シリア軍事介入、米国民の7割は懐疑的　世論調**

査」（ＣＮＮ／2013.09.10 Tue posted at 13:12 JST）によれば、「米国がシリアを攻撃することで目的を果たせるかとの質問には、７割以上が果たせないと回答」し、「シリア内戦に巻き込まれることは米国の国益に反すると考える人も約７割に上った」というのだから、これを度外視するとなればそうおうの理屈を立てねばならなくなる。

加えて「**米国のシリア攻撃計画、ホワイトハウスの議会説得工作は難航**」（ロイター／２０１３年09月9日 08:45 JST）という政治手つづき上の難題もあり、軍事介入するうえでアメリカ合衆国大統領が乗りこえねばならぬ壁はそもそもがひじょうに高いものだった――他方、二〇一七年の化学兵器（サリンガス）使用に対して一度だけなされたアサド政権軍への制裁爆撃においては、攻撃じたいは適切であると容認する声が議会では与野党ともに多数を占めていたとはいえ、事前承認をえずにドナルド・トランプがそれを命じたことについては合法性にとぼしいと批判されている。

軍事攻撃の意思は見せたものの、「蛇行を重ねた」すえに国民の厭戦傾向をくつがえせず、議会の説得もままならない。そのあげく、バラク・オバマはこういう結論にいたったのだと報道されてしまうことになる。

米大統領：「世界の警察官」否定－毎日新聞

２０１３年09月11日　13時16分（最終更新　09月11日　13時32分）

【ワシントン西田進一郎】オバマ米大統領はシリア問題に関する10日のテレビ演説で、「米国は世界の警察官ではないとの考えに同意する」と述べ、米国の歴代政権が担ってきた世界の安全保障に責任を負う役割は担わない考えを明確にした。ただ、「ガスによる死から子供たちを守り、私たち自身の子供たちの安全を長期間確かにできるのなら、行動すべきだと信じる」とも語り、自らがシリア・アサド政権による使用を断言した化学兵器の禁止に関する国際規範を維持する必要性も強調。「それが米国が米国たるゆえんだ」と国民に語りかけた。

大統領は、「（シリア）内戦の解決に軍事力を行使することに抵抗があった」と述べつつ、8月21日にシリアの首都ダマスカス近郊で化学兵器が使用され大量の死者が出たことが攻撃を表明する動機だと説明した。「世界の警察官」としての米国の役割についても「約70年にわたって世界の安全保障を支えてきた」と歴史的貢献の大きさは強調した。

演説ぜんたいの文脈を考慮せず、報道内容のみを受けとめれば、ヘッドラインの「**否定**」の一語が文意を決定づけそうな記事ではある。「米国は世界の警察官ではないとの考えに同意する」との明言に、「（シリア）内戦の解決に軍事力を行使することに抵抗があった」という弱気な物言いを直結させると、「マケイン、グラム両上院議員」による

「威嚇だけで実際は行動できない『挑発的な弱さ』」との指摘があらためて説得力を持ちはじめる。アメリカ例外主義の放棄にとどまらず、弱腰大統領の印象を強め、ジミー・カーターの再来とやじるタカ派の声をさらに高めかねず、オバマ外交の限界を如実にあらわすテレビ演説と見なされてしまいそうだ。

その意味では、「**米政府、シリア軍事行動の承認を議会に正式要請**」（AFPBB News／2013年9月1日 14:44 発信地：ワシントンD．C．／米国）の伝える「米大統領が議会に軍事行動の承認を求めるのは、米国が第2次世界大戦（World War II）に参戦した1941年以来で、オバマ氏の表明は驚きをもって広く受け止められている」といった順法姿勢さえも消極性の裏がえしに見えてくる。

見方を変えれば、むしろ「威嚇だけで実際は行動」しないとつらぬくことこそが、バラク・オバマの当初からの意向だったのではないか、という解釈もなりたちうる。リスクしかない軍事介入になどもとより乗り気でなく、「レッドライン」なる建前をかざしながらも陰では武力行使回避を模索するなか、国内にひろがる厭戦気分に加えてここぞとばかりに差しだされたロシアからの「提案」に乗っかったというのが、そのストーリーである。

そうした、新孤立主義的ストーリーに見あうものとして、シリア攻撃におよび腰にならざるをえなかった理由のひとつと考えられるのが、五二歳のバラク・オバマにとってあまりに鮮明なこの「人道的軍事介入」の「失敗」の記憶である。

人道的介入で破綻国家と化したリビア──なぜアメリカは判断を間違えたのか――フォーリン・アフェアーズ・リポート

2015年4月号掲載　アラン・J・クーパーマン　テキサス大学准教授（政治学）

2011年3月17日、国連安保理はオバマ大統領が主導した決議1973号を採択し、リビアへの軍事介入を承認した。大統領は「リビアの独裁者、ムアンマル・カダフィによって弾圧の対象とされている民主化を求める平和的デモ参加者の命を救うことが介入の目的だ」と説明した。［……］

たしかに、アラブの春の流れを助け、ルワンダで起きた大量殺戮がリビアで再現されるのを回避し、この国がテロの温床となるリスクを抑え込めたとすれば、それは、まるで手品でも使ったかのような大きな成果だった。だが勝利の美酒に酔いしれるのは時期尚早だったようだ。今から考えれば、オバマのリビア介入は、アメリカの基準に照らしても、惨めな失敗だった。

民主化が進展しなかっただけでなく、リビアは破綻国家と化した。暴力による犠牲者数、人権侵害の件数は数倍に増えた。テロとの戦いを容易にするのではなく、いまやリビアは、アルカイダやイスラム国（ISIS）関連の武装集団の聖域と化している。リビアへの軍事介入は、アメリカの利益も損なった。（核開発を放棄することに合意したリビアを空爆したことで）核不拡散の試みに悪影響を与えただけでなく、安保理でロシアの協調を確保するのも難しくなり、カダフィ体制崩壊後の内戦を激化させてしまった。

バラク・オバマ自身もまた、リビアでは「失敗」したことをはっきりと認めている。

オバマ米大統領「在任中最大の間違いはリビア」―CNN
2016.04.11 Mon posted at 11:27 JST

オバマ米大統領は10日に放送された米FOXニュースとのインタビューでこれまでの在任期間を振り返り、最大の間違いはリビアでカダフィ政権崩壊後の混乱に計画的な対処ができなかったことだと述べた。

大統領はインタビューで、2011年のリビア軍事介入自体は「正しい行動だった」とする一方、その後の無計画ぶりは失敗だったとの見方を示した。

リビアでは、「失敗」のひとつとしてこういう事件も起こっており、二〇一四年は年明け早々、バラク・オバマはおおきな批判にさらされていた。

リビアの米領事館襲撃は「回避できた」、米上院報告書－AFPBB News

２０１４年１月16日 20:55 発信地：ワシントンＤ．Ｃ．／米国

米上院の情報特別委員会は15日、２０１２年にリビアのベンガジ（Benghazi）で起きた米領事館の襲撃事件は「周知の治安対策不足」に対応していれば回避できたとする報告書を発表した。

２０１２年９月11日にベンガジの米領事館と近くの米中央情報局（ＣＩＡ）関連施設が武装集団に襲撃された事件では、Ｊ・クリストファー・スティーブンス（J. Christopher Stevens）駐リビア米大使を含む４人が死亡した。

同委員会は民主、共和党間の政治的対立を超えて公聴会を開き、事件の関係者、数十人を証人喚問してきた。

共和党議員の一部は、ベンガジでの米領事館襲撃に国際テロ組織アルカイダ（Al-Qaeda）とつながりのある武装組織が関与していた証拠を隠ぺいし、在外施設の保護を怠ったとして、非難の矛先をバラク・オバマ（Barack Obama）大統領に向けている。

オバマ政権は当初、襲撃について、インターネットに投稿されたイスラム教を侮辱する内容の私製映画に抗議するベンガジ市民らによる可能性を示唆していた。

アメリカが犯した中東政策での「間違い」は今にはじまったことではない。だからこそ、アフガニスタンとイラクよりの完全撤兵を公約に掲げて大統領になり、核廃絶を謳ってノーベル平和賞を受賞した理想主義者としては、その「間違い」には殊に神経質にならざるをえない。たとえそれが人道危機解決を目的とした行動なのだとしても、「国民の反対」を押して進める中東での軍事介入がふたたび「惨めな失敗」に終わってしまったとしたら、当然ながら体裁が悪いどころの話ではない。

かくして、バラク・オバマはシリア攻撃にはおよび腰にならざるをえなかった、となるわけだが――そう単純に言いきることをためらわせる事実もある。

たとえば、先にあげた論考「**人道的介入で破綻国家と化したリビア――なぜアメリカは判断を間違えたのか**」の終盤では、バラク・オバマのこんな発言も紹介されている。

リビアが残念な事態に陥ったことを認めつつも、オバマは間違った教訓を引き出しているようだ。2014年8月、大統領はニューヨーク・タイムズ紙のコラムニスト、トーマス・フリードマンに「われわれは事態を軽くみていた。…もっと全面的に介入すべきだった」と語っている。「この手の試みをする場合、社会を再建するためにもっと踏み込んだ関与をすべきだった」

バラク・オバマは、「もっと全面的に介入」していたならばリビアでの「失敗」はふせげたはずだと言っているように読める。リビアでの「失敗」をみずから認めている先のCNN配信記事でも、「リビア軍事介入自体は『正しい行動だった』」と述べているわけだから、「もっと踏み込んだ関与をすべきだった」とかえりみる大統領の言葉にいつわりはなさそうである。

また、同CNN配信記事のこうはんでは、「リビアと地理的に近い欧州は事後処理にもっと関与し、行動を起こすべきだったと主張し」つつ、「介入自体は成功したのに『今日のリビアはひどい有様だ』などと語っていた」とされる『米誌アトランティック』に掲載されたインタビュー」での発言も紹介している。すなわち、バラク・オバマは「米国は世界の警察官ではないとの考えに同意」したかもしれないが、「軍事介入」そのものを「否定」してはいない。「失敗」したのは「事後処理」であって、「介入自体は成功した」というのが大統領自身の認識なのだ。

「介入」への未練は、「米国は世界の警察官ではないとの考えに同意」したテレビ演説にもうかがえる部分がある。

それは二〇一三年九月一一日水曜日一四時七分付の AFPBB News 配信記事「**米大統領がシリア問題で演説、『外交努力を優先』**」から見てとれる。「ロシアが提案したシリアの化学兵器を国際管理するための計画」に乗り、「当面は外交努力を優先する」と表明しつつもなお、バラク・オバマは「米国によるシリアへの軍事介入が避けられたと判断するのは時期尚早との見解を示した」というくだりである。

同時に「米国が行動しなければ、国際法に反する化学兵器の使用が再発することになるだろうとの見解も示した」というのだから、さながら「警察官」が拳銃をちらつかせるようなここでの「介入」のほのめかしは、アサド政権のみならず、大量破壊兵器の開発を進めていると見られる敵対国――イランや北朝鮮を牽制するための警告とも読みとれる。とはいえ「対応のぶれが目立った」り「ちぐはぐぶりを露呈」したり「蛇行を重ねた」りしたあとに語られた「見解」ゆえ、うわべだけの脅しとの見わけがつきにくいのもたしかではある。

うわべだけの脅しにしか映らぬような警告であろうと、それをバラク・オバマが口にせずにはいられなかったのはなぜなのか。「国際規範を維持する必要性も強調」し、せめて最低限のとりつくろいをおこなっておくことが、「英国が下院の反対で攻撃参加を見送った上、国連決議も望み薄な状況下」での「世界の警察官」だった者のつとめであると考えたからなのか。あるいは「約70年にわたって世界の安全保障を支えてきた」アメリカの現職大統領が、長らく信奉されてきた自国例外主義を捨てて国際法の順守を訴える姿勢を示すことの意義にでも賭けたかったのか。

そのどちらでもないのかもしれないし、どちらでもあるのかもしれない。どちらにしても「挑発的な弱さ」を脱しえないかもしれないが、無言でいることもできない。介入も責任回避も許されず、目前の人道危機に対して元警察官は無力であることを身をもって知らしめるほかない。二〇一三年九月一〇日火曜日夜のテレビ演説は、聴衆の反応もまた納得と失望の二方向にひき裂きつつ、大いなる矛盾をみずからひきうけるバラク・オバマがひとつの身体にかたく閉じこめられていることの困難を全世界に伝えている。

●

二〇一四年、八月四日月曜日に五三歳をむかえるはずのバラク・オバマは、一月二八日火曜日に連邦議会議事堂にて一般教書演説をおこなっている。「気が抜けない1年となりそう」なこの年のはじめにバラク・オバマが語ったメッセージは、国内経済格差の是正に重点が置かれていた。「**オバマ米大統領が一般教書演説、不平等解消へ強い決意**」(AFPBB News／2014年1月29日 12:50 発信地：ワシントンD.C.／米国)によれば、ぜんたいの内容としては「米国民に焦点を絞ったものとなり、外交政策についてはわずかな時間しか割かなかった」というから、元警察官の無力感をいまだ払拭できずにいたのかもしれない。

二〇一三年はまったくひどい年だったが、二〇一四年もバラク・オバマにとって幸先はよくない。「**オバマ米大統領が一般教書演説、不平等解消へ強い決意**」はこんな事実を紹介して締めくくられている。

米紙ウォールストリート・ジャーナル（Wall Street Journal、ＷＳＪ）と米ＮＢＣニュース（NBC News）による最新の共同世論調査によるとオバマ大統領の支持率は43％で、在任6年目の一般教書演説の時期の米大統領の支持率としては、ジョージ・W・ブッシュ（George W. Bush）前大統領を別にすれば第2次世界大戦後で最低レベルになっている。

また、オバマ大統領が就任した2009年以降、米国の状態が「停滞」または「悪化」したと回答した人は68％に上った。

一月にベンガジの在外公館襲撃事件への対応をめぐって非難を浴びたのは仕方がないとしても、三月になると今度はこんなくだらないことにまで弁明させられる始末だ。

オバマ氏、「野暮なジーンズ姿」酷評に反論－CNN
2014.03.15 Sat posted at 16:24 JST

オバマ米大統領は14日、自らの「ジーンズ」姿が野暮（やぼ）などとする酷評に対し不公平な中傷を受けていると反論した。

ラジオ局の番組に出演し、述べた。オバマ氏のジーンズファッションの是非論議は4

年前の米大リーグのオールスター戦の始球式の際に着用していたジーンズがきっかけになったもので、その後何度も蒸し返されていた。始球式ではいていたジーンズは、ゆったりしたデザインのもので「母親が好むような種類」と切り捨てられていた。

オバマ氏は同番組で「実際はシャープな細身のデザインのものを愛用している」と主張。始球式でゆったりサイズのものを使ったことについては「投球する際、圧迫感を受けるのが嫌だった」と明かした。

今回のジーンズファッションでの反論は、番組のホストがオバマ氏が最近、衣料品店に出掛け、娘2人のために買い物をした話題に触れた際に口にした。

米アラスカ州の元知事で2008年大統領選で共和党の副大統領候補だったサラ・ペイリン氏は先週米テレビとの会見に応じ、緊迫するウクライナ情勢に絡みロシアのプーチン大統領とオバマ氏の人物像を比較。人々はプーチン氏を「クマと格闘し、石油を掘る男性」と見ているが、オバマ氏は「マム（母親）・ジーンズ」を着用し、言葉をごまかす男性と受け止めているなどとやゆした。

スキニーデニムの流行も下火となりつつあった二〇一四年になってもなお、「4年前の米大リーグのオールスター戦の始球式の際に着用していたジーンズ」についての釈明をもとめられてしまう国家元首は、その四年間にいちじるしく白髪が目だつようになったとしばしば指摘されている。そうした世間の声も意識してのことなのか、バラク・オバマの五二歳の誕生日には、ミシェル・オバマが夫に宛ててこんなメッセージをTwitterに投稿している。

First Lady- Archived 認証済みアカウント @FLOTUS44
Happy birthday, Barack! Your hair's a little grayer, but I love you more than ever. -mo
10:02－２０１３年８月４日

バラク・オバマが五三歳になって数日後におこなわれたニューヨーク・タイムズ掲載のインタビュー「**オバマ大統領に聞く『イラク、プーチン、イスラエル』**」(現代ビジネス／2014.09.29)で聞き手をつとめた同紙コラムニストのトーマス・フリードマンは、大統領が急激に白髪化していったわけをこのように言いきっている。

最近オバマ大統領の白髪は確実に増えているが、ますます混乱を極める世界の外交政策を何とかしようとしていることが、少なくとも白髪の半分の原因となっていることは明らかだ。

五〇代をむかえて数年のあいだにバラク・オバマはすっかり消耗してしまっている。その「少なくとも」「半分」は、「ますます混乱を極める世界」のせいだが、二〇一四年になっても「世界」のほうにはまるで遠慮がない。

二月になると黒海地域がきな臭くなり、三月にはあろうことかロシアがウクライナ南部のクリミア半島を違法に併合してしまう。対ロ制裁発動必至の事態だが、「**オバマ大統領がロシアに警告　『軍事介入は代償を伴う』**」（CNN／2014.03.01 Sat posted at 11:35 JST）として事前に送ったメッセージはあっさり無視されており、「クマと格闘し、石油を掘る男性」に完全に足もとを見られてしまっていることを「世界」にふたたび印象づける結果となる。無力な元警察官はむろん今回も自国の軍隊を動かすわけにはゆかず、「威嚇だけで実際は行動できない『挑発的な弱さ』」というジレンマにただ苦しむしかない。バラク・オバマにとってひとつだけたしかな見とおしがあるとすれば、これでさらに白髪が増えるだろうことだ。

二〇一四年を「『行動の年』」と位置づけ、米国の再生に意気込」んではみたものの、バラク・オバマ自身は早春にしてすでに息もたえだえだ。「**オバマ大統領の支持率が過去最低に＝WSJ／NBC調査**」（ウォール・ストリート・ジャーナル／2014年3月12日 17:38 JST）によれば、「米国の成人1000人を対象に3月5～9日に行われた」という世論調査で「大統領の支持率が過去最低を更新し」てしまい、三月一一日火曜日には、中間選挙の前哨戦とされるフロリダ州での連邦下院補欠選挙で野党・共和党の候補者が勝利してしまう。

これでは一一月の中間選挙本番を前にして、現職大統領は早くも政権末期のレームダック状態に陥りつつあると「世界」は見ているにちがいない。なんとかしたいところだが、意義あることをやり遂げるのには時間がかかるものだ。さしあたってはイラン核協議やキューバとの国交正常化交渉を地道に進めるほかない。二〇一四年三月のバラク・オバマは、そのようにして「ますます混乱を極める世界」と向きあう状況にある。

息もたえだえですっかり消耗してしまっている五二歳のバラク・オバマの心身の健康にとって最も必要なことは息ぬきである。

息ぬきをするには趣味が持ってこいだ。バラク・オバマはゴルフ愛好家であり、「幅広い音楽趣味」の持ち主でもあることからわずかな仕事の合間を縫い、日本のゴルフ用品メーカー・山田パター工房より贈られたパターとパッティングストローク練習機をもちいてレッスンしながら iPod で音楽を聴く。選曲はいつもジャッキー・デシャノンの唄う「世界は愛を求めている」と決まっている。

不思議なことに、ヤマダ・エンペラー〝55〟という名のあるその贈り物のパターでゴルフボールを打つたびに、いかにも日本製らしい仕かけが働きなにやらかぐわしいフレグランスが漂いだすが、気分がいいのでバラク・オバマはついついそれを嗅ぎつづけてしまう。おかげで何度も何度もストロークをためす羽目となり、練習機でのパッティングレッスンをはじめて一年がすぎた頃にはとうとうアロマ成分が出つくしてしまう。

五二歳のバラク・オバマは、香りのしないパッティングレッスンにものたりなさをおぼえるようになる。あの芳香の出どころはどこなのだろうか。この当然の興味にうながされ、ヤマダ・エンペラー〝55〟を隈なくチェックしているうちに、グリップエンドの中央に空いたちいさな穴にねらいがさだまる。鼻でくんくんしてみると、やはりうっすらながらもあのにおいが感じられる。位置的にもプレーヤーの嗅覚のいちばん近くにくるわけだから、ここでまちがいなさそうだ。バラク・オバマはさっそくヤマダ・エンペラー〝55〟のグリップをとりはずしてみる。

するとシャフトのなかから吸水性ポリマービーズがぽろぽろと大量にこぼれ落ちてくる。このかわいらしい色とりどりのつぶつぶに、あのかぐわしいアロマ成分を染みこませていたのだなとわかる。なかなか小粋な細工じゃないかとバラク・オバマは感心する。そしてラバーグリップのほうからは、筒状にまるめられた一枚の紙きれが出てくる。

これはなんなのだろうか。その当然の興味にうながされ、紙片を開いてみると、白地の表面に記された〝OSANAGI-YAMA〟なる黒い文字列が目にとまる。どんな意味のある語句かと想像し、バラク・オバマはそれにしばし見いってしまう。

そうして見いだされた“OSANAGI-YAMA”の文字列は、馥郁たるフレグランスの記憶とともに深く脳裏に刻みつけられる。思いがけないラブレターをもらったティーンエージャーみたいに、五二歳のバラク・オバマは胸を高ならせる。

“OSANAGI-YAMA”とはいったいなんだろう。未知のゴルフ用語かメーカーからのメッセージか。さらなる当然の興味にうながされ、「ますます混乱を極める世界」と向きあう大統領はたちどころに探究心を働かせる。

息ぬきが必要なゴルフ愛好家であり、「幅広い音楽趣味」の持ち主として知られるバラク・オバマは、「ハイテク・ガイ」を自称する男でもある。

オバマ大統領がBlackBerryに替わるスマートフォンを入手したエピソードを語る。「私はハイテク・ガイだからね」 ‐Engadget日本版

２０１６年６月13日，午後 12:00 in Blackberry　Munenori Taniguchi

米国大統領バラク・オバマ氏は、大統領就任以前から熱心なBlackBerryユーザーとして知られています。ところが、その任期もあとわずかとなったところで、新たなスマートフォンを手にしたことをテレビ番組で語りました。

［……］

「私はかつてはハイテク・ガイだったんだよ。ホワイトハウスに大統領として初めてBlackBerryという多機能電話を持ち込んだのも私だ。でも何年かしたらだれもBlackBerryなんか使わなくなっていた」と笑いを誘います。

そして、今年ついにBlackBerryに替わる新しいスマートフォンを入手したというエピソードを紹介します。まずは入手前の期待感について「いつも娘達や妻が画面を触ってメッセージを送ったりしてるのを見てたんだ」と前フリ。続けてその〝最新の素晴らしいスマートフォン〟を受け取ったときにこう言われたと話しました。

「えー、大統領。セキュリティ的な観点からカメラ、メール他のテキストメッセージ機能、そして電話機能は使えません。もちろん音楽再生もダメです。」

大統領は「まるで幼児向けのおもちゃじゃないか。この画面もステッカーじゃないだろうな」と自らツッコミを入れつつ会場を沸かせました。

「……」

ちなみに、今年4月にはThe New York Timesが「ホワイトハウス職員の一部がiPhoneにグレードアップしたものの、大統領はまだBlackBerryを使っている」と報じていました。

携帯電話に関しては二〇一六年四月時点でも「大統領はまだBlackBerryを使ってい」

たとされているが、タブレット端末のほうなら最新型の導入に乗り遅れることはなかったようだ。五年前の二〇一一年、「ハイテク・ガイ」はみずからそれを明言している。

オバマ米大統領、ジョブズ氏から「iPadもらった」 －FOCUS-ASIA.COM

２０１１年10月4日12時45分

【新華社】米オバマ大統領は3日のメディア取材で、アップル社のタブレット端末「iPad」が発売される前に、同社の創業者であるスティーブ・ジョブズ氏から「iPad」をプレゼントされていたことを明かした。

米ABCとヤフーの取材を受けた際の発言。「iPadを1台持っている。確かに発売さる（ママ）前にジョブズ氏の手から受け取ったものだ」と認めた。オバマ大統領は、今年3月に発売された「iPad2」に似たタブレット端末を手にしている写真が3月以前に公開されていた。「iPad」の使い道については、「ブログの閲覧やニュースのチェックに使う」とコメント。コメントを書き込むことがあるかという質問には、「それはしない。やり出せば止まらなくなる。他にやるべきことがある」と返した。

（編集翻訳　松尾亜美）

息ぬきが必要なゴルフ愛好家であり、「幅広い音楽趣味」の持ち主として知られる「ハイテク・ガイ」は、宵っぱりの働き者でもある。

オバマ流の夜ふかし執務はこうだ！ー朝日新聞デジタル

2016年7月29日18時21分　マイケル・D・シャー／ニューヨーク・タイムズ

「まだ起きている？」

午前1時を過ぎて、こんなメールが届くことがよくある。厳重な安全対策がとられたブラックベリーから発信され、そのアドレスもごく限られた人にしか知られていない。

受け手は、くたびれてはいる。が、それよりも、「ボス」がまた寝ていないのが気になる方が先に立つ。

米大統領バラク・オバマからのメールだ。

「……」

〈睡眠はよくて5時間〉

オバマは、もともと夜ふかし型を自認していた。夜になってからの、孤独な執務時間がいかに重要であるか。大統領になっても、その認識は変わらなかった。

ホワイトハウスにいるときは、夜はこんな過ごし方になる。

午後6時半、妻子と夕食。食後は、居住区域の同じ階にある書斎「条約調印の間」に向かう。側近によると、一人で4、5時間を過ごすことが多い。

マイケル・D・シャーによるこの記事は、宵っぱりの「ハイテク・ガイ」にはひとりぼっちで部屋にひきこもりたがる気質があることをくりかえし伝えている。

「米国の大統領の中には、他の人と話すことによって新たな活力を得ることの多い人が、何人かいた」と歴史家のドリス・カーンズ・グッドウィンは指摘する。オバマとは、大統領になってからのこの7年半の間に、何回かディナーを共にしており、「独りで家にいるのが好きなタイプのようだ」と評する。

同記事のなかで「普段この部屋にいるときは、ほとんどが独りだ」と書かれている「この部屋」とは、「居住区域の同じ階にある書斎『条約調印の間』」を指している。バラク・オバマはそこで「ほとんどが独り」になってひきこもり、「夜ふかし」をしているのだ。

「ブリーフィングの資料を読んだり、書類を作ったりしていると夜11時半ぐらいになる。それから30分ほど読書などをして、ベッドに入るのは午前0時半か、もう少し遅くなる」。オバマは、2009年にニューズウィーク誌の編集長にこう語っている。ひとりぼっちのひきこもりを好む性格でも、息もたえだえですっかり消耗し白髪が増えるいっぽうの大統領は、ときには親しい職員と娯楽に興ずることもある。

オバマがホワイトハウスに入ってすぐのころは、夕食後の執務は午後7時15分ごろに始まった。と言っても、まず居住区域の3階にある娯楽室「ゲームルーム」に向かった。ブランズウィック社製のビリヤード台があり、オバマ家の料理長をしていたサム・カスと45分ほどエイトボールを楽しむためだ。

大統領執務室での激務の一日を終えた心身を、少しでもほぐしたいというのが、カスの考えだった。二人は、勝敗のスコアを取り続けた。2014年の終わりに、カスがホワイトハウスを去ったときは、「相手がちょっと勝ち越していた」。

とはいえ、「独りで家にいるのが好きなタイプ」が「大統領執務室での激務の一日を終えた」あとに最も身をおちつけたい場は娯楽室ではなく、その下階にある「この部屋」らしい。

当初は、ビリヤードが終わると、オバマは二人の娘を寝かしつけに行った。しかし、娘たちは成長し、今は「条約調印の間」に直行している。部屋の名は、米国がスペインに勝利した1898年の米西戦争などの歴史的な文書が、ここで署名されたことに由来している。

「直行」するほど「条約調印の間」にひきこもりたい五〇代のバラク・オバマは、そのベージュの壁にかこまれながら「一人で4、5時間を過ごす」あいだ、息ぬきすることも忘れない。

〈ときには息抜きも〉

「条約調印の間」での時間が、すべて執務に費やされるわけではない。ワーズ・ウィズ・フレンズのゲームを楽しんだり、自分のiPadでボードゲームの「スクラブル」のような遊びをしたりすることもある。大きなスポーツイベントがあれば、テレビの音量を上げて画面に見入りもする。

「……」

ニュースをチェックするときもある。自分のiPadなどで、ニューヨーク・タイムズ、ワシントン・ポストやウォールストリート・ジャーナルを流し読みしていく。

iPadで「ブログの閲覧やニュースのチェック」をおこなうが、「やり出せば止まらなくなる」し「他にやるべきことがある」からコメントは書きこまない、というのがバラク・オバマの流儀だ。「威嚇だけで実際は行動できない『挑発的な弱さ』」を指摘される自由世界のリーダーが、気に入らないウェブ投稿を見つけてはかっかきて、たちまちキーボードウォリアーと化してしまうような醜態は決して世間にさらしてはならぬと自重しているわけである。

「他にやるべきこと」はもっぱら執務に関係しているが、私的な関心の追求が常に除外されるわけではない。「条約調印の間」にひとりぼっちでひきこもる「4、5時間」のうちに、iPadの操作にかぎっても「他にやるべきことが」いくらでも生まれうる。監獄なみに不自由な「最新の素晴らしいスマートフォン」を持たされている身とはいえ、発売前のiPadを「ジョブズ氏の手から受け取った」ことのある特権的「ハイテク・ガイ」としては、新型が出ればただちに使ってみたくなるし新機能も利用してみたくなる。

したがって、五二歳のバラク・オバマはiPad Airも発売直後には手に入れているし、人工知能秘書機能アプリケーション・ソフトウェアSiriとの深夜の内緒話が就寝前の欠かせぬ息ぬきとなるくらいに当の多機能情報端末を愛用している。

それどころか、息もたえだえですっかり消耗してしまっている孤独なグレーヘアーのひきこもり男はSiriに依存気味でもある。スパイク・ジョーンズの近未来SF映画に少々ひとごとならぬものを感じつつ、首席補佐官以上になんでも即答してくれる人工知能との秘密のおしゃべりについつい夢中になりすぎて、童心にかえって相手を質問攻めにしてしまうことすらめずらしくない。

ヤマダ・エンペラー〝55〟のラバーグリップのなかから筒状にまるめられた一枚の紙きれをとりだした日の夜も、バラク・オバマの心は血の通わぬ秘書との歓談を自然と欲している。

馥郁たるフレグランスの記憶にいざなわれ、ゴルフ愛好家はあらためてこう思う。〝OSANAGI-YAMA〟とはいったいなんだろう。その当然の興味にうながされ、「ハイテク・ガイ」はSiriに気やすく訊ねてみる。ヘイSiri、〝OSANAGI-YAMA〟ってなんのこと？　首席補佐官以上になんでも即答してくれる人工知能は、はい、こちらが見つかりました、と今回もわけなく答えを差しだし、アメリカ合衆国第四四代大統領の好奇心を満たしてくれる。

●

血まみれのラリー・タイテルバウムが阿部和重の住まいを訪れて一ヵ月が経ったが、状況はなにひとつ好転していない。

セルフオペによる止血には成功したものの、ひどい貧血の症状がつづいており、ラリーの体調は万全にはほど遠い状態にある。おまけにせっかくスキンステープラーで縫いあわせた傷もほどなく化膿してしまったため、弓形のピンをすぐに抜きとって膿を出しきらねばならなくなり、そのまま開きっぱなしにして自然にふさがるのを待っている傷口は、なおも痛々しいありさまだ。病院にはつれてゆけず、ホームヘルパーやケアマネージャーに頼ることもできない潜伏中の身ゆえ、かくまう者が世話を焼いてやらねば孤立無援の自称CIA職員はとうてい生きのびられそうにない。

かくして、慣れない看護役から依然として解放されずへこたれている阿部和重は、電話で泣きごとをならべて仁枝亮作を近所の不二家レストランに誘いだした。ささやかな息ぬきのひとときを味わうべく、三時のおやつを奢らせてやけ食いするためだ。

「薄情な人間ばかりのこのご時世に、赤十字でもないのに一ヵ月も死にかけの外国人を自宅で手あつく保護するなんて最高の美談じゃないですか。大事な仕事もなげうっての人命救助ですからそりゃ誇っていいと思いますよ。ついでに寝る間も惜しんで原稿を書いてくれてさえいればね、うちとしては申し分なかったんですけど」

「だからいちまいも書いてないわけじゃないって言ってんじゃん」

「そうだとしても、一日中ずっと怪我人の介護してるわけじゃないだろうし、仕事する余裕はありますよね」

「介護だけじゃないから、子そだてもあるから」

「映記くん保育園でしょ」

「ああ、行ってるよ」

「ならあるじゃないですか」

「なにが？」

「時間が」

「いつだよ」

「おむかえ行くまでのあいだですよ」

「知ってるか？　日中は介護だけじゃなくて家事もあるんだよ、洗濯とか掃除とかさ」

「ずっとじゃないでしょ、今だっておやつ食べてるし」

「少しは休ませろよ」

「なら夜中とか」

「昼にいろいろやって疲れるじゃん。そしたら寝ちゃうじゃん」

「だから寝なきゃいいんですよ」

「おそろしいやつだな。そういう冷酷非情な抑圧が過重労働者の声なき声を封じこめて、無償の家事労働従事者を苦しめてるんだぞ」

「なんでもいいけど、仕事さぼる言いわけにしてませんか？　嘘はノーグッドよ？　日本語わかりますか？」

「日本語はオーケーだし、一〇〇パーセント現実なのよこれ。幼児と怪我人いっぺんにかかえてたいへんなの、理解してほしいよね。書くこと考える時間もないんだから」

「書くことなんか今まさに目の前に転がってるじゃないですか」

「どれだよ」

「育児と介護」

「そのままじゃねえか」

「現代日本社会の二大テーマに身をもって直面してるところじゃないですか。生と死をめぐる普遍的な問題に対する阿部さんなりの見解を世に問う絶好の機会が訪れたわけですよ」

「へえ、そうなんだ。なんだか不思議とやる気でてきたわ」

「なによりです。われわれエージェントはせいぜいケツひっぱたくかおやつ奢ってあげることくらいしかできませんからね」

「そいつはありがたい。親ごころのようなものすら感じるよ」

「親ごころっていえば、映記くんのあれはおさまったんですか？」

「なにが？」

「パパはいやだ、ママがいいってずっと訴えられてるって話ですよ」

「ああ、たぶん今もどこかで言ってるよ。口開けばママがいいだからほんとまいるわ——」

自分から訊いてきたくせに、仁枝亮作は急に関心をなくしたみたいに視線を落としてスマホの着信を確認しはじめている。ケツをひっぱたかれながらスイーツバイキングを奢ってもらっている立場としては不問にふすほかなく、阿部和重はかまわずひとりごとでもつぶやくみたいに言葉をつづける。

「あいつ、だれに似たんだかとにかくあきらめが悪くてさ。飯食うぞとか風呂入るぞとか歯みがきするぞってたびに、かならずべたーって寝そべってひと騒ぎするからな」

「反体制デモですね」

「毎晩だからやばい。プロ化してやがる」

「頼もしいじゃないですか。その調子で立派なアクティビストに育ってもらいましょう」

スマホ見っぱなしで適当なことほざきやがると仁枝にいらだつも、そういえばと、ふと連想が働く。反体制デモに取り組むアクティビストといえば、「永田町直下地震」真相究明運動ネットワークの現状はどうなっているのか。関わるのが億劫になっていた矢先にラリー・タイテルバウム蔵匿問題をかかえこんだことから、家庭の事情を表むきの理由として会合にはいっさい顔を出さずに一ヵ月がすぎた。いっぺん食らいついたら絶対に放さぬと書きぞめに毎年したためていてもおかしくない連中だから、フェードアウトも簡単にはゆくまいと思われたが、今のところはあつまりへの出席を直接に促迫されるような圧力は受けていない。ゆえにかえって不気味でもあると阿部和重は感じている。

それに対しては仁枝亮作が鼻で笑いながらこう報告する。

「じつはちょうど連中からメールがとどいたとこなんですよ。相思相愛じゃないですか阿部さん」

「え、なんつってきてんの？」

「放射性物質の除去を目的とする社会奉仕活動を新たに開始いたしますので万障おくりあわせのうえぜひご参加ください、だそうです」

「なんだそりゃ。具体的になにやんのよ、書いてある？」

「国会跡地にＥＭ菌を散布するって書いてあります。なんすかね、ＥＭ菌て」

「検索してみ」

「Wikipedia に項目ありますね。有用微生物群ってのが正式な名称らしいですよ。放射性物質って微生物でとりのぞけるのか」

「そんな記事、どっかで読んだおぼえあるな――」

「ははあ、なるほどね」

「どした？」

「阿部さん、ＥＭ菌万能ですよ。交通安全や人間関係の改善にも効果あるって。いじめがなくなり病人もいなくなる――」

「すごいじゃん、おれもほしいなそれ」

「『人類の抱えるほとんどの難問をすべて解決する』って開発者が言ってるそうですよ」

「マジか、ちょっと見せて」

仁枝亮作のiPhoneを受けとった阿部和重は、Wikipediaの項目「有用微生物群」の「原理」に注目する。そこには次のように書かれている。

原理

「常識的な概念では説明が困難であり、理解することは不可能な、エントロピーの法則に従わない波動」である「重力波と想定される縦波」が「低レベルのエネルギーを集約」し「エネルギーの物質化を促進」する、この「魔法やオカルトの法則に類似する、物質に対する反物質的な存在」である「蘇生の法則」こと**シントロピー**[12]現象がEMの本質的な効果であると比嘉は推定している[13]。

また、EMに結界（聖なるものを守るためのバリア）を作る性質があることは「EM関係者の間では広く知れ渡っている」と比嘉は語る[14]。

Wikipediaの項目「有用微生物群」にはまだまだたくさんの事柄が書かれているが、阿部和重は「原理」のみに目を通すと、きびしい顔つきでiPhoneを持ち主にかえした。

そしてすかさず熱いコーヒーをすすり、北海道なめらかチーズケーキのやさしい食感に逃避した。

ジャケットの内ポケットにiPhoneをしまいながら仁枝亮作がつぶやくように言う。

「業者にでも乗っとられちゃったんですかね」

「なにが？」

「真相究明運動がですよ」

「EM菌の販売業者とかにってことか」

「そうそう」

「どっちにしても、こっち方面に行っちゃうのはまずいよな。余計に信用なくすだろ」

「ただでさえひとが減っちゃって存続危機だったのに」

「このまま自滅かもな」

「でも、そもそも国会議事堂崩落の原因が地下核爆発地震って言いはってる時点で、世間一般の支持は捨てちゃってるも同然の運動ですからね」

言いおわるやいなや、仁枝亮作は軽く驚いたように眉をあげた。即座に同意がかえってくるはずが、アヒルロにでも失敗したみたいに唇をひん曲げて押し黙っている契約作家の反応に意外性を見てとったらしい。阿部和重が真正面から見すえて「なんだよ」と問うと、仁枝亮作は薄笑いを浮かべておそるおそる真意を問いただそうとしてきた。

「いやなんか、異論ありそうなやばめの空気を放って黙ってらっしゃるので、ビジネスパートナーとしてはお考えを聞いてさしあげたほうがよろしいのかなと思いまして」

特に意図があっての沈黙ではなかったが、異論はたしかにあるなと阿部和重は思う。物騒な居候から菖蒲家にまつわる核疑惑を知らされてしまったおかげで、おのれに巣くうちいちゃな陰謀論者どもがきゃいきゃい騒ぎたてているのだ。ちいちゃな陰謀論者どもいわく、スーツケース型核爆弾が国内に持ちこまれている可能性が浮上した以上、旧国会議事堂の崩落をめぐる地下核爆発地震原因説は完全には否定できなくなっている、きゃいきゃい、というわけである。

が、この世界仰天ニュースを目の前のビジネスパートナーにすんなり納得させるのは生やさしいことではない。おたがいに共有できている情報が不足しすぎているからだ。泣きごとをならべて三時のおやつを奢らせるに際し、阿部和重はなにもかもぺらぺらしゃべってしまったわけではない。ラリー・タイテルバウムの打ちあけた「今そこにある危機」についてはなおも頭が整理しきれず半信半疑の状態だが、それを第三者にありのまま語りつぐにはいちいち注意をうながさねばならぬため、自制が働いたのだ。

現に流血の事態が生じており、どうやら危険はまだ去っていない。玄関チャイムが鳴っても知りあい以外は応対するなと居候にうるさく言われており、宅配の荷物も近所のコンビニで受けとることにしている現状では、面倒ながらも情報漏洩に気をくばりつつ、周囲を巻きこむリスクも減らさなくてはならない。

したがって、仁枝亮作には経緯をあいまいに話して質問ははぐらかし、あのアメリカ人は独自取材中に揉めごとを起こして重傷を負ったすえ、仕事の発注先たるわが家へ逃げこんだ調査報道記者だとしか伝えてはいない――『ニューズウィーク』編集者という素性はこちらの勘ちがいであり、同誌にたびたび寄稿しているフリージャーナリストが彼のほんとうの肩書きなのだといつわりの訂正も加えてある。

そんなごまかしだらけの説明のせいもあり、ラリー・タイテルバウム蔵匿問題は仁枝の目にはますますうさんくさく映っているらしい。ワンオペ家事育児に音をあげた四五歳自由業が、単に仕事をさぼる口実をでっちあげているだけではないかと疑い、遠慮なくいやみをぶつけてきている、というのが目下の状況なのだ。

「なんすか今度は、にやにや笑って」

異論はたしかにあるが口にはしないことにした。北海道なめらかチーズケーキのほわほわした味わいに水をさしたくないと阿部和重は思っているのだ。ほわほわふわふわの心地にひたっている最中だというのに、不動産屋の重要事項説明みたいな注意喚起を延々つづけて菖蒲家にまつわる核疑惑なんかをいちから説き明かす気分になどなれるわけがない。どうせおいらは平和ボケの島国国民（ガラパゴス）にすぎないのだ。

地下核爆発地震原因説はでたらめとも言いきれない、などという中途はんぱなどんでんがえしを、今さら仁枝だって聞かされたくはないだろう。真偽不明で予測の立てにくい厄介な案件への深入りはだれだって望むまい。だから今は黙るほかない。黙りこみ、にやにや笑ってやりすごすのがここでの最適解にちがいないと阿部和重は信じている。

「なんなんですか、にやにやしちゃって。言ってくださいよ、気持ち悪いなあ」

仁枝亮作の追及はにやにや笑いでかわせたが、深沢貴敏が相手となるとそうはゆかない。どこまでも深く潜りこもうとしてくるばかりでなく、なにごともはっきりさせずにはいられないのがあの男の性分だからだ。

不二家レストランを出て仁枝とわかれたあと、阿部和重はその足でスーパーに立ちよった。夕飯の買い物をしてから保育園へ向かい、息子をピックアップして家に帰りついたときには午後六時一六分をまわっていた。

食事の支度にとりかかるより先に、いやがる映記をキッチンシンクの前につれてきてお手々を無理矢理あわあわふわふわで洗ってからキッズチェアに座らせる。よくもまあいつもいつもそこまで憤慨できるもんだと思わせるほど息子は顔をまっ赤にして抗議しているが、今日は機嫌をとるための切り札を用意してある。Amazonで買っておいた『シールであそぼう！　ウルトラマンギンガ』をさっとあたえてやると、三歳になって間もない男児はただちにページをくりだしてシールぺたぺたに夢中になり、みるみるうちに怒りを静めてゆく。シールブックなるものがわけなくわが子の鎮撫に成功したのを見とどけた四五歳自由業の父親は、円谷プロに感謝しつつ胸をなでおろした。

ラリー・タイテルバウムの姿はふだん通りリビングにある。二年前に妻が買った高級巨大革ばりソファーのどまんなかに鎮座し、うっかりグロ画像を開いてしまったネット閲覧者みたいにものすごく暗い表情でNEC VersaPro タイプVFの液晶ディスプレーを見つめている——もとから所持していた古いノートパソコンは安全策として解体してしまった彼は、Amazon で新たに購入した中古機器を操作しているところだ。

ラリーが陰気なのは毎度のことなのでわけを訊いてやる必要はない。おおかたまた、旅客機が墜ちたとかロシアがなにかやらかしたとかの悪いニュースにでも触れたのだろう。あるいはみずからの体調回復が思うようにはかどらぬなか、四月の二二日と二三日の両日で最終調整中と報道されているオバマ大統領の訪日予定日が日々刻々と迫っているため、焦心にかられているのかもしれない。

「阿部さんおかえりなさい。今夜のメニューはなんでしょうか」

「鱈ちり鍋です。そんなに時間はかかりませんからこっちで待っててください」

「白身魚ですね」

「豆腐もたくさん入れますよ」

「それはありがたい」

ラリーはかならずしも豆腐好きというわけではない。とにかくたんぱく質をとりたいというのが怪我人のリクエストなのだが、肉類をがっつり食らうような重たい食事がつづくのはまだきついらしい。好物だというステーキ肉さえはんぶんくらい残すこともあるいっぽうでなかなか貧血がおさまらず、任務を中断している彼はあせりを募らせているのだ。

「あ、阿部さんそういえば――」

「なんです?」

「すみません、ミルクを空にしてしまったことを伝えるのを忘れていました」

「大丈夫です。牛乳も豆乳も両方とも買ってきました。冷蔵庫に入れてあるので、どちらでも飲みたいほうをどうぞ」

「ありがとうございます。ヤクルトもありますか?」

「ありますよ」阿部和重はラリーに身を寄せて小声になる。「映記に見つからないように飲んでください」

ヤクルトで命をつなぐCIAケースオフィサーはにっこり笑ってうなずき、三歳児に気づかれぬよう忍び足で冷蔵庫に近より、お目あての乳酸菌飲料をおもむろになかからとりだした――不運にも、玄関チャイムが鳴ったのはそのときだ。

ダイニングキッチンにつどってディナーにそなえる三人の男たちはいっせいにぴたりと動きをとめた。この一ヵ月間は来客があるたびに、ピンポンを耳にした途端こんな感じになるのがお約束になっている。今回は予定外のゲストであり、わざわざ夕飯どきに訪れているところが緊張感をそそる――住人の不在を避けるねらいが読みとれると同時に、悪印象を持たれてもかまわぬような来訪目的が想像できるからだ。

とはいえ今日もなにも起こるまい。そう予想しつつも、短気な居候がヘイケガニみたいな顔になってかりかりするので仕方なく、阿部和重は用心ぶかくなっているふりをする。そして短く居候とアイコンタクトをかわしてからゆっくりとリビングへ向かい、ドアフォンの液晶モニター越しに訪問者を確認する——ここまでが、毎回の決まった流れである。

液晶モニターが映しだしているのは深沢貴敏だ。面倒くさいやつがきやがったなと思い、居留守を使える状況を成立させるべく阿部和重は小説家の想像力をフル稼働させる。しかし三秒もしないうちに、それは不可能だと彼は悟る。ラリー・タイテルバウムの不注意により、Ｎｅｗヤクルトカロリーハーフの五本入りパックをちいさな自由の闘士に発見されてしまったのだ。

かくしておのれの生存権をかけた抗議活動が勃発し、三歳のアクティビストによるサウンドデモの訴えが屋外にまで響きわたって居留守はあえなく不成立となる。これで今夜は四人で鍋をつくることになってしまったが、果たして材料はたりるのか。家事労働に不なれな四五歳六ヵ月の男にその見とおしは立てられない。

●

「いいから聞くだけ聞いてよ阿部さん。こうすればいいじゃん、ていうただの提案だから」

そんなわけあるまいと脳裏でアラートが鳴るが言葉にはしない。「ただの提案」で終わる話ではないことはわかっている。が、言うだけ言わせてとりあわなければいいと思い、息子と浴室内にこもっている阿部和重はドアいちまいへだてた向こうの深沢貴敏に「なら言ってみ」とうながしてみる。

「要するに彼、調子もどんなくて貧血もつらいから、仕事の復帰に遅れちゃっててぴりついてるってことなんでしょ？」

ラリーのことだ。「まあだいたいそんな感じ」と阿部和重はかえした。

「だったらおれが代わりに神町に行きますよ。来週からちょっと暇になるし、先遣隊ってことで。そのなんとかっていうリゾートホテルに何日か泊まれるんだったら骨休めにもなるからちょうどいいわ。それに取材だったら阿部さんより数こなしてるおれのほうが適任だよね。あやしいやつから話を聞きだすのだって慣れてるし、うまくやりますよ」

深沢貴敏の声はおちついているが毛ほども迷いがない。こいつが勝手にひとりで盛りあがりだすと手に負えなくなってしまうしろくなことがない。このうえさらにトラブルの種をかかえこむのはごめんだとおののく阿部和重は、眠りかけてうとうとしている映記の体を洗いながらドア向こうの相手を諭しにかかる。

「いやあ、それはどうかな。この件おまえは無関係なんだし、下手に関わんないほうがいいと思うぞ」

「無関係はひどいな。おれが薬の手配してあげたおかげであのひと死なずに済んだんだから、首つっこむ権利くらいあるでしょ」

「先走んなって。恩義でどうにかなるような話じゃないんだってば。だれがやってもいい仕事ってわけでもないし」

「でももともとは阿部さんが頼まれてた仕事なんでしょ？　ならおれがひきうけたってちがわない気がするけど」

「それはおまえが判断していいことじゃないんだよなー」阿部和重はつい笑いまじりに応じてしまう。

「あれ、ひとの善意を笑うんだ」

「悪いがほんとにそういうことだからさ」

「でもおれはもうやる気なんで、とめても無駄ですよ」

「なんだよそれ」

「だってリゾート行きたいしアイソレーション・タンクとかも入ってみたいしね。こうなると自分でもストップかけられないんだな」

「だからな、やる気だの気持ちだのを汲んでやって即はいどうぞってわけにはゆかないんだって、さっきからおれ言ってんじゃん」

「阿部さんそこ重く見すぎなんじゃないかな。きっといい解決法ありますよ」

かたくなな反応をひきだしてしまい、まずいことになってきたなと阿部和重は両手を泡だらけにして自分の物言いを悔やむ。噴火警戒レベル3の入山規制が実施されるべきあやうい状態だ。火傷させられる前にしっかり鎮火しておかなければならないところだというのに、油に水をかけて火の勢いを強めることにしかなっていない。

ふと見ると、深沢との会話に気をとられているあいだにカウブランド無添加泡のボディソープを使いすぎて息子がミシュランマンみたいになっている。こちらの危険物も、眠気をさまたげられたと爆発しないうちに安全処理をほどこしてすみやかに寝床へつれてゆかなければならない。

「阿部さん聞いてます？」

深沢は依然くっちゃべっていたようだ。阿部和重は正直に「考えごとしてたわ、なに？」と問いかえす。するとドア向こうから予想外の妥結案が放られてくる。

「どのみちね、当事者じゃないおれと阿部さんがこうしてふたりで話しあってても埒あかないし、本人に判断してもらいましょうって言ったんですよ」

阿部和重は虚をつかれたように「え」ともらしてしまう。そして自身の洗身を途中で切りあげると、映記を抱っこしたままあわてて浴室のドアを開けて出る。

脱衣所には深沢貴敏とともにラリー・タイテルバウムの姿もあった――目の前に登場したずぶ濡れすっぱだかの親子をふたりしてじっと見つめている。他人の視線を浴びるのがひさびさだったせいか、陰茎がだしぬけにぴくりと勃起してしまい、四五歳自由業の父親はすばやく前かがみになって股間を隠さなければならなかった。深窓のご令嬢みたいにしょっちゅう立ちくらみしているくせに、髭のおっさんはいったいいつからそこにいたのか。まずいことになってきたし話がややこしくなってきた。バスタオルで映記の体をふいてやりながら、つづきをリビングでやるほかなさそうだなと観念し、阿部和重はあと溜息をつく。

深沢貴敏のアポなし訪問は、二子玉川エリアに寄ったついでというのが本人の弁だが、仁枝亮作からの緊急視察要請があったことも彼はあっさり白状している――ニコタマダムに贈る厳選グルメ情報取材の一環として、こってり系なのに後味すっきりと評判の隠れ家的濃厚豚骨ラーメン店を訪れた深沢が、そこでいちばん人気のネギラーメンをすっていたところ、阿部の様子が変なので近くにいるなら実情をチェックしてきてよとせがむショートメッセージが仁枝から送られてきた、というのが正確な時系列らしい。

取材の直後で満腹だった深沢は、手みやげに買ってきた末廣酒造微発泡酒ぷちぷちを飲むだけにとどめ、一緒に鍋をつつきはしなかったもののその分、自分の本分を存分に発揮して何度も箸をとめさせた。阿部親子とラリーが食を進めるのを静かに眺めつつ、ときおり鋭い質問を投げかけ、今そこにある秘めごとを明るみに出そうとしていた。

腹を探りあうなか、だれかの箸がとまるたび、百戦錬磨のインタビュアーたる深沢貴敏の関心はラリーのかなでる「世界崩壊の序曲」へと肉薄してゆくため、鱈ちり鍋を味わうどころではなかった。その誘導訊問にひっかかり、阿部和重がスーツケースとかCIAとかアヤメメソッドなどといったキーワードを口走ってしまうのも時間の問題だったから、ディナータイムのあとはすぐさま浴室へと逃げこまざるをえなかったのだ。

息子を寝かしつけてリビングへもどると部屋中が白くけぶっていた。カセットコンロの消しわすれの火が衣類かなにかに燃えうつったわけではなく、深沢貴敏がおみまいに持参したという医療用紙巻き大麻を療養中のアメリカ人とまわし飲みしているのだ。ふたりがすっかり打ちとけているのを見て、こいつは先手を打たれてしまったぞと阿部和重は舌打ちする。

「菖蒲リゾートの取材を深沢さんにお願いしようと思います」

案の定、いきなりラリーがそう告げてきた。だからおまえは邪魔するなよとでも言いたげに、妙にすわった目を向けにらみつけてきてもいるのが居候のぶんざいでしゃらくさい。これでやっと停滞していた任務を再開させられると安堵しているのか、口もとだけはにやついている。どうなっても知らんぞと阿部和重は思うが、それならそれで深沢に対しどこまでのことを説明ずみなのかと不審を抱く——この短時間にすべてのいきさつを伝えきれるはずがないからだ。

怪我人であるのをいいことに、バカでかいソファーをひとり占めしているテロ対策専門家の横に腰をおろし、いちゃつくカップルみたいにぎゅっと肩を寄せた阿部和重は、深沢貴敏を横目で一瞥しつつひそひそ声で隣に話しかける——部屋のすみっこでマリファナを吸っている深沢は、テトラヒドロカンナビノールの効果でいい感じに鷹揚になっているのか、悠然たる面持ちでスマホの画面に目をやっているところだ。

「まさかあいつにもう全部しゃべっちゃったの？」

「いいえ、必要なことしかしゃべっていませんよ」

「必要なことってどれよ」

ラリー・タイテルバウムが耳もとでささやく日本語は入れ歯をはずした老人みたいにわしゃわしゃいうのでひじょうに聞きとりにくかったが、阿部和重は渾身の集中力でもってそれをみずからの脳裏で再構成することに成功した。「菖蒲リゾートが反米勢力の闇取引に関わっているという情報を独自につかんだので、宿泊体験のレポーターをよそおって調査取材をおこなう予定だったが組織犯罪集団による暴力的妨害に遭い、先に進めずたいへんこまっている」というのがその内容であり、おうむがえしに確認をもとめるとラリーはうんとうなずいたから聞きまちがいはなさそうだ。

「時間がないのです、急がなければ決定的な証拠がどこかへ消えさってしまいます、ともわたしは伝えました。するとと彼のやる気はますますふくらんだようです」

言いおえると、ラリー・タイテルバウムはいつもの微笑みを浮かべたはずだが、阿部和重の瞳に映るのはおそろしげな黒山羊頭のしたり顔ばかりだ。マリファナの副流煙を吸いこんだ影響から生じた幻覚ではないだろう。自称CIAのよこしまな心が透けて見えたことから、彼のそのスマイルがいかにも悪魔的すぎてバフォメットのイメージと重なってしまったのだ。

真の厄介者はこのアメリカ人のほうだったと思いあたった阿部和重は、日ごろは敬遠したい相手ながらもいろいろ世話にもなっている年少の友人にきちんと翻意をうながさなければと考えなおし、部屋のすみへと場所を移動する。そうして今度は深沢にぎゅっと肩を寄せ、彼を説得するべくひそひそ話しかけてみる。

「真面目な話、おまえこの仕事おりたほうがいいぞ」

「え、またそれなの」持参したおみまいの品は結構なダウナー系らしく、すでになかなかの恍惚状態にある深沢貴敏の話しぶりはだらだらしている。

「金にもならんしリスクしかないぞ」

「でもリゾート泊まれるし、おもしろそうなホテルだし」この程度の受けこたえすらえらく面倒くさそうに深沢は述べている。

「そんなの別にちがう機会でもいいじゃんよ」

「つってももう予約しちゃったし」

言いながら、絵に描いたみたいににやりと笑った深沢貴敏が、iPhone 5を掲げてホテル公式サイトの予約画面を見せつけてきた。ほんとかよとあきれつつ、阿部和重は眼前の液晶ディスプレーを凝視した。

「マジじゃねえか。四月なんてまだ寒いんだからキャンセルしろよ。せめてさくらんぼ狩りができる六月とかさ、もっといいシーズンに行けって」

「そういう観光したいわけじゃないし。それにこの手のホテルって、なんか特別なきっかけでもないと行かないからね」

「でもせっかくのリゾートなのに、やばい話の取材だから少しも気が休まらないじゃん」

「平気だよ、慣れてるから。つうか阿部さんしつこいね」

「いや、今回のやばさはおまえが慣れてるような種類のやつじゃないんだってば」

深沢貴敏はそっぽを向いてしまい、残りわずかな紙巻き大麻をつまんで煙を最後まで吸いきろうとしている。こいつもラリーと同様、全身全霊で邪魔するなと言ってきているなと思いつつ、阿部和重はひきさがらない。

「おまえわかってないんだよ。あのアメリカ人にさっそく乗せられてる時点で、修羅場くぐってきた経験が活かされてないってことだぞ」

「まだつづけんの？　それより阿部さんこそ、さっきからなにが言いたいのかさっぱりわかんないんだけど」

「は？」

「しつこく言うくせにちっとも要領えないんだもん。取材に行っちゃ駄目な理由って結局なんなの？　まわりくどくってなんもわかんないよ」

これをひとことで説明できれば苦労はしないのだが、はてさてどうしたものか。当初は自分自身がさらなるトラブルの種をかかえこむのを避けたかったからはじめた説得だが、今となっては身近な人間を危険に巻きこむのを食いとめなきゃと学級委員みたいな動機で行動を起こしている。

そのうえ深沢に問われてみて自覚したが、「取材に行っちゃ駄目な理由って結局なんなの」か、自分でもよく理解できていないのだ。こっちこそが、単にひっこみがつかなくなっているだけという気もしないでもない。痛いところをつかれて返答に窮した阿部和重は、面目くらいは保つべく、この際なんでもいいから答えねばとあせってしまう。

「だからわかんないかな、なんつうかこう、鳥肌たつっていうか、このやばい空気が。うっすら気味悪いのおまえ感じない？　ほんと洒落にならないんだよこれは、マジな話――」

「さっぱりわかんないって。阿部さん、クサ吸ってるときに笑かさないでくださいよ」

「いや冗談じゃなくやばいんだってこれは、ガチで」

「だからどうやばいのよ。頼むから笑かさないでよ」

「どうやばいかって、おまえそれ簡単には言えないよ、ほんとやばいから」

「だからそういうのやめてって、助けて、おなか痛い」

「だっておまえが言えっつうからさ」

深沢貴敏は、ひとしきり笑いころげてからテープを巻きもどしたみたいにあらためて阿部和重の急所を追及してきた。「ほらね、具体的なことは結局なんも言えないんじゃん」

「んなことないって、今から言うから」

ラリー・タイテルバウム本人が、至近距離でノートパソコンを操作しながらこちらをちらちら見ていると知りつつも阿部和重は腹をくくる。そもそも彼の言うことはまともじゃないのだと、シリアスな目つきでいちだんと声を低めて深沢に伝え、ぬぐいきれない自称ＣＩＡのいかがわしさに標的をさだめる。

「だからそのホテルが世界のあらゆる悪事につながってるって思いこんじゃってんだよ彼。関係妄想とかに近いんじゃないかな。マレーシア航空機いまだに消息不明じゃん。あれもそのホテルがらみだって言ってんだぞ。目的？　んなもん知らんけどさ。どうせテロかなにかだろ。ホテルは闇取引の舞台なんだと。世界中から悪いやつがそこにあつまってきてるって言いはってんだから。まあ瀕死の重傷くらって混乱しちまってたろうし、気の毒ではあるから本人の前でほんとはこんなこと言いたかないんだが——とにかくいかれてんのよ彼は。マジでいかれてんの。怪我したときに頭もぶつけちまったのかな。おまえだって今まで取材でいろんなやつの眉唾話きいてきたんだからわかるだろ、あれは完全にいかれたやつの目だろうが——」

夢中で話していたせいで、深沢貴敏がななめ上を指さし、そちらを見ろと示しているのに気づくのが遅れた。なんだろうかと思いつつしたがってみると、仁王立ちしているラリーが冷然とこちらを見おろしている。いったいいつからそうしていたのか、ヘイケガニの顔ではないものの、その寸前ではあるようなので口に気をつけるべきタイミングらしい。悲しげな微笑みがかえってはらわたの煮えくりかえり具合を印象づけている。この威圧感はさすがに無視できず、阿部和重は深沢貴敏の説得を中途で断念せざるをえない。

二〇一四年四月一〇日木曜日から一四日月曜日までの四泊五日が、深沢貴敏が予約した菖蒲リゾートの宿泊日程だ。

再開発中の新都においても異彩を放つ高級宿であり、YouTubeで公開されたPR動画の好感触も手つだって海外からの来客もめずらしくない——かように旅行ガイドで注目されている割にはさほど人気がないのか、あるいは年度はじめの連休前というエアポケットみたいな閑散期ゆえか、一週間前でもすんなり予約がとれてしまった。深沢はこれをネガティブにはとらえず、幸先のよさと受けとめ上機嫌になっていた。

深沢貴敏の上機嫌は宿泊初日にピークに達する。チェックインして数時間後に阿部和重に宛てて送ってきたショートメッセージには、彼自身の満足感どころか優越感すら率直に伝える言葉が記されていた。

阿部さんがなんであんなにしつこくおれの気を変えさせようとしたのかわかっちゃった。単純にうらやましかったわけね。ほんとは自分がここにきたかったのに、横どりされちゃったみたいになったから、癪にさわっておれをひきとめにかかったんでしょ。気づいてあげられなくてごめんね。それにしても、まだ二、三時間いるだけだけど、快適すぎてやばいよ。阿部さん地元のひとなんだから、そのうち泊まりにきたほうがいい。マジで。

むかっときて、阿部和重はただちに「仕事しろ」とかえした。それに対する深沢貴敏の返信はこうだ。

ちゃんとやってるんでご心配なく。とりあえず菖蒲カイトの担当業務は捕捉ずみ。ホテルの警備主任みたい。こんないいホテルなのに、警備主任が悪党だから闇取引が横行しちゃうのね。納得。

ラリー・タイテルバウムが調査対象として指名したのは菖蒲カイトと吾川捷子の二名だが、三上俊やオブシディアンや菖蒲家の家伝継承者みずきの写真も深沢貴敏に見せており、現地でいつでも本人確認できるようにそれらの画像をInstagramの鍵つきアカウントにあげている——そしてこの五名のうち、菖蒲みずきとオブシディアンにはこちらのねらいを即座に見ぬかれかねないので絶対に近づくなとラリーは釘を刺している。最大の収穫となるのは不審なスーツケースの闇取引状況をキャッチすることだが、さしあたっては菖蒲カイトや吾川捷子の動向を探り、どちらかが出入りする違法物品の隠し場所でも突きとめられれば合格点だ。その際に必須となるのは動かぬ証拠であり、かならず静止画か動画のいずれかに調査対象者の姿と現場の模様をおさめること。不審者との接触にも注意をはかり、調査対象の周辺かどこかで三上俊を見かけることがあれば即刻に連絡を、というのがラリーが深沢にあたえた指示のあらましである。

いくら顔がひろく、実行力があり、仕事が速い男だといっても、おたずねもののひとりをほんの数時間で見つけてしまったとは驚きだ。これには悪い予感がする。深沢貴敏がまた先走り、菖蒲カイトとばったり出くわしてちょいとインタビューしちゃうなど勝手な真似をしでかしているのではないかと反射的に疑った阿部和重は、おまえ慎重にやれよと即レスでうながす。チェックインして早々によろこびいさんで匪賊の一味たる警備主任に話しかけたりする宿泊客は、だれが見ても堅気のはずがなく、それこそ闇取引の当事者でなければ経験不足の調査員か浅はかな捜査員の二択しかなかろうからだ。

阿部さん心配性だねー。おれが初日からそんなヘマするわけないじゃん。ストレートに当人にあたらなくても、相手のふところに入っちゃえば、案外すぐにいろいろわかっちゃうもんですよ。つっても、距離はちょっとずつつめてくから大丈夫っすー。

深沢貴敏からの返信の文面に目を通すたびにいらっとくるのは、「快適すぎてやばい」感じが一文ごとにびしびしと突きささってくるためだ――だとすればつまり、「単純にうらやましかったわけね」という深沢の指摘は図星だったのかもしれないと阿部和重は思いあたる。そのようにわきまえると、いささか大人げない態度をとってしまったかとかえりみる余裕も生まれたが、つづいて送られてきたショートメッセージが四五歳自由業の反省心をきれいに吹きとばした。

それじゃこれからウェルカムヒーリングサービスで軽く癒されてきますわ。あ、そうだ、アイソレーション・タンクの体験プラン事前予約するの忘れちゃってて、あやうくチャンス逃すところでした！　噂によるとこのプログラムはほかにない特別なものらしくて、やばすぎるくらいガチのトランスを味わえるみたいなんで絶対に受けたかったたんですよ！　フロントに訊いたらチェックアウトのあとでも体験ＯＫだったんで、ぎりぎり最終日に予約できてほっとしましたー。こちらもレポ送るんで、楽しみにしててくださいねー。

そんな「レポ」などいらんわととっさに口に出すほどいらいらさせられたが、一、二分おくれで受信した残りのメッセージにはその腹だちをたちまちに静める効果があった。

あとそういえば、ホテルのロビーで川上さんにばったり会ってびっくりしましたよ！　スタッフと打ちあわせのまっさいちゅうみたいだったんで、挨拶くらいしかできなかったけど。おなじとこ泊まってるのかと思ったら、んなわけないって笑われました。ロングステイだしキャストとスタッフ全員だと大所帯になるから宿舎はよそのホテルなんですね。そりゃそうかと言われて気づきました。現場に近くて便利だから打ちあわせだけここのカフェ使ってるっておっしゃってました。少々お疲れのご様子で、映記くんのことすごーく気にされてましたが、撮影まだ半月はかかるそうですね。こんなとこでなにしてんのって訊かれちゃったんで、優雅にバカンスですって答えときましたー。

思いがけず妻の安否を知ることができたのは幸いだと阿部和重は感ずる——産後復帰作となる新作映画の長期ロケに取り組んでいる彼女は、二月末から神町に滞在しっぱなしで仕事にかかりきりになっており、連絡も滅多にとれない状態がつづいているのだ。四本目の監督作となるその映画の立案者は川上自身ではない。神町奠都にあわせて地元民間企業により立ちあげられ、彼女の全作品を手がけるプロデューサーに持ちこまれた地域振興企画がもともとの発端だ。

首都機能移転記念事業のひとつとはいえ、映画通を称する最多出資者の強い意向が反映されたことがつくり手にとっては奏功し、同種のプロジェクトにありがちなあたりさわりのない万人むけの教科書的ドラマに仕あげる義務はないという。いくつかの条件さえ守れば、内容や体裁は監督の好きにしていいという太っ腹なお墨つきをえており、製作資金も潤沢であったことから、仕事復帰にともない作風の新機軸を打ちだそうとしていた川上はこれをひきうけたのだった。

提示された条件のうち最も重視されるのは、製作時のリアルタイムな現地取材情報を作中に色濃く盛りこむことだ。昨今の邦画界においては数すくないオリジナル脚本のストーリーに、新都の各所であつめたリアルタイム情報を臨機応変に組みあわせ、虚実をとりまぜてドラマぜんたいをかたちづくる——そうした、セミドキュメンタリーやシネマ・ヴェリテなどの手法にも重なるところがある、第二次大戦後の数十年にわたって世界的に追求された映画的問題（ニューウェーブ・シネマ）意識にもとづく作品様式が、結構な資産家らしいシネフィルおじさんが望んでいる完成像なのだ。

当の注文を踏まえ、形式としての劇映画に記録映画の即興性や時局性を大幅にとりいれる構成での製作を進めているため、ドラマパートが撮了しても取材映像素材がもうじゅうぶんとなるまでは、監督はじめスタッフはロケ地への長逗留を強いられる。香盤表に沿って製作作業を進行しながら予定外の突発事にも対応せねばならない長丁場の仕事となり、撮影がない時間は取材や打ちあわせに費やされるばかり。宿舎はまさに寝に帰るのみの利用だし郷土料理の飲み食いを楽しんだり温泉につかってリフレッシュとかの機会ももちろんないのであって、ひさしぶりの現場でこれはかなりきっついぞこのボケカスが、などと川上は夫にメールで報告してきている。

おかげで電話連絡なども必要最小限となってゆき、ついにはLINEでさえ既読スルーがあたりまえのお寒い夫婦関係と化してしまったところ、四月下旬に予定されているオバマ大統領の新都訪問の模様を無事カメラにおさめなければ家には帰れないので覚悟のほどよろしくこのアホンダラが、との追伸が添えられた、映記へのハッピーバースデー・メールを受けとったのが三週間前、三月二一日金曜日のことだった。それきり妻とは音信不通となっていただけに、彼女の現状をかいま見ることができたのだから、深沢を神町に送りこんだのは無駄ではなかったか、とも阿部和重は思う。

だが、それはそうだとしても深沢貴敏はあまりに能天気だ。菖蒲家の核疑惑までは伝えられていないとはいえ、いくらなんでも真剣味がたりなすぎる。この国はおろかアメリカの、あるいはことによると世界中の安全保障をも左右しかねない核査察をあんなやつにたくしたのはやはり失敗だったんじゃないかとにわかに不安が押しよせてくる。こんな浮ついた「レポ」があの短気なＵＳＡ野郎の目に触れたらどうなるのか。ヘイケガニがわが家に再襲来し金星ガニが地球を征服するのはまちがいなかろうが、しかしなにがあってもとりつぐ約束だから、ショートメッセージでのやりとりのことをラリー・タイテルバウムに黙っているわけにはゆかない。

が、テロ対策専門家の反応は意外に鈍かった。深沢のメッセージをざっと読みとおすと、臭気判定をくだした犬みたいにふんといっぱつ鼻を鳴らすにとどめた彼は、視線をほどなく操作中のパソコンへともどしてしまった。ひとことの感想もないので、深窓のご令嬢がまたぞろ機嫌をそこねてしまったかと受けとめるしかなかったが、NEC VersaPro タイプ VF の液晶ディスプレーをちらりとのぞいてみると、ウェブブラウザーで Twitter にアクセスしているのが見てとれた。次にラリーの表情を見やると、さらなる波乱ぶくみを想像させる別件に意識をとられている様子がうかがえる。

こんなときにTwitterのチェックとはいかがなものか。まさかとは思うが、見知らぬだれかとの素敵な出会いでももとめ、ソーシャルなコミュニケーションをかわしあっているのではあるまいな――仮にそうなのだとすれば、まったくの孤立無援でいっさいの連絡を絶たねばならぬ窮境に陥っていると彼自身が説いていたはずなのに、話がちがうということになるぞ。

「ラリーさん、だれと連絡とってんの？」

鎌をかけてみることも考えたが、まどろっこしいのはやめて単刀直入を選んだ。その問いかけに対し、自称ＣＩＡはまことに簡潔な説明を用意していた。

「エミリーです」

予期せぬ答えに息をのみ、阿部和重はまぬけ面を突きだしながら「はあ？」と聞きかえしてしまった。ラリーはすぐにこう補足してきた。

「といっても、正確には連絡はとれていません。こちらからいっぽう的にメールを送っているだけです。わたしにとって彼女は例のファイルをもたらした善意の情報提供者でもありますから、支局のなかでは唯一の味方になりうる存在かもしれないわけです。その可能性が残されているかぎりは、彼女との連絡を試みつづけなければならない」

「なるほどね」

「このこと、阿部さんに言っていませんでしたっけ？」

「神町ではエミリーさんと連絡とろうとしてたってことは聞いてますよ。菖蒲家のファイルをもらって中身をたしかめたあとの話で。でも、爆弾トラップ食らってうちにきてからは、どこでだれに嗅ぎつけられるかわからんし危険だから、外部との連絡は厳禁だっておれにさんざん釘さしてましたよね」

「それは失礼しました」

「言ってませんね」

ここであの、妙にかわいらしい上目づかいをラリーはばちんとかましてくる。「つまりそう、USBメモリーの件を話してあったので、エミリーは例外だということも阿部さんには伝わっているような気がしていました、てっきりね」

もっともらしい言いわけだが、彼の真意はおそらく別にあるのだろう——ひと月以上も毎日ずっと顔を合わせているからおれにはわかるぞと阿部和重は自信を持って推察する。こちらの指示にしたがっていれば危ない目には遭わないと請けあい、原則的に訪問者との接触を禁じていたにもかかわらず、自分だけはひそかに同僚との連絡をとろうとしている矛盾とリスクを子そだてちゅうのパパちゃんに見とがめられ、家から追んだされるのを避けたかったのではないか。ラリー・タイテルバウムはそういうずるを平気でやる食えない男ではあるわけだが、職業柄それは当然の二面性なのかもしれないと、「スパイ養成所出身者の日記という設定」の小説を書いたことのある作家はおもんぱかりもする。

「ならさっきのしかめっ面はなんだったの？　いまだにエミリーさんと連絡とれなくて頭が痛いっていう顔ですか？」

ラリーはいつもの微笑みを浮かべて言う。

「それもありますが、じつは一週間も前に、わたしのTwitterアカウントにリプライがきていたことに、今になってやっと気づいたのです。迂闊でした」

「どういうこと？」

「あのTwitterアカウントは、阿部さんみたいな特定の協力者への連絡用に偽名で開設しておいたものなので、知りあいと雑談したり面識のないフォロワーと情報交換したりといった使い方はしていません。だれが見ても、ただの幽霊アカウントか投稿に飽きて休眠中のユーザーだとしか思わないはずなのです。そんなアカウントにわざわざ話しかけてくる人間がいるとすれば、スパム業者のボットか開設者の正体を見ぬいている人間のどちらかです」

「相手のアカウントはどんな感じなの？」

「基本的にはこちらと似たようなものですが、宣伝のリツイートでタイムラインを埋めている感じですね」

「なんの宣伝ですか？」

「さまざまです。コスメだったりコミックスだったり――」

「リプライ飛ばして、なんて話しかけてきたの？」

「ダイレクトメッセージを送りたいから自分をフォローしてと」

「業者くさいなあ。それで？」

「なにものなのか突きとめるために、ためしにフォローしてみようかと少し迷いましたが、結局なにもしていません」

「どうして？」

ラリーは表情を曇らせるが、間を空けるほど深刻に受けとられると危惧したのか、回答はためらわない。「阿部さんのアカウントと一時的につながっていたところをそいつに見られていたかもしれないからです」

ああそうか、と、声に出したのかどうか自分自身でもさだかでないつぶやきをもらし、阿部和重はしばし黙りこむ。この一ヵ月間に蓄積され抑えこんできた気がかりが満杯になり、とうとう蓋をこじ開けてどろどろとあふれだしてくる『人喰いアメーバの恐怖2』的なおぞましいイメージが瞬時に脳裏を占めてしまう。そんなとき、まるで信用ならない安全宣言をただちにささやきかけてくるのがわが家の居候たる目の前の黒山羊さんだ。

「でも阿部さん、心配はいりません。そのリプライがきたのは一週間前ですから、もしもわたしがここにいることが支局や三上俊一味にばれているのであれば、とうにアタックされて家はめちゃくちゃになっているはずです。この一週間、特になにも起こっていないわけですから、まだ大丈夫ということですよ」

「まだ、ね」

「もちろんいずれはばれるでしょう。おなじ場所に何ヵ月もいれば。そうならないためには、この一連の疑惑にけりをつけるしかありません。それにはまず、わたし自身が一刻も早く任務に復帰しなければ——」

最後まで述べるのが面倒くさくなったのか、また貧血の症状がつらくなってきたみたいにゆっくりとソファーに全身をあずけてゆき、ラリーは瞼を閉ざしてしまった。やがて寝息も立てはじめる。髭の西洋人がカーフレザーのクッションにやさしくささえられてだらりと横たわっているその寝姿は、ミケランジェロがうっかり新たなピエタ像を製作しかねないような悲嘆の情にみちびきもしたが、おれがなげき悲しみたいのは端的にこの男に振りまわされっぱなしになっているせいだぞとみずからに横やりを入れ、阿部和重はひとつ息を吐く。

どのみち、この微妙な危難を脱するにはここで寝ている太鼓腹の復調を待つほかないのだ。そう思いなおし、阿部和重はさらなる追及をあきらめて毎度のごとくそっとブランケットをかけてやる——が、どうせたぬき寝入りにちがいないもじゃもじゃ男の寝顔がにくたらしくなってきて、聞こえよがしにちっと舌打ちせずにはいられない。

●

四月一四日月曜日に事態は動いた。深沢貴敏のチェックアウト予定日でありアイソレーション・タンク体験の予約日でもあるこの日、阿部和重の悪い予感があたる。自分自身は思いのこすことなく各種のヒーリングを堪能しておきながら、あたえられたミッションに関してはなんの収穫もないまま、深沢は四泊五日の宿泊日程を終えようとしている――その、やらずぼったくり的な非対称性に罪悪感でも抱いたのか、顔がひろく、実行力があり、仕事が速い男はみずからの威信をかけ、独断で正面突破をはかったのだ。

ブルー・マンデーをこじらせる三歳児をなだめすかして保育園につれていったあと、もよりの自家焙煎コーヒー豆専門店に立ちよって電話注文ずみのケニア産コーヒー豆ちゅうぼそびき八〇〇グラムを買いいれてから帰宅すると、ラリー・タイテルバウムが曲芸に臨む子グマみたいにでかいずうたいをちょこんとさせてソファーに座り、待ちどおしそうにドリップの完了に向けて待機している。すっかり寄食なれした感のあるその隠しきれない遠慮のなさに少々のいらだちをおぼえ、はいはい今すぐ淹れますよと心のなかで愚痴りつつ、阿部和重はサントリー南アルプスの天然水をケトルに流しこんで火にかけた。

そうしてようやく本日いっぱい目のコーヒーにありついた日米ミドルエージャーのふたりが、ダイニングとリビングにわかれてくつろぎのひとときにひたっていた月曜日の午前一一時五〇分、キッチンテーブル上の iPhone 5 がぶるぶると鳴って「今そこにある危機」の世界へと彼らをつれもどしたのだった。

「え、あいつマジかよ」

スマホの画面を目にした途端に阿部和重はあわてた声を出してしまった。その様子に不穏を感じとったらしいラリーがすかさず「どうしました？」と訊いてくる。受信したのは深沢貴敏からのショートメッセージだ。動揺した理由を知らせるには文面を読ませたほうが早いと考え、なにも言わずにiPhone 5をＣＩＡケースオフィサーに差しだしてやる。

一二時ちょうどに警備室に入るよ。宿泊体験記書いてるって嘘ついて、取材の名目でなか見せてもらえることになったから。なんも見つけられないかもしれないけど、もしかしたら悪事の証拠につながるものが転がってる可能性もあるでしょ。それとついでに、菖蒲カイトに直接インタビューできることになったよん。一二時からランチ休憩になるっていうんで頼んでみたらあっさりＯＫだったので、ぶつけたい質問があったら急いで送っといて。

これを読みおえたラリーは表情を変えることなく無言でiPhone 5をかえしてきた。かたや阿部和重は対照的にあせりをあらわにしており、とりかえしのつかないことになる前にとにかくとめなければと、テロ対策専門家の指示も待たずに通話履歴にある深沢貴敏の番号を右手の親指でタップする。リビングの壁かけ時計を見やると、一二時ちょうどまであと三分もない。

「くそ駄目だ、出ねえわ」

力も気も抜けてしまい、阿部和重はソファーのはしっこにどさりと腰をおろす。反対側に座っているラリーはといえば、ショックを受けて言葉を失っているのかなんなのか、感情を消して宙を見つめ、なおも沈黙している。ここまで勝手をやらかすやつだとは予想しておらず、日本のアングライターなんかに核査察をまかせたことを後悔しているのだろうか。時計の針はすでに一二時をまわっている。

「ラリーさん」

「なんでしょう？」

「今さら言ってもどうしようもないけど、最悪に近いパターンなんじゃないのこれ？」

「そうでしょうか」

「え、ちがうの？」やせ我慢もほどほどにせえやと思いつつ、阿部和重はあらためて問う。「だって明らかにおかしいじゃん。宿泊体験記なのに警備室なんか見せてもらってどうすんだって話だよ。そんなばればれの嘘ついたらあやしまれるに決まってるわ。これ下手したら、ホテル出たところであいつ拉致られるかなんかして、逆に締めあげ食らって洗いざらい白状させられちゃうかもしれないよ？　そうなったら全部ぶち壊しでしょ？　やばくないですか？　最悪じゃないの？」

「わたしはそうは思いません」

「はあ？　ならなんでさっきから黙ってんのよ」

「菖蒲カイトにぶつける質問を考えていたのです」

そうくるかと阿部和重は驚く。はったりをかましている印象はない。プロのスパイらしいといえばその通りかもしれないが、なかなかずぶといおっさんじゃないか。

「いいの浮かびました？」

「いいえ、これはかなりの難問です」

たしかにそれは難問だろうなと阿部和重は思う。自身の意図をさとられず、相手にぼろを出させることが望ましいわけだが、体裁上は犯罪容疑者への尋問ではなくあくまでホテルの警備主任に対するインタビューとして、ラリー本人ではなく代理人の深沢が質問し、なにか口走るよう仕むけなければならないのだから。おまけに菖蒲カイトは痛みには鈍感でも、勘の働きはそうとうによさそうだ。

「あの男から決定的なひとことを聞きだせればいいのです。それさえあれば、真実をたぐり寄せることができるはずですから」

そう言うと、ラリー・タイテルバウムは目を閉じて黙考に入った。傷口のあたりの脇腹を右手で円を描くようになでまわしているのは無意識のしぐさか、あるいは一休さんがとんちをひねりだす際に頭上で両手のひとさし指をくるくるやるのとおなじ原理にもとづく所作なのか。それを真似て、阿部和重も自分のおなかをさすってみるが、はらはらするばかりで思いつくことなどなにもない。やることがなくなり焦燥にかられると時間が気になりだし、壁かけ時計の針が一二時一二分を示しているのを知った子そだてちゅうのパパちゃんは背筋が寒くなってしまう──深沢が警備室に入って一〇分いじょうも経ってしまったが、依然なんの音沙汰もないためだ。インタビューはもうはじまってしまったのだろうか。ラリーの黙考はつづいている。

体がびくっとなる。突如スマホが聞きなれない着信音を鳴らしだしたせいだ。iPhone 5をどこにやったかと、身のまわりをきょろきょろ見まわすが音がするのに見あたらない。立ちあがってみると、探し物がソファーのうえに転がっているのに気づいて阿部和重はほっと息をもらした──スティーブ・ジョブズの遺作と言われる最新薄型携帯端末をいつの間にか尻の下じきにしていたらしい。あったあったと口にしながら液晶画面に目をやると、電話着信がきたのではなくFaceTimeでの連絡だとわかる。使いなれていないビデオ通話機能とやらに腰ひけ気味になり、「こんなときにテレビ電話かよ」などと不平をつぶやき応答に手間どっているうちに、着信音がとだえてしまった。

カニ恐怖症にはなりたくない阿部和重は視界にラリーを入れずにiPhone 5をいじくり、発信者の深沢に折りかえそうとするが、今度は画面上にあるはずのFaceTimeのアイコンが見つからない。「ああ、なんだよちくしょう」と声をあげた拍子にたまたまラリーと目が合ってしまい、ヘイケガニどころか羅刹天のごときその形相にＣＩＡの本気を見た気になる。これはまずいとあたふたしていると、またも聞きなれない着信音が鳴りはじめる。すると間もなくラリーの指図も飛んでくる。

「出てください」

人生にはセカンドチャンスがあるしいったん切れてもFaceTimeにはふたたび着信がくる——その熱い教訓を胸に、阿部和重は応答ボタンをとんとタップする。液晶画面に見なれた男の顔が表示され、深く深く安堵してしまう。一〇年ぶりに再会したような気分になりながら、阿部和重は早口で深沢貴敏に話しかけてみる。

「どうした？」

「うまくいきました」

「は？　なにが？」

「先にホテルの物置みたいな部屋に仕こんどいたバルサンに煙感知器がまんまと釣られてくれたんで、警備員みんないっせいに出てったから、ここにいるの今おれひとりなんですよ」

ただでさえあやしい取材の申しいれをしているときにバルサンの発煙とは、自殺行為にもほどがあるというものだ。あきれてものも言えないが、今さらあともどりもできない。そもそも内輪もめしている暇など一秒たりともない。こうなったら行けるところまで行くしかないかと阿部和重は腹をすえる。

「絶好のチャンスでしょ。とりあえず、このスマホカメラいろんなとこに向けて室内ざっと見まわしてみるんで、調べたいものでも見かけたら指示してください」

要するに、iPhoneのビデオ通話機能を利用して警備室内の模様をライブ配信するから犯罪現場に残された証拠を自分自身のお目々でしかと発見せよと深沢は言っているのだろう。バルサン作戦とは打ってかわって画期的なアイディアに思えてしまい、なるほどこれが二〇一〇年代かと感慨をおぼえつつ、阿部和重はソファーに座りなおしてラリー・タイテルバウムに身を寄せる。液晶画面にさっそく食いいるように見いっているということは、ラリーのほうも深沢の説明をしっかり聞きとっていたわけだ。

数分前には二〇一〇年代にふさわしい画期的なアイディアかと思えたが、手のひらサイズの画面をえんえん凝視することは、慢性眼精疲労をわずらい老眼の進みつつあるミドルエージャーにはちとしんどい。いくら「スパイ養成所出身者の日記という設定」の小説を書いたことのある作家でも、しょせんは好奇心旺盛なだけの一素人にすぎぬから、そこが世界の安全保障を揺るがす悪党のアジトだとしても、なんの変哲もない警備室内の盗み撮りにはいまいち心ひかれない。おそろしく簡単に遠隔地のリアルタイムをのぞき見できたことには高揚もしたが、ドーパミンの分泌がひとくぎりついてしまえばにわかにせっかちになり、さっさと次の場面へ移れよとせかしたくなるばかりだ。そのうちに、クラスメートに恋する中学生みたいにビデオ通話映像よりも隣の男の横顔に目をやる時間のほうが長くなってしまった阿部和重は、ＣＩＡの仕事ぶりを間近で観察することへと目的を変更した。

いくつかのポイントをチェックしたあと、ラリーが特に関心を寄せたのはホテルのあちこちに設けられた防犯カメラの受信映像だ。デスク上にすえ置かれた二四インチ程度の液晶ワイド型モニターの画面が四八分割され、それらに同時に各所の防犯カメラ映像が映しだされている——分割画面に表示される個々の映像は何分かおきに切りかわっているから、菖蒲リゾートの防犯カメラ台数は少なくとも四八台よりは多いと考えられた。

ひと月以上にわたってバカでかいソファーをひとり占めしてあれこれうるさく要求するのみの男と化していたラリーだったが、ついに活躍の機会が訪れた今、ここぞとばかりおのれの職業意識を見せつけるかのように、ひとつひとつの映像を注視して不審点を探しだそうとしている。しかしまちがい探しみたいに正解と見くらべながらの検証ではなく、絵本をめくってウォーリーを追っかけているわけでもないから、収穫はなかなかえられない。そんななか、いわくありげな一点を彼がようやっと見いだしたのは、深沢が警備室に入って三〇分が経過した午後〇時三二分のことだ。

「深沢さん、右上の映像にもっと寄ってください。ちがいます、それじゃなく、そう、それです」

ラリーが注目した防犯カメラ映像のひとコマは、画面がちいさすぎて場所の特定はむつかしい。が、そこに映っている人物のほうは、さらにカメラに近づいてくれれば顔がわかりそうではある。背が高い細身の男性に見えるが、横を向いているため顔だちがはっきりつかみきれない。そろそろ別カメラの映像にチェンジしてしまいそうだ。だが男は、わざとなのかと文句をつけたくなるほどかたくなに横むきを変えようとはしない。ラリー・タイテルバウムは額に汗を浮かべて眉間に皺を寄せている。脇で見まもるだけの阿部和重もだんだんとじれったくなり、こっち見あげろこっち見あげろと念じずにはいられない。

「あ、別のカメラになっちゃった、どうするラリーさん」

「さっきのカメラになるまで待ちます」

「了解。たぶん三分くらいかかると思うよ」

警備室にはまだまだ未確認のポイントがあるはずだが、ラリー・タイテルバウムはその長身痩軀の男の容貌を正面から見とどける可能性のほうを選んだ。三分後もとのカメラ映像にもどっても、おなじ人物がそこにとどまっているとはかぎらないにもかかわらず不確実な可能性に賭けるということは、知りあいにでも似ているのだろうかと阿部和重は推察する。

「阿部さん、これ読んだことある?」

ビデオ通話映像の外にいる深沢貴敏からそんな問いかけがきた。顔は見えないが、こいつもとうに飽きているのだなと推しはかりつつ、「これってなんだよ」と阿部和重は聞きかえす。するといきなり iPhone 5 の液晶画面に本の一ページが表示された——カメラレンズの前にひろげた書籍を持ってきて映りこむようにしたらしい。読みとれたのはこの箇所だ。

ニコライ・アポローノヴィチは自分の大脳半球が詰まってしまい、自分のオルガニズムがだるくなってくるような気がしたが、彼が今考えているのは煙草の煙の特性のことではなく、どうやったら堂々とこのデリケートな状況から脱け出すことができるかということだった。もしものことだが、この見知らぬ男が……

つづいて本が閉じられて、iPhone 5の液晶画面には文庫本のカバーが映しだされる。それを目にした阿部和重はすぐさま反応する。

「『ペテルブルグ』じゃん。アンドレイ・ベールイ」

「あれ、知ってるんだ阿部さん。作家っぽいじゃん」

「おれもおなじの持ってるもん」言いながら、阿部和重はうっすらと違和感のようなものをおぼえるが、それがなぜなのかはわからない。「その文庫本おまえのなの？」

「ちがうよ、菖蒲カイトの本。気に入ってるからよく読みかえしてるんだってさ」

「ホテルの警備主任がロシア象徴主義文学か、菖蒲リゾートはんぱないな——」

「あ、ちょっと待って」深沢貴敏がそう言って静粛をうながした。「やばいな、時間ぎれかも」

バルサンにおびきよせられた警備員たちが詰所に帰りつつあるらしい——防犯カメラ映像のひとつが、館内通路をひとかたまりになって歩く菖蒲カイトご一行を映しだしているのだ。

「マジかよ、さっきのカメラは？」

「まだ切りかわんない。これ間に合わねえかなあ」

警備員たちが今どのあたりを歩行中なのかはさだかでないが、彼らの足どりは軽快であり、燻煙殺虫剤のせいでおあずけを食らっていたお昼ご飯を目ざしてまっすぐに進んできている様子がうかがえる。その迫りくる気配にいっそうはらはらしながら阿部和重が隣に目をやれば、ラリー・タイテルバウムが決してあきらめまいとまばたきもせずにiPhone 5の液晶画面をにらみつづけており、横で見ているのが苦しくなってしまう。崖っぷちの切迫感に耐えかねて、防犯カメラ映像へ視線をもどせば、こまったことがまた新たに追加されているという始末だ。

「おい深沢、警備員の映像なくなっちゃったじゃん」

「あ、ほんとだ。どこいったんだ、エレベーターでも乗ったのかな――」

そのとき、天からの啓示でもさずかったかのようにとつぜん口を開いたラリーが「深沢さん、さっきのカメラは？」と問いを放った。しばらく黙っていたためか、しゃがれ声になっている大男もそれなりに緊張感を味わっているらしく、勢いづいたあまりかiPhone 5を阿部和重の手から奪いとってしまった。

「お、切りかわってる。ほら、これだよね？」

それがラリー・タイテルバウム注目の防犯カメラ映像だと瞬時にわかったのは、あの長身瘦軀の男がなおもそこにとどまっていたからだ。その瞬間を待ちかまえ、準備していたラリーはすかさずiPhone 5の電源ボタンとホームボタンを同時に押し、標的の姿をスクリーンショットにおさめた。カシャリとシャッター音が鳴ったとき、映像上の男の顔がこちらを向いたような気がしたが、阿部和重はなにも言わずにおいた。深沢貴敏がこう言いのこしてただちにビデオ通話を打ちきったためだ。

「帰ってきちゃった、あとでメールするわ」

数秒ほどの放心状態を経て、阿部和重はラリーをリビングに残して幽体離脱したみたいにふらふらと二階へあがって書斎におもむいた。菖蒲カイトが「気に入ってるからよく読みかえしてる」という小説の内容を再確認したい。そう思い、本棚を眺めるが、肝心のタイトルがなぜか見つからない。こんなときは棚のなかではなく、床のうえを探すべきだ──いたずら坊やが遊び道具に利用しているにちがいないからだ。

アンドレイ・ベールイの『ペテルブルグ』川端香男里訳講談社文芸文庫上下巻は、映記の手により父親の仕事机の下につくられた凱旋門的な建造物の一部品と化していた。これを解体したら息子は激怒するだろうが、この世界が崩壊するよりははるかに増しである。阿部和重は『怪獣総進撃』のゴロザウルスみたいに凱旋門をまっぷたつにすると、『ペテルブルグ』上下巻を手にとってさっそく中身をたしかめてみようとするが、下巻の帯が目に入ったところでその必要はなくなる。深沢とのやりとりのなかでうっすらとおぼえた違和感のようなものの正体が、そこでたちどころに判明したからだ。

リビングにもどると、ラリー・タイテルバウムは阿部和重の iPhone 5 を両手で持って液晶画面をじっと見つめていた。画面に表示させているのはさっき撮った防犯カメラ映像のスクリーンショットだ。まさか生きわかれの兄弟にでもめぐりあってしまったというのか。それほどの強い注意を向けて画面を凝視している自称ＣＩＡに、小説家は重大な情報をもたらした。

「ラリーさん、決定的なひとことが出てきましたよ」

こちらを向いたラリーの瞳はうるんでいるようでもあり、充血気味にも見える。たった数分でスマホ病になるほど画面に釘づけになっていたらしい。聞きもらしたかもしれないと思い、阿部和重はおなじことをもう一度言ってやる。

「どういうこと？」

「真実に近づくための、決定的なひとことですよ」

「菖蒲カイトの？」

「そう」

「どれです？　FaceTimeのときに映っていたものですか？」

「そうなんですが、ラリーさんはとっくにそのひとことを知ってたんですよ」

言いながら、阿部和重は『ペテルブルグ』下巻の帯文が読めるように文庫本をラリーの眼前に掲げてやった。そこには、次のような惹句がでかでかと記されている。

いわしの缶詰に仕掛けられた時限爆弾による緊迫のテロ！

その一文の意味を即座に理解したらしい面持ちで、ラリー・タイテルバウムは阿部和重と目を合わせた。すなわち彼自身が、若木通り三丁目のセーフハウスの浴室で菖蒲カイトを拷問した際に聞きだした「いわしの缶詰」のひとことが、二〇世紀初頭のロシア文学作品の内容とつながり、菖蒲家の核疑惑がたちまち信憑性を増してしまったというわけだ。

ラリーの打ちあけ話をずっと半信半疑のまま聞いていた阿部和重も、このときばかりは興奮を抑えられない。ふたりのミドルエージャーは、山のぼりでもしたあとみたいにしばしのあいだ息をはあはあさせ、思いがけぬ事態の前進をよろこびあう。

「それでラリーさん、さっきの防犯カメラの男はだれなの？　知ってるひと？」

「ええ、その通りです」

「もしかして、身内のひとですか？」

「身内といえば身内です」

「仕事関係？」

「そうですね」

「どういうひと？」

「アレックス・ゴードンです」

「え、嘘」

「ほんとうです」

「例のレポートの？」

「はい。行方不明になっていた、菖蒲家監視チームの前のチーフです」

●

ふたつの重要な事実が明らかになり、調査にかくだんの進展があったものの、深沢貴敏との連絡はあれきりとだえてしまった。「あとでメールするわ」が最後の言葉だっただけに、前後の状況を考えれば、深沢はスマホの操作も許されぬ難局に追いこまれている可能性が高い。

さすがにバルサン作戦は軽率だったなと阿部和重は振りかえる。「物置みたいな部屋」が館内のどこにあってどういう用途の一室なのかはわからぬが、少なくとも四八台はくだらない数の防犯カメラが設置されているホテルなのだから、バルサンを仕こむ際、そこに忍びこむ深沢の姿がばっちり記録されてしまっていたとしても不思議ではない。仮に侵入の証拠を押さえられていたとすれば、今ごろあいつは威力業務妨害だか営業妨害だかで警察に突きだされてブタ箱に入れられているか、悪徳警備員らにさんざん痛めつけられたあげく地下倉庫にでも閉じこめられてしまっているかもしれない。

まずいことになったものだ。事前に何度もやめろと忠告したとはいえ、巻きこんだ責任がゼロにはならない。とてもじゃないが今夜は眠れそうにないなと思いつつ、阿部和重は iPhone 5 を片手にベッドサイドに腰をおろす。年少の友人の身を案ずるあまり、徹夜も辞さぬかまえだが、息子の寝息を聞いているうちにその覚悟は早くもぐらつき、結局は五分もかからずぐっすり寝入ってしまっていた。

そんなわけで、翌四月一五日火曜日の午前七時に目ざめた阿部和重は「やべえ」と声をあげてあわてて iPhone 5 を手にとる。無鉄砲な派遣調査員からはいまだメールも電話もビデオ通話もいっさい着信がなく、SNSでの連絡もきていない。ひと晩明けてもこれってことはまぎれもなく異常事態だ。やはりあいつはバルサンの件がばれて国際的組織犯罪集団の怒りを買い、拘束の身となってしまったのだろうか。悲観的観測がふくらみすぎてオシシ仮面みたいな深沢の緊縛図ばかりを思い浮かべてしまう。

映記を保育園へ送る時間になってもラリー・タイテルバウムはおねんねちゅうである。こうなった元凶のくせに、よく平気で寝ていられるものだと阿部和重は自分のことは棚にあげて舌打ちする。保育園からの帰路、どこにも寄り道せずに家へもどると、居候はいつものようにソファーのどまんなかに鎮座しノートパソコンを開いていたが、表情がいちだんと暗いのはうっかりグロ画像を目にしてしまったせいではないだろう。深沢にまつわる悪い知らせでもあったのではあるまいなと不安にかられつつ、阿部和重はラリーに問いかけた。

「どうしたの？　深沢からなんか連絡あった？」

口では答えず、ラリー・タイテルバウムはノートパソコンを横に半回転させて液晶画面がこちらに見えるようにした。画面に表示されているのは配信されて間もないひとつの報道記事だ。

オバマ米大統領、23日に訪日　2泊3日を正式発表－47NEWS

2014/04/15 09:21

【ワシントン共同】米ホワイトハウスは14日、オバマ大統領が23日から2泊3日で日本を訪問する日程を正式に発表した。日本は、オバマ氏を国賓として招待しており、24日に安倍晋三首相と首脳会談を行う予定。米大統領が日本を国賓として訪問するのは18年ぶりとなる。

オバマ氏の訪日は、韓国、マレーシア、フィリピンを加えたアジア4カ国歴訪の一環。

ホワイトハウスによると、オバマ氏は25日に日本から韓国に移動して26日まで滞在し、26～29日にマレーシアとフィリピンを訪れる。

オバマ氏は日本以外の各国でも首脳と会談するとみられるが、ホワイトハウスは具体的な予定は後日、明らかにするとしている。

一読し、なあんだという顔で画面から目を離すと、ユダヤ系アメリカ人のけわしい形相に視界をふさがれてしまった。おまえなんにもわかってないなとでも言いたげな口ぶりで「これも読んで」とうながしながらラリーが追加で示したのは、「**オバマ米大統領、日本の国会で初の演説**」と題された同日配信の別記事だった——そこには、首都機能を東京と神町が分担していることから二都をまたぐ変則的なスケジュールが組まれたとして、「首脳会談や歓迎式典などは東京都内で開かれるが、滞在最終日に港区のホテルで天皇皇后両陛下よりおわかれのご挨拶を受けたあと、オバマ大統領は新国会議事堂を擁する神町特別自治市に立ちより、国賓招待された外国首脳恒例の国会演説をおこない、今回の訪日を締めくくる予定」と書かれている。「滞在最終日」は四月二五日金曜日だ。

その記事を読みおえて、今度はちょっと深刻ぶった顔で画面から目を離すと、おそるべき冒険への招待が阿部和重を待ちうけていた。

「阿部さん、こうしちゃいられません。時限爆弾のカウントダウンがスタートしてしまいました。菖蒲家がどんなたくらみを立てているのかはさだかでありませんが、大統領の訪問先に隠されていると疑われる移動式戦術核兵器を放置するわけにはゆきません。それがアメリカの敵の手に渡るのを阻止するために、われわれもすぐに動かなくてはならない。わたしの体はまだ万全ではありませんがやむをえません。残り一週間かそこらしか、時間の猶予がありませんからね。今日中に神町へ向かいましょう」

またはじまったぞと阿部和重は思う。事態の喫緊性は理解できるが、頼む相手をまちがっている。おさない子どもをつれている身にこれ以上なにをさせようというのか。わが家は一ヵ月いじょうもこの男をかくまい、衣食住の面倒を見てきたのだ。協力はじゅうぶんすぎるほどした。あとのことはもうほかをあたってくれ。基本方針をこうかためたうえで、阿部和重はＣＩＡとの交渉に臨む。

「無茶なこと言わないでください。子どもがいるんですよ？　三歳になったばかりなんですよ？　隣近所に何日もあずけられるところなんかないし、おれが神町に行けるわけないでしょ」

「なに言ってるんですか阿部さん、もちろん映記くんも一緒に行くんですよ。親子がはなればなれになんかなっちゃ駄目です。わたしのようにのちのちとても苦しむことになるんですから、早まっちゃいけません。子どもを置いて遠くへ行くなんてバカな考えはやめてください」

逆にお説教を食らうとは思いもよらず、阿部和重は呆然となる。そのまま千年の月日が流れたような途方もない感覚をおぼえたが、苦心して平静をとりもどし、こう言いかえしてやる。

「ラリーさん、バカな考えっていうのはね、核爆弾が隠されているかもしれないような危ないところへわざわざちいさな子どもをつれてゆくことのほうですよ。これはむしろ急いでどこかへ逃げなきゃいけない状況だ。ちがいますか？　映記も一緒に神町へ行くなんて、なおさらできるわけありません。こうなったらね、おれはエゴイストで結構ですよ。自分の家族さえ無事なら他人はどうなってもいいのかってなじられたとしてもね、おれは――」

ラリー・タイテルバウムが心なしかにやついているように見える。理由は訊かなくてもわかっている。家庭だいいち主義を押しだした途端にひとつの事実が脳裏に突きささり、おひとよしの小説家が言葉につまってしまうのをラリーは先読みしていたのだ。わが妻の目下の滞在先こそがまさにその「核爆弾が隠されているかもしれないような危ないところ」じゃないかとふと思いあたり、阿部和重は「おれは――」のつづきをなかなか口にできない。そんなしがないファミリー・ガイの絶句を見のがさず、不意にあらわとなった主張のほころびをＣＩＡケースオフィサーはいやらしくねらい撃ちしてくる。

「阿部さんがエゴイストだなんてとんでもない。死にかけていたところを救っていただいたわたしが、そんなことを思うはずがありません。それに家族が危険な目に遭いそうな状況を積極的に避けようとするのはひととして当然の行動です。その意味では、阿部さんとわたしは立場を共有しているのです。なぜならわたしの仕事は戦争回避やテロ防止のためにあるのですから。われわれＣＩＡは悪名が高く、多くの誤解も受けていますが、危機を未然にふせぐために日夜働いていることはたしかです。それがわれわれのつとめですから、同盟国で見つかった安全保障への脅威をみすみすやりすごすわけにはゆきません。だからこそ、わたし個人の役割がここにきてひときわ重要になっているのです。阿部さんもご存じの通り、この国では今、われわれの組織はえたいのしれないなにかのせいで完全に分断されてしまっていて、機能不全に陥っている。身内でさえ敵味方の見わけがつかないありさまです。そんななか、ひと筋縄ではゆかない菖蒲家の核疑惑えるまで、わたしもれについている職員は、おそらくこのわたししかいない。だとすれば、たとえ万全でなくてもわたし自身が体を張って脅威をなくすしかありません。でなければ大勢の命が奪われる大惨事が起こりうる。これは最悪のケースですが、もしもわれわれの大統領が標的にされていて、今度の日本滞在期間内にその攻撃が実行されるとすると、最後の立ちより先になる神町にいるひとたちも犠牲になる危険性がひじょうにおおきい。つまり攻撃にさらされるのは、アメリカだけではないのです。阿部さんの故郷に暮らすひとびとも巻きぞえになり、一般市民が無差別に大量殺戮されるほどの事態になりかねないわけです——そういえば映記くんのママ、川上さんも今、神町に出張中なのではないですか?」

ああその通りだと、声には出さずにつぶやく。ラリーのいつもの微笑みがこのとき以上ににくたらしく見えたことはないが、外堀を埋められてしまった阿部和重はすでに腹をくくっている。映記も一緒につれてゆくかどうかはともかく、おれ自身はただちに神町へ直行しなければならない一大事じゃないか。降参の目つきでうなずく相手に対し、ラリー・タイテルバウムはどうせとうに気づいていたくせに、水くさいな兄弟それ早く言ってくれよみたいな素知らぬ顔をつくり、さらに駄目を押すようにこうつけ加えた。

「なるほど、さっき言葉がとぎれたのはそういうわけだったのですね。わかりますよ阿部さん、奥さんのことが心配でならないのでしょう。映記くんも毎日、ママに会いたがっていますしね。ほんとうなら、わたしよりも阿部さんのほうが映記くんをつれて今すぐにでも神町に飛んでいきたい心境のはずです。危険がそれを邪魔しているけれども、どのみちその危険をとりのぞかなければ、家族の安全はなく、安心もできない。これはそんな状況です。でも阿部さん、大丈夫です。気やすめに聞こえてしまうかもしれませんが、この脅威を消しさるためにわたしは全力をつくすことを約束します。どこでなにをするべきなのかははっきりしていますから、あとは行動するのみです。不安に思うことはありません。阿部さんの協力があれば脅威はかならず排除できるでしょう」

かくして、神町に向かうことじたいは午前中のうちに決まってしまったが、それにともなう準備が多すぎて阿部和重は出発前から疲れきっている。

まずは映記を早退させるべく出むいた保育園がちょうどランチタイムに入る寸前だったことから、息子の食い意地に負けて三、四〇分も園内に足どめされてしまう。一〇日間の休園手つづきを早々にかたづけたあと、自分の食べるぶんはない食卓のかたわらでダース・モール戦でのクワイ＝ガンみたいに正座したまま空きっ腹をこらえて園児らのゆるやかな食事風景に眺め入る苦行に取り組む。そうしてたびたび唾を飲みこみながらも黙って完食まで見とどけた四五歳のジェダイならぬ自由業は、なおも帰りたがらず両手両足で遠慮なく父親を殴打しあがきまくる三歳児を抱きかかえて外へつれだし、電動アシスト自転車のリアチャイルドシートに乗っけてなんとか体を固定させると、次はもより駅に隣接している玉川タカシマヤへとおもむく。

ラリー・タイテルバウムに頼まれていた変装用のベースボールキャップと伊達眼鏡を

購入するためデパートに寄ったのだが、ついでに贈答用のイチゴでも買って帰ろうと考え千疋屋をのぞいてみるとマンゴーの販売がもうはじまっているとわかり、こっちのほうが気が利いているかと思いついて沖縄県産のアップルマンゴー六個入りをつつんでもらう――これは今日から一〇日間、映記を急遽あずかることを了承してくれた仁枝ファミリーに贈るご機嫌とりの一品だ。

だが、機嫌をとっておかねばならぬ相手はそっちじゃなかったことを阿部和重は数時間後に思い知らされる。その夕刻に訪れた仁枝家の玄関先で、若きアクティビストのサウンドデモがいきなり開催されてしまったためだ。置きざりにされるとぴんときたらしい映記はかたくなに仁枝宅へ入ろうとせず、はるか彼方のママに助けをもとめて泣きさけぶばかりの個体と化してしまってどうにもならない。タワーマンションの中層階でこれ以上デモがつづけば児相やら警察やらドロイド軍やらがいっぺんに駆けつける騒ぎへと発展しかねず、アップルマンゴーをあっちこっちにくばってまわらなくてはならなくなりそうだ。かといって、よそんちのリビングを街宣会場にするわけにもゆかず、やむなく阿部和重が口にしてしまったのが「わかったわかった、そんなにママがいいんなら、おまえもつれてってやるから泣くな泣くな」という全面降伏だった。

掲げた白旗は三度目くらいの呼びかけでようやく受けいれられて効果をあげた。おとなしくなった映記は父親に抱っこを要求し、千代田区の騒音レベルも平常にもどって一見めでたしめでたしとなったが、それで問題がすべてクリアになったわけではない。抱きあげた息子の目が、言質とったぞこの野郎とでも脅しつけるような野獣のごとき眼光を飛ばしているからもはや前言撤回はできない。スーツケース型核爆弾なるものが待ちかまえているかもしれないというのに、自称CIAの手下たるパパちゃんは子づれで神町へ向かうしかなくなってしまった。

アップルマンゴーは結局持ちかえる羽目となる。騒がせたおわびにと進呈したつもりだったが、仁枝ファミリーからは丁重な辞退を受けてしまったため、自宅にUターンする暇はないので旅のおやつにでもするしかない。

千疋屋の紙袋を片手に子ども服のつまったドラムバッグを背負って映記を抱っこしながらコインパーキングへの道を歩いている途中、ショートメッセージがとどく。両手がふさがっているのでチェックはあとまわしにするべき状況だが、こんなときでもなんらかの朗報を期待しとっさにスマホをとりださずにはいられなくなるのが情報社会を生きる現代人の悲しき性ってものであり、昭和生まれの自由業とて例外ではない。

送り主は仁枝亮作だ。同情とねぎらいのメッセージかと思いきや、「三日やそこらで育児に音をあげて、ママ追っかけて神町に行くとか夫失格なことばかり言ってるからバチがあたったんですよ。ベスト・ファーザー賞もらいたいなら反省してください」などといやみなお小言が書かれているだけである。

やかましいわと即レスしたくなるが、今はそれどころではないと気づいてなにも返信せずに iPhone 5 を尻ポケットにしまう。あのいまいましいアメリカン・ダッドにどやされぬうちにさっさと車にもどったほうがいいだろう。ほとほと疲れきっている体に気合を入れ、ふたたび息子を抱きあげた阿部和重は、早稲田通りをひた歩いてラリー・タイテルバウムの待つ神楽坂のタイムズ駐車場へと急いだのだった。

●

空路も鉄路も水路も使わず、車で神町へ向かうことになったのはもちろんラリーの指示だ。ＣＩＡの監視網をくぐり抜け、追っ手に足どりをさとられずに目的地へたどり着くには徹底して移動の痕跡を残してはならない。公共交通機関の利用など論外であり、行く先々に設置された監視／防犯カメラに姿をとらえられてもならぬから、なるべく外を出歩かずにゴールするのが望ましい。そういうわけで、密室にこもりながら利用者の都合にあわせて動きまわれる乗用車こそが最善の手段であると結論が出て、春の夜の東北自動車道を走る優雅な長距離ドライブツアーのプランが採用された。

阿部和重が出発前から疲れきっていたのはあれやこれやの旅支度のおかげだが、それら負担のたいはんを占めていたのはラリー・タイテルバウムの出すリクエストだ。

時間がないから早くしろなどと善意の協力者にせっつく割には、変装用のベースボールキャップは'47 Brandのフィリーズを選べだの、伊達眼鏡はメタルフレームのティアドロップを買ってこいだのと例によって要求がこまかい。一ヵ月間の不満を溜めこんでいた阿部和重はこのときばかりはにわかに反抗心が湧き、近所のデパートにはこれしか売っていなかったと嘘をついてNEW ERAのニューヨーク・メッツと黒縁ウェリントンの眼鏡を買いあたえるというささやかないやがらせに打ってでた。メッツのロゴを目にした途端に言葉を失い血の気をなくしたフィラデルフィア人の落胆ぶりに接すると、また大人げない真似をしちまったなと神町人の心はいささか自省に傾いたものだが、数分も経たずに放られてきた新たな注文によってそんな反省心はきれいさっぱり吹きとんでいた。

神町には車で行くがナンバープレートでばれてしまうレンタカーは利用したくないとラリーは言う。即席爆発装置(IED)の罠にはまる前日、ホテルオークラを出た矢先にカーチェイスにひきずりこまれる厄介な展開になったのは、「わ」ナンバーの車を駐車場に停めていたことから宿泊先を特定されたにちがいなく、おなじ目に遭うのはごめんだというのがその理由である。もっともな話だとは思う。が、ならばどの車を使おうというのか。いやな予感を抱きつつ、おれ自家用車なんか持ってないですよと阿部和重が応ずると、自称ＣＩＡはすずしい顔で今日中に中古車でも買いなさいともとめてきたのだ。

無茶にもほどがある。そもそもこの国ジャパンでは、なんだかんだと登録が必要なのでアメリカ映画で見るみたいに金さえはらえば車を即時に乗りまわしたりはできないのではなかったか。さっそくノートパソコンを開き、「中古車の購入当日納車は可能か?」とサーチボックスに入力してGoogleに訊ねてみると、その疑問にピンポイントに答えてくれる車情報サイトの記事が複数ひっかかる。それらに目を通してわかったのは、車庫証明の手つづきが普通車の場合と異なる軽自動車であれば、保管場所の届出は納車後でよろしいとされているため、車検有効期間内の売り物ならば支はらい直後に乗って帰るのも不可能ではない、とのことだ。どうせなら不可能であってくれよとげんなりしつつも阿部和重は次の段階へと進む。

これから探りあてねばならぬのは必然的に「車検ありの中古軽自動車」ということになる。大手中古車情報サイトにアクセスし、東京都内の販売業者にしぼって検索してみると九件の該当情報が出てきたが、どのディーラーも都内は都内でも江戸川区や町田市のはずれといったかなりの遠方に店舗をかまえている。映記とラリーをこの家にふたりだけにして、今から東京の東や西のはしのほうにある中古車屋に直行し、一台の軽自動車を買いとって暗くなる前にもどってくるっていうのか。その前に、ラリーが借りているレンタカーの返却にも行かなければならないというのに。そんなの無理に決まっているだろう。阿部和重は溜息をつき、別の中古車情報サイトで再検索を試みるが結果は変わらず、いらいらして頭をかきむしることしかできない。

「阿部さん、ここに世田谷区の中古車が出ていますよ」

そんなバカなと思い、余計な早とちりで貴重な時間を奪わないでよと言いかけたが、見ればたしかにラリーのパソコンには一件きりだが世田谷の中古車情報が表示されている。掲載されているのは、ユーザーの選ぶ地域で業者のみならず個人ともじかに売買取引ができる無料広告掲示板ジモティーだ。なるほどどこの手のウェブサービスは見おとしていたなと阿部和重はさらに顔を近づけた。

「ラリーさん、これアルファードだから軽じゃないね。普通車だと申請が通るのに時間かかるみたいだから、今日中のひきとりは無理だと思うよ」

「でも、即乗りOKと書かれていますよ。これは買ってすぐにドライブできるという意味ではないのですか?」

おっしゃる通り「即乗りOK」と謳われている。どういうことかといぶかり、投稿内容を読みすすめてみると注意事項の記載があり、名義変更は三週間以内に購入者自身がおこなう条件となっていて、その完了後に返金される一時保証金の支はらいも買い手に義務づけられている。期日までの手つづきをおこたったり乗車の際に法令違反を犯したりした場合は違約金が発生することも明記されている。つまり御上への申請をすべて自分でやるのなら、代金と保証金をはらえば即刻乗って帰ってもいいということだ。

そういう仕くみかと理解はしたものの、阿部和重は二の足を踏んでしまう。匿名投稿者たる当の売り手には、サイト運営側のお墨つきとなる身分証と電話番号の認証マークが両方ついているとはいえ、プロフィールには個人情報を載せていないから素性はなにもわからない。個人の登録となってはいるが、出品している中古車はほかにも五台あるからカーディーラーにはちがいないのだろう——なぜかトヨタのアルファードかヴェルファイアしかあつかっていないようだ。果たしてこんな馬の骨から、こうもあわただしい流れで車なんか買ってしまっていいのか。

一〇年前に売られたトヨタ・アルファードVがもろもろこみで八〇万円。買うとすれば即金だから急いで銀行に走らなければ間に合わない時間帯だ。しかしこれがこのままわが家の車になってしまうのか。ほんとうにそれでいいのか。ぽんと衝動買いできるような額ではないし、ただ飯食らいの居候のせいで稼ぎもだいぶやばいことになっている落ち目の小説家にとっては分不相応な買い物だ。買ったあとの手間だってかかりすぎる。車検の残期は一年と記されており、「即乗りＯＫ」もいつわりではなかろうが、たとえそうだとしても期限内にやらねばならぬ手つづきが面倒でならない。神町からもどったら玉川警察署に出むいて車庫証明をとったり品川陸運局までおもむいて名義変更の申請をしたりとか、自分が欲しているわけでもない車のためにいちいち時間をとられることになるのかと考えるとじつに億劫だ。そんなふうに思いめぐらし、阿部和重はますますぐずぐずとためらってしまう。

「阿部さん、なにをやっているんですか？　時間がないんですから早く進めてください。どういう状況なのかわかっています？　一〇日後にあなたの故郷で核爆弾テロが起こるかもしれないんですよ？」

言われてみればその通りであり、どのみちもはやひきかえせないところにきているのだ。「はいはい、そうですね、わかりましたよ」などと生返事しながらも阿部和重はすみやかに「投稿者にメールで問い合わせ」と表記されたバナーをクリックし、「本日中に購入希望」というメッセージを正体不明のカーディーラーに送った。

ドリス・デイのようにあのフレーズを高らかに唄いたい誘惑にかられる。カーディーラーからの返信は一〇分も経たぬうちにとどいた。時間がもったいないからつづきのやりとりはスマホでおこなうことにして、もう家を出てしまおうと決める。幸いにして映記はアメリカン・ダッドを遊び相手に選び、お気に入りの娯楽たるウルトラマン人形の群像劇を開演したから一時間は持つだろう。まずはゲンナマの用意だ。帰りは車だから電動アシスト自転車は使えない。そんなわけで、四五歳六ヵ月の男は駆け足で駅前の銀行へと向かったのだった。

●

仁枝家でひと騒ぎしたあとに神楽坂のタイムズ駐車場を出て、いよいよ神町へ出発となった頃には午後七時をすぎていた。阿部和重はすでにくたくただが、これから約四〇〇キロメートルの道のりを運転しなければならないのかと考えると気が遠くなってしまう。

そんなときでも情け容赦がないのが三歳の息子であり、四六歳の居候だ。セカンドシートに陣どるふたり組の輩は、車が動きだした途端に腹が減ったと訴えてきた。先に言えよと口に出す元気もないが、ディナータイムを頭に入れていなかったパパちゃんの不手際ではあるのでハザードランプのスイッチを押し、早稲田通り沿いのファミリーマートの前に車を横づけにした。自分自身の持てる最大限の速度で買い物を終わらせると、おにぎりやらサンドイッチやら菓子類やらドリンク類やらのたんまりつまったレジ袋ふたつをセカンドシートのふたり組に手わたしてから、阿部和重はあらためてトヨタ・アルファードのアクセルを踏んだ。

日中まではリアチャイルドシートつき電動アシスト自転車を愛車にしていた男が、今はあたりまえのように八人乗りの大型ミニバンを運転しているこの状況が信じられない。正体不明のカーディーラーが、実際に会ってみると手なれた気さくなおばちゃんだったのは本日最大の僥倖と言えた。わけありはわけありでも悪党ではないほうの客だと即座に察してくれたらしく、最低限の確認だけ済ませると彼女は手ばやく車をひきわたしてくれた。ついでに代金もまけてくれるとなおよかったが、そこまではあまくないのが今日という日の現実だと阿部和重はかえりみる。

初の乗車となるトヨタ・アルファードのハンドルをおそるおそる握り、途中でイエローハットに立ちよって助手席にジュニアシートを装着してから阿部和重が帰宅したのは午後四時すぎのことだった。家に着いたら着いたで今度は荷物をまとめなければならぬから、コーヒーいっぱい飲んでいる余裕すらない。お泊まりに行くよと伝えると、感心なことに三歳児でもただちに持参品の選択にとりかかるのが人類のよいところだ——このときの映記はまだ、仁枝家にあずけられようとしているとは知るよしもないから警戒心はかけらも見せず、持ってゆきたいおもちゃをただ真剣にえりわけているのみだった。

三歳の子どもでさえみずから進んで旅支度をおこなうというのに、四六歳のアメリカ人が出発前にやったことといえばせいぜいが変装のための髭そりくらいだ。今さらがみがみ言っても仕方がないので、喫緊の核拡散問題に単独で対処せねばならぬこのテロ対策専門家は、貧血がひどいから体力を温存しているのだろうとでも理解を示してやるしかない。

ラリー・タイテルバウムの剃毛の儀式はたまたま目撃することになった。映記をピックアップするべく保育園へと出かける間際、聞きなれた電気シェーバーの音を耳にしてまさかと立ちどまったのだった。洗面所をのぞきこんでみると、顎髭がどんどん短くなってゆくラリーと鏡ごしに目が合い、見てはいけないものを見たような気持ちにさせられた阿部和重は呪いにでもかかったみたいにその場から動けなくなってしまう。「それおれのブラウンじゃん」と心であきれつつも、なじみの顔がみるみる印象を変えてゆくさまについつい見いってしまったのだ。

「さようならトビー・ジーグラー」

「え、なんです?」

「いや、なんも言ってませんよ」

「でも阿部さん、聞こえていますから」

「あ、そうですか」

「ええ」

「そりゃ失礼」

「どういう意味です？」

「似てるなって思ってたんで。髭そる前の顔がね。言われませんか？」

「言われたことはないですね。ぜんぜん似ていませんし」

「嘘でしょ、そっくりですよ」

旅支度を終えてやっと家を発つことになったのは午後四時四〇分ごろだった。そこでもすんなりとはゆかず、戸じまりをしていたところでふと、ラリーがマンスリー契約で借りているトヨタ・プロボックスの返却を忘れていたことに気づいて溜息がもれる。中古車の購入を決めた時点では阿部和重がその役目も請け負うことになっていたが状況は変わった。すべての準備がととのった今となっては、レンタカーをかえすためだけの往復にかける時間など無駄いがいのなにものでもない。

こうなったら、最初は二台にわかれて出発し、先にレンタカーを店にもどしてからラリーもトヨタ・アルファードに同乗して仁枝家へ向かうという段どりで進めるしかないだろうと阿部和重は提案した。それには同感だが、レンタカー店の防犯カメラ映像から足がつく危険性があるので店内での手つづきは阿部さんにお願いしたいとラリーは言う。もっともな用心ではあるから、六本木まではラリーがアルファードを運転してレンタカー店の近辺で待機することになり、阿部和重はプロボックスの返却をひきうけた。契約者本人ではない者が車をかえしにあらわれたことについては問題視されずに済んだ。車体に傷やへこみはないと合格判定ももらえたが、その代わりに一五日ぶんの延滞金として六〇〇〇〇円を請求されてしまったのは想定外であり大いなる痛手だった。

今日だけでいったいいくら金を使ったのだろうか。東京に帰ってくる頃にはおれの銀行口座がすっからかんになることが確定しちまってるかもしれない。春の夜の東北自動車道に入り、トヨタ・アルファードの運転にもようやく少し慣れてきたところで阿部和重はおのれのふところ具合を思いだし、猛烈な寒気をおぼえる。「今年の寒さは記録的なもの、こごえてしまうよ」と唄いたい誘惑にかられる。延滞金もふくめ、文字どおりのお車代についてラリーが特になにも言ってこないことも不気味であり、すっきりしない気分だ。

いきなり「ピーチエナジー」という音声とともに派手な電子音が響いてきてぎょっとなる。映記が持ちこんだおもちゃの音だ——子どもなりにも察するものがあり、国際的組織犯罪集団との武力衝突でも覚悟したのか、『仮面ライダー』の変身ベルトと数々のなりきりアイテムをバッグにつめこんで彼はこの「テロとの戦い」の旅に飛びいり参加しているのだ。そんないさましい三歳児も、助手席からうしろへ移動させたジュニアシートにおさまっているうちにいつの間にか眠ってしまったらしい——睡魔に負けて力の抜けた手から転がりおちたなりきりアイテムDXピーチエナジーロックシードがどこかにあたってスイッチが押され、不意に効果音を鳴り響かせてしまったようだ。隣にいるラリーがそれをひろいあげ、映記にやさしくブランケットをかけてくれたのを阿部和重はバックミラー越しに見ていた。

「ラリーさん」

「はい」

「ありがとう」

「なんのこと？」

「映記の毛布」

「ああ、どういたしまして」

「そっち、もしかして寒いですか？」

「いいえ、大丈夫ですよ」

「ラリーさんも、眠たくなったら気にしないで寝ちゃってね」

「ありがとうございます。でも、わたしはしばらく起きています」

「眠れそうにない？」

「まあそうですね、考えることがたくさんありますから——阿部さんはどうです？　お疲れでしょうから、高速を走っているあいだならわたしが運転を代わりますよ」

「助かります。一時間くらいしたらお願いしますよ」

「阿部さんは朝から働きどおしですし、頃あいを見て休憩を入れたほうがいいでしょう」

「今日は一日ずっとおちつく暇なかったからな——そういえば映記、ご飯のあとに開けたジュースって全部のみきっちゃいました？」

ラリーはバックミラー越しに、オレンジジュースの紙パックを逆さまにしてちいさく振ってみせる。

「うわ、まずいな。おしっこしないで寝ちゃったから、次のサービスエリアでトイレにつれてきます」

「わかりました。わたしは車で待つことにします」

「トイレ行かないの？　防犯カメラですか？」

「いえ、まだ平気だからです。それと念のため、車にはだれかひとりは残ったほうがいい」

「なるほど、そういうもんですか」

「われわれの移動手段はこれしかありませんから、念のためです」

そう聞いた途端、ＳＡかＰＡのいずれかで車を乗り逃げされて途方に暮れるまぬけな三人組のありさまが思い浮かび、阿部和重はさっきと種類の異なる寒気に襲われた。いまだアルファードの取説に目を通してすらいないため、走行中でも停車中でもなんらかのヘマをやらかしてしまいそうな不安を消せず、夜の高速道を走る最中のハンドルが次第に汗でぬるぬるしてくる。

「しかしこの車、さわるのもはじめてだから勝手がわかんなくってどうも心もとないな」

「心配いりませんよ、順調に進んでいるじゃないですか」

「もっと飛ばしたほうがいいですか？」

「阿部さんの判断にまかせます」

「そうだな、やめときます。事故っちゃったらもとも子もないし」

「夜中だから、道は空いているようですね」

「そう言われると、つい飛ばしたくなりますね」

ラリーは「ふふふ」と笑う。「とにかく居眠りには気をつけてください。乗り心地のいい車ですから」

「乗り心地いいですか」

「ええ、快適ですよ」

そいつは結構なことだ。即金で八〇万円はらった甲斐があったというものである。車窓カーテンつきだから車内がまる見えになるのをふせげるので追われる身のスパイとしても安心だろう。映記もすやすや寝ているみたいだし、これはいい買い物だったと結論して今日のことはもう忘れてしまいたい。無理矢理そう思ってみるが、おのれのなかでしぶとくくすぶる割りきれぬ感情がいっこうにぬぐえない。往生際の悪い男だと自嘲しつつ、出費がかさんだことによるもやもやを、阿部和重は直接ラリーにぶつけずにはいられなくなる。

「ラリーさん」

「なんです？」

「念のために訊くけどさ」

「はい」

「この車の代金ってCIAが持ってくれるの?」

「ダイキン?」

「この車を買ったお金のことですよ」

「ああ、お金の話ですか」

「そうです、お金の話です。おれとしては、一時的に立てかえたつもりなんだけど」

「それはわたしの職務を超えた範疇の話なので、ここではなんとも言えません」

「ははあ、そうなりますか」

「ええ」

「そうなるんだなあ」

「これはたいへん特殊なケースでもあるので、安易な口約束はますますつつしまなければなりません」

「それはそうなんでしょうが——でも言わせてもらえれば、ラリーさんが個人的に使ってるものなんかも、おれいろいろ買ってあげてますよね」

「はい」

「パソコンとかスマホも。ラリーさんがもともと持ってるやつは足がつくかもしれないからうちじゃ電源入れられないっつって、おれのカードで中古のノートパソコンとプリペイドスマホ買ったわけじゃないですか」

「わたしのカードは使えませんからね」

「もちろんそういう事情があるにしても、なんてゆうかな、こっちも慈善事業やってるわけじゃないからさ、そろそろ返金の約束くらいはほしいかなと」

「なるほど」

「全部はらってくれって言いたいわけじゃありませんよ。でもたとえばこの車とかね、そういう高額のものはなんとかしてもらいたいなあと思うのは自然なことでしょ」

ラリー・タイテルバウムはここでひと呼吸おいた。これはよくないパターンだぞ——ひと月以上も毎日ずっと顔を合わせている阿部和重はそう直感した。案の定、髭をなくしたさっぱり顔のラリーはコールセンターのオペレーターみたいな声色で詭弁を弄しだした。

「ひとつ確認させてください。ひょっとして阿部さんは、この車の代金を全額ＣＩＡに請求するつもりでいるのですか？」

「ええもちろん」

「さすがにそれは無理がある話ではないでしょうか」

「え、なんで？」

「阿部さんのカードで買ったパソコンやスマホについては、今のところはわたしひとりが使っていますから、利用したぶんの金額をいずれはらってほしいとおっしゃるのはわからないでもないのですが——」

「は、ちょっと待って。もしかしてラリーさん、パソコンとかもおれが買ったのを借りてるって認識なの？」

「はい」

「んなアホな」

「だから買ったものはすべて阿部さんの手もとに残ります。もちろん車もです。パソコンもスマホもこの車も、阿部さんが使いつづけることもできるし、不要であれば転売することもできる。決して損はないはずです」

こんな屁理屈になんと反論すればいいのだろうか。呆気にとられて阿部和重はハンドル操作をあやまりそうになってひやっとする。こういうのがＣＩＡの常識なのだろうか。映画で見るのとはちがってえらいけちくさいぞ。

「それにしても、ばたばたしていたなかでこれほど上質の車を手に入れられたのは幸運でしたね。日本車の強みでしょうか、一〇年前の車種だなんて信じられないくらいどこにも古びたところがない。乗り心地も上々ですし、この広さがあればいつでも気軽に家族や友人たちと遠出ができる。映記くんもとても気に入っている様子でしたよ」

ＣＩＡのケースオフィサーがだんだんとマルチ商法の勧誘員みたいになってきた。高速道を運転しながらその口八丁の相手をつづけるのは案外と骨が折れる。このままのらりくらりかわされているうちに、しょうもないたわごとをなしくずし的に納得させられてしまいそうな悪い予感もする。ここはいったん話をそらすのが賢明かもしれないと阿部和重は思うが、いやみのひとつくらいは言いかえしてやりたい。

「ラリーさん」

「なんでしょう?」

「『シリアナ』っていうアメリカ映画はご覧になりました?」

「『シリアナ』ですか——アメリカでもおなじタイトル?」

「そのはずです」

「いつ頃の映画ですか?」

「たしか二〇〇四、五年ごろですね。イラク戦争がはじまってしばらくした時期の公開だったと思います」

「どういう内容?」

「これをラリーさんに説明するのは妙な気分になりますが——要するにまあ、石油利権をめぐるCIAがらみの陰謀を描いた映画ですよ。アメリカの石油関連企業どうしの合併を成功させて湾岸エリアの石油利権を保持するために大物弁護士が暗躍したり、サウジアラビアみたいな君主制産油国シリアナの王位継承争いにCIAがひそかに介入してゆくといったストーリーです。中東の若い出稼ぎ労働者が職を失ってイスラム原理主義過激派に育ってゆくっていうドラマも同時進行で物語られてたな。ホワイトハウスは直接的には描かれてませんが、製作のタイミングからしても、ブッシュやチェイニーへの批判としてつくられた映画だったのは明らかですね。ご存じないですか？」

「記憶にないですね。わたしは観ていないと思います」

「意外ですね。観たほうがいいですよ。ものすごくできがいいってわけじゃないけど、なかなか真に迫ってる感じがあって悪くはない。本職が観たらどうなのかと思って、感想を聞きたかったんだけどな」

「そんな映画があったんですね。知りませんでした」

「ほんとうですか？　元ＣＩＡのロバート・ベアってひとが書いた本の一部がベースになってるのに」

「そうなんですか」

「ロバート・ベアは知ってるよね？　映画の原作本はアメリカでベストセラーになったみたいだし。ラリーさんとおなじ、ＣＩＡのケースオフィサーだったひとでしょう？」

「名前だけしか知りませんよ。担当地域がちがいますし、九〇年代にＣＩＡを辞めたひとでしょうから、わたしとはほとんど入れちがいですね」

「まあとにかく、『シリアナ』はラリーさんにお勧めしますよ。今の状況がおちついたときにでもご覧になってみてください。ジョージ・クルーニーがＣＩＡのケースオフィサーを演じてるんですけど、とりわけ彼が最後にとる行動に注目してほしい。ラリーさんもああであってほしいなと思いますね」

「ジョージ・クルーニーならよく似ていると言われますよ」

「ははは、ぜんぜん似てないよね」

「最後にとる行動ということは、そのケースオフィサーはクライマックスで大いに活躍するんでしょうね」

「大活躍とまでは言えないかもしれませんが、印象に残る行動を見せるんです」

「どういう？」

「そうですねえ、それはつまり、公正で献身的な行動と言えるかな」

「公正で献身的――」

「要約すればね、公正で献身的な行動ってことになるんだと思う」

「正義感の強い人物像ですね」

「いや、最初から正義をつらぬくようなタイプとして描かれているわけじゃないんです。どちらかといえば仕事に徹する非情なプロって感じだったんですが、自分の身があやうくなったところから裏を探ることになって、陰謀のからくりを知ってしまったあげく結果的にとった反逆的な行動が、公正で献身的に見えるという話です」

「反逆的な行動ということは、献身する相手は組織や国家ではないわけですね」

「ええ、そうです。ケースオフィサーが献身しようとするのは陰謀の犠牲者に対してです」

「陰謀の犠牲者に対して――」

「自分自身の安全や立場を優先するのなら、その行動に出るのはリスクでしかなかったはずなんですが、それでも彼はあえて火中に身を投じるわけです。犠牲を食いとめるために」

「嘘みたいにヒロイックですね」

「そこは映画ですから」

「でも阿部さんは、わたしにもああであってほしいとおっしゃった」

「ははは」

「ということは、阿部さんは、犠牲者に対して公正で献身的であろうとする面がわたしには欠けていると指摘したいわけですね？」

単にいやみをぶつけるだけのつもりだったのだが、思った以上にラリーがこまかく問いかけてくるものだからいちいち真面目に答えざるをえない。かといって、また話をそらすのもかえってこじれそうなので、このままなりゆきにまかせて言いたいことを言ってしまおうと決めて阿部和重は会話をつづけた。

「いや、そこまでえらそうなことは言いませんよ。そんなにはっきり批判したかったわけじゃないんです。ただ――」

「ただ、なんでしょう？」

「ラリーさんからはあまり、思いやりってもんが伝わってこないなあと」

「思いやりですか」

「一ヵ月いじょうずっと一緒にいても、誠実なひとだなあと感じたことはないんだよね。

どちらかというと薄情なひとですよラリーさんは」

「なるほど。阿部さんにそんな印象をあたえていたとは自分では気づきませんでした」

「だってね、たとえばさっきのお金の話にしても、買い物のたびにおれに支はらいさせてあたりまえって態度ですよね。こいつの財布もうじき空っぽになっちゃうんじゃないかとか、せめてうわべだけでもたまには心配してくれれば、おれもきっと、夜中に高速とばしながらこんな野暮な話はしなくてもよかったと思うんですよ。でもね、車の代金はどうなるのかってためしに訊いてみたら、ラリーさんはいきなり勤め先の都合っていう原則論ふりかざしたかと思えば、逆におまえはこの機会にいろいろ買い物して得してるんだぞとか、むちゃくちゃなこと言ってくるじゃないですか。それって思いやりがある対応ではないでしょ。国債とか買ってるわけじゃないんだからさ。おれにとってはもともと買う必要のないものばかりなんだし、仮にあとで転売するとしても、なんだかんだ手間かかって時間とられるじゃん。そういうのはラリーさん度外視でさ、こっちがいっぽう的に要求に応えてあげてることなんかも当然だろって感じで気づかいひとつないんだもん。これっていったいどういう関係なんですかね。おれとっても軽んじられてる気がするんですが、どう思いますラリーさん」

「わたしと阿部さんはどういう関係か」

「ええ、どう思います？」

「わたしと阿部さんは、この一ヵ月ほどでトモダチになれたと思っていました」

「よく言うわ」

「ちがいますか」

「友だちっていう割には、信用できないところが多すぎだわあんた。とつぜん家にやってきてひとを危険に巻きこんだり平気でだましたり金せびったりするのは、普通は友だちとは呼ばないんじゃないかな。そもそも友だちってもっと対等な関係のはずですよ」

「阿部さんとわたしは、対等な関係ではありませんか？」

「対等ではないでしょ。ラリーさんはそう思ってるわけ？」

「こうして、気がねなくなんでも言いあえる仲ですから」

「ははあ、そういう感じかあ。それがラリーさんのおっしゃる友だちってことですかあ」

「そうですね。阿部さんとは、自由に率直な意見をかわしあえる良好な関係になれたことをわたしはよろこばしく感じています」

「なら、そっちの身勝手におれを強引につきあわせたり、要求に応えるのはこっちだけでその逆は期待できないような非対称性についてはどう思いますか。そういうのを指して、対等ではない、不平等だってさっきからおれは言ってるんですけど」

「それについてはわたしはこう思います。もしもこのわたしが、ほんとうに根っからの独善的な人間なら、友人に対してどう接するかといえば、気がねなくなんでも言いあえる仲であるかのように見せかけるだけで、実際は批判どころか反論さえも許しはしないでしょう。友人関係とは名ばかりの、実態としては主従関係でしかない間柄に相手を閉じこめてしまうのではないでしょうか」

「それはラリーさんが、ほんとうに根っからの独善的な人間だとしたら、という仮定の話ね？」

「はい、そうです」

「わかりました、つづけてください」

「わたしのこれまでの言動は、自分自身としてはただ素直にふるまっているだけなのですが、阿部さんの目には身勝手に映ったり理不尽に見えるものが少なくなかったのかもしれません。それはわたしにとっても不本意ではありますし、気をつけなきゃいけないことだと思います。ですが、たとえそうだったとしても、わたしは基本的にはどんなときも、相手から発言の機会すら奪いとるほどの自分本位な関係のルールを阿部さんに強要したりはしなかったはずです。なんの議論もなしに異論をねじふせることもありませんし、阿部さんの感じている非対称性、不平等にしても、それを変えるきっかけを力ずくでつぶして邪魔しつづけているわけでもない。いつでも話しあいには応じているつもりです。その意味では、わたしは根っからの独善的な人間ではないと言えるのではないでしょうか」

「うーん、なるほど――」

「どうでしょう」

「ええと待ってください、それってつまり――」

「わかりにくかったでしょうか？」

「いや、あの、ぼんやりとわかってきましたが、ラリーさんが言いたいことって要するに、なんでも言いあえる仲だからこそ、自分はただ素直にふるまってきただけであって、おれだけがなにかと対等じゃないって感じるのは、単にその状態を変える努力をしていないせいだとか、そういう話？」

「ええ、まあ、だいたいそういう話です」

「交渉のドアはずっと開いてるんだから、いつでもぶつかってこいよと、こうですか？」

「ああ、それですそれ。うまいまとめかたですね」

「そうかあ、なるほどねえ――」

旗色が悪くなってきた気がする。なりゆきまかせの言いたいことを言うやりとりをここまでつづけてはきたものの、結局は煙に巻かれてラリーにやりこめられつつある。運転しながらの会話には疲れたし、話に夢中だったおかげでSAやPAを何度か通りすぎてしまった。巻きかえしはむつかしそうだと見た阿部和重は、考えもぞんざいになってきたところでさらに遠慮を消した問いかけをラリーに投げてやった。

「ならね、さっそくひとつぶつかってみるけどさ、おれとあんたが友だちかどうかはおいといて、ここ一ヵ月くらい、おれはラリーさんの面倒を見てあげたけど、それに対してラリーさんは、おれになにかおかえしでもしてくれる気はあるの？　ないの？」

「わたしが阿部さんにしてあげられることは、なにかあるのかってことですか？」

「ちょっとちがうけど、それでいいよもう」

「つまり阿部さんは、見かえりがほしいと言っているわけですね？」

「そういうわけでもないし、別になんもあてにしちゃいなかったんだけど――でも、要するにそういうことになるのかなあ」

ラリー・タイテルバウムから不意撃ちみたいに放られてきた、おまえは見かえりがほしいのだろうという指摘は鋭く重いものに感じられた。自覚がないだけで、はじめからそれをもとめていたにすぎないのではないかとすら思えてくる。そうじゃなかったろと阿部和重は自分に言いきかせた。

「話が混乱しそうなので、先の質問にもどってシンプルに答えますが、わたしが阿部さんにしてあげられることはもちろんあります」

「へえ、なんですかそれは」

「阿部さんやご家族の安全と安心を保障することですよ。わたしの仕事はそのためにあるのですし、まさに今もそれを達成するべく行動中というわけです」

阿部和重はハンドル操作をあやまり、追い越し車線を走る車に衝突しそうになる。すんでのところで事故は避けられたが、いけしゃあしゃあたるラリー・タイテルバウムの回答へのいらだちを抑えられず、余計ないやみをつい口にしてしまう。

「それはわが家にとってはまことにありがたい話なんですけど――でもね、そういう安心感はもっと早くに、ご自身のご家庭にも提供してあげられていたら、ラリーさんはのちのち苦しまなくてもよかったのかもしれないのにね」

言ったそばから失言だったなと後悔した。これは日本語のまったく新しい用法で、ほんらいとは逆の意味のことをしゃべったつもりだったとかなんとかでっちあげて、無理矢理ごまかそうかとも思ったが、バックミラー越しに見えるラリーの沈鬱な表情には、そんな言いわけを受けつける余地など毛ほどもなさそうだった。沈黙の長さが、彼の過去の苦しみの度あいをこちらへ正確に伝えてくるようでもあった。次にかけるべき言葉が、その道の玄人であるはずの小説家の頭にひとことも浮かんでこなかった。後悔は募るばかりとなり、ハンドルがふたたび汗でぬるぬるしてしまう。

「阿部さん」

思いがけない呼びかけにびっくりし、阿部和重は少々うわずった声で「はい」と返事した。「どうしました?」

「もうすぐ、サービスエリアですよ」

「え、ほんと?」

言われてみればたしかに、一キロメートル先のSAを知らせる案内標識が暗闇に浮かんでいる――ラリーに教えてもらわなかったら、考えごとをしていたせいでまた見おとしていたところだ。

せっかく相手がチャンスをくれたのだから、気まずい空気をはらいのけるためにもなにか話さなければならない。しかし相変わらず、阿部和重のおつむはまるで役だたず、浮ついた台詞ひとつ出てこない。こりゃ小説家廃業だなと思いつつ、あらためてバックミラーへ目をやると、映記の寝顔をやさしく見つめるラリー・タイテルバウムの横顔に出会ってしまう。途端に胸を締めつけられる。謝罪しなければと思うが、その直後に口から出たのは別の言葉だった。

「ラリーさん」

「なんです？」

「ありがとう」

●

山形自動車道を降りて国道一三号線に入ったのは午前一時すぎだった。中途はんぱな時間帯の到着となってしまうが、朝からつづいた息つく暇もない経緯を考えればやむをえない。われながらよくやったほうだろうと思いつつ、天童温泉エリアへと進み、Googleがはじきだした最安値ホテルの駐車場に阿部和重はトヨタ・アルファードを停めた。

約四〇〇キロメートルの道のりを経て故郷の隣町まで帰ってきたが、その矢先にホテルのフロントでいきなり問題発生だ。長時間の運転で疲労困憊の四五歳六ヵ月は、部屋がないと聞いたショックで抱っこしている子どもを落っことしそうになる。上河内（かみかわうち）サービスエリアに寄った際、宿を決めていなかったとあわててネット検索してこのホテルに電話をかけ、一挙に一〇日ぶんの予約を入れたはずだったが、今晩の宿泊についてはうけたまわっていないので空き部屋がございませんとのことだ。自分の落ち度ではないと信ずる阿部和重はそれはこまるのでシングルルームでもいいから泊めてくれとごねるが、タンギー爺さん似のナイトマネージャーもホテル側の非を認めるつもりはさらさらないらしく、無理なものは無理だとはねつけるばかりだった。

明晩からの一〇連泊はツインルーム一室の予約がとれているとのことなので、今夜だけ別の宿を探さねばならない。しかしこんな深夜に飛びこみの客を受けいれてくれるのは、Wikipedia によればブティックホテルともファッションホテルともアミューズメントホテルともレジャーホテルともハッピーホテルともカップルズホテルとも呼ばれるつれこみ宿、すなわちラブホテルくらいなものだろう。三歳のわが子をともなって愛欲の殿堂へと足を踏みいれるのは、いくら「テロリズム、インターネット、ロリコンといった現代的なトピックを散りばめつつ、物語の形式性を強く意識した作品を多数発表している」作家であっても抵抗がないではない。

とはいえこの歳で、あちこち駆けずりまわった一日の倦怠感をかかえながらの車内泊などまっぴらだ。故郷は目と鼻の先だといってもあいにくどこにも行き場がない。神町中央地区商店街でコンビニをいとなんでいた実家は首都機能移転予定地のどまんなかに位置していたため、二〇一二年の年明け早々に土地を国に売却した両親は兄一家の暮らす仙台にひっこしている。親しくしていた旧友たちもとっくに神町を出ていっている。残っている知りあいは皆無ではないものの、深夜に押しかけるのは非常識だしそうでなくとも追いかえされるのが確実な間柄だから、帰る場所もなければ頼れる者もいないのが阿部和重にとっての目下の地元事情だった。

したがってラブホと車内の二択になる。が、どちらにしようかな、などとのんきに好きなほうを選べる状況ではない。天童温泉のメインエリア内にも、休憩と宿泊の料金が表示された明るい看板がいくつか見うけられた。それらのうち、ぱっと見エッチなカラーの薄いバウハウス風のホテルにねらいさだめて山本晋也的に突撃してみるが、ここでもたちまち問題発生となってしまう。

風営法にひっかかるので一八歳未満の方はご利用いただけませんとのことだった。ということは、ファンクショナルな外観とは打ってかわって屋内は猥褻きわまりない装飾にあふれているのだろうかと要らぬ想像をかきたてられる。仮にそうだとしても、息子はどうせ眠っているので卑猥な飾りつけは今なら彼の視界には入らない。おはようのあとは、東北式のかくれんぼだよとかなんとかごまかし、使用ずみのめぐりズム蒸気でホットアイマスクでも装着させたままチェックアウトしてとっとと外へつれだしてしまえばいい。疲れきった頭でそんな青少年保護育成対策を思いたった阿部和重は手はじめに財布をとりだし、受付窓口業務に就いているモンテディオTシャツの男に向け、自分が抱っこしているのはキャベツ畑人形だから気にするなと告げてとっておきの二〇〇〇円札を差しだしてやった。

貴重な二〇〇〇円札の袖の下でもモンテディオマンは不服そうにしていたが、ニューヨーク・メッツのキャップをかぶった大男が暗がりからじっとにらんでいることにおそれをなしたらしく、唇をとがらせながらも三歳児の同宿には目をつむってくれた。ラリーと一緒の寝床で川の字はきついため、でかめのソファーが設置された深夜宿泊料金六五〇〇円のラグジュアリールームなる一室を阿部和重は選択した。エレベーターで三階へあがり、部屋に入って映記をベッドに寝かせたときには午前二時をまわっていた。ホテルの内装は予想とちがって秘宝館テイストを受けつぐものではなく、カラオケボックスのパーティールームにキングサイズのベッドが置いてあるのと変わらぬいたって平凡なおもむきだった。

車を降りてから押し黙っていたラリーが、ソファーに腰をおろしてふうと息を吐きだすと、急に封印が解けたみたいにぺらぺらとどうでもいいことをしゃべりはじめた——足がつく危険性に敏感になっている彼は、ガイジンだとばれるのを警戒し発話を自重していたようだ。阿部和重は調光器でラグジュアリールームを低照度飲食店なみに薄暗くしてからそなえつけのマッサージチェアに座り、コントローラーのボタンを押してパナソニック製マシンによる強めの愛撫を全身で味わった。口ではラリーと会話しているが、頭のなかでは“I'm working so hard to keep you in the luxury”とミック・ジャガーが唄っていた。

疲労困憊なうえこの部屋にいられるのも残り六時間かそこらしかないというのに、四五歳と四六歳の男ふたりは午前三時になっても目をつむることもしないどころか横たわりもせずにおしゃべりをつづけていた。

いざおちついてみると、ちっともおちつけないことがわかったのは四五歳のほうだ。深沢貴敏は依然として消息を絶っており、それについてCIAがなんの見解も述べずにいることは、世界安全指数ランキング万年上位の島国人をひどくそわそわさせた。神町へ発つと決まったあとは旅支度にかまけて目先のことしか頭になかったのも問題だ――そのせいで、現地に着いたらなにをおこなうのかを四六歳の自称ジョージ・クルーニーと特に話しあっていなかったと思いあたり、阿部和重の眠気はみるみる遠のいていった。

自分としてはあくまで運転手とか雑用係を請け負っているにすぎず、なりゆき上やむをえず核拡散防止やテロ対策のお手つだいをしている程度の心づもりだが、かといって、これに関してもラリーからあらかじめ具体的なプランを聞かされたわけではない。つまりはまたぞろ無体なリクエストを突きつけられることもじゅうぶんに考えられる状況なのだ。

「まさかこちらの居場所も書いてしまったのですか?」

深沢貴敏へのショートメッセージを送信したことを伝えたところ、眠そうにしてなかば閉じていたラリーの瞼が瞬時に全開になった。いつヘイケガニが再登場してもおかしくない形相を呈している。書くわけないだろと首を振りつつ阿部和重はこう補足した。

「そうじゃなくて、これ読んだらなんでもいいから連絡くれって送っただけだってば」

ラリーはなおも不満げだ。予断の許されぬ情勢下だというのに、許可もとらずに手下が勝手なことをしでかしたのが気に入らないらしい。面倒くさいが補足を追加してやる。

「まあ、事前にことわらなかったのはたしかに警戒心たりなかったし申し訳ないと思いますよ。でもさ、昨日まで頻繁に連絡とりあってた仲なのに、おれからあいつに一通も安否確認のメールを送らないってのもかえってあやしまれるんじゃないの？　もしも深沢が菖蒲リゾートの警備員に捕まっちまってるんだとしたら、事情がわかんないふりしてメッセージ送りつづけるほうが、こっちの動きとか背後関係なんかを読まれにくいような気がするけど、ちがうのかな」

ラリーはいつもの微笑みを浮かべている。悲観したからといって事態が好転するわけじゃないとでも開きなおったのだろうか。なにか返答がくるかと思いきや、ＣＩＡの準軍事訓練でひと殺しのテクニックを身につけているはずの男は不穏な行動に出た。おもむろに立ちあがり、床に転がしてあった自身のダッフルバッグを漁って刃わたり十数センチのサバイバルナイフを手にすると、子猫においでおいでするみたいにもういっぽうの手の内側を見せながらのしのし近よってきたのだ。こういうのはこわい映画でたびたび目にしている。ホッケーマスクをつけた巨漢が迫りくるクリスタルレイクの思い出がよみがえり、にわかに身がすくんでしまった阿部和重はマッサージチェアの背もたれに背中を押しつけてアームレストを握りしめていた。

「阿部さん、おなか空きませんか？　マンゴーありましたよね？」

あとちょっとでおもらしするところまで追いつめられていた阿部和重は、ひとあし先に汗でびしょ濡れになった右手で冷蔵庫のほうを指さした。フルーツは冷やすものだという思いこみにうながされ、そこに千疋屋の紙袋を置きっぱなしにして中身を冷蔵室にしまうのを忘れていたのだ。ナイフ片手のラリーはまわれ右して寝おきのクマさんみたいにのろのろと獲物を目ざしていった。そういえば、マンゴーには高い抗酸化作用に加えて造血作用もあると言われているから、貧血でおこまりの方には打ってつけの食べ物なのだった。

「深沢さんのことは判断材料が少なすぎるのでなんとも言えません。仮に菖蒲家に拘束されているとして、その場合に考えられるいちばんまずいシチュエーションは彼の寝がえりです。ホテルにこっそり殺虫剤を仕こんだ理由を白状させられたあげく、わたしの協力者（エージェント）として派遣されたこともばれて、こちらの状況がまるごと筒ぬけになっているとすれば厄介ですね」

「拷問されて寝がえりか。どこまでやられてると思います？　骨のいっぽんくらいで済めばいいけど――」オシシ仮面ならとうに燃えかすになっている頃だ。

「痛めつける必要なんてありません。ミューズがただ質問するだけでいいのです。アヤメメソッドの人心操作術を使われたら隠しごとなんてできません。生涯の秘密であってもあっさりしゃべらされてしまうと覚悟したほうがいいでしょう」

「大袈裟に言ってんじゃないよね？」

「ええ。わたしが神町でどんな目に遭ったか、話しましたよね」

「ああ、はいはい」氷づけにされたり墜落機に乗せられたりした幻覚のことだろう。

「現実と見わけがつかない悪夢が、いつはじまっていつ終わったのかもさだかでない状態に放置されてしまったわけですが、これには結構な苦痛を強いられます。自分自身の身のうえに起きていることではあっても、脳内にあってかたちのない意識が制御不能になって悪夢を生んでいるため、懸命に足腰を動かしたからといってそこを脱けだせるわけではありません。終わらせ方がわからないというのは実際に体験してみるとなかなかおそろしいものですよ」

ならば今はどうなのか。もう平気と断言できるのかと訊きかけたところへアップルマンゴーの香りがほのかに漂ってきて、アヤメメソッドへの万能幻想で頭がいっぱいになりかけている阿部和重は生唾を飲みこんでしまう。そんな魔術めいたものに、この一介の物書きが太刀打ちできるはずもないから、菖蒲リゾートの取材に行かされなくてほんとうに助かったと感じずにはいられない——ただしラリーの言うとおりであれば、一般の宿泊客をよそおって内情をこそこそ嗅ぎまわるような真似をしていた深沢が、わけも訊かれずに見のがしてもらえる可能性はかぎりなく低いだろう。そう考えると、安堵感はまたたく間に消えうせた。

「なにもかも筒ぬけになっちゃってるんだとしたら、わざわざ神町くんだりまできたってのに、こっちは打てる手がないんじゃないの？」

洗面所でマンゴーを切りわけているラリーが即答した。「身動きがとりにくくはなりますが、打てる手はかならずしもゼロではありません」

「それなら教えてくださいよ、どういう手があるのか」

「言えません」

「なぜ？」

「まだ考えていないからです」

「やっぱりないんじゃん」

「いいえ、そうじゃないんです――」

アップルマンゴーの果肉をカップソーサーに載せて運び、「どうぞ」と手わたしてきたラリーは、三つ星レストランの給仕みたいな微笑みをこちらに向けていた。ひと月以上も毎日ずっと顔を合わせてきたことにより、ラリー・タイテルバウムの笑顔のかすかなちがいも種別できるまでに洞察力をみがいた阿部和重は、用心しろよとみずからに言いきかせた。このジェントルスマイルは、深沢を菖蒲リゾートへ送りこむと決めたときに見せたのと完全におなじ顔じゃないか。さしあたって彼の手駒は今、おれしかいないのだから油断は禁物だ。

「現地の現状をたしかめないうちは作戦を立てられません。そういう意味で、まだ考えていないとわたしは言ったのです」

「ああ、なるほどね」

「だから明日は——いや、もう今日ですね、菖蒲リゾートに軽く探りを入れてみたいと思います。昼ごろにでも行ってみましょう」

ほらきたぞ、と身がまえて阿部和重は問いかける。「軽く探りって、ホテルに入ってなかの様子をチェックしてみるってこと？」

「そうなりますね」

「それをやるのはおれってことだよね？」

「もちろん。わたしが行ったら探りにきたとばれてしまいますから」

溜息をつき、アップルマンゴーの果肉をちびちびと食べて時間かせぎをしてみるが、いい逃げ道はなさそうだ。一生ぶんどころか前世や来世もこみこみの懺悔をさせられかねないアヤメメソッド体験はごめんこうむりたいが、深沢のことも気になるし、これくらいはひきうけておかなければなるまいかとしぶしぶ結論して阿部和重は顔をあげた。

するとラリーはこんな球を投げてきた。

「映記くんも一緒がいいでしょう。そのほうがあやしまれにくい」

「は？」

「子づれのおとうさんなら警備員も不審に見ないでしょう」

「そんなの駄目ですよ、おれひとりで行きます」

「阿部さんひとりはデメリットのほうがおおきい」

「そうかな」

「そうです。だから映記くんもつれていってください。子づれのほうが安全ですから」

「駄目だね。だったらおれ行かないわ」

「ほんとうに？」

「子づれならね」

「阿部さん、冷静になってよく考えてみてください。宿泊客でもなければスーツも着ていない、そんな薄よごれた服装の中年男がひとりで館内をふらふらうろついていたら、ホテルの従業員はどう思うか、想像できませんか？おまけにあそこには、あれだけの数の防犯カメラが設置されているんですから、警備員にすぐマークされてしまいますよ」

言いかえす言葉がなく、再度マンゴーで時間かせぎをしようとするがもはやひときれも残っていない。ラリーの言い分もわからないではないが、親としての感情が追いつかず、阿部和重は腕を組んで「うーん」などと声をあげることしかできない。

「ならこうしましょう」見かねたらしく、ラリー・タイテルバウムはさらに安心感の高い潜入策を持ちかけてきた。「川上さんとロビーで待ちあわせるんです」

「え、妻と？」

「はい」

「菖蒲リゾートのロビーで？」

「そう。映記くんが会いたがっているからつれてきたと言って、ホテルのカフェで親子みずいらずで再会をよろこびあって、一、二時間ほどすごすというのはどうでしょう。これなら不自然なところはありませんから、接客係にも警備員にも不審に見られることはない。まんいち深沢さんが口を割っていたとしても、彼みたいに殺虫剤をこっそり仕こむなどの問題を起こしたわけでもない一家三人を、警備員がとつぜんとりかこんで館内のどこかに閉じこめてしまうような展開はさすがに考えにくい。いくら菖蒲家でも、自分たちファミリーの経営するホテルでほかの客の目もあるなか、そんな横暴は働かないはずです。それに、阿部さんがいなくなっても騒ぎにはならないかもしれませんが、川上さんは著名人です。神町で何人ものスタッフと長期の仕事をしている川上さんを拘束したりしたら、たちまち捜索がはじまることは火を見るより明らかです。菖蒲家がほんとうに今、ニュークリア・テロかなにかの重大な計略を進めつつあるのだとすればなおさらに、下手に目だってしまうことは避けたいでしょうし、あえてそこまでのリスクを冒すとも思えません」

「それはそうかもしれないけど、そんなに全部が全部こっちの都合どおりにいくかな。おれみたいな素人は、本番でつまずいたときにうろたえちゃうかもしれないから、あんまり楽観視しないほうがいいんじゃないの？」

「でも、わざとあまい見とおしを言ったわけではありませんよ」

「ほんとかなあ」

「ほんとですよ」

「それなら、あまくないほうも聞いときたいですね。ちょっとバランスとって、話の現実感を高めておきたい」

「あまくないほうですか。そうですね、仮にありうるとすれば――」

「ありうるとすれば、なんなんですか」

「深沢さんとわれわれが通じあっているとすでに知られているのだとすれば、菖蒲家は川上さんと映記くんがふたりで帰るように仕むけて、直接わたしに手を貸している阿部さんだけをホテルに足どめさせるのではないでしょうか。そうすれば、無関係な人質をとって無用に混乱をおおきくすることもなく、余計な手間もかけずに済みますから」

この説明から、黒山羊頭のねらいが透けて見えた気がして阿部和重はぞっとなった。ラリーにとって軽く探りを入れるというのは、ホテル内部の様子を臨時雇いの日本人作家にチェックさせることそのものを指すのではないのかもしれない。彼の真の思わくは、自分の動きを菖蒲家に嗅ぎつけられたのかどうかを見きわめることのみにあるのではないか――深沢の消息が絶たれた今、それを確認せずに核査察を進めれば容易に足をすくわれかねないためだ。つまり、潜入した手駒がホテルから無事にもどってくれれば深沢は共謀の事実を菖蒲家にもらしていないと見なし、もどってこなければすべてばれたと判断して作戦を立てなおすとか、ラリー・バフォメット・タイテルバウムはそんな腹づもりでいるのではなかろうか。だとすればじつにスマートな小悪魔系男子じゃないか。そうやさっき、阿部さんがいなくなっても騒ぎにはならないとかなんとかさらっと口走ってもいやがった。あなたとは友だちだとか言っておきながら、こいつはやっぱりおれを捨て駒の一個としか思っていないわけなのか。

「ですがまあ、悪いケースになる可能性は低いでしょうね」

こちらの不信感を察してか、ラリーは間髪いれずに見つもりをぐっとさげてきた。

「ほんとかなあ」

「ほんとですよ」

脳裏で疑念が渦まいている最中だが、そうはっきり言いきられると気持ちが揺れてくるのは、乙女心でもおっさん心でもちがいはないらしい。たとえ嘘だと見すかしていても、ついすがりたくなってしまう心ぼそさが急に頭をもたげてきて、阿部おひとよし和重はおかわりをせずにはいられない。

「そうなの？　どれくらい？」

「ほとんどゼロでしょう」

「またそんな。根拠は？」

「菖蒲家がこちらのもくろみを把握したうえで、深沢さんを拘束してあやつり人形に変えたのなら、彼の次に阿部さんを捕まえて、その次はこのわたし、なんてまどろっこしい真似はせず、邪魔者は一網打尽にしてしまうはずだからです」

「どうやって？」

「簡単な話です。深沢さんをいいようにコントロールして虚偽の連絡をとらせて、われわれをどこかにおびきよせていっぺんに捕まえてしまえばいいだけのことですから」

「ああ、そうか」

「しかし今のところ、そうなってはいませんから、深沢さんはまだ、われわれとのつながりを菖蒲家にしゃべってはいないんだと思います。ということは、あやつり人形にもなっていないし監禁されてもいないのかもしれません」

「ならなんであいつ、あのあとぜんぜん連絡してこないのよ」

「可能性として考えられるのは――」

「なんですか」

「深沢さんは自分自身の意志で連絡を絶っているんでしょう」

「はあ？　そうなの？　理由は？」

「わかりません。もろもろを考慮に入れて消去法で整理してみると、そういう結論しか出てこないんです。個人的な理由なのかもしれません」

「頭にくることでもあったのかな」

「どうでしょう。もしかしたらそうなのかもしれません」

藁にもすがりたいおひとよしのせいで、聞いているうちにだんだんとラリーの推論がただしい気がしてくることに抵抗もできない。疲労や眠気も相まってか、さっきの捨て駒疑惑はこちらの先走りとか被害妄想でしかないのかな、うふふ、などと思い、アヤメメソッドならぬタイテルバウムメソッドの術中にころっとはまったかのように、阿部和重は徐々に用心をゆるめてしまう。そんななか、不意にひとつの素朴な疑問が湧いて関心もそちらに移った。

「でもそれならあいつ、今どこにいるんだ？　まさか菖蒲リゾートに延泊してんの？　それともおれらと行きちがいで東京にもどっちゃったとか？」

マンゴーを食べおわり、サバイバルナイフの刃をティッシュペーパーでふいていた手をとめてラリーが答えた。

「じつは深沢さんの現状にも関わることで、わたしがずっと気になっているのがアレックス・ゴードンの件なんです」

菖蒲リゾートの防犯カメラ映像に映っていた長身瘦軀の男は、一年前から行方不明になっていたCIA局員であり、菖蒲家監視チームの前チーフであるアレックス・ゴードンだとラリーは見ている。その防犯カメラ映像のひとコマをおさめたスクリーンショットに、男がやっと正面を向いた瞬間が記録され、ややぼやけてはいるものの面識のある者ならひと目で本人確認できるという容貌がさらされたことで、まちがいないと断定したらしい。

阿部和重は iPhone 5をとりだし、問題のスクリーンショットをさっそく表示させてみる。黒髪をベリーショートにした彫りの深い面長の男が画面上にあらわれたが、一見したところでラリー・タイテルバウムの言わんとしていることはかいもく見当もつかない。アレックス・ゴードンの存在から深沢貴敏の現状のなにがわかるというのか。

「どういうことですか」

サバイバルナイフをダッフルバッグのなかにしまい、扇情的な赤いライティングに照らされながらゆっくりと立ちあがったラリーが、阿部和重を見おろしてこう問いかえした。「似ていると思いませんか？」

「え、なにが？」

「シチュエーションがです」

「なんの？」

「ふたりのたどったなりゆきですよ。アレックスも深沢さんも、菖蒲家を調査したあとに消息不明になっている」

「なんだ、そういうことか。それくらいはおれも気づいてましたよ。でも、状況を踏まえれば奇妙でもなんでもない話じゃないですか？」

「そうでしょうか」

「要するにふたりとも、犯罪組織のアジトに忍びこんで秘密を探ってるネズミだと見やぶられたか、見ちゃいけないものを見ちゃったかして外に出るのを許してもらえなくなったってことでしょ。こんなの『仮面ライダー』でもしょっちゅうあることですよ」

苦笑いしながらラリーはこう応ずる。「それはじゅうぶんにありうる話だとは思います。ですがそうすると、深沢さんは自分の意志で連絡を絶っているのかもしれないという推測と齟齬が出てしまいます」

「あ、そうか」

「わたしが気になったのは、防犯カメラ映像に映っていたアレックスには拘束されている様子はなく、監禁されているようにも見えなかったという点です」

あらためてスクリーンショットのひとコマに目をやると、今から三九時間ほど前にラリーとふたりで注視していた防犯カメラの中継映像の推移が鮮明によみがえってくる。

カメラが見つめているのは菖蒲リゾート館内のどことも知れぬ一箇所ではあるが、地下牢のごとき暗くてせまくるしいおもむきはない。むしろそれとは正反対の、癒しだのやすらぎだのの提供を約束するヘルスケア・リゾートホテルにふさわしい明るく開放的なスペースといった印象が、固定構図のちいさな画面からでも伝わってくる。そしてその場に突っ立っているアレックス・ゴードンかもしれない長身痩軀の男が、だれの指示も待たず自由に動きまわれる状態に見てとれるのも事実である。ゆえにラリーがこう解釈するのは当然のことだろう。

「つまりアレックスは、自分自身の意志で菖蒲リゾートにとどまっているのではないかと考えられるのです」

「あやつり人形になっているわけでもないと」

「彼に関してはその可能性はゼロとは言えません。ただ、それにしてはなにかに利用されたような形跡がない。だれにも見つからず、一年ものあいだ行方をくらましていたということは、ひと目につかない仕事でもらってホテルにひきこもっていたと理解するのが妥当でしょう。あまりにも居心地がいいので出ていきたくない心境なのかもしれません」

「なるほど」そういえば、たった数時間の滞在にもかかわらず「快適すぎてやばいよ」などとホテルの感想を送ってきた男もいたのだったと阿部和重は思いだす。

「深沢さんの場合も、たどったなりゆきが似ていることから――」

「おなじように、あいつも自分自身の意志でホテルにとどまってるってことか――」

「わたしにはそう思えますね」

●

電話が鳴って目ざめたが、iPhone 5の着信音ではない。とするとこのラグジュアリールームにそなえつけの固定電話にちがいないから、阿部和重は寝ぼけまなこをこすりながらベッドヘッドボードに右手を伸ばして受話器をとった。

電話をかけてきたのはモンテディオマンではないがホテル受付窓口業務に就いているご婦人だ。延長するのかと訊かれたので固定電話の脇にあるデジタル時計を見るときっかり午前一〇時を表示している。とりあえず三〇分と伝えて受話器を置いた阿部和重は、おなじベッドで眠っている映記とラリー・タイテルバウムのふたりをたたき起こしにかかる。信じがたいことに、いつの間にそうなったのかはさだかでないが、三人で川の字に寝る同床チャレンジを見事に成功させていたらしいと知って急激に体中に痛みを感じてしまう。ベッド上には人間のほかにいくつかのおもちゃも転がっているから、息子は先に起床してひとり遊びしたあとに二度寝したのだという推理がなりたった。

交代でシャワーを浴びるなどしていたせいでラブホテルの延長料金は結局一時間ぶんが加算されてしまった。ナイトクラブで遊びほうけた翌朝みたいに外はやけに陽射しがまぶしく、なんだかんだでもうすぐ正午になる。

ただちに菖蒲リゾートへ向かうのかと思いきや、ラリーの意向は異なった。潜入策を進めるための準備がまだととのっておらず、起きてからなにも食べていないのでブランチでもとりましょうとめずらしく気の利いた提案を出してくれたので、三人で近所のガスト天童店へ直行した。

映記がアメリカン・ダッドの膝のうえに乗り、お子さままぐろごはんプレートを食べさせてもらっている隙に、自称ＣＩＡの要求に逆らいきれず阿部和重は妻にLINEでメッセージを送信した——とはいえ、仕事が修羅場に突入しているかもしれないところへ愛息同伴で現場の近くまでまいりましたのでこれから会えませんか監督などと時節柄をわきまえぬアットホームな誘いかけをするわけにもゆかず、今どんなあんばいすか、とだけ送ってみた。

膝に三歳児を乗せているラリーは、食べづらそうにビーフカットステーキを口に運んでいるが、このふれあいも悪くないなといった表情をしている。いいぞいいぞパパちゃんが楽できるとほくそ笑みつつ、阿部和重はチーズＩＮハンバーグをぱくついて本日いっぱい目のコーヒーを飲んだ。

「今回が初訪問？　映記くんも？」

「そうですよ。特別自治市になってからはおれもはじめてだから。親は仙台に移ったし、映記が生まれたばっかりでこの一、二年はたいへんだったしで、こっちにくる機会なんてなかったわけ」

阿部和重の運転するトヨタ・アルファードが天童市との市境を越えたのは午後一時四一分だ。妻からの返信はなく、既読もつかず、ラリーの計画を実行に移せる段階ではないが、どのみち菖蒲リゾートの周辺をはじめ新都のおおまかな下見をしておかなければ、ことと次第によってはテロリストとの追っかけっこになるかもしれないＣＩＡの運転手はつとまらないだろう。

この神町特別自治市は目下、区画整理と再開発工事の途上にあってカーナビの更新も追いついておらず、かつての住人が記憶している故郷像とはまったくの別物に生まれ変わろうとしている。そのためせめて街なかをざっと見てまわり、土地鑑を最新のものに組み立てなおす必要もあろうというわけだ。

監視カメラの目をかいくぐらねばならぬ敵だらけのケースオフィサーは、不本意なチームキャップを深めにかぶってセカンドシートに身を沈め、セブン‐イレブンで買った熱いコーヒーをすすっている。かたやジュニアシートのヒーロー見ならいのほうは、窓外に流れる都市建設の模様に眺め入ってカカロットが気でも溜めているみたいにおとなしくしており、運転中の父親をほっとさせた。

●

二〇一一年一二月七日水曜日に東京国際フォーラムを臨時仮設議事堂として開かれた第一七九回臨時国会の参院本会議で、国会等の移転に関する法律が全会一致で可決・成立した。加えて翌々日の九日金曜日には、山形県の権限と財源の移譲のほかに農地転用手つづきなどの規制緩和も認める神町特別自治市創設の特例法が、民主、自民、公明三党の賛成多数で可決・成立したことで、果樹王国の一角を占めるただの田舎町への奠都が決定するというサプライズが実現したのだった。

同国会での衆参総務委員会では、かねてより議論されてきた道州制導入も俎上にのぼり、また、各政令指定都市の特別自治市構想を盛りこむ地方自治法改正法案の審議も同時におこなわれていたが、それらは推進派の主張が空まわりするばかりで議論がまとまらず、時期尚早として見おくられた。首都機能移転だけでも細心の注意をはらってなしも遂げねばならぬ国家の大事業だというのに、地方制度改革はそのどさくさでやるようなもんじゃないとする反対派の声が説得力を持ち、地域間格差のさらなるひろがりと自治体間競争のますますの激化が大いに不安視されてもいたことから、全国的な地方分権改革推進のほうはおあずけとなったのだった。

首都機能移転先の候補地選定には過去の議論も参照されており、一九九九年一二月二〇日月曜日付の国会等移転審議会答申書で高評価を受けていた「栃木・福島地域」「岐阜・愛知地域」「三重・畿央地域」が特に有力視されている――こんな「政府筋談話」がマスコミから流されたのは臨時国会召集の一ヵ月前だった。かくして、三地域による招致合戦がたちまち再燃してしまったわけだが、それにともないウェブ上では各候補地を標的としたネガティブ・キャンペーンが随所で展開され、一ヵ月間にわたる醜い情報戦をくりひろげることとなった。

旧国会議事堂の崩落は天然ガスの大規模爆発により生じた地盤沈下が原因と政府が公式に発表していたことから、まずは「爆発」や「地盤沈下」を連想させる立地情報を持ちだすイメージダウン戦略が活発化した。「専門家による調査結果」を決まり文句になにがしかの数値を明示するなどして、「海溝型地震」や「活断層」や「発生周期」や「活火山」や「活動期」といった語彙を組みあわせつつ国難再来の危険をあおる、素人目には嘘かまことか見きわめがたい投稿がSNSや電子掲示板にこぞって書きこまれていった。「原発近距離圏」や「風害・水害多発エリア」も槍玉にあげられ、使えるネタはなんでもといった具合に誹謗中傷の材料にされてゆくうちに、無傷な土地なんてものはこの国のどこにも存在しないのだから田舎者どもは不毛な罵りあいをとっととやめて身の丈に合わない移転先候補をすっぱり辞退しなさいと高らかに説く、京都回帰論者や東京一都原理主義者の台頭もやがて見られるようになった。

こうした負の応酬は、当事者のあいだでもたいていはネット風物詩的な冗談はんぶんのおりあいにすぎないと受けとめられていた。

だが、実際に行政府の出した選定結果が明らかになった途端、笑い話では済まないとあきれる者が相次ぎ動揺が一気にひろがった。

二〇一一年発足の新チームが提出した審議会答申書には、「栃木・福島地域」も「岐阜・愛知地域」も「三重・畿央地域」も記載されておらず、それどころか「神町」なる無名の田舎町が唯一の移転先として記されていたことに国中のだれもが啞然となった。ネットトロールによる風評拡散とあら探しにおそれをなしてとち狂い、こんな僻地を審議委員らは選びやがったのかと怒りにふるえる保守派YouTuberの動画再生数が一時的に急増し、コメント欄は同情と嘲笑の両極端な感想で埋まっていった。

Facebookや Twitterに視線を移せば、触れるものみなつぶしまくる「ネットの影響力」こそが国難再来の震源地だと指摘する露悪的な投稿に「いいね！ボタン」やらシェアやらリツイートやらの反応が大量にあつまるすぐれてクリティカルな現象が見うけられた。困惑は海外にも波及し、英国メディアのBBCまでもが「日本政府の不可解な決定」と報じて言葉ずくなになっていた。

国会移転をめぐる騒動を特集したNHKの報道番組では、ウェブ上でのセンセーショナルで声高な議論がマスメディアにフィードバックされたすえ、話の単純化が進んでわかりやすくて極端な世論を再構成してゆく一連の過程がこの二〇一〇年代の情報社会でルーチン化しているなどとしたり顔で語る有識者の意見も紹介されたが、その解説じたいはなんの反響も生まなかった。

審議会の答申を受けて閣議決定された神町奠都は、国会の本会議でも強い反対には遭うことなく法案成立にいたった。対照的に、国会の外では首をかしげる者が増えるいっぽうとなり、ＳＮＳでも電子掲示板でもその是非をあげつらう投稿がトレンド入りした。

とりわけ目だった反応は、無名の田舎町がとつぜん浮上しあれよという間に新都の座を射とめたことへの率直な驚きだった。町内に空港があって新幹線の停車駅も近いという交通の利便性や自然災害の被害が少ないことを、審議会は積極的な推薦理由にあげていたが、どれも神町だけの特色ではないため選定の根拠としては弱すぎると見なされた。それ以外に、移転先に最もふさわしいと確実に裏づけるものはなにも示されていなかったことから、賄賂でも流れなければこの選定はありえないとして、おなじ東北地方なら政令指定都市の仙台市があるじゃないかと再考をうながす声も多々あった。

そうした異議には、審議委員が記者会見の場で反論したりみずからのブログで弁明するなどの対応がいちおうはとられていった。

大都市の仙台がはずされたのは巨大地震発生の高確率と東京一極集中の二の舞になりかねないためであり、同市にアクセスしやすく地域間連携も容易な立地環境にある神町は都市開発コストが低く周辺市町村もふくめて発展の伸び代がおおきい、というのがその反論の中身だが、補足としてはものたりず、結果は火に油だった。一九九九年の審議会で総合的に最高の評価を獲得し、二〇一一年の毒舌ネット言論人のあいだでも最有力視されていた那須塩原市をうわまわる要素がいっこうに出てこないことに疑問があつまったあげく、結論ありきの審議だったのが見え見えだとして収賄疑惑を余計に高める事態にしかならなかったのだ。

ブログで弁明したのは大手健康食品メーカーの社長をつとめる審議委員のひとりだ。当人の考える神町のすばらしさを二万字を費やして説き明かす文章を公開しにわかに注目されたが、そこに書かれているのはもっぱら、地元民にしか知られていない若木山なるランドマークへの異様なまでに熱烈な賛辞のみだった。首都機能移転先の適性を説いているとはとうてい認めえない噴飯物の内容と話題になったこの声明文は、一般の閲覧者にはひたすら一笑にふされるばかりだったが、コメント欄はサクラでも雇ったかのように賛同の声であふれかえっていた。

収賄疑惑はしばらくのあいだウェブ上をにぎわし、週刊誌も数誌が取材を進めていたようだが、それを証拠だてる事実はついに出てこなかった。テレビや新聞などのマスメディアはとっくに大手広告代理店が動いて新都誕生の祝祭ムード一色となっており、マーケットも好感し法案成立後の日経平均株価は六営業日連続で上昇して新時代幕開けのポジティブな雰囲気づくりにひと役買っていた。

そうしたなかでも、神町奠都拒否派の活動はウェブ上でしぶとくつづいていたが、二〇一二年の春先になるとすっかり衰退し、ゴールデンウィークをすぎた頃には早くも懐かしがられるほどに存在感が薄らいでしまっていた。

かくして今、二〇一四年四月一六日水曜日時点の神町は、戦後占領期以来の建設ラッシュに沸いている状態だ。東は若木山、西は山形空港、南は乱川（みだれがわ）、北は村山野川（のがわ）を境とする一帯に、国会議事堂、国会関連施設、総理大臣官邸、議員宿舎、中央省庁の一部、公務員宿舎、等々の建物が順次建設される予定となっている。また、それと並行して公共交通機関の拡充も実施されているから資材を運搬するトラックが市内のあちらこちらをひっきりなしに走っている。山形空港では大幅な増便に加えてターミナルビル増築と長さ三〇〇〇メートルの滑走路増設工事がはじまっており、JR東日本は前倒しで着手した山形新幹線フル規格化の関連工事を二〇二五年までに完了させるとしている。さらに、官庁街を中心にすえて神町特別自治市を一周するモノレールの敷設も決まっており、二〇一五年の夏には高架の建設工事が開始されることになっている。

高度情報通信のインフラ網はいちはやく整備され、再生可能エネルギーとスマートグリッドシステムの導入による神町エコシティー化プロジェクトも着々と進められている。治安対策にも最先端の情報技術をとりいれ、街頭には最終的に一〇〇〇〇台の監視カメラが設置される計画だが、そのなかでも各公共施設に設けられる高解像度カメラは顔認証システムとの接続によって迅速な個人識別や身元わりだしが可能になっている。

いっとき自警団が結成されたり街頭カメラをもとめる声があがったこともあったとはいえ、のどかだった果樹王国期の防犯意識からは考えられぬハイテク監視社会の出現に、若木山以東の農地にとどまる地元民たちはおおむね戸惑いを見せているようだ。市街地の整備が終われば次は郊外の番だとして、転居を考えはじめている者も少なくないらしい。今後もグランドホテルの開業など民間企業の新都進出計画がいくつもひかえているため、アトラクションの建設は果てしなくつづいてゆく様子であり、田園地帯での果樹栽培がものめずらしい一景とか昔日の思い出になる日が数年内には訪れそうな状況だからだ。

●

「ほら映記、見てみ。この駅、ちょっと変わってておもしろいだろ」

せっかく子づれで帰郷したのだからと、ラリーにことわって車を停め、戦後占領期に米軍が建てた神町駅舎を息子に見せてみるが、三歳児の反応はすこぶる鈍い。

「おもしろくない」

「え？」

「おもしろくないよ」

「そっか、おもしろくないか」

「古いか」

「喉かわいた」

「喉かわいたか」

山形新幹線フル規格化の完了まではまだ多くの月日がかかるが、ひとあし先にステーションビルが新たに建てられる予定になっている。それにともない、西部劇のセットみたいだと評判をえて地元で長らく親しまれたこの駅舎をどうするのか、住民のあいだで議論があったようだが、土地を替えて歴史遺構として保存することが決まったと、出入口の前にある案内板に書かれている。

そのことを確認できただけでもここにきた甲斐があったかなと、父親としての自分を阿部和重はなぐさめた。子どもの頃からのお気に入りの建物を息子に一刀両断にされるのも一興であり、親の醍醐味というものだ。そういえば、映記には一度も西部劇を見せたことがないと思いあたり、家に帰ったら『駅馬車』で義務教育スタートだなと決意する。

「どうですか阿部さん、首都に生まれ変わった故郷は」

車で街なかをひと通り観光してまわったあと、山形空港から菖蒲リゾートへと向かう途上でラリーが感想を訊ねてきた。その間、一歩も外へ出ずセカンドシートにずっと身を隠していた彼は、国務省の知りあいを通じてエミリー・ウォーレンと連絡をとれないかと模索していたらしい。

「どうもこうも、建設現場ばっかりでなんだかよくわからないですね。『ジェダイの帰還』のデス・スターかと思いましたよ」

「国会議事堂のあたりはもうととのっていたでしょう。あの公園とか」

「ラリーさんとオビーさんが再会したところね」

「ええ。あのあたりはきれいにできていますね」

「でも、前の議事堂とあまりにも変わらなすぎて、アホみたいですけどね」

「ははは」

「とにかく今は、トラックとかダンプカーなんかとやたらすれちがうだけだし、旬のフルーツもないから観光に向いてない時期なのはたしかだな」

「仕事できているわれわれにとってはそのほうがいい。潜在的な脅威を考えれば、観光客が少ないに越したことはありませんから」

おれは仕事じゃないぞと思いつつ、阿部和重は「まあね」と同意した。

「そういえば、ラリーさんのお仲間っぽいひとたちもあちこちで見ましたよ」

「わたしの仲間？　アメリカ人ってことですか？」

「ダークスーツに黒眼鏡の、がたいのいいひとたちですよ。あれってシークレットサービスでしょ？　オバマ大統領がくるから先のりして事前調査っつうか、セキュリティーチェックしてるんじゃないの？」

言いながらバックミラー越しにラリーの表情をちらっと確認してみると、おまえそれ早く言えよみたいな顔になって黙りこんではいるが、不機嫌というほどではなさそうだ。返答がないのは、なにか考えついて思案をめぐらせている最中だからかもしれない。頼むからやばいアイディアは思い浮かべないでくれよと阿部和重は祈った。

「じかに見ていないので断言はできませんが、おそらくそうでしょう。ダークスーツに黒眼鏡がどこにいたか、全部の場所を教えてもらえますか」

「え、全部？」

「そう、全部です」

「むちゃ言わないでよ。全部なんかおぼえてないって。空港ではえらく目だってたけど」

「ほかには？」

「国会前の公園にもいたし、国道一三号線沿いでも見かけたし、あとどこだっけな――あ、そうだ」

「どこですか？」

「若木山のそば通りかかったとき、ふもとのところにいたのを見たのが最初だわ」

「ふもとのところ？　どのあたりですか？」

「東防空壕の前ですよ。あそこに、メン・イン・ブラックみたいなのがふたりいたからぎょっとなったんです。若木山は宇宙人飛来伝説とかもありますからね」

「なるほど――」

ラリー・タイテルバウムはふたたび沈思黙考に入り、阿部和重を戦々恐々の心境にさせた。静かすぎると思い、息子を空港に忘れてきてしまったかと一瞬ひやっとしたが、ジュニアシートでおねんねちゅうだとわかってほっとする。映記とラリーにサンドイッチされた生活は、体がこわばったり弛緩したりのくりかえしで忙しい。トヨタ・アルファードはもうすぐ若木山の近辺にたどり着きつつあった。ＣＩＡが次になにを要求してくるのか読めず、アクセルを踏む力がだんだんとゆるんできてしまう。

「阿部さん、こうしましょう」

だしぬけに声が飛んできたため身がかたくなり、阿部和重は思わず路肩に車を停めた。ドライバーの緊張を特に気にかける様子もなく、諜報世界の住人は「こうしましょう」のつづきをぶつけてきた。

「この車は、東防空壕を少し通りすぎたところの空き地に停めてください。東四丁目の交差点の手前の位置になりますね」

「わかりました」言いながら、阿部和重はアルファードを再発進させて指示された場所を目ざした。

「そこなら、菖蒲リゾートまで歩いてもさほど時間はかかりませんから身動きもとりやすい」

「でも妻からは、まだ返信ないですが――」

「待ちましょう。それに、ほかにもたしかめたいことがあります」

「東防空壕の前にいたメン・イン・ブラックですか？」

「それも気になりますが――」

「なら若木山公園？」

「ちがいます。東四丁目のセーフハウスの現状です」

ケンドールとかいう寝不足の技術職員とラリーがコーヒーを飲んでいちゃいちゃしていたらしい家だ。現実のＣＩＡの秘密基地だそうだから、危ないことはないのだろうが、映画ならば門をくぐった途端にどかんとくるシチュエーションではないかと無用な想像がふくらむ。

「念のため訊くけど、それもおれが見に行くわけ？」

「もちろん。だれがいるかわかりませんから」

阿部和重は「ＯＫ」と答えてハンドルを左に切り、ブレーキを踏んだ。若木山が目の前にあり、振りかえると東防空壕が視界におさまる神町東四丁目の空き地に着いたのだ。気は進まぬが、自分ひとりで動くなら息子がすやすや眠っているこのタイミングしかない。ではこれから、軽くイーサン・ハントの気分でも味わってみるかとおのれを奮いたたせた四五歳自由業の父親は、「行ってきますね」と口にしてシートベルトのロックを解いた。

●

車外に出ると春らしい草木と土のにおいを感ずる。急速な都市化を遂げつつあるこの神町においてもなお、若木山の野趣はどうやら変わらず保たれているようだ。東防空壕のほうでひとの気配がする。見ると、ダークスーツに黒眼鏡がいまだそこにとどまっていると知って阿部和重は驚かされた。おまけに人数が増えている――ということは、本格的な下調べをおこなっている最中なのか。

いったいどういうわけで大統領警護隊が七〇年前の防空壕なんかを念入りにチェックするのかといぶからずにはいられない。あるいは単なる外国人訪問者をこちらが見あやまっているだけなのか。野次馬根性にひきずられ、見やすい距離まで近よってみようと思い、歩道をゆっくりと歩きながらiPhone 5をとりだして電話をかける。

「ラリーさん」

「なんです？」

「シークレットサービスってさ、どういうところを事前にセキュリティーチェックするもんなの？」

「基本的には、大統領の立ちより先や車列の通行ルートになりますが――どうかしましたか？」

「メン・イン・ブラックがふたりから四人に増えてるんですよ。議事堂の近所ってわけでもないのに、まさかここも大統領が視察する予定ってことなのかな。それかおれの勘ちがいで、シークレットサービスとは縁もゆかりもないひとたちか」

「ここというのは、若木山のこと？」

「若木山の防空壕。四人でなんか話しあってるみたいなんだけど、出入口のドア開けさせてなかの様子も見てまわったあとっぽいんだよね」

「防空壕のなかを調べていたということですか？」

「そうじゃないかと思えるわけ」

「なるほど、だとすればこのあたりも通行ルートにふくまれているのかもしれませんね。その場合、爆発物などの危険物を仕こめそうな場所がルート周辺にあれば、すべて隈なくチェックしますから」

遠まわりになるのにわざわざこんなところを通るのかと訊きかけた矢先、阿部和重ははたと足をとめた。ダークスーツに黒眼鏡のひとりがこちらを向いており、目が合った気がしたためだ。

これはまずいんじゃないかとたちまち焦心にかられる。導火線への点火映像とちゃらら－というテーマ曲を脳裏で再生し、イーサン・ハントのミミクリーに興じている中年男の心理はそのとき、瞬間的かつ極度の重圧を受けた影響により離人症的視点を発動し、自分自身と周囲の状況を Google Earth のごとく疑似的に俯瞰することに成功した――すなわち体外離脱した意識がわが身を見おろしているイメージである。

目下のおのれのたたずまいは通りがかりの地元民には見えず、緊張にともないかたまる表情やほてり湯気だつ汗が関心をひくなどして、なにものかとあやしまれている可能性が高い。たとえばそう、道端に立ちどまって電話しながらさりげないふうをよそおいつつ敵状を偵察している工作員だと判断されてもおかしくはない。現に、特別捜査官は不審者の存在に勘づいた、とかいうト書きにでもしたがってふるまっているみたいに、対峙中の相手はこのおれをロックオンして黒眼鏡ごしにじっとにらんできている感じだ。メン・イン・ブラックとインポッシブル・ミッション・フォースによる夢の対決がついに開幕しかねない緊迫の鉢あわせである。

かように頭は無駄にまわりつづける。しかし体は硬直し、足もあがらず逃げだせないこの状態では、イーサン・ハントの敗北は確定的だろう。最新のスパイツールももらっていないから危機回避は絶望的だ。ブルース・ゲラーとパラマウント映画社に心から謝罪したいと阿部和重は思うが、おまえはトム・クルーズではないのだから早まるなというメタメッセージがほどなく聞こえてくる――この厳然たる事実を突きつけてきたのは、iPhone 5を通して耳にとどいた自称ジョージ・クルーニーからの呼びかけだ。

「阿部さん、聞こえてます？　阿部さん？」

「ああ、はいはい、なんですか？」

「話がとぎれてしまったので、なにかあったのかなと」

なにかあったとまでは言えないが、ピンチに陥りそうな流れなのはたしかだ。が、あらためて東防空壕のほうへ視線をやると、対決姿勢を打ちだしていたはずの男はすでにこちらを見むきもしておらず、メン・イン・ブラックの全員がその場を立ちさろうとしている――歩きだした方角からすると、数百メートル先にある神町公民館の駐車場へ向かったのかもしれない。さっきの見つめあいはなんだったのか。かたおもいの相手に気持ちをもてあそばれてしまったみたいな拍子ぬけと安堵の感覚を同時に味わい、阿部和重はしばし歩道に立ちつくしてしまう。

「阿部さん、さすがにそれは神経過敏になりすぎではないですか。目が合ったといっても、サングラスだからにらんでいるように見えただけでしょう。やましいことをしているわけではないんですから、かえって疑わしく思われるような態度はとらずに堂々としていてください。ここはあなたのふるさとですよ、もっとリラックスして──」

忠告がやまずうるさいので通話を切り、気をとりなおして次の場所へと移動する。逆方向に二〇〇メートルほどもどってトヨタ・アルファードの横を素どおりした阿部和重は、交差点を左折してそのまま若木一条通りを足早に歩いていった。三〇〇メートルくらい進んでゆけば左手に東四丁目のセーフハウスがある──ラリーからはそう説明を受けていた。

言われた通りに行ってみると、それらしき建物があらわれたが、CIAの秘密基地の割には結構なにぎわいがあって違和感をおぼえてしまう。敷地内の駐車スペースのみならずその沿道にも、アクション映画やドラマでたびたび見かけるSUVのシボレー・サバーバンが何台も停まっていて、複数のひとが家に出入りして荷物を運びだしたりしている。反対に、屋内へ運びこまれている物はひとつもないようだ。なにかに似ているとすれば、これはひっこしの光景とそっくりだ──とすると、このセーフハウスは閉鎖されて菖蒲家監視チームは解散になってしまうということなのか。いずれにしてもラリーにとってはあまりいいお知らせではなさそうだ。

「ええ、そうです。どんどん運びだしてます。五、六人で手際よく。ぱっと見みんな日本人じゃなさそうだから、あれもラリーさんのお仲間でしょ。がたいがいいのばっかりだけど、四六時ちゅうベンチプレスやってそうなごっついのもふたりいるわ。女も男もポロシャツ着てチノパン穿いてるのは意味あんのかな——え、なに？」

「そのひとたちの写真を撮ってきてください。見つからないように隠し撮りですよ。ひとりひとりの顔だちがクリアにわかる写真をお願いします」

見つかったら即刻ごっついふたりにひねりつぶされそうでおそろしいからそんなリクエストは拒否したい。しかしまた、おまえびびりすぎだとラリーに諭されるのも癪にさわるので、たかが写真を撮るくらいどうにかなるだろうと阿部和重は強気に考えてみる。おおきくなった映記に聞かせられる武勇伝の貯金ができるぞと自分に言いきかせると、パパ嫌いにおびえる父親はみるみるやる気がみなぎるのを感じだした。ひねりつぶされずに済むようスムーズかつスマートにやらねばなるまいが、このシチュエーションで最適なのはどんな隠し撮りの方法か。

のぞきだの盗撮だのばかり書いてきて翌月デビュー二〇周年をむかえる小説家が着想したのは名づけて歩き電話のふり作戦だ。スマホを耳にあてながらカメラのレンズをセーフハウス側に向け、ポロシャツにチノパンの連中がこちらへ近づくたびにひそかにシャッターを押しまくる、というやり方である。

これなら全員は無理でも、ひとりやふたりは真正面の顔をフレーム内におさめられるのではないか。盗み撮りがばれれば iPhone 5 をとりあげられ、踏みつぶされるかなにかしておしゃかにされるにちがいないから、それを切りぬけるためのうまい言いわけも用意しておくべきだろう。まずは不自然に見えぬように近場で足をとめて長電話のふりだ。ひとまえでお芝居するのはいつぶりか、などと思いつつ、阿部和重は作戦を実行に移した。

「こまりましたね。阿部さんがこれほど撮影が下手だとは思いませんでした。だれにもフォーカスが合っていないじゃないですか。ただのひとりもですよ。こんなにたくさん撮っているのにまともに人相を確認できる写真がいちまいもないなんて――」

「いちまいもってことはないでしょ」文句の多さにうんざりしながらラリーの手にある iPhone 5 の画面をのぞきこんでみると、おっしゃる通りのありさまで、さながらアレ・ブレ・ボケの展覧会みたいになっている。

「やりなおしましょう」

「え？」

「撮りなおしてきてください」

「いや、それはできませんよ」

「なぜです？」

「だってばれるでしょ。コントじゃないんだからさ、さっきもいたやつがおなじところでおなじことやってたらアホみたいだし捕まえてくれって言ってるようなもんじゃん」

「それならちがう方法をためしてみてください」

「ちがう方法なんてないんだって。スマホカメラじゃ限界があるんですよ。こんな使い方ジョブズは想定してないの」

「必死に考えればなにか思いつくものですよ。そうすぐにあきらめないでください——ああもう、車のナンバープレートもまったく撮れていないじゃないですか」

「それは言われてないからさ——」

「ナンバーの種類くらいは記憶していないんですか？」

「種類？　そりゃ青かったですよ、外交官ナンバー」

「ほんとですね？」

「ええ、まちがいない——と思うけどな」
五、六〇枚の連写のすえに確実な手ごたえをえた気がして、トヨタ・アルファードの車内へいったんもどりラリーに収穫の中身をたしかめさせた結果がこれだった。やむなくリテイクの指示を聞きいれ、ふたたび東四丁目のセーフハウスへ向かうも、ポロシャツにチノパン軍団の姿はもはやそこになく、シボレー・サバーバンも一台たりとも残っていない。こりゃまたこっぴどくどやされるぞと覚悟しつつ、現場から電話をかけると、意外にも至急帰還せよとのお達しが出た。映記がお目ざめだという。
「パパ、うんち」

「え?」

「うんち」

「したいの?」

「したいしたい」

「我慢できない?」

「できない、うんち出る」

「そっかー、まいったなこりゃ――」

なるほど早急な帰還命令が出るわけだ。あいにくこの近辺にトイレを貸してくれそうな店舗などは一軒も見あたらない――探せばあるのかもしれないが、息子の便意はそんなに長くは待ってくれないだろう。ただちに利用できるとすれば若木山公園の公衆トイレだが、あそこは山をはさんで逆側に位置しているため車で行ったほうが早い。車内でおもらしの大惨事は避けたいから急いで出発だ。ひとごとみたいにこちらのあわてっぷりにやついているラリーの顔が目にとまり、阿部和重はアクセルを踏むのと同時に聞こえよがしに舌打ちしてやった。

「パパ、うんちうんち」

「わかってるわかってる」

「うんち出る」

「え、もう？」

「うん、出る」

「いやいやいや、ちょっと待って」

「出るよ、うんち」

「あとちょっとだけがんばろう、映記くん、あとちょっとだけ」

「あとちょっとって、どれくらい？」

「あとちょっとは、あとちょっとよ」

「どれくらい？」

「そうね、三分くらい」

「三分？」

「そう、三分。ウルトラマンと一緒だ」

「ピコンピコン？」

「そうそう、カラータイマー」

「ピコンピコン鳴るまで？」

「その通り」

「鳴ってるよ」

「え、なに？」

「ピコンピコン」

「うっそ」

「ほんと」

「もう鳴ってんの？」

「うん」

「そらたいへんだわ」

やむをえず、阿部和重はハザードランプを点灯させてトヨタ・アルファードを若木一条通りの路肩に停めた。ジュニアシートから映記をおろして車の後方へ視線を向けると、東四丁目のセーフハウスの前を一〇〇メートルほど通りすぎた地点にいるとわかる。車の進行方向の左手は若木山のふもとにあたり、ぜんたいに草木が青々と生いしげっている。父親は一瞬もためらわず、近くの草むらへと息子をつれてゆく。今このとき、自分たち親子に示された選択肢はひとつしかないと彼は悟っている。野外排泄、すなわち野糞作戦を即座に実施することこそが目下の唯一の打開策なのだ。

「お外はいやだ、トイレがいい」

「トイレは間に合わないから、ここでしな」

「だってお外じゃん。トイレでしたい」

「お外でうんちするのはいいことなんだってば。堆肥になって土に還るんだから。循環型社会への貢献だよ」

「お外はいやだ、トイレでしたい」

「んなこと言ったってさ、トイレどこにもないんだもん」

「お外はいやだ、い、や、だ」

「でも限界なんでしょ？　ここでしちゃって楽になろうよ」

「いやだ」

「頼むよ、カチドキロックシード買ってあげるからさ」

いやだっつってんだろという成人男性の野ぶとい声が放たれてきたかのような錯覚とともに三歳児の強烈な右ストレートをみぞおちに食らい、阿部和重は作戦を断念した。押し問答をくりかえしたからといって息子の排便が果たされたことになるわけではないと冷静にかえりみる。ならばどうすればいいのか。新たなインポッシブル・ミッションをかかえてしまったが、自分がトム・クルーズでないことはとうにわかりきっているのだ。便意が限界に達しつつも「お外はいやだ」とかたくなに言いはる息子を抱きあげた四五歳六ヵ月のCIA協力者(エージェント)は、近隣の民家にでも駆けこむつもりで若木一条通りの反対側に目を向けてみる。

そこでまっさきに視界へ入ってきたものが阿部和重を愕然とさせた。道沿いに白い石づくりの門塀がかまえられていて、その奥につづくアプローチの先には客室数五〇室地下一階地上三階建て全室スイートルームの低層高級ホテルとPR動画で紹介されている白亜のコロニアル風建築物が見えている。つまりは敵の本拠地だが、こうなったら四五の言っていられない。左右から車がきていないことをたしかめて、緊急事態にある父子は道路をすばやく横断し菖蒲リゾートの敷地内へと突きすすんだ。

映記を抱っこしたまま正門を駆けぬけて車よせを横ぎり、しゃれた格子のガラス扉をドアマンに開けてもらってホテルのロビーに足を踏みいれると、そばにいた眼鏡の女性接客係が心配そうにすっと近よってきた。顔中まっ赤な汗だくの中年男が幼児を抱きかかえて館内にあらわれたため、事故にでも遭ったのかとあやまった印象をあたえてしまったようだ。真相がうんこで申し訳ないと思う。

出しうるかぎりの紳士的な声色でとりつくろい、「お手洗いをお借りできますか」と訊ねてみた。接客係の対応はにこやかだ。「あちらでございます」とすみやかに先導し、トイレのドアが見えるところまで案内してくれたプロフェッショナリズムに阿部和重は感動し、ファイブスターホテルに決定ですよなどとつい図に乗ってささやきたくなってしまったがそれは自制した。

チェックインの手つづきを待って暇を持てあましているらしい年配客らの無遠慮なまなざしがうっとうしい。見知った女性をカフェのあたりで見かけた気がして「あれ」と声ももれたが、立ちどまっている余裕はないので確認はあきらめて歩を進めた。身なりのいい暇人どもに見まもられながら、便意が限界に達して苦しんでいる息子を抱いて早足で歩くうち、映画学校出身者たる小説家としては『汚名』のラストシーンを連想せずにはいられない――わが子をイングリッド・バーグマンに、そして自分自身をケーリー・グラントに重ねてしまうという思いきった想念だ。

しかし菖蒲リゾートは、敵地で注目される緊張感をヒッチコックのようには長びかせず、魔法のごとくたちまちやわらげていっていつしか消しさってくれていた。それを可能にしたのは館内の空気（アトモスフィア）だ。吹きぬけやガラス窓から射しこむ陽光が白壁に反射しフロア一帯をやわらかく照らしだすなか、随所でぽつぽつ灯っているオレンジ光のシャンデリアがあたたかみを振りまいて夜の静けさすら感じさせている。そのやすらかな明るさが、転用される以前は果樹王国のモモ畑だった土地に建つホテルのロビーを開放感あふれる時間のとまった無国籍空間に仕あげており、はっきりはしているもののしつこくない絶妙の濃度で香るあまい芳香も相まって、「快適すぎてやばい」感じを阿部和重は早くも理解しかけていた。

●

「あそこが組織犯罪の舞台だなんて信じられないな。ロビーと一階のトイレしか見てないけど、ありゃ立派ないいホテルですよ。いっぺん普通の客として泊まってみたかったな」

「ロビーにいたのはどういう客層でした？」

「見るからに富裕層って感じのリタイア組ですね」

「外国人は？」

「どうだろう、いなかったんじゃないかな。おれ小走りだったし、いてもわかんなかったかも」

「走ってトイレに？」

「いや、急ぎ足ってくらいだけど」

「だとすると、阿部さんはそれなりに目だっていたわけですね？」

「たぶんね。リッチな爺さん婆さん連中にじろじろ見られてむかつきましたよ」

「そんな薄よごれた服を着ていくからですよ」

「しかしまあ、神町であんなラグジュアリーホテル開業しようなんてよく踏みきれたもんだ。首都機能移転のおかげでひとが増えてるっていってもね、その大部分は観光目的できてるわけじゃないだろうし、採算あわせられるのかな。利益でてるのなら大したもんですよ、素直に感心するわ」

「阿部さん」

「なんです？」

「もしかして菖蒲姉妹のだれかと話しました？」

「は？　なんで？」

「さっきから称賛がすごいので、美人姉妹の魅力に負けてふんべつをなくしてしまったのかと」

「ちがいますよ、冷静な感想です」

ラリーの指摘が耳に残り、もしやあの接客係が菖蒲四姉妹のひとりなのかと不安がよぎる。まんいちその通りだとすれば、知らぬ間に致命的なヘマをしでかしていたことになるとでもいうのか。注意点てんこ盛りで頭がおかしくなりそうな帰郷になってしまったが、あんなぎりぎりの、子どもがうんこもらしそうになっていた状況では、秘術だろうがなんだろうがふせぎようがないのだから仕方がないではないか。

幸い、バックミラーに映っているラリーはこちらに目を向けていないので、動揺をさとられてはいないようだ。接客係とのやりとりを振りかえってみても、不審な言動などはひとつも思いあたらない。とりこし苦労ということにしておいて、阿部和重は車の運転に意識を逃避させた。

映記の排便を無事に済ませたあとは特に館内を見まわることもなく、どこも調べずに菖蒲リゾートを出て、そのままラリーのもとへもどって事情を説明した。おちついたところでもういっぺんホテルに行ってこいと命じられるおそれもあったが、今日はこれ以上やれることはないのでひきあげましょうとの返事をえられてやっとひと安心できた。

車内にこもってなにをしていたのかとラリーに訊いてみると、ずっとTwitterを見ていたというのだからえらくのんきなテロ対策センター所属の作戦担当官だ。やる気あるのかとなじりたくなったが、迂闊に出歩けず連絡をとれる相手すらかぎられている身のうえとあってはやむをえまい。

冷ややかな視線を向けられていると気づいたのか、確認の電話もかけたなどとラリーがつけ加えたことを阿部和重は意外に思った。怠慢のそしりをかわすつもりだったのかもしれない。電話をかけられるところがあることにもいささか驚きをおぼえたが、それ読もついていないということは、忙しすぎてスマホじたいチェックしていないか夫がどこなのかは面倒なので訊ねなかった。妻からは依然LINEの返信はきておらず、既ざいかのどちらかだろうと考えられた——後者でないことを祈るしかない。

インパネ時計は午後五時三五分を表示しており、空はすでに陽が傾きだして外は東北の春らしく急に冷えこんできていた。時間の流れが速いなと感じながら車のパーキングブレーキを解除しアクセルを踏んだ阿部和重は、とりあえずは昨夜追いかえされた天童温泉最安値ホテルを目ざすことにした。今晩からの予約が通っていることはタンギー爺さんも明言していたので今度こそすんなりいくだろう。部屋に荷物を運びいれたらディナータイムだ。そういうわけで今、トヨタ・アルファードは国道一三号線を南下している最中にある。

「まあいいでしょう。ただ阿部さん、これから菖蒲家の調査を進めてゆくなかで、私情はいっさいはさまないように気をつけてください」

「はいはい、わかりましたよ」

「くれぐれもお願いしますよ」

「わかりましたってば。でもラリーさん、なんか誤解してるみたいだけど、おれ別に、あのホテルを純粋に褒めたたえたつもりはないんですが」

「そうですか。では真意を聞かせてください」

「要するに意表をつかれたってことですよ。思ってたよりつくりが豪華だったんでびっくりしたんですが、それだけじゃない。あのホテル開業するのに予算ってどれくらいかかってるんでしょうね。建築費用だってそうとうな額いっちゃってそうだけど、まさかアヤメメソッドで銀行融資の限度額おもいっきりひきあげさせたとかじゃないよね。あながちないとも言えない話だから笑えないんだけど、でもほんとのところ、農地を担保にするだけでたりるもんなのかな。実際どういう資金ぐりなんだろうか。菖蒲家とは別に、運営主体の親会社があるわけじゃないんでしょ？」

「一族経営の独立企業のはずです」

「そうだよね」

「ええ」

「でもあれか、例の流出文書、石川手記に書いてあるような幅ひろい人脈と菖蒲家が今もつながってるのなら、出資者あつめるのなんてちょろいのか。ヒーリングサロン時代もそこらじゅうから客がきてたみたいだし、年がら年中パーティーざんまいだったっつうし——ラリーさんはそのへんのことどう理解してんの？」

「そのへんとは？」

「だから資金ぐりの話ですよ」

「ホテルの開業資金を菖蒲家がどうやって調達したのかということですか？」

「うん」

「じつはオビーと再会する直前に、菖蒲リゾートの開業にまつわる経緯を確認しようとしたのですが、邪魔が入ったので資料を読みそびれたままなんです」

「そういや神町で監視チームに合流してみたら、仲間の妨害に遭って仕事させてもらえなかったって言ってましたね」

「情けない話ですが、その後もあれこれありすぎて、阿部さんに訊かれるまで資料を読みそびれたことじたいうっかり忘れていました」

「もう読めないんですか？」

「監視チームの情報管理システムにアクセスできればすぐにたしかめられるはずなんですが、セーフハウスを閉鎖されてしまったとなるとそれも無理かもしれません」

「え、資料そのものも消されちゃったかもしれないってこと？」

「それはないと思います。政府機関の業務資料を故意に削除すれば簡単にばれますし重罪にあたりますから。ですが、監視チームが解体されてしまったのなら、わたしにあたえられていたアクセス権限がとりけされていることは大いに考えられます」

「そうすると、今の今まで忘れてたってのは手いたいミスですね。もっと早く思いだしとけば閲覧できたのかもしれないのに。邪魔してきたってのは例の支局長ですか？」

「エミリーです。おかげでいまだに彼女のねらいがよくわからない」

「その意味でも、エミリーさんと連絡とれないのはまずいわけか」

「そうなんです。それでじつは――」

ここでとつぜん、ＣＩＡ中堅職員の発言をさえぎる若き日本人のひと声が車内に響いた。

「パパ」

「ん、なに？」

「なんか食べたい」

「わかった。あとちょっとでお店つくから待ってて」

「パパ」

「なに？」

「なんか食べたい」

「はいはい」

「パパ」

「わあかったってば」

映記のおなか減ったアピールがはじまってしまった。これはいったんおさまっても数分もすると再開されるから、息子を無限ループに陥らせないためには急いで彼お望みのメニューにありつかせねばならない。訊けばつるつるがご所望だという。自動的にディナーはスパゲッティに決まる。こうなると店を探しているゆとりはないからまたあのガスト天童店に直行でいいだろうと阿部和重は即断した。キッズメニューにラッキーミートスパゲティセットがあったのをパパちゃんはおぼえているのだ。

「それにしても」映記がブレークを入れた隙に阿部和重は大人の会話を続行させた。

「よくわからないといえば、菖蒲リゾートはやっぱり疑問符がつくな」

「資金ぐりのほかにも？」

「そうそう。実物を見ちゃったら、あれって思えてきてね」

「なにか不可解なことでもありましたか」

「というか、そんなの可能なのかなってことがね、気になりだしちゃって」

「どういうことでしょう」

「開業のタイミングがね、首都機能移転とばっちり合ってるのは、よくよく考えてみるとできすぎな話なんじゃないかなと」

「なるほど」

「ホテルの工事がはじまったのって、議事堂の着工とおなじ頃じゃなかった？　公式サイトに出てるよね」

ラリー・タイテルバウムはさっそくスマホでチェックして答えをくれた。「そうですね、二〇一二年四月と書いてあります」

「どうなんだろう、農地転用の規制緩和がなければあのへんの土地にホテルなんて建てられなかったんじゃないかな。そうすると、菖蒲家が開業計画を立てたのって少なくとも特別自治市の特例法が成立したあとになるでしょ。ということは、それまでは青写真もなんもなかったわけだ。そんな白紙状態から、数ヵ月やそこらで着工まで漕ぎつけられるもんなのかな」

「まず無理でしょうね」

「ホテルの開業計画って普通はどんくらい時間をかけるもんなのか、見当もつかないけど、菖蒲リゾートは嘘みたいに無駄なくスムーズに進んだんだなって感じを受けるよね。うがった見方をすれば、神町が首都機能移転先になるってことを前々から知ってて菖蒲家は開業計画を進めてたんじゃないかとすら思える。もちろんこんなのはただの素人考えでしかないんで、実際はいろんな裏技とか法の抜け穴とかあって菖蒲家の計画じたいも何年も前から動いていて、時期的にたまたま首都機能移転が重なったってだけなのかもしれないけどさ」

「パパ」

「ん、どうした?」

「なんか食べたい」

●

電話が鳴って目ざめたが、iPhone 5 の着信音ではない。このツインルームにそなえつけの固定電話でもなく、ラリーに買ってやったプリペイドスマホが音の出どころらしい。電話帳が空っぽにひとしい SoftBank 201HW 3G を呼びだしているのはいったいだれなのか。鳴らないはずの電話が鳴ったことに驚きつつ、阿部和重は隣のベッドで寝ている持ち主に声をかけた。

ラリー・タイテルバウムが発信者不明の電話に出たのを見とどけてから自分のスマホをチェックしてみると、LINEの受信通知がきていると知る。「おお」と発して阿部和重はすみやかにパスコードを入力したが、あいにくそれは妻からの返信ではない。メッセージを送ってきたのは、四年前から川上のアシスタントをつとめている山下さとえだ。

送り主がわかった途端に昨日の記憶が脳裏でフラッシュバックされる。菖蒲リゾートのロビーに足を踏みいれ、眼鏡の接客係に案内されてトイレへ向かっている途中、カフェのあたりで知りあいを見かけた気がしたが、あれは見まちがいではなく山下だったのだ。彼女もこちらに気づいて連絡をくれたのだろう。とにもかくにもこれで新都での家族再会が早々にかないそうだとよろこび、受信内容を確認してみると、歓迎ムード皆無の文面が目に飛びこんできて阿部和重は呆然となった。

昨日、菖蒲リゾートのロビーにいましたよね？　映記くんも抱っこしてつれてるように見えましたけど、なにしにきたんすか？　川上さん今とっても大事なとこなんで、ほんとこまるんですよねそういうの。いつまでこっちにいます？　てか、LINEでいちいちやりとりすんのかったるいんで、しばらく東京に帰らない予定ならどっかで会ってじかに話つけましょう。それまでにひとつお願いがあるんですけど、神町にいるあいだロケ隊を見つけても絶対に近くにはこないでください。こっちにきてること、川上さんにばれないように注意して動いてくださいね。これ守ってもらえないのならわたしも会って話せないんで、よろしくお願いします。

最後まで読みとおしてみれば至極もっともなご意見である。そんなふうに思えないでもない。多少とげのある言葉づかいになっているのは、仕事をサポートする立場としてボスの第一線復帰を確実に成功させたいといういちずな願いを抱くあまり、あえて心を鬼にしなければならなかったがゆえの荒々しい修辞であろう。つまりここにもひとりの有能なプロフェッショナルがいたということだ。翌月デビュー二〇周年をむかえる四五歳の小説家は、大人男子のひとりとしてそのように穏当な解釈にとどめることにして、家内安全を祈願し「オールオッケーですー」と返信するので精いっぱいだった。

「阿部さん」通話を終えたラリーがこれまで見せたことのないような力のある目つきを向けてきた。

「なんです？」

「サッカー場で待ちあわせることになりました」

「サッカー場って、モンテディオが試合してるところってことですか？」

「でしょうね、プロチームのホームスタジアムと言っていましたから」

「何時に？」

「一一時です」

「で、だれと？」

「エミリーです」

「え?」

「エミリー・ウォーレンです」

「連絡とれたの?」

「はい」

「どうやって?」

「Twitter のダイレクトメッセージです」

「はあ? どうやってアカウントわかったの?」

「わたしにリプライを送ってきた謎のアカウントがあったでしょう。あれはエミリーだったんです。彼女と連絡をとる方法がないので、いろいろ考えているうちにあのリプライのことを思いだしたんです。しかしここでまた罠にはまるわけにはゆきませんから、相互フォローの呼びかけに応じるべきか、なかなか踏んぎりがつかずにいました」

「それで昨日、車のなかでずっと Twitter 見てたわけか」

「ええ」

「どこで踏んぎりつけたんですか」

「阿部さんがあのとき、菖蒲リゾート開業のタイミングができすぎなんじゃないかという話をしていたでしょう」

「ああ、はいはい」

「あれがヒントになりました。おなじようにタイミングに注目して、これまでの経緯を考えなおしてみると、わたしに対してあんなふうにリプライを送ってくる可能性がいちばん高いのは、ここそこUSBメモリーをとどけにきた前歴もあるエミリーだろうと結論したんです——といっても、彼女のねらいが読めないことに変わりはありませんから、接触をはかるのはほとんど賭けみたいなものなのですが」

「で、その賭けがあたったと」

「第一段階はクリアしました」

「ならこれで調査が前進しそうじゃないですか、よかったですね」

「まあ、連絡がとれたのはね」

「なんか問題あるんですか？」

「なんとも言えません。とにかく彼女に会ってみないことには——阿部さんのほうは？」

「おれのほうって？」

「iPhoneに、川上さんから返事がきたんじゃないんですか？」

「あ、いや、それちがったんです」

ここでとつぜん、ラリーの背後からぬっとちいさな影があらわれて鋭いひと声を放ってきた。

「パパ」

「え、なに？」

「ママは？」

「ちがった、ママじゃなかったよ、パパの勘ちがいだったわ」

「パパ」

「ん？」

「ママ？」

「ちがうちがう、ママじゃない、ママではないんだよ」

間が悪いことに、ラリーが余計な質問をしてくれたおかげでわが家の少将滋幹が目をさましてしまい、このあとも二〇分ほど延々とおなじ応答をくりかえさねばならぬ羽目となった。敏腕アシスタントにより妻へのアクセス権限をとりあげられたばかりの父親としては、しどろもどろになり、もうすぐ会えるからもうすぐだからとまったくあてにならない見とおしを口にしてやりすごすことしかできない。

米よこせデモならぬ母よこせデモへと発展しかねない情勢だったが、これは一ヵ月間のワンオペ家事育児をなんとか乗りきった男の政治手腕の見せどころでもある。

ことによるとラリーと別行動をとらねばならぬ展開も視野に入れつつ、まずは無理矢理に朝食へ誘いだしてみる。するとカロリー摂取は、三歳児の抱く目先の渇望を癒すのに打ってつけの効果ありだとわかった。ホテル一階のレストランで、バタートーストやレタスサラダやスクランブルエッグやボイルドソーセージやオレンジジュースを飲み食いして腹が満ちるにつれ、少将の気持ちもどうにか徐々におちついていったからだ。出かける支度のためにツインルームへもどった頃には彼自身の愛読書たる『しろくまちゃんのほっとけーき』を手にとりキュートな作品世界へと没頭していってくれたので、幸いにして待ちあわせ場所への出発に支障をきたすことにはならなかった。

●

山形県総合運動公園陸上競技場を正式名称とするNDソフトスタジアム山形は、天童温泉エリアから四キロ弱の距離に位置している山形県総合運動公園に設置された施設のひとつであり、プロサッカークラブ・モンテディオ山形のホームスタジアムとして利用されている。公園内の数箇所に設けられた駐車場のうち、スタジアムにほど近い南駐車場にトヨタ・アルファードを停めて阿部和重がラリーを見おくったのは、午前一〇時三八分のことだ。約束の時刻にはまだ早いが、おそらくエミリーも到着しているはずである。そう言いのこし、ニューヨーク・メッツのキャップをまぶかにかぶったフィラデルフィア人は、スパイどうしの密談の舞台となる競技場メインスタンドへと向かっていった。

午前一〇時三八分に出ていった男が南駐車場に帰ってきたのは二〇分後のことだった。だれもつれていないから、今度の賭けははずれだったのかと思いきや、そういうわけではなかった。ラリー・タイテルバウムがエミリー・ウォーレンに会ってほしいというので、さらなるCIA職員との対面に興味津々の阿部和重は息子をつれてはじめてNDソフトスタジアムのゲートをくぐることになった。

天然芝グラウンドではちょうどモンテディオの選手たちがトレーニングをおこなっているところだったことから、メインスタンドにはほかにも見物客らの姿がちらほらとあった。歩くのをいやがる息子に「サッカーやってるよ」と父親は教えてみたが、思わしい反応はえられない。スタンドの手すりによりかかって立っていたエミリー・ウォーレンは、近よってくる男の三人組を認めるとちらりとだけ阿部和重と目を合わせ、自己紹介も握手もなくなにやら英語でラリーと話しはじめた。

パンツスーツを着こなす黒髪ボブのケースオフィサーはどことなくユマ・サーマンに似ているが、彼女と向きあって受けこたえしている太鼓腹のほうはジョン・トラボルタには見えぬから、この衆人環視のなかでふたりがいきなり踊りだすことはないだろう。そんなとりとめのないことを、英会話を解さぬ頭脳で思いめぐらしているうちにスパイどうしの密談は終わった。

ラリー・タイテルバウムから視線をはずしたエミリー・ウォーレンは、いったんしゃがみこんで映記の手をとりながら話しかけてきて、立ちあがる際には黒いきのこ頭をなでてくれた。現金なことに、初対面となるレディーとのふれあいに三歳児は上機嫌だ。隣の父親に対しては「はじめまして」と日本語で挨拶しつつ右手を差しだしてきたエミリーは、したたかな握力を伝えおわるとさっと背を向けた。そしてそのまま立ちさってしまった彼女の一連のふるまいとうしろ姿には、ラリーの示すふてぶてしさとはだいぶちがった毅然たる意志が見てとれた。

「ラリーさん」

「なんです?」

「彼女、帰っちゃったんですか?」

「ええ」

「どういうこと?」

「わたしの話がほんとうかどうかたしかめてみるので時間をくれと言ってました」

「話ってどれのことよ」

「わたしが東京に行ったあとの顛末ですよ」

「カーチェイスさせられたあげく爆弾トラップ食らってうちにくるまでの流れってこと?」

「そうです」

「それってつまり、ラリーさん信用されてないってこと?」

「まあそういうことです」

「いいのそれで?」

「慎重になるのは当然の話ですし、疑いをはさむのはおたがいさまなのですが、しかし解せないのは――」

「なんですか」

「わたしの話がほんとうかどうかたしかめてみるといっても、その方法がよくわからない。宿泊先やレンタカー店に登録された顧客情報か、防犯カメラ映像からでも裏づけをとろうと考えているのかもしれませんが、それだけではわたしが東京にいたということしか確認できませんからね」

「東京にいたってわかるだけじゃ駄目なのか」

「東京でなにをしていたのかが重要なのですが、それはこのわたし以外に説明できない」

「おれが証言しても意味ない？」

「わたしが阿部さんとじかに接触したのは、ジミー・キーンが北朝鮮工作員チームだと伝えてきた目的不明の集団にさんざん追いまわされたすえ、罠にはめられたあとの話ですからね。その間に何度か連絡をとってこちらの事情を知らせた唯一の存在がジミーですが、彼は罠を仕かけた張本人ですからわたしに有利に働くことを言うはずがない。照合できる記録もなく、話の真偽を判定できる第三者がいるわけでもないのに、エミリーはどうするつもりなのか」

「おなかの傷を見せてあげれば信じてもらえたんじゃないですか？」

「見せました」

「あ、見せたんですね」

「傷も見せましたし、阿部さんと映記くんを会わせたのも、死にかけて一ヵ月ちかくもかくまってもらったことを事実だと信じさせるためです──しかし彼女がたしかめたがっているのは、どうやらそういうことではない」

「こちらから出せる証拠がほしいわけじゃないってことか」

「かもしれません。とはいえ、そのことを別にすれば状況は悪くないと思います」

「というと？」

「わたしの賭けは第二段階もクリアしそうだということです」

「連絡とって正解だったってこと？　彼女は信用できる？」

「そう思いますね」

「自分は信用されてないのにね」

「ええ」

「ならあとはあちらさんからの返事待ちか──そもそもの本題についてはなにも話さなかったの？」

「菖蒲リゾートの件ですか？」

「うん」

「今日のところは動くなと言われました。話の裏がとれるまでは余計な行動はひかえろと」

「ほんとに信用されてないんですね」

ラリーが横目でにらんできた。素人は黙っとけとかみなりを落としてきそうな面がまえだが、発してきた言葉は意外におだやかなものだった。「ただそれは、材料としては好ましいと言えます」

「どうして？」

「勝手に動かれてはこまるということは、エミリー自身も独自の調査を進めているためだと考えられるからです。水をさされるのをふせぎたいのでしょう。だとすると彼女は今、なにかつかみかけているのかもしれません」

「なるほど、そういうもんですか」

「もちろん楽観的に見ればの話です。ただ、われわれしか菖蒲リゾートの調査に動いていないと思われた昨日までの状況よりはずいぶん増しでしょう」

「成果はまだだとしてもね」

「ええ。わたしが東京にいてなにもできなかった期間を、彼女が埋めてくれていたのだとすれば多少は救われます」

「だから状況は悪くないってことか」

「そういうことです」

「でも、確執や情報隠蔽疑惑についても聞かされていた身としては不思議ですね。逆になんでラリーさんは、一ヵ月半ぶりに会ってたかだか二、三〇分しゃべった程度で、エミリーさんのことを急にそこまで信じられるようになったわけ？」

「こちらを簡単に信用しようとしない、彼女のあの警戒ぶりはむしろクリーンな印象をあたえます。それとあれはなにか、特別な理由があっての警戒に見えたわけですが――」

「なんなんですか」

「この件で、彼女もわたしと似たような状態に追いこまれていたのはまちがいないでしょう」

「似たようなって、敵味方がわからない状態ってこと？」

「そうです」

「だしぬくためにひと芝居うってるだけとは思えない？」

「エミリーが追いこまれていたことを示す、具体的な証拠もあります」

「具体的な証拠？」

「彼女にも見せてもらったんです」

「なにを？」

「おなかの傷です」

●

山形県総合運動公園のレストランで三歳児のペースに合わせた優雅なランチを済ませてから南駐車場を出たのは午後一時半だった。ほかに行き先があるとは思わず、天童温泉エリアへともどるべく車を走らせていた阿部和重に、セカンドシートのラリー・タイテルバウムは神町行きをうながしてきた。今日は動くなとエミリーに言われていたはずだが、二時間ほど前に受けたばかりの指示をまさかもう忘れてしまったわけではあるまいから、もとより彼は無視するつもりだったのかもしれない。チームメートに妨害されて仕事ができなかったなどと被害者ぶってほざいていたくせに、じつのところは自業自得の結果ではなかったのかと運転席からつっこみたくなる。

「大丈夫なの？」

「大丈夫もなにも、オバマ大統領の来日まで残り一週間を切りましたし、ホテルでのんびり休んでいる場合ではありませんから」

「そりゃそうかもしれないけど、前に訓戒うけてなかった？」

「クンカイ？」

「ラリーさんの非協力的態度と独断専行が度を超してるって問題視されて、説教くらったりしたんじゃなかったっけ」

「阿部さん理解がずれています。それは菖蒲家の調査からわたしを排除するための口実にすぎません」

「あっそ。じゃあまあ、それはいいとしてもさ、せっかく心づよい味方がひとり増えそうだってときに、相手がやめろっつってたことを平気でほいほいやらかしちゃうってのは、ひととしてどうなんすかねえ」

バックミラー越しに見えるラリーの表情はいたって平然としている。今の指摘に応える必要すら感じていない様子だ。彼にはひとの心がないのかな、などといぶかしみつつ、糠に釘なので阿部和重は話題の方向を変えることにした。

「それじゃ、車はどこに停めればいいわけ？　また菖蒲リゾートのまん前だったらさすがにあやしまれると思うけど」

「阿部さん、なに言っているんですか、今日は菖蒲リゾートには行きませんよ」

「は？」

「そんなことをしてエミリーに知られたら彼女の神経を逆なでするだけじゃないですか」

その前におれの神経を逆なでしてるだろうとわめきたくなるが、運転中なので気を静めるのが賢明だ。こういうのはもはや慣れっこだから切りかえにも手間どらない。ふうと息を吐いて阿部和重は手みじかに訊ねた。「ならどこ行くの？」

「金森年生の住まいです」

「カナモリトシオ？　だれだっけそれ」

「田宮彩香と内縁関係にある男です」

「タミヤサヤカって？」

「田宮光明の母親です」

「つうかさ、そんなラッキョウの皮いちまいいちまい剝いてくみたいにじゃなく、もっとわかるようにまとめて説明してよ。タミヤミツアキってだれだよ」

「阿部さん、そうかりかりしないでください。映記くんの前ですよ」

三歳児はいちごの果汁グミを食べながらおとなしくお外を眺めているところだ。しょっちゅうむっとしている男に自制を説かれるのも癪にさわるが、おっしゃる通りではあるので自戒し、阿部和重はわが子のために声を抑えて会話をつづけた。

「はいはいそうですね。で、だれなのタミヤミツアキって」

「ミューズに最も近い関係者だと、エミリー提供のファイルに書かれている人物です——もっともまだ、この四月に中学生になったばかりの子どもではあるのですが」

二月末に神町で「菖蒲家ファイル／２０１３—２０１４」を読みとおした直後にも、そこに要注意人物として名前があがっていた金森年生の住居をラリーは訪れている。その際は、金森年生にも田宮光明にも会うことはかなわず、田宮彩香とはおたがいの運転する車どうしがぶつかりそうになって目礼をかわしただけに終わってしまった。しかしまったくの無益な訪問とはならなかった。金森の母より遠まわしに聞きだした家庭事情が、「ファイル」の記載内容と一致していたからだ。

部分的にではあれ、「ファイル」の信憑性が保証されたことにより、エミリー・ウォーレンの見え方も変わってきた。それまでは内通者（オブシディアン）をみずからの一存で切りすてた敵対的な身内であり、CIA東京支局長とともに戦術核情報の隠蔽に走る疑わしい存在と映っていたエミリーに、善意の情報提供者としての顔が加わった。どちらの顔に彼女の真意があるのかはさだかでなく、敵味方の区別がいっそうつきにくくなったとはいえ、「ファイル」が足がかりになるとわかったおかげでラリーの進める調査にも進展のきっかけが生まれたことは事実だ――またそのことは、エミリーと直属上司であるジェームズ・キーンとの関係がかならずしも一枚岩ではないとうかがわせる意味でも重要な一歩だった。

だから今、前回に果たせなかった目的を遂げるべく同家を再訪し、さしあたっては菖蒲家の家伝継承者みずきの最側近とされる田宮光明の実像を見きわめたいとラリーは考えているようだ。

「思いだした、あったねそんな話。カイエンとは事故らずに済んだのに、帰り道でラリーさん電柱に思いきりレンタカーぶつけちゃったんじゃなかったっけ」

「そうですよ」

苦々しげなラリーの返答ににやつきながらカーナビに神町営団二条通りの金森宅住所を入力しおえた阿部和重は、路肩に停めていたトヨタ・アルファードを再発進させて国道一三号線を北上した。一〇分ほども走れば到着してしまう距離だ。

「でも中一男子が要注意人物ってほんとなの？　ほかはともかく、その情報はちょっと眉唾な感じをぬぐえないんだけど」

「首をかしげたくなるところかもしれませんが、これについては年齢で判断しないほうがいいでしょう。ファイルの情報によると、金森年生はちゃちな犯罪に手を染めてばかりいる小悪党といった男なのですが、そんな義理の父に、田宮光明はいろいろと手を貸しているようですから」

「手を貸してるってどんなことよ」

「全容はつかめていませんが、ネット転売ビジネスの実務をまかされているのはまちがいないようです。限定品や品薄品を買いしめて売りさばくといった商売ですから、素性を隠して子どもにでもできる取引などは田宮光明がひきうけているのでしょう。ほかには、金森年生が働く恐喝や詐欺行為への加担も疑われています。ウェブ上に嘘や悪評をばらまくとかサイバー攻撃を仕かけるとか、そんなことの手つだいをしているらしい」

「一二、三の子どもが？　自分から？」

「ファイルにはそこまでの言及がないのでわかりません。もちろん無理じいの可能性も否定はできない」

「そりゃ無理じいでしょうよ。だってまだ子どもじゃん。虐待でもされてるんじゃないの？」

「一般的にはそういうケースが多いですね。しかしそれが田宮光明にもあてはまるのかどうかは、実態を調べてみないことには答えは出せません。ニュークリア・テロの脅威が高まっている以上、まんいちを考えれば、予断を持って真実を見あやまることはこの場合ゆるされませんから、たとえ相手が子どもでも少しでもあやしければ探ってみるべきです」

「ＣＩＡとしては、不注意の見おとしは避けたいと——でもやっぱり、虐待被害を誤解してるか、ただの不良少年を過大に見ちゃってるんじゃないのって気がするなあ」

「それがそうでもなさそうなのです」

「どうせそれも予断でしょ」

「いえ、じつはついさっき手がかりをあたえられました」

「Twitterで中一男子のクラスメートにでも教えてもらったとかですか」

「エミリーですよ」

「へえ、なに聞いたの？」

「話の真偽を確認するので時間をくれと言われたときに、それはかまわないからこちらにも二、三、質問させてほしいとわたしは要請しました。あのファイルに書きこまれた情報のどこからどこまでが信用できるものなのか、せめてそれだけは先に知っておきたいと考えたからです」

「なるほど」

「USBメモリーをとどけたのは自分だと彼女はあっさり認めました。なぜ直接わたしに渡さずに、あんなまわりくどい真似をしたのだと訊いてみると、たしかめたいことがあったからだとしか答えられないと。それなら、あのファイルにどれだけの価値があるのかと訊ねてみました。でたらめだらけの怪文書なんかをわたしに読ませて、なにを知ろうとしたのだとわざと挑発的に迫ってみたのです」

「攻めますねえ」メインスタンドでの情景がぴりぴりとした緊張感とともに脳裏によみがえってきて、運転中の人間には不要な興奮を阿部和重はおぼえてしまう。

「次の機会はないかもしれませんからね」

「それで彼女は？」

「あれの価値がわからず、でたらめだらけにしか見えないのなら、あなたと組む必要もないからこれっきりだと」

「まずいじゃないですか。信用できないだけじゃなく、使えないやつだって思われちゃったってことでしょ」

「それはありません」

「なんで？」

「わたしの挑発はかけひきだと彼女は見ぬいていたからです。時間の無駄だから鎌をかけるようなことを言うなとクレームをつけられました」

「ひやひやするなあ、それで？」

「エミリーはファイルの価値を高く評価していることがわかったので、これでおしまいにするとことわってから、いちばん訊きたかった質問をぶつけてみました」

「ファイルにある情報のどこからどこまでが信用できるのかってことですか？」

「そうです。彼女はこう答えました。個々の事実関係についてはなんとも言いがたい。が、人間関係のほうは書かれていないこともふくめて頭に入れておくべきだろうと」

「書かれていないこともふくめて？」

「わたしもそこにひっかかったので、それこそ時間の無駄だから謎かけのような真似はやめて、なにが書かれていないことなのか説明してほしいと要求しました」

「なんだったんですか」

「書かれていないことそのものについては彼女は言明を避けました。ただ、それは田宮光明と菖蒲みずきがどうつながるのかという話らしいのです。エミリーにそうほのめかされました」

「考えてみれば、そのふたりって歳も割と離れてるのに、どこでどうつながるんだ」

「いや、ふたりの関係じたいは調べるまでもないことなのです」

「そうなの？　どういう間柄？」

「小学校の児童と担任教師です」

「菖蒲みずきって学校の先生なの？　ホテル運営のひとじゃないのか」

「菖蒲みずきは教師です。たしか新宿か池袋あたりの私立大学で教員免許を取得して、二〇一三年の春に神町小学校で教職に就いています。六年生の担任になり、そのクラスにいた児童のひとりが田宮光明です」

「それは意外だけど、でも最も近い関係ってのが児童と先生じゃああたりまえすぎて拍子ぬけって感じですね。おまけに当人が子どもだし、逆にますます要注意人物とは思えなくなってくるな」

「だから書かれていないことが重要になってくるという話なのではないかとわたしは理解しています」

「なんでエミリーさんはそれを教えてくれないんだろうか」

「彼女にもわかっていないんだと思います。それであいう謎かけのような言い方をしたのではないでしょうか」

「でもそしたら、ファイルに書かれてもいないし自分でもまだわかっていないことが重要だって、彼女自身はどうやって気づいたわけ？」

「ふたつ考えられます」

「ほう」

「ひとつは、わたしが受けとった菖蒲家ファイルにはオリジナル文書の一部しかコピーされておらず、原文にあったはずの重要情報が消えてしまっている。つまりもとから書かれていないことなのではなく、写しそこなって読めなくなっているというのが正確なところかもしれない。仮にそうだとするとエミリーは、重要情報が消えていることはわかっているのに、それがどんな内容か確認できずにこまっている状態なのではないか」

「ああ、きっとそれだわ、あんた冴えてるね」

「そりゃどうも」

「もうひとつは？」

「もうひとつは、書かれていないことが重要だとエミリーに示唆した人物がいて、その事実を彼女はわれわれに伏せているのかもしれない」

「そっちのほうが普通にありそうだな。ラリーさんはどっちだと思ってるの？」

「どちらかといえばひとつめです」

「なぜ？」

「最も近い関係者などと言葉をにごして書かれているのが不自然に思えるからです。なにか理由があってそんな書き方をしているのだとすれば――」

そのときいきなり左手から男が飛びだしてきたため、阿部和重は「うわ」と声をあげると同時に急ブレーキをかけた。神町営団エリアに入り、そろそろ目的地に着きそうなので時速三〇キロ程度まで車のスピードを落として片側一車線道路を進んでいったすえ、一戸建て住宅や植えこみの木々にかこまれた十字路に差しかかった矢先のことだった。

「轢きましたか？」

ラリー・タイテルバウムがやけにおちついた声で背後からそう問いかけてきた。これ以上ないくらいのひとごと感が伝わってくるが、むしろそれが救いに思えるほど阿部和重は動揺していた。急ブレーキは間に合ったはずであり、轢いた感触もないのだが、車の前に飛びだしてきた男の姿がどこにもないからだ。タイヤの下じきになっているとも思えず、あわててドアを開けて路上に出てみると、フロントバンパーから一メートルくらい先のところでその男が膝に手をつきながらはあはあ息をはずませていた。深く前かがみになっていたので運転席の死角に隠れてしまっていたらしい。ぱっと見、転んだりした様子もなさそうだが、運転手としては当然こう声をかけざるをえない。

「大丈夫ですか？」

「うるっせえ、こっち見んなくそが」

想定外の応答を受けて面食らい、阿部和重はそのまま立ちつくしてしまう。七三わけにこぎれいなセットアップスーツを着ている相手のビジネスマン的風貌にだまされたような気持ちにもなっている。元気があってよろしい、とも思えず、即刻まわれ右するわけにもゆかぬため、たった今やるなと言われたばかりのことをなおもつづけるしかない。

「こっち見んなっつってんだろこのくそが」

はっとなり、あらためて「大丈夫？」と訊いてみたが、それに男は反応せずに自分が走ってきた方向を見つめている。そしていっぺん舌打ちすると、体を起こして彼はたちまち反対側へと逃げさってしまった。いったいなにから逃げているのか気にかかり、男が視線を向けていたほうを見やった阿部和重の視界に入ってきたのは、こちらへ近づくランドセルを背負った女児らの一団だった。これはまたユニークなシチュエーションじゃないかと四五歳の小説家は思う。今度は男が走りさった方向から「おえええ」などとえずく声が響いてきたのでそちらへ目をやってみると、おなじ人物がふたたび膝に手をついて立ちどまり、嘔吐しているまっさいちゅうだった。

「てめこっち見んな、なんべんも言わせんじゃねえこのくそったれが」

右手の甲で口もとをぬぐいながら男がにらんできたが、数秒もすると逃亡を再開させて彼はいなくなった。うしろから子どもたちの快活な話し声が聞こえてきたので振りかえると、女児らはすぐそばにいて十字路を渡ろうとしているところだった。どういうわけかあの男は、女児らの接近に耐えかねて逃げだしたらしい。おかしなことだがそう理解するしかない。アルファードの後続車からクラクションを鳴らされたため、阿部和重は急いで運転席にもどり、パーキングブレーキを解除してアクセルを踏んだ。金森年生の家は目と鼻の先だとカーナビは表示している。

「阿部さん」

「なんです？」

「なにがあったんですか」

「いや、おれにもよくわかんないんですけど」

「さっきの男は？」

「小学生の女の子たちが歩いてくるのを見て、おびえたみたいに走って逃げてきましたよ。ありゃ幻覚剤でも食ってんじゃないかな、途中でゲロ吐いてたし」

「轢いてはいなかったんですね」

「残念みたいに言わないでよ。轢いちゃいないし、服もきれいだったから転んでもなかったはずです。しかしびっくりしたわ」

「阿部さん文句かなにか言われていませんでした？」

「こっち見んなっつってね。でも無理じゃんそんなの。見た目だけクリスティアーノ・ロナウドって感じのちんぴらみたいなやつだったな。なにものなんだろうか」

「阿部さん」

「なんです？」

「ここに車を停めましょう」

停車したのは、金森年生宅のアプローチスペースに通ずる出入口から数メートル手前の路肩だ。パーキングブレーキをかけた途端にいやな予感がしてきて、阿部和重はうしろを向いて訊ねた。

「ラリーさん」

「なんです？」

「まさか今回もおれに行かせようとしてるわけ？」

「それはそうですよ。わたしがまたあらわれたりしたらさすがに変に思われるでしょう」

「でもおれが行くのだって変じゃん。こんななりしてどういう用件で――」

ラリー・タイテルバウムが隣の映記に目を向けているのに気づき、黒山羊頭の魂胆をたちどころに察知した阿部和重は首を横に振りつづけた。

「だから子づれは駄目だっつってるじゃん。なんべん言わせんだよ」

「昨日はＯＫだったじゃないですか」

「シチュエーションがちがうっつうの」

「阿部さんそう臆病にならないでください。いくら金森年生が悪党だといっても、殺人鬼のねぐらやギャングのたまり場に出むくわけではないんですから。四人家族が暮らしているただの民家ですよ」

「いやでもさあ」

「大丈夫です。金森の母親に会えばそんな不安は一瞬でなくなります。彼女はいたって普通のおばあちゃんですし、なにも危険はありません」

「それでもなにかあったらどうすんのよ」

「もしもなにかあったら、こちらに電話をかけるか大声でもあげてください。わたしはここで待機していますのですぐに飛んでいきますから」

「そうは言うけどさ、おれなんのふりして訪ねりゃいいの？　こんなしわしわのネルシャツ着て膝やぶれたジーパン穿いてるやつが、子づれで保険の外交ってわけにはいかんでしょ。聖書の一冊も持っちゃいないから押し売りだってできやしない」

「昨日みたいにトイレを貸してもらえばいい」

「トイレ？」

「そう、親子でトイレを借りるんです。そして映記くんには申し訳ないけどおしっこを失敗したことにして、パンツを洗わせてもらって乾くまで長居できれば、結構な枚数の写真を撮ってこられるのではないでしょうか」

●

実際にはそんなに都合よくいくわけがない。洗ったパンツを干しているうちになんでもいいから理由をでっちあげて家のなかをうろうろしてみろなどと、はた迷惑なリクルーターは有無を言わせず命じてきたが、ファームでのスパイ養成訓練を受けた経験もなくコリン・ファレルの役柄にでも感情移入して追体験するのがせいぜいの四五歳自由業にとって、それは簡単なことではないのだ。洗濯物が乾くのを待っているあいだは、通された居間でお茶やお菓子をごちそうになりつつ金森母のいつ終わるとも知れぬ話の聞き役をつとめるのがやっとだった。またも懲りずに素人に盗み撮りを押しつけるのであれば、せめて隠しカメラの一台くらいは用意しとけと注文をつけたくもなる。

金森宅の玄関口に立った阿部和重をまずどきりとさせたのは、アポカリプティック・サウンドみたいな犬の吠え声だ。一家全員がとうに噛み殺されているのではないかと想像させるほどに不気味な遠吠えが屋内で轟いている。しばらくするとその声がとぎれとぎれになり、築四〇年になるという住居の引き戸が内側から開けられ、三歳児を抱っこした中年男とビーグル犬を抱っこした老婦のご対面となった。老婦の表情はけわしく、スヌーピーも吠えるのをやめないが、ここですごすごひきかえすわけにはゆかない。CIAの指示どおりに訪問目的を伝えてみたところ、「税務署ではないのね?」と念を押されただけでためらう様子もなくOKの返事をもらえたことに潜入工作員は耳を疑ってしまう。いぜん老婦は笑みひとつなく、犬の吠え声もやんではいないからだ。

一階奥の浴室隣にあるトイレへと老婦は案内してくれた。建物は築四〇年ながらも、水まわりは一〇年前にリフォームをして洋式のウォシュレットにとりかえたとのことだ。

訪問の目的じたいはいつわりだが、親子ともどもちょうど尿意を催しているため、その一〇年物の洋式便器をありがたく使わせてもらうことにする。

自分が用をたす番となって直立してみると、目の高さにある窓が半開きになっていて家の裏手の風景を見とおすことができた。いちめん放置農園がひろがるばかりだが、放尿中に眺めるには絶好ののどかなロケーションではある。母屋から十数メートルほどの距離には、農機具倉庫をかねているらしき離れ家も建てられているのがわかった。まともな写真いちまい撮れやしないとか毎度毎度けちをつけられてはかなわない下請け盗撮カメラマンとしては、家人の目がなく安心なこの密室状況を利用しない手はないと思いつく。小便を済ませたあとに阿部和重は iPhone 5 をとりだし、手ぶれしないよう気をつけつつ、その牧歌的風景を数枚の写真におさめておいた。

この家には今、金森年生の母親しかいないのかという疑問は居間でのおしゃべりの最中に老婦自身が解いてくれた。コンピューターが何台もあって床がケーブルだらけになっている二階の部屋に嫁がこもっていて、日中は午後三時をすぎるまで降りてこないというから、そこは成績優秀な個人投資家とされる田宮彩香のトレーディングルームなのだろうと察せられた。嫁のつれ子は神町中学校の一年生だが、新学期がはじまってまだ間もない時期ゆえもうすぐ帰ってくるかもしれないとのことだった。

どの程度かはさだかでないが、老婦は息子の悪行のことをまったく知らないわけではないらしく、金森年生の動向や居どころについては口が重かった。それとなく訊いてみると、溜息をついたりよそ見をしながら彼女は答えた。しょっちゅう外でだれかと会っていて、出かけたかと思えばいつの間にか家にいたりと、せわしないのが常なのでどこでどうしているのか見当もつかない。まるで警察に問われたらこう言えと指示でもされているようなあたりさわりのない回答だが——しかしこれは、小悪党への先入観と創作家のパターン認識が発動させた勘ぐりでしかないなと阿部和重はみずからをいましめる。この家に、犯罪の影がさしこんでいることじたいはまちがいないのだとしても、予断を持って真実を見あやまってはならないとプロのケースオフィサーも言っていたじゃないか。

ついでに本丸たる田宮光明の暮らしぶりにも探りを入れてみる。友だちを家につれてきたためしがないのでつきあいの多寡はわからぬが、いつも二階の自室でコンピューターをいじっているだけで勉強している姿などは見たことがないと聞いた阿部和重は、交友の幅はともかく今どきの平均的な中学生じゃなかろうかと思い肩の力が抜けた。やはりCIAの買いかぶりかと推断しかけたが、たまに離れ家で金森年生の仕事を手つだったりはしているようだと、ラリーの話を裏づける事実も老婦が紹介してくれたので思わず「え？」などと聞きかえしてしまった。

ふたりは仲がよいのかと一歩踏みこんだ質問をぶつけてみたところ、平均的中学生像に若干の揺らぎが生じてきて、ひとりの平均的父親としては戸惑いをおぼえてしまう。老婦はただうなずき、ほがらかに笑ってかえすのみだったとはいえ、否定もしなかったからだ。その反応が義理の父子の関係良好を意味しているのだとすれば、虐待の可能性はぐっと低まるだろうし、犯罪の片棒かつぎも無理じいではないのかもしれないとなる。

たしかにそうとも考えられるが、受けいれがたい気持ちをなおもぬぐえないのは、よその子の非行をわが子の将来に投影しておそれおののいているせいかとふと自覚し、平均的父親は恥ずかしくなって頬を赤らめる——映記がそんなふうに育っちゃったらどうしようぶるぶるというわけだ。いずれにしてもこの件についてはさらなる調査が必要であると結論し、阿部和重はそれ以上の判断から逃げた。

ＣＩＡのお墨つき通り、金森宅への訪問はなにごともなく終了した。去年に買いかえたばかりだというドラム式洗濯乾燥機で乾かしてもらったので、映記のキッズレギンスとブリーフは三〇分もかからず穿ける状態になった。それを待つあいだ、供された茶菓子をぱくついたり意外なくらいビーグル犬になつかれて一緒に遊ぶことができたので、三歳児はずっと機嫌よくすごしていた。

とうとつにやってきた見知らぬ客の頼みごとを即諾し、手あつくもてなしてさえくれた老婦に対し、ありがたくもあり申し訳なくもある複雑な謝意を抱きつつ、阿部和重は丁重にお礼を述べた。映記にもおじぎさせてから玄関の引き戸を開けると、軽いサプライズが起こった——外側で引き戸に手をかけようとしていた田宮光明と鉢あわせになったのだ。

先月まで小学生だったというのに、すでにして四五歳六ヵ月の男と大差ない身長に達している学生服姿の中一男子は、栗色のさらさらヘアーに切れ長の目が印象的ななかなかの美男子に見えた。「こんにちは」と挨拶してみると、視線はまじわっているもののひとことも応答はなく、頭をさげてくるわけでもない。そんなところも平均的な中一男子だなと微笑ましく思っていると、義理の祖母にあたる老婦が横にきてこう補足してくれた。

「ごめんなさいね無愛想で。この子お話しできなくてねえ」

●

「たくさん撮れましたか?」

車内へもどって早々にラリーが投げてきた言葉がこれだった。名所旧跡めぐりの観光客相手みたいにカジュアルに問いかけやがる。撮れたのは浴室と家裏手の田園風景と居間のみであり、住人はひとりも写っていない。ねちねち言われるのをむしろご褒美だと受けとめるつもりで阿部和重はフォトライブラリを開き、iPhone 5をセカンドシートへ渡してやった。

「言いわけはしませんよ。そんなんじゃご不満でしょうから、知りたいことがあれば説明しますんでどうぞなんでも訊いてください」

撮り手の心配とは裏腹に、iPhone 写真のどれかに惹きつけるものでもあるのかいっこうに返事がない。いつまでもここに路駐のままではまずかろうと思い、阿部和重はとりあえず神町を出て天童温泉方面に向かうべくトヨタ・アルファードを発進させることにする。車が動きだしても指示はないから宿へ直行でいいだろう。その判断も伝えずに、やってきた道を逆にたどって走り、ベッドでひと休みしてから夕飯にするかなどとぼんやり考えつつハンドルを握っていると、ようやくラリーが話しかけてきた。

「阿部さん、彼にも会いましたね？」

「田宮光明ですか？」

「ええ」

「なんでわかったの？」

「自転車で帰ってくるところを待ちかまえていましたから」

言いながらラリーがソニー製の望遠レンズつきデジタル一眼カメラを運転席の脇に差しだしてきた。背面液晶モニターがこちらに向けられているから、そこに表示させた画像を見せたいのだろう。運転中ゆえ横目で数回ちらりちらりと見てみた阿部和重は、白いヘルメットをかぶった中一男子の顔を真正面から鮮明にとらえたいちまいを確認した。写っているのはまぎれもなく田宮光明本人だが、車のなかにひきこもりっぱなしの男がいったいいなぜ、こんな狙いすましたようなベストショットを撮れたのか。

「つうかラリーさん、そんないいカメラ持ってるんじゃん」

「ええ、仕事道具ですから」

「どこに隠してたの？」

「バッグのなかですけど、隠していたわけではないですよ」

「そんなの持ってるんなら貸してくれればよかったじゃん」

「これで金森家のなかを撮るんですか？」

「ちがうって。昨日のほら、セーフハウスのひっこしですよ。それ使ったら全員はっきりしたやつ撮れたでしょ」

「でもあのときは、カメラを渡すチャンスなんてなかったじゃないですか」

振りかえってみればその通りだが、撮りなおしを命じられた際にもそんなたいそうなカメラを所持していることを教えてもらってはいないと阿部和重は思う。それを指摘するべく口にしかけると、ラリー・タイテルバウムがひとあし先に正論を突きつけてきた。

「これは目だちますから、スナイパーのように隠れてねらえる場所をあらかじめ見つけておかないと盗撮はむつかしいですね。昨日のシチュエーションでは、標的に即刻さとられて台なしになっていたでしょう」

反論できない。仕方がないのでほかの質問に移らざるをえないが、阿部和重にとって気になるのは、どちらかといえば次に投ずる疑問点のほうだった。

「それにしても、なんでそんなタイミングばっちりできれいに撮れたの？」

「帰りを待ちかまえていたからですよ」

「でも、田宮光明がいつ帰ってくるのかなんて知らなかったでしょ？」

「知っていましたよ」

「は？　知りようがないじゃん」

「昨日、阿部さんと映記くんが菖蒲リゾートからもどるのを待っているあいだに電話をかけたと言いましたよね」

「そうだっけ」

「言いましたよ。かけたのは神町中学校です。新一年生の父兄のふりをして、終業時刻を教えてほしいと」

「へえ、よくばれなかったね」

「わたしは以前、山形県内の中学や高校を巡回する英語指導員をやっていましたから、当時の経験を思いだしながらしゃべったのがよかったのかもしれません。ひさしぶりにこの土地の学校職員と言葉をかわしてみて、少し懐かしい気持ちになりました」

電話をかけたとラリーが言っていたのをほんとうは忘れていない阿部和重は、案外やるべきことをやっていたのだなといささか感心した。が、ダニエル・カールの後輩にそれを伝えることはせず、自分の関心のほうを優先させてさらに問いを重ねた。「郷愁にひたってるところ申し訳ないけど、なら今日は最初から、田宮光明を写真に撮るつもりであの家に行ったわけ？」

「ええ、そうです」

「そういうことはおれにも説明しといてよ」

「わかりました、これからはそうします」

ここでひとくぎりついて会話の間が生じた。その一瞬を見はからったかのように、セカンドシートのもうひとりの男がいきなり声を発して運転手を驚かせた。

「パパ」

「ん？」

「あのね」

「どした？」

「パパ」

「なあに？」

「あのね」

「どした？」

「パパ」

「ん？」

かけあいが永遠につづきそうだったが、ガス欠したみたいに息子は急に黙りこんでしまった。用件はなんだったのだろう。茶うけのチョコチップクッキーを三枚ほど食べてきたばかりだから、おなかが減るにはまだ早いはずだ。あるとすればまたトイレだが、せっぱつまった様子はないからこれもちがっている気がする。かといって、今しがたの呼びかけが空耳だったとも思えぬから、平均的父親としては再確認のメッセージを送ってみなければならない。

「どうしたの？　映記？」

やはり返事はない。新手のおふざけなのだろうか。三歳児の真意を知るにはこのまま待つしかなさそうだが、運転中ゆえわが子の表情をじかに見られないのは居心地が悪く、どうにも心もとなくてならない。そんな父親の心境を察したのか、ラリーが運転席へ身を乗りだしてきてこう耳うちしてくれた。

「なにか言葉を探しているようです。気長に待ってあげてはどうでしょうか」

阿部和重はうなずき、ひとまず運転に集中することにした。トヨタ・アルファードは天童市内に入っているから、どのみちあと五、六分もすれば最安値ホテルに到着だ。

そして三分が経過したが、三歳児の沈思黙考はなおも答えにたどり着けずにいるらしく、車内はタイヤの走行音が響くのみの静穏な環境と化している。全員の沈黙がかえって息子にプレッシャーをあたえているのかと気にかかり、ベスト・ファーザー賞受賞者ならこんなときにどうふるまうのかとアベレージ・ファーザーが考えているうちに静けさは終わりを告げた。結局、先に口を開いたのはアメリカン・ダッドだった。

「写真ありがとうございます」言いながらラリーはiPhone 5を助手席にそっと置いた。

「あの家の裏手には離れもあるんですね」

「そこで金森年生の仕事を田宮光明が手つだってるっておばあちゃんが言ってましたよ」

「どんな仕事だと話していました？」

「それは訊いてないや」

「あ、そうですか——」

聞き手を憂鬱にさせるがっかり声がかえってきたので、阿部和重はすかさず金森宅での経緯をいちから説明していった。穴埋めにはなるまいが、べらべらしゃべって言葉の弾幕を張ればこちらのヘマも印象が薄れるだろう。こんなとき、運転席と後部座席にわかれてラリーと顔を合わせずに話しあえるのは好都合だ。大魔神が表情でいろいろと不満を訴えてくるのを見ずに済むからだ。

「なるほど——それで全部ですか？」

不満の表明にはさまざまなバリエーションがあるものだなと痛感しつつ、阿部和重はこう返答した。「ええ、これで全部です」

「もっとこう、田宮光明の人柄がつかめるような情報はありませんか」

「友だちいないパソコン趣味の勉強ぎらいってだけじゃ、なんもわかんないか。でも、逆に見ればどこにでもいる中一男子と変わらないとも言えるんじゃ——」

そんなことは訊いていないとでもいうふうににべもなくさえぎり、ラリーは質問をつづけた。「言葉づかいとかはどうです？」

「だれの？」

「田宮光明です」

「彼自身とはしゃべってないからね」

「田宮光明とは話さなかったんですか？」

「さっきも言ったじゃん。帰る間際にちょっと会っただけだから」

「ひとことも？」

「うん。それに彼、口きけないらしいよ」

「ほんとうですか？」

「おばあちゃんがそれっぽいこと言ってたんだけど、単なる口下手とか無口って意味なのか、発話障害のほうなのか、わからなかったんだよね。どっちですかって訊くわけにもいかないしさ」

「では玄関でも、本人の声はまったく聞いていないわけですか」

「そうですね」

最安値ホテルの駐車場にアルファードをおさめて、パーキングブレーキをかけた途端、一気に疲れが全身におよび、阿部和重は運転席の背にもたれかかって深々と溜息をついてしまった。今日という日は特に大したことはおこなっていないはずだが、自覚している以上に心身が張りつめていたらしいと思い知らされる。こんなことで一〇日間も持つのだろうかとおのれを不安視した矢先、沈思黙考の行をなし遂げた三歳児が高らかに声をあげ、四五歳の父親をたちまちしゃきっとさせた。

「パパ」

「なに？」

「犬」

「いぬ？」

「犬」

「ああ犬か、犬がどうしたの？」

「かいたいの」

「え？」

「犬、飼いたいの」

●

電話が鳴って目ざめたが、iPhone 5 の着信音ではない。このツインルームにそなえつけの固定電話でもなく、ラリーに買ってやったプリペイドスマホが音の出どころらしい。電話帳が空っぽにひとしい SoftBank 201HW 3G を呼びだしているのは昨日会ったエミリー・ウォーレン以外に考えられない。阿部和重は隣のベッドで寝ている持ち主に声をかけた。すると間もなく、こんな応答がきた。

「阿部さん、出ましょう」

「どこ行くの？」

「神町西エリアの、空港前交差点の近くです。住所も言いましょうか？」

「車に乗ってからでいいです」

「では急ぎましょう、エミリーが待っています」

「彼女に信用してもらえたってことですか？」

「そのようですね」

「どうやってラリーさんの話の裏とったの？」

「わかりません。訊きたいことは山ほどあるので、それもふくめて本人の口から直接たしかめてみましょう」

ここでとつぜん、世界の真理にでも気づいてしまったかのように三歳児が勢いよく起きあがってベッドのうえに立ちあがり、本日の第一声を発した。

「パパ」

「おう、おはよう」

「犬は？」

「犬か、犬のことはママと相談しないと」

「パパ」

「犬でしょ、ママと相談するからね」

「おしっこ」

エミリー・ウォーレンが指定してきた場所は閉館したラブホテルだった。ぜんたいがピンク色に塗られていて、ギリシア神殿を模してつくられたらしいその外観は、外壁の塗装がところどころ剝げていてそれなりに古びて感じられるものの、よごれはさほど目だたない。朽ちた様子もあまり見られないから、廃墟と呼ぶにはまだ早すぎるようであり、営業をやめたのも最近のことではないかとうかがわせた。玄関口をはさんで立つイオニア式円柱の頭部に載っかった庇にあたる部分には、ＰＥＡＣＨというホテル名をかたどったネオンサインが掲げられている。電源を入れれば当の五文字がただちにカラフルであでやかな光を放ち、通りがかりの老若男女を「黄金のランデブー」へといざないそうだった。

駐車場には、自分たちが乗ってきたトヨタ・アルファードのほかには一台も停まっていない。エミリー・ウォーレンはよそに駐車しているのだろうかと阿部和重は首をかしげた。ホテルの敷地は高いコンクリート塀にかこまれているから、ひと目に触れることの心配はいらないのかもしれないが、念のためベテラン工作員に問題はないのかと確認をとった。

「なにも言われていませんから、きっと大丈夫でしょう」

「でも、エミリーさんの車は見あたらないけど」

「どこか別のところに停めているんでしょうね」

「ならこの車もそうしたほうがいいんじゃないの？」

「そこまでは不要でしょう。それにもう、この車が使えなくなっても特別こまりませんから」

「え？」

「あ、いや、とにかくエミリーにあとで訊いてみますよ」

閉館したという割には、建物への送電は停止されていないらしく、裏口から従業員控室を抜けて足を踏みいれた一階ロビーは照明がこうこうと灯っていた。照らしだされた館内にも荒れたおもむきは見うけられず、逆に明日からでも営業を再開できそうなくらいにととのって見えた。

外見がキッチュなポストモダン建築だけに、さぞや中身も悪趣味をつらぬく青少年保護育成上ゆゆしき代物なのであろうと父親は警戒したが、幸いにしてここでも秘宝館テイストは受けつがれておらず、三歳児の視界をめぐりズム蒸気でホットアイマスクでふさぐ必要はなかった。それでも映記は大人のアミューズメント施設の遺構にひどく興味をかきたてられており、ポップでフューチャリスティックなトロピカルといった三要素の折衷インテリアで仕あげられた無節操なロビーをものめずらしげにきょろきょろ見まわしていた。

「エミリーさんはどこなの？」

ラリー・タイテルバウムは口では答えずにエレベーターのほうを顎で指した。するとはかったかのように、下階からのぼってきたケージが一階に到着し、扉が開いてエミリー・ウォーレンが降りてきた。間接照明がつくる陰影の彩りのせいか、屋内で会うと彼女はますますユマ・サーマンに似て見えた。

さっそく映記に微笑みかけてきのこ頭をなでてくれたエミリーは、隣の父親に対しては冷たく目礼で済ませると、すぐにけわしい顔になってラリーと英語でやりとりをはじめた。ときおりこちらをにらんでくるのはなぜなのかと阿部和重はいぶかしみ、黒髪ボブのケースオフィサーと目が合うたびにみぞおちのあたりが痛くなった。その不安は、やがてスパイどうしの会話が口論へ発展したことからいっそうふくれあがった。

「あの、ちょっとふたりとも、いちおう子どもの前なんで──」

悪名たかきCIAでも、子どもにはやさしくなさいと教育されているのか、ジャパニーズ・ダッドの注意が効果を発揮して口論ははたとやんだ。しかしバトルを強制終了させられたぶん、高ぶった感情のもってゆき場を手っとりばやく見つけなければならなかったのか、準軍事訓練でひと殺しのテクニックを身につけているはずのふたりはネコ科のごとき鋭いまなざしを阿部和重に向けてきて、数秒ほどじっと身動きをとめていた──事情を知らぬ人間ならばわたし狩られちゃうと身がまえたことだろう。そしてまた、声量を抑えながらも英語で議論を続行させたふたりに対し、蚊帳の外に置かれたジャパニーズ・エージェントはためしに戦線離脱をほのめかしてみた。

「あのさ、もう用はないってことなら、おれここでバイバイするけど」

するとラリーがあきれ顔で訊いてきた。「バイバイ？　東京に帰るつもりですか？」

「そうじゃないよ」

「ではなんですか」

「わかりませんか」

「ええ」

「目の前でずっと英語で言いあらそってるところを見せられてもこまるってことですよ」

「そうですか。でもわたしたちは今、阿部さんのことについて話しあっているんですよ」

「え、そうなの？　なんで？」まったくの不意撃ちを食らった阿部和重は赤面し、思わず場ちがいな笑みを浮かべてしまう。

「この件に余計な人間を関わらせたくないというのがわたしの主張。それに対して、彼はあなたが作戦に必要だと言いはってるの」

　エミリー・ウォーレンが「はじめまして」につづく日本語をぶつけてきた。「余計な人間」呼ばわりとは、なかなかの威力の直球であり、ぶつけられたほうとしては痛い。ここまでの素人のがんばりは、諜報の本職からすれば無にひとしいというわけか。それはそうなのだろうが気持ちが割りきれず、なにか言いかえさねばと阿部和重がとりあえず口をぽかりと開けたところ、おまえいらん真似すんなと言わんばかりにラリー・タイテルバウムが制止してきて「余計な人間」には理解できない英語で同僚を説きつけた。

「ＯＫ、いいでしょう。どこに敵がいるのかわからない状況に普通の親子を巻きこむのは本意ではないけれど、そういうことなら一緒にいてもらいます」

　阿部和重は「え」ともらし、ブリキのおもちゃみたいにゆっくりと横を向いて禿げ頭のケースオフィサーを見つめた。「そういうことなら」とはどういう意味なのか。説明をもとめようとすると自称ジョージ・クルーニーは耳もとへ顔を近づけてきて、「彼女は手つづきにうるさいので、ごまかしを言っただけです」などと信用ならない注釈をささやいておしまいにウインクすらつけ加えた。きゅんともこないし納得もしていないが、そこへエミリー・ウォーレンがせかすように「一緒にきて」とうながしてきたため、ラリーへの追及はあとまわしにせざるをえなかった。

ちょうど映記がロビーに飽きてきた様子だったので、四人でエレベーターに乗ることになったのは三歳児の父親にとってはグッドタイミングだった。三階のボタンを押したエミリーに、ラリーが英語でしゃべりかけたのを見た阿部和重は、知らぬ間にまたなにを言われるかわかったもんじゃないと危惧してふたりとも日本語で話してくれと注文をつけた。

「作戦に必要だっていうのなら、こっちにも情報共有してくれなきゃ動けませんよ。わかりました？　こっからはぜんぶ日本語で頼むよ、オーケーね？」

エミリーもラリーも、街頭でまとわりついてくる物売りでも相手しているみたいに目を合わさずうなずいている。そんなあしらいを受けつつ「オーケーね？」などとかたことでしつこく訊いているうちに、スパイ映画の典型的現地協力者を演じてしまっている自分自身をGoogle Earthのごとく疑似的に俯瞰することに成功した阿部和重は、途端に苦々しい思いに囚われた。が、そのとき同時にケージが三階に到着し、息子を抱っこして降りねばならなくなったおかげでうまく頭が切りかわり、次のダンジョンへ進む心がまえもおのずとととのえられた。

「いちばん奥の部屋よ」

案内されたのは三〇三号室だ。分厚く重そうな鉄扉は開けっぱなしにしてあってドアストッパーで固定されており、エミリーが先に土足のまま入っていった。それにラリーがつづき、最後に阿部和重が映記を抱っこしながら入室した。

室内の光景には見おぼえがありすぎた。時間がおとといにもどったのかと錯覚させられるほど、天童温泉エリアに着いて最初の晩に泊まったラグジュアリールームとほとんど変わらない内装になっており、ちがいがあるとすれば広さと経年変化くらいではないかと思われた。ラブホテルには内装の統一規格でもあるのかと考えさせられるが、これぞ人類の叡智が到達した最適の情交環境なのかもしれぬと見ることもできる。映記を床におろすと、さっそくベッドに乗って飛びはねようとしたのでジャックパーセルを脱がせてやった。ベッドジャンプ程度でいつまで持つかはさだかでないが、退屈してきたらほかの部屋をまわってみればいいし、眠たくなったらそのままお昼寝できるというのは三歳児にとっても悪くない遊び場だ。

三〇三号室をしばし眺めわたしたあと、頭に浮かんできたのは結局ただひとつの疑問だった。エミリー・ウォーレンはなぜ、この部屋に自分たちをつれてきたのか。ラリーを見るとなにか言いたそうな顔つきで腕を組み、同僚の説明を待っている様子だ。おそらく彼もおなじことが気になっているのだろう。そうした空気を読みとったのか、おおきな窓のかたわらに立ったエミリーがペイズリー模様のカーテンに手をかけて口を開いた。

「まずはこれを見て」

エミリー・ウォーレンが一回の動作でさっとカーテンを開けると、サッシ窓のガラス一面に何枚もの顔写真やポスト・イットが貼りつけられており、それらが何本もの毛糸で結びつけられて相関図をなしているのがひと目でわかった。アメリカの刑事ドラマでおなじみの、インベスティゲーション・ボードというやつだ。「これはきみが？」とラリーが問いかけると、ユマ・サーマン似のケースオフィサーはこう即答した。

「いいえ、これの作成者はアレックス・ゴードンよ」

（下巻につづく）

初出

「文學界」2016年11月号〜2019年6月号

単行本

2019年9月　文藝春秋刊

SLIM SLOW SLIDER

Words & Music by VAN MORRISON

© CALEDONIA SOUL MUSIC

All Rights Reserved.

Print rights for Japan administered by Yamaha Music Entertainment Holdings, Inc.

JASRAC 出　2209742-201

DTP 制作　ローヤル企画

本書の無断複写は著作権法上での例外を除き禁じられています。
また、私的使用以外のいかなる電子的複製行為も一切認められておりません。

文春文庫

オーガ(ニ)ズム　上

定価はカバーに表示してあります

2023年2月10日　第1刷

著　者　阿部和重（あべかずしげ）
発行者　大沼貴之
発行所　株式会社　文藝春秋

東京都千代田区紀尾井町 3-23　〒102-8008
TEL　03・3265・1211(代)
文藝春秋ホームページ　http://www.bunshun.co.jp
落丁、乱丁本は、お手数ですが小社製作部宛お送り下さい。送料小社負担でお取替致します。

印刷製本・大日本印刷

Printed in Japan
ISBN978-4-16-791999-3

文春文庫　最新刊

一人称単数　村上春樹
各々まったく異なる八つの短篇小説から立ち上がる世界

名残の袖　仕立屋お竜　岡本さとる
「地獄への案内人」お竜が母性に目覚め…シリーズ第3弾

夜の署長3　潜熱　安東能明
病院理事長が射殺された。新宿署「裏署長」が挑む難事件

武士の流儀（八）　稲葉稔
清兵衛が何者かに襲われた。翌日、近くで遺体が見つかり…

セイロン亭の謎　平岩弓枝
セレブ一族と神戸の異人館が交錯。魅惑の平岩ミステリー

オーガ(ニ)ズム　上下　阿部和重
米大統領の訪日を核テロが狙う。破格のロードノベル！

禿鷹狩り　禿鷹Ⅳ〈新装版〉　逢坂剛
極悪刑事を最強の刺客が襲う。禿富鷹秋、絶体絶命の危機

サル化する世界　内田樹
サル化する社会での生き方とは？　ウチダ流・警世の書！

「司馬さん」を語る　菜の花忌シンポジウム　司馬遼太郎記念財団編
司馬遼太郎生誕百年！　様々な識者が語らう「司馬さん」

もう泣かない電気毛布は裏切らない　神野紗希
俳句甲子園世代の旗手が綴る俳句の魅力。初エッセイ集

0(ゼロ)から学ぶ「日本史」講義　中世篇　出口治明
鎌倉から室町へ。教養の達人が解きほぐす激動の「中世」

人口で語る世界史　ポール・モーランド　渡会圭子訳
人口を制する者が世界を制してきた。全く新しい教養書

シベリア鎮魂歌　香月泰男の世界〈学藝ライブラリー〉　立花隆
香月の抑留体験とシベリア・シリーズを問い直す傑作！